Mentiras que arden

JENNY HAN
SIOBHAN VIVIAN

Mentiras que arden

CROSS BOOKS

SECRETOS Y MENTIRAS 2

Obra editada en colaboración con Editorial Planeta – España

Título original: *Fire with Fire*

Bajo el sello editorial CROSSBOOKS M.R.
Avenida Presidente Masarik núm. 111,
Piso 2, Polanco V Sección, Miguel Hidalgo
C.P. 11560, Ciudad de México
www.planetadelibros.com.mx

Primera edición impresa en España: octubre de 2025
ISBN: 978-84-08-30867-6

Primera edición impresa en México: noviembre de 2025
ISBN: 978-607-39-3617-0

Impreso en los talleres de Corporación en Servicios
Integrales de Asesoría Profesional, S.A. de C.V.,
Calle E # 6, Parque Industrial
Puebla 2000, C.P. 72225, Puebla, Pue.
Impreso y hecho en México / *Printed in Mexico*

Había saboreado por primera vez el néctar de la venganza y me había parecido dulce y reanimador. Pero, después, aquel licor dejaba un sabor amargo, corrosivo, como si estuviera envenenado.

CHARLOTTE BRONTË

Advertencia de contenido

Este libro trata temas emocionalmente difíciles, ya sea de forma explícita o solo mencionada, como abuso sexual, suicidio, *bullying* y abuso de sustancias.

Lillia

No decidía qué ponerme. Al principio, había pensado en un conjunto casual, como unos pantalones de mezclilla y una camisa de vestir. Pero, después, lo pensé mejor: debería ponerme un vestido por si acaso estaban sus padres, algo sombrío, como el gris con escote combinado con un cinturón delgado. Aunque eso parecía más bien un atuendo para un funeral, así que intenté con una camisa color amarillo, pero era demasiado primaveral, demasiado alegre.

Una campana alerta de la apertura de las puertas del ascensor y salgo al pasillo. Es lunes por la mañana, temprano, una hora antes de que empiece el instituto. Llevo una cesta de mimbre llena de galletas con chispas de chocolate recién horneadas y una tarjeta cubierta de marcas de besos rosas y rojas. Me he puesto un suéter de cuello alto color azul marino, una minifalda color camello, medias color crema y unos botines de gamuza café con tacón. Me ricé el pelo y me hice un peinado semirrecogido.

Con suerte, no pareceré tan culpable como me siento.

Por lo menos, no ha sido tan horrible como podría haber llegado a ser, o eso es lo que me repito constantemente. Desde luego, aquella noche no lucía muy bien. De hecho, se respiraba la tragedia. Nunca olvidaré a Reeve cayendo del escenario, convertido en un bulto retorcido. No obstante, no sufrió daños medulares, solo unas cuantas magulladuras y una rotura de peroné.

Lo habrían dado de alta antes de no ser porque en el hospital quisieron hacerle un montón de pruebas para asegurarse de que no hubiera sufrido un ataque al corazón. Por lo que tengo entendido, no le hicieron ningún test de drogas. Yo estaba segura de que se lo harían, pero a Kat no le cabía duda de que no se molestarían en realizárselo a una persona como él, un deportista. Nadie sabe que le puse éxtasis en la bebida. A Reeve no lo van a expulsar y yo no iré a la cárcel. Y hoy lo dan de alta.

Supongo que los dos nos hemos librado.

Por fin retomaremos la normalidad, aunque no me quede claro cómo será a partir de ahora. Después de todo lo que ha pasado este año, no sé si volveré a sentirme normal, ni siquiera sé si quiero. Es como si hubiera una Lillia anterior y otra posterior. La versión anterior no tenía la menor preocupación, no se enteraba de nada. Ella no podría haber soportado esto, no habría sabido qué hacer. Ahora soy mucho más fuerte, ni tan frágil, ni de un blanco inmaculado. Ya no soy la chica de la playa. Todo aquello cambió en el momento en el que conocimos a esos chicos.

Antes, me daba miedo irme de Jar Island, separarme de mi familia y de mis amigos. Ahora, en cambio, pienso que el año que viene, cuando vaya a la universidad, nadie conocerá mi versión anterior ni la posterior. Solo a Lillia.

La mujer de recepción me sonríe.

—¿Vienes a ver a la estrella del futbol americano? —pregunta.

Yo le devuelvo la sonrisa y asiento.

—Está al final del pasillo.

—Gracias —le digo. Después, pregunto—: ¿Hay alguien con él?

—La chica morena esa tan linda —me contesta mientras me guiña un ojo.

Rennie. Creo que no se ha apartado de su lado desde el sábado por la noche. La llamé dos veces, pero no me ha contestado. Seguro que aún sigue molesta porque me escogieran reina del baile a mí en vez de a ella.

Recorro el pasillo mientras aprieto la cesta y la tarjeta. Odio los hospitales, desde siempre. Las luces fosforescentes, los olores... De pequeña, intentaba aguantar la respiración todo lo que podía. Ahora ya no me gusta ese juego.

Cuanto más me acerco a su habitación, más rápido me late el corazón. No puedo escuchar nada más que el retumbar de las palpitaciones y el repiquetear de los tacones en el suelo de linóleo.

Estoy delante de su habitación. Tiene el nombre escrito en la puerta. Está cerrada, excepto por una rendija. Dejo la cesta en el suelo para poder tocar y, entonces, escucho la voz de Reeve, insolente y ronca.

—Me da igual lo que digan los médicos. Es imposible que vaya a tardar tanto en recuperarme. Estoy en una condición física óptima, volveré al campo en un abrir y cerrar de ojos.

Ella llora.

—Se lo demostraremos, Reevie.

Alguien pasa a mi lado. Una enfermera.

—Perdona, cielo —dice con alegría, y abre la puerta de par en par. Luego abre la cortina que divide la habitación por la mitad y desaparece al otro lado.

Y ahí está Reeve, con un camisón de hospital desgastado. No se ha rasurado, así que muestra una barba incipiente y ojeras marcadas. Lleva un gotero en uno de los brazos y tiene un yeso enorme en la pierna que le abarca desde el pie hasta el muslo. Tiene los dedos de los pies morados e hinchados, por lo menos la parte que asoma por el yeso También tiene los brazos llenos de cortadas y de costras, seguramente por los cristales rotos que nos cayeron encima. Algunas de las heridas más grandes están cosidas con delgado hilo de sutura negro. Es raro, pero acostado en la cama del hospital parece muy pequeño. No parece él.

Rennie tiene los ojos rojos y los entrecierra en cuanto me ve.

—Eh.

Yo trago saliva y levanto la tarjeta.

—Es de parte de las chicas del equipo. Todas... te desean que te mejores. —Entonces me acuerdo de las galletas. Me acerco para darle la cesta a Reeve, pero cambio de idea y la dejo sobre la silla que está junto a la puerta—. Te he preparado galletas. Con chispas de chocolate. Creo recordar que el año pasado, cuando las llevé al mercadito solidario, te gustaron.

¿Por qué no dejo de hablar?

Reeve se seca los ojos a toda prisa con la sábana.

—Gracias, pero no como comida basura durante la temporada de futbol —contesta con voz ronca.

No puedo evitarlo. Le miro el yeso.

—Es verdad. Perdona.

—Está a punto de llegar el médico para darle el alta —interviene Rennie—. Creo que deberías irte.

Noto que me sonrojo.

—Ah. Claro. Que te mejores, Reeve.

No sé si me lo estoy imaginando, pero, cuando me mira por encima del hombro de Rennie, creo que veo odio en sus ojos. Entonces, los cierra.

—Adiós —se despide.

Tras recorrer la mitad del pasillo por fin me detengo y respiro. Me tiemblan las rodillas. Aún sostengo la tarjeta con fuerza entre las manos.

Kat

—Ha muerto —anuncio mientras apoyo la cabeza en el volante—. Ha estirado la pata.

Pat, mi hermano mayor, se limpia las manos con un trapo sucio.

—Kat, deja de ser tan dramática y vuelve a girar la maldita llave.

Obedezco. Intento arrancar el motor de nuestro auto convertible. No ocurre nada. Ni un sonido, no ruge. Nada.

—Esto es absurdo.

Lo digo porque, aunque Pat sabe lo que se hace con cualquier tipo de motor, esta chatarra no tiene salvación. Necesitamos un coche nuevo o, por lo menos, que se manufacturara en esta maldita década. Me bajo y cierro la puerta con tanta fuerza que tiembla todo el vehículo. Lo último que me faltaba era tener que ir caminando al insti todo el invierno y quedarme hecha un maldito témpano de hielo. O peor aún: tener que tomar el autobús. ¿Perdón? Soy de último año.

Pat me lanza una mirada asesina y vuelve a concentrarse en el motor. Tiene el cofre abierto y está inclinado entre los faros del coche. Lo rodean varios amigos suyos, que lo observan mientras se beben las cervezas de nuestro padre. Su forma favorita de pasar la tarde del lunes. Pat le pide a Skeeter una llave inglesa y empieza a darle golpecitos a algún cachivache metálico con ella.

Me acerco a mi hermano por detrás.

—Quizá sea la batería —comento—. Creo que antes de que me dejara tirada se apagó el radio.

Fue esta tarde. He decidido saltarme la octava hora e ir a casa de Mary. Quería ver cómo estaba, porque no la he visto por los pasillos. Seguro que sigue demasiado afectada por lo que pasó en el baile como para venir al instituto. Le aterraba que Reeve estuviera herido. Pobrecita. Sin embargo, no llegué muy lejos. El coche se descompuso justo en el estacionamiento del insti.

Lo primero que pensé fue: «¿Será el karma?».

Demonios, espero que no.

Pat se da la vuelta para agarrar otra herramienta y casi me tira al suelo de nalgas.

—Dios, ¿te relajas un poco? Fúmate un cigarro o algo.

Digamos que he estado un poco tensa estos últimos días. Bueno, ¿cómo no iba a estarlo después de lo que ocurrió en el baile de bienvenida?

No se me habría ocurrido ni en un millón de años que vería cómo arrastraban a Reeve en una camilla hasta una ambulancia. Queríamos que lo sacaran del equipo de futbol por haberlo descubierto drogado hasta las cejas, no que acabara en el hospital.

Vuelvo a recordar que lo que sucedió en el baile no fue culpa nuestra, que el incendio lo provocó una falla eléctrica. Incluso lo decía el periódico de hoy. Así que no hay más. Reeve se asustó y se cayó del escenario por culpa de las explosiones, no por las drogas que le echó Lillia en la bebida. Los hechos son los hechos.

Y, sinceramente, en realidad, el incendio fue una bendición encubierta. Está claro que no está bien que haya habido heridos. Un montón de chicos acabaron con puntos por los cristales rotos que les cayeron encima, uno se quemó el brazo con las chispas y uno de los profesores más mayores inhaló humo. Aun así, el fuego nos salvó de que nos quemaran en la hoguera... literalmente. La lesión de Reeve no ha sido más que otro daño colateral causado por el caos. Después de todo lo ocurrido, es imposible que recuerde que Lillia lo drogó.

Por lo menos, eso es lo que no dejo de repetirle a ella.

Pat alza la varilla para enseñársela a sus amigos y todos niegan con la cabeza como si fuera una desgracia.

—Dios mío, Kat. ¿Cuándo fue la última vez que cambiaste el aceite?

—Pensaba que tú te encargabas de eso.

—Es mantenimiento básico del coche.

Pongo los ojos en blanco.

—¿Me has quitado mi tabaco?

—Me habré fumado uno o dos cigarros —declara con inocencia.

Pat señala el banco de trabajo. Voy por la cajetilla y, como es de esperarse, me encuentro con que mi paquete recién comprado está vacío. Se lo lanzo a la cabeza.

—¿Quieres que te lleve a la gasolinera? —me pregunta Ricky con el casco en la mano—. Tengo que llenar el tanque de la moto.

—Gracias, Ricky.

Mientras salimos del garaje, me coloca la mano en la parte baja de la cadera. Al instante, me acuerdo de Alex Lind en el baile de bienvenida, de cómo guio a Lillia para sacarla del caos, como un caballero. Ojalá no hubiera tenido que verlo. Tampoco es que esté celosa ni nada de eso. Es solo que esas cursilerías me dan dolor de estómago. Me pregunto si fue por simple educación o si estará enamorado de ella. Como si me importara. Cuando me subo a la moto de Ricky, me pego a él todo lo que puedo, tanto que acabamos prácticamente abrazados.

Gira la cabeza y me dice en voz baja:

—Me estás matando. Lo sabes, ¿verdad?

Después, se baja el cristal del casco.

Veo mi reflejo en él y la verdad es que estoy buenísima. Le guiño un ojo y le lanzo una mirada inocente.

—Arranca —le ordeno, y él hace que ruja el motor.

La verdad es que puedo conseguir a cualquier chico que quiera. Incluido Alex Lind.

El sol se pone en el cielo gris y las carreteras están vacías. Así son las cosas en Jar Island cuando llega el otoño. Desaparece más de la mitad de la población, que solo viene en verano. Puede que haya unos cuantos turistas obsesionados con el follaje otoñal y esas cosas, pero en general está desierto. Un montón de restaurantes y tiendas ya han cerrado porque ha acabado la temporada. Es deprimente. Me muero de ganas de que llegue el año que viene para vivir en otro lugar. Con suerte, en Ohio, espero que en una bonita residencia de Oberlin. Pero me conformaría con cualquier parte, siempre y cuando no fuera Jar Island.

Mientras Ricky le echa gasolina a la moto, yo me compro un paquete de tabaco. Fumar es muy caro. Debería dejarlo y ahorrar para la universidad. Cuando salgo, distingo la gran colina que lleva a Middlebury. A casa de Mary.

—Oye, Ricky, ¿tienes prisa por volver?

Me sonríe.

—¿A dónde vamos?

Le indico el camino. Nadie contesta a la puerta, ni siquiera la loca de su tía. Hay un montón de correo asomando por el buzón y el pasto está más descuidado que el pelo de *Shep*.

Recorro un lado de la casa y encuentro una piedra que lanzar al segundo piso. Las luces de la habitación de Mary están apagadas, y las cortinas, cerradas. Observo las otras ventanas en busca de señales de vida. Todas están a oscuras. La casa tiene un aspecto..., bueno, espeluznante. Suelto la piedra y dejo que caiga al suelo.

Ojalá pudiera hablar con Mary aunque fuera solo un segundo para tranquilizarla. No debería sentirse culpable por lo que ha pasado. Ese cabrón ha tenido su merecido, simple y llanamente. Espero que, ahora que ya hemos completado nuestro plan de venganza y todo ha quedado atrás, Mary pueda seguir con su vida y no malgaste ni un segundo más en Reeve Tabatsky.

Mary

Llevo dos días seguidos llorando. No como, no duermo. No puedo hacer nada.

Escucho a la tía Bette en el baño, se está lavando la cara y cepillando los dientes. Su rutina nocturna. De camino a la cama, se detiene en mi habitación. Lleva la bata bien ceñida a la cintura y un periódico bajo el brazo.

Yo estoy tirada como un saco sobre la cama mientras contemplo el techo. Ni siquiera me animo a desearle buenas noches.

Ella se queda ahí parada y me contempla durante un segundo o dos. Después, habla.

—Hay un artículo en el periódico de hoy.

Lo levanta para que lo vea. Es sobre el baile, sobre el incendio. En la foto se ve el polideportivo, del que sale humo negro por las ventanas y una avalancha de estudiantes por la puerta.

—Creen que lo ha causado una falla eléctrica.

Me doy la vuelta para quedarme de cara a la pared, porque no quiero hablar del baile. Ni quiero pensar en ello. Ya le he dado muchas vueltas en la cabeza a lo mucho que se torcieron las cosas.

Por fin estaba lista para que me viera, con mi vestido precioso, orgullosa, fuerte y cambiada. Me había hecho una idea de cómo sucedería. Reeve, totalmente drogado, me detectaría entre la multitud. Habría algo en mí que le resultaría familiar. Sentiría que algo lo atraía a mí. Pensaría que soy guapa.

Cada vez que nuestras miradas se encontraran, yo tocaría el collar de la margarita que me había regalado por mi cumpleaños, sonreiría y esperaría a que se diera cuenta de quién soy. Mientras tanto, los profesores lo verían actuar de forma progresivamente caótica. Notarían que algo no estaba bien. Y, en cuanto él se diera cuenta de quién soy, se lo llevarían de la oreja a la oficina del director y recibiría el castigo que se merecía.

Solo que no ocurrió así. Ni de cerca.

Reeve me reconoció en cuanto me vio. A pesar de todo lo que había cambiado desde séptimo, vio a la chica gorda que había sido lo bastante tonta como para creer que eran amigos. Reeve vio a Big Easy. Oírlo pronunciar mi apodo me dejó sin respiración, igual que cuando me aventó al agua fría y oscura. Siempre había sido una sola cosa para él, y nada más que eso. Estaba muy enojada y perdí la calma.

—Parece que uno de los heridos era la estrella del equipo de futbol del instituto.

—Se llama Reeve —informo en voz baja—. Reeve Tabatsky.

—Ya lo sé. —Oigo que se acerca—. Era el chico que te molestaba, Mary.

En vez de contestarle, aprieto los labios.

—Hablamos largo y tendido sobre él mientras tomábamos chocolate caliente cuando vine por Navidad. ¿Lo recuerdas?

Pues claro que sí. Esperaba que ella me diera buenos consejos, alguna forma de conseguir que Reeve actuara en público igual que en los trayectos en ferri. Pensaba que lo entendería. Sin embargo, me aconsejó que la próxima vez que Reeve se burlara de mí, se lo contara a un profesor.

—Así te dejará en paz —me dijo.

Eso era lo último que quería.

Fue entonces cuando supe que ningún adulto me entendería. Nadie comprendería el tipo de relación que teníamos Reeve y yo.

La oigo respirar entrecortadamente a unos pocos pasos de mi cama.

—¿Has...?

Me doy la vuelta para mirarla.

—¿He qué?

Sueno muy grosera, pero no puedo evitarlo. ¿Acaso no ve que no estoy de humor para hablar?

Ella abre los ojos como platos.

—Nada —dice, y sale de mi habitación.

No puedo más. Me levanto, me pongo un suéter por encima del camisón, me calzo los tenis y salgo a escondidas por la puerta trasera.

Voy hasta Main Street y me dirijo hacia los acantilados. Hay uno enorme que me encanta, porque tiene unas vistas kilométricas.

Sin embargo, esta noche, no hay más que oscuridad. Oscuridad y silencio, como si fuera el fin del mundo. Muevo los pies hasta que las puntas de los tenis asoman por el borde de la roca. Sé que cae gravilla por la orilla, pero no la oigo impactar contra el agua. La caída dura eternamente.

En cambio, oigo a Reeve susurrándome durante el baile de bienvenida. Big Easy. Como un eco, una y otra y otra vez.

Aprieto los puños mientras me esfuerzo por borrar el recuerdo de lo que ocurrió después. Pero no funciona. Nunca funciona.

También pienso en las otras ocasiones. Como cuando Rennie se cayó de la pirámide. Y cuando las puertas de los casilleros se cerraron a la vez. Me pasa algo. Algo... raro.

La luna emerge de detrás de una nube, como si fuera el telón de una obra de teatro. Su luz se refleja en la roca húmeda y hace que todo brille.

Por la ladera hay un camino en el que las rocas forman unas escaleras retorcidas. Bajo por ellas hasta que ya no puedo descender más. Me asomo por la orilla. Las olas rompen muy por debajo de mí. Se estampan contra el acantilado y llenan el aire de bruma.

Un paso más... Un paso más y todo se desvanecerá. Todo lo que he hecho, todo lo que me han hecho, se esfumará sin más.

De repente, corre una ráfaga de viento y el agua salpica con fuerza. Casi me tira por el precipicio. Me caigo de rodillas y gateo hasta regresar al camino.

Hay una cosa que no puedo soltar.

Reeve.

Lo quiero a pesar de todo lo que me hizo. Lo quiero a pesar de que lo odio. No sé cómo detenerme.

Y lo peor es que ni siquiera sé si quiero hacerlo.

UNA SEMANA DESPUÉS

1

Mary

Cuando el sol de la mañana del lunes entra por mi ventana, algo me empuja a salir de la cama en vez de darme la vuelta hacia la pared como llevo haciendo toda la semana. Ya hace tiempo que sé que debería volver al instituto, pero no conseguía reunir las energías para hacerlo, así que me quedaba en la cama.

Hoy, en cambio, parece distinto. No tengo muy claro por qué. Es como que tengo un presentimiento de que debería estar allí.

Me trenzo el pelo y me pongo el vestido de pana, una camisa y un cárdigan. Me pone nerviosa ver a Reeve, que vuelva a pasar... algo malo. Y, además, he perdido muchas clases. Ni siquiera he intentado llevar al día las tareas. He dejado los libros y los cuadernos dentro de la mochila, sin tocar, en una esquina de la habitación. La agarro por uno de los tirantes y me la lanzo sobre el hombro. Ahora no puedo preocuparme de ponerme al día. Ya se me ocurrirá algo.

Sin embargo, cuando pongo la mano en la manija de la puerta e intento girarla, no se mueve ni un ápice.

Suele pasar. Sobre todo en verano, cuando la madera se hincha por la humedad. Las puertas y los herrajes son originales. Se trata de una manija de cristal enorme con un plato de latón con cerradura para una llave maestra que ya ni siquiera se puede comprar.

Normalmente, con un poco de maña se puede abrir, pero lo intento y sigue sin moverse.

—¿Tía Bette? —grito—. ¿Tía Bette?

Vuelvo a intentar abrir la puerta. Esta vez la sacudo con más fuerza. Entonces, empiezo a entrar en pánico.

—¡Tía Bette! ¡Ayuda!

Por fin, la oigo subir por las escaleras.

—¡Le pasa algo a la puerta! —grito—. No se abre.

Vuelvo a sacudirla para demostrárselo. Pero, entonces, como no percibo que ocurra nada al otro lado, me arrodillo y miro por el ojo de la cerradura para asegurarme de que sigue ahí. En efecto. Veo su falda granate arrugada.

—¡Tía Bette! ¡Por favor!

Ella por fin se pone manos a la obra. Oigo que se pelea con su lado de la puerta durante un momento y después esta se abre.

—Menos mal —digo, aliviada.

Estoy a punto de salir al pasillo cuando me percato de que hay algo en el suelo. Parece arena blanca o gis. A la derecha, estaba colocada en una línea fina y perfecta, pero mi tía la ha pisoteado justo delante de mi puerta.

¿Qué demonios es eso?

Tengo la tentación de agacharme y tocarla, pero me siento algo incómoda.

La tía Bette siempre ha tenido intereses muy extraños, como las hierbas, los cristales o canalizar energías. Cada vez que iba al extranjero, se traía cachivaches y amuletos de la suerte. Sé que es inofensivo, pero señalo el gis y pregunto:

—¿Qué es eso?

Ella levanta la vista con culpabilidad.

—No es nada. Ahora lo limpio.

Asiento como diciendo «Bueno, lo que tú digas» y paso a su lado.

—Te veo dentro de unas horas.

—Espera —espeta con urgencia—. ¿Adónde vas?

Suspiro.

—Al instituto.

—Será mejor que te quedes en casa —responde con una voz débil y tensa.

Soy consciente de que no he pasado la mejor de las semanas. He vagado como alma en pena por la casa, he llorado. Pero tampoco es que a ella le haya ido mucho mejor. Casi no ha dormido. La escucho en su habitación por las noches, holgazaneando y suspirando. Apenas sale de casa y ya casi nunca pinta, lo que me parece lo más preocupante de todo. Pinta cuando está feliz; no tiene más misterio. Le sentará bien que la deje en paz durante el día. Eso nos dará espacio a ambas.

—No puedo quedarme encerrada para siempre. —Tengo que seguir mis instintos. Hay algo en mi interior que me dice que debo ir—. Hoy voy a ir al instituto —aseguro. Esta vez, sin sonreír. Bajo las escaleras sin esperar a que me dé permiso.

Para cuando llego al estacionamiento de bicis, el sol ha desaparecido y ha dejado paso a un cielo frío y ralo. El estacionamiento está vacío, a excepción de unos cuantos profesores y las camionetas de los electricistas. Están renovando la instalación eléctrica de todo el centro a raíz del incidente del baile. Parece ser que han contratado a todos los electricistas de la isla, que están trabajando sin descanso.

Me alegro de haber llegado temprano, antes que la mayoría de mis compañeros. Necesito mentalizarme poco a poco.

Para mi sorpresa, Lillia aparece detrás de mí. Lleva el cierre de la chamarra bien cerrado y se ha cubierto la cabeza con la capucha. Cada día hace más frío.

—Hola —saludo con timidez mientras le pongo el candado a la bici. Es la primera vez que nos vemos desde el baile—. Has llegado temprano.

—Dios mío, cuánto me alegro de verte, Mary. —Cuando no respondo al instante, frunce el ceño y pregunta—: ¿Estás enojada conmigo o algo? No he sabido nada de ti. He buscado el número de tu tía en la guía telefónica y he intentado llamarte, pero no me ha contestado nadie. Y Kat ha pasado por tu casa unas cuantas veces, pero nadie le ha abierto la puerta.

Supongo que era absurdo pensar que Lillia y Kat no se darían cuenta de que las estaba evitando, pero es que no quería ver a nadie del instituto. No es nada personal.

—Lo siento —me disculpo—. Es que... estaba abrumada.

—No pasa nada. Lo entiendo. La situación se ha salido de control, así que pasar desapercibidas seguramente haya sido buena idea —admite, pero sigue sonando triste—. Oye, no sé si te has enterado de que Reeve vuelve hoy a clases.

Me cuesta tragar saliva. ¿Por eso he tenido la sensación de que tenía que venir? ¿Porque Reeve también iba a volver?

—¿Cómo está? He leído en el periódico que tiene la pierna rota.

Lillia aprieta los labios.

—Está bien, pero creo que no va a poder jugar esta temporada. —Supongo que detecta algo en mi rostro, porque se apresura a negar con la cabeza—. No te preocupes. Todo va a salir bien. —Camina hacia atrás mientras se aleja de mí—. Luego hablamos, ¿sí? Te extraño.

Reeve está roto. Yo lo he roto.

He conseguido lo que quería.

¿No?

Llegará enseguida. Entro corriendo al instituto. Hay agujeros en casi todos los salones para arreglar el cableado. He de tener cuidado por dónde piso o me tropezaré con los montones de cables nuevos que recorren el suelo del pasillo.

Entro a mi clase y me siento junto al radiador que está al lado de la ventana, con la falda del vestido de pana aplastada debajo de las piernas. Me dejo un libro abierto en el regazo. No estoy estudiando. No bajo la mirada a las páginas ni una sola vez. Espío entre los mechones de pelo y contemplo cómo el estacionamiento se va llenando de estudiantes.

Este fin de semana ha bajado de los cero grados por primera vez, así que supongo que los conserjes habrán apagado la fuente del patio. Los únicos que pueden soportar el frío son los fumadores y los del equipo de atletismo. El resto de las personas se apresura a entrar.

Advierto el sonido de unos bajos retumbando a través de la ventana. Alex entra con su todoterreno a la calle del instituto. Se estaciona en el lugar de discapacitados, cerca de la entrada. Sale, cruza la parte delantera del coche y abre la puerta del copiloto.

Todos los que están en el patio se giran para mirar. Deben de saber que hoy era el día.

Reeve planta la pierna buena en el suelo. Lleva shorts de malla y una sudadera que dice «JAR ISLAND FOOTBALL». Alex le ofrece la mano, pero él la ignora; se agarra a la puerta y saca la otra pierna. Un yeso blanco se le extiende desde la parte superior del muslo hasta los dedos de los pies.

Reeve se recarga en la pata coja mientras Alex saca las muletas de la cajuela. Rennie sale del asiento de atrás y agarra la mochila de Reeve. Él hace un gesto como si quisiera llevarla, pero ella niega con la cabeza y se le menea la cola de caballo de un lado a otro. Este se da por vencido y empieza a avanzar hacia el instituto tan rápido como puede. Velocidad no le falta. Incluso deja atrás a sus amigos.

Un par de personas se le acercan corriendo, le sonríen y lo saludan. Todo el mundo está pendiente de su pierna. Un chico intenta agacharse para firmarle el yeso, pero Reeve no se detiene. Baja la cabeza, hace como que no lo ha visto y sigue caminando.

Nada ha cambiado. Todo el mundo quiere a Reeve. La mayoría nunca lo conseguirá.

Pero yo lo tuve una vez.

2
Lillia

Estoy en plena resolución de una ecuación en clase de Cálculo cuando alguien toca la puerta del aula. Es la señora Gardner, la secretaria del instituto, que va ataviada con un saco que no le sienta nada bien. Es demasiado largo y cuadrado para ella, con botones dorados inmensos. Parece que la hubiera robado del armario de su marido... en 1980. En mi opinión, las mujeres bajitas jamás deberían usar sacos. A no ser que sean cortos y superajustados y, no sé, de media manga o algo así.

En fin.

Vuelvo a concentrarme en los ejercicios. Estamos resolviendo problemas de derivadas. No son complicados. El curso pasado me dijeron que la clase de Cálculo era lo más difícil que habían hecho en la vida. Eeeh, ¿en serio?

Entonces, la señora Gardner deja un papel amarillo en mi pupitre. Arriba dice: «Lillia Cho». Después: «Acuda a la oficina de orientación». Hay una raya en la que escriben la hora a la que debo ir. Dice: «Ya».

Se me tensa todo. Me aparto el pelo del hombro y recojo mis cosas. Alex me mira mientras salgo por la puerta. Sonrío y levanto los hombros como si nada, como si no supiera de qué se puede tratar la cosa.

Recorro el pasillo a toda prisa. Si estuviera metida en un problema, si alguien se hubiera enterado de lo que le hice a Reeve, me mandarían a la oficina del director, no a orientación.

El señor Randolph lleva siendo mi orientador desde noveno. No es viejo. Su diploma data de hace diez años. Me he fijado. Seguro que por aquel entonces era guapo, pero ha empezado a perder el pelo, qué pena. Sus padres son los dueños del establo en el que tengo mi caballo, *Phantom*. Hay placas de equitación y medallas por todas partes, de cuando competía.

Espero un segundo en el umbral de la puerta. Está al teléfono, pero me hace un gesto con la mano para que entre.

Me siento y ensayo lo que voy a decir en caso de que me llame la atención. Haré un puchero y diré: «Disculpe, señor Randolph, ¿por qué haría yo algo así? Reeve es uno de mis mejores amigos. Esto no tiene ningún sentido. No sé ni qué decir». Después, me cruzaré de brazos y no hablaré si no es en presencia de un abogado.

Pone cara de enojo y se acaricia la calva incipiente. Me pregunto si está perdiendo el pelo de forma prematura porque está tan estresado que no deja de frotarse la cabeza.

—Sí, bueno, sí, claro. Gracias. —Cuelga y suelta un gran suspiro—. ¿A qué vienen esos nervios, Lillia?

Me obligo a sonreír.

—Hola, señor Randolph.

—Hace tiempo que no te veo por los establos. No estarás pensando en vender el caballo, ¿verdad?

—¡No! Nunca vendería a *Phantom*.

Se ríe.

—Ya lo sé. Pero, si cambias de idea, ya sabes a quién llamar primero, ¿verdad?

Asiento, pero es impensable. No vendería a *Phantom* por nada del mundo.

—Claro.

—Bueno... Estaba mirando tu expediente. Está genial, Lillia. Muy pero que muy bien. Puede que incluso tengas el segundo mejor promedio del curso.

Me invade el alivio.

—Cielos. Qué maravilla. Mi padre se pondrá muy contento.

Abre una carpeta con mi nombre. Me pregunto si va a revelarme en qué puesto me clasifico, pero, entonces, retoma la conversación.

—Sin embargo, me he dado cuenta de que todavía no has hecho el examen de natación.

—Ah.

Desde que se construyó la alberca cubierta, es obligatorio pasar una prueba de natación. Es parte de los requisitos para graduarse.

—A no ser que se trate de un error administrativo.

Me muevo incómoda en el asiento.

—No, no lo es.

Niega con la cabeza.

—Bueno, comprenderás que aprobar el examen de natación es un requisito para graduarse.

—A no ser que tenga un justificante médico, ¿verdad?

Parece sorprendido. Sorprendido y decepcionado.

—Correcto. A no ser que tengas un justificante. —Cierra la carpeta—. Pero ¿no quieres aprender a nadar, Lillia?

—He aprendido a no ahogarme, señor Randolph —aseguro—. Pero lo de nadar no me apasiona.

Me mira como si estuviera diciendo una tontería.

—Es una habilidad importante para la vida, Lillia, sobre todo para una chica que vive en una isla. Podría salvarte la vida. O a otra persona. Prométeme que lo pensarás.

Claro que lo pensaré. Pensaré en cómo pedirle a mi padre

que me haga un justificante médico. Si no acepta, seguro que consigo que me lo falsifique Kat.

De camino a clase, veo que alguien está engrapando calabazas de papel en el tablón de anuncios para enmarcar el calendario de octubre. Solo ha pasado poco más de un mes desde que Kat, Mary y yo nos encontramos en el baño de las chicas. No estoy segura de si fue la buena suerte, o incluso el destino, lo que nos unió. Sea lo que sea, me alegro mucho.

A la hora de comer, nos sentamos a nuestra mesa y no deja de venir gente para intentar firmarle el yeso a Reeve. El Reeve que conozco habría aceptado esa atención, habría disfrutado de lo lindo. Pero este chico no. A este no podría importarle menos. Solo quiere hablar con Rennie de su plan de rehabilitación. Están acurrucados al otro lado de la mesa, él con el yeso sobre el regazo de ella.

—Mientras no pueda caminar, me concentraré en el tren superior: pecho, bíceps, tríceps, espalda y abdominales. Ganaré músculo de la cintura para arriba. Dentro de tres o cuatro semanas me cambiarán a una férula. Y pum. Hidroterapia.

Contemplo alucinada cómo se zampa dos pechugas de pollo al vapor y una bolsa enorme de zanahorias cortadas y espinacas. Está absorbiendo la comida como si fuera una aspiradora.

—Anoche pedí un cinturón flotador —anuncia Rennie—. Yo creo que llegará para la semana que viene.

Alex no deja de meterse en la conversación para intentar convencer a Reeve de que venga al partido del viernes, pero, por supuesto, el muy egoísta no da el brazo a torcer.

—Anda, amigo, sabes que nos vendría genial para subir los ánimos. Los demás están cagados por tener a Lee Freddington de *quarterback*.

—Porque lanza de pena —comenta Derek con la boca llena de pizza.

Es cierto. El pasado viernes se disputó el primer partido sin Reeve y fue un desastre. Perdimos catastróficamente contra el penúltimo equipo de nuestra división.

PJ se une a la conversación.

—Te extrañamos, amigo. Y, además, podrías darle algunos consejos a Freddington o algo.

—Eso —añade Alex—. No tienes que ponerte el uniforme ni nada. Tú quédate al margen, pero de verdad creo que marcaría la diferencia.

Reeve se bebe el licuado de proteína de un trago.

—Ahora están solos ante el peligro. Ya no puedo seguir cargando con ustedes. Tengo que preocuparme por mí mismo. Si no me pongo las pilas, no podré jugar el otoño que viene —espeta mientras se limpia la boca.

—Sigues siendo el capitán —le recuerda Alex.

—Tengo que con centrarme en la recuperación —objeta Reeve—. Me meto a la cama a las nueve y me levanto a las cinco y media para entrenar. ¿Crees que tengo tiempo para ir a un partido de futbol?

—Bueno, tú piénsalo —le pide Alex—. No tienes que decidirlo hoy. A ver cómo estás de ánimos el viernes.

Me angustia ver a Alex tener tanta paciencia con los berrinches de Reeve. Yo en su lugar ya le habría dicho que lo olvidara.

Derek niega con pesar.

—Demonios, amigo No puedo creer que te haya pasado esto. Me moría de ganas de verte marcar *touchdowns* en el canal de deportes universitarios la temporada que viene —comenta.

Reeve se mete el tenedor lleno de ensalada a la boca.

—Y me verás. No me des por perdido —responde mientras mastica con fuerza.

—Eso, Derek —interviene Rennie, lanzándole una mirada asesina—. A partir de ahora, esta es una zona de negatividad cero. Solo está permitido el pensamiento positivo.

Reeve se impulsa para levantarse y agarra las muletas.

—¿Adónde vas? —le pregunta Rennie.

—Al baño.

Él se aleja dando zancadas mientras ella lo observa como un halcón, lista para ponerse manos a la obra si la necesita. Cuando se marcha, mira alrededor para asegurarse de que nadie la esté escuchando y, entonces, le dice a Ashlin:

—Está siendo muy fuerte. La otra noche casi se echa a llorar en mis brazos cuando se enteró de que Alabama quedaba descartada. ¡Era una de las universidades que daba por segura! Y ha acabado suplicándoles a los entrenadores que lo dejaran empezar después de la primera temporada. —Cierra los ojos y se frota la sien—. No creen que pueda volver al nivel de antes. Me muero de ganas de que les demuestre lo contrario a esos idiotas. —Da un trago a su refresco—. Bueno, puede que no termine en una universidad de primera división, pero cualquiera de segunda o tercera tendría suerte de contar con él.

—¿Has vuelto a pasar la noche en su casa? —susurra Ash.

¿Ahora hacen fiestas de pijamas? No me cabe duda de que Paige dejaría a su hija dormir en casa de un chico, pero los padres de Reeve siempre me habían parecido bastante tradicionales. Van a la iglesia todos los domingos y él hasta llama a su padre «señor».

Rennie se pasa las manos por el pelo.

—Básicamente, soy lo único que lo mantiene a flote —declara.

—¿Por fin han DLR? —le pregunta Ashlin.

—¿Qué significa DLR? —me intereso en voz alta.

—Definir la relación —responde Rennie mientras pone los ojos en blanco, como si yo fuera una lerda por no saberlo. Pero no me mira—. Y no, aún no. Ahora tiene demasiadas cosas en la cabeza. Yo solo quiero apoyarlo. Es lo único que necesita. —Empieza a recoger sus cosas—. Voy a buscarlo. —Se inclina y le da un beso en la mejilla a Ashlin—. Adiós, Ash. Adiós, PJ. Adiós, Derek.

Se marcha sin dirigirme la mirada. Nadie parece darse cuenta de que se ha despedido de todo el mundo menos de mí.

Lleva así desde el baile de bienvenida, y cada día empeora un poco más. Estoy casi segura de que Rennie está enojada conmigo. Más bien, furiosa.

En cuanto sale por la puerta, le pregunto a Ash:

—¿Rennie te ha hablado de mí?

Ashlin se mueve con incomodidad y evita mi mirada.

—¿A qué te refieres?

—Se está portando como una zorra conmigo desde el baile. ¿Es porque me nombraron reina? —Me muerdo el labio inferior—. Le cederé la corona si tanto la quiere.

Ash por fin levanta la vista.

—Lil, no es por eso. Es porque besaste a Reeve en el escenario mientras bailaban.

Se me desencaja la mandíbula.

—¡Yo no lo besé! ¡Me besó él a mí!

—Pero tú te dejaste. Delante de todo el mundo.

Siento que me voy a echar a llorar.

—¡Ash, yo no quería! Casi me obligó. Sabes que ni siquiera me cae bien. Y... ¿por qué está enojada conmigo y no con él?

Ella se encoje de hombros con compasión.

—Es su primer amor. Es su Reevie. Le perdonaría cualquier cosa.

—Pero no es justo —farfullo.

—Dile que lo sientes —sugiere—. Asegúrale que nunca pensarías en Reeve de esa forma.

Frunzo el ceño y me recuesto. Quizá eso arreglaría las cosas, pero no estoy segura.

—He ahí la cuestión —contesto—. No debería ser necesario.

3

Mary

Ya se acaba la semana y estoy de camino a la salida del instituto cuando escucho a Kat gritar en el estacionamiento. Es un gritito juguetón, no suena asustada ni nada por el estilo. La busco con la mirada y la encuentro a unos cuantos metros de distancia, con un cigarro entre los dientes mientras intenta quitarle la camisa de franela a un chico.

A él lo reconozco, más o menos. No sé cómo se llama, pero siempre lo veo caminando sin rumbo por las inmediaciones del insti. No creo que esté inscrito en ninguna asignatura. O, de ser así, sus profesores serán bastante liberales con la asistencia.

Kat podría estar en el equipo de lucha libre porque es muy escurridiza. No deja de moverse, da saltitos sobre las puntas de los pies, se mueve de derecha a izquierda mientras le pasa la espalda de la camisa por la cabeza. Seguro que le enseñó su hermano.

Su oponente no tiene equilibrio y, además, parece que no sabe muy bien cómo pelear contra una chica. Sin duda, Kat se aprovecha de ello. Mantiene el nivel de agresividad, jala y jala hasta que consigue liberar casi toda la camisa y lo distrae dándole toquecitos en las costillas o jalándole la liga del pelo que le sujeta la cabellera, que le llega a los hombros. En poco tiempo, lo único que le queda en la mano es un trocito de la manga.

Kat planta los pies como si se estuviera preparando para un tira y afloja a vida o muerte.

—Si no la sueltas, se va a rasgar, Dan —advierte.

—Bien, bien.

El chico (Dan, supongo) por fin cede.

Kat suelta un aullido y da una vuelta de victoria mientras hace girar la camisa por encima de la cabeza como si fuera un lazo de rodeo.

—Que te sirva de lección, Dan. Cuando quiero algo, lo consigo. Fin de la historia.

El chico se pone más rojo que un tomate y yo me parto de la risa porque Kat está loca como una cabra.

Ella debe de oírme porque, al instante, me mira. Me hace un gesto con la barbilla, aunque muy disimulado. Yo le devuelvo la sonrisa y estoy a punto de subirme a la bici cuando Kat hace algo que me sorprende.

Levanta un dedo, como para indicarme que la espere.

Pasa tan deprisa que me pregunto si me lo habré imaginado. La verdad es que nunca nos habíamos relacionado en público. Supongo que ahora ya podemos porque el plan de venganza ya es cosa del pasado. Aun así, saco el libro que tengo que leer para clase de Literatura y lo hojeo para que no parezca tan evidente. La veo apagar el cigarro en el suelo.

—Anda, Kat. Devuélvemela.

Ella se la pone por encima de la sudadera.

—Es que me gusta. Te prometo que te la devolveré el lunes. Y así olerá a mí.

Él finge molestarse, pero como cede de inmediato, sé que le gusta Kat.

—¿Quieres que te lleve a casa?

—*Nah*. Iré caminando. Pero ¿puedo quitarte otro cigarro?

No espera a que él se lo dé. Lo agarra y se lo coloca detrás de la oreja.

Después, se dirige rumbo al carril bici.

Yo guardo el libro y empiezo a caminar con parsimonia mientras empujo la bicicleta y espero a que ella me alcance. Deberíamos andarnos con cuidado.

—¿Estás bien, Mary? —me pregunta cuando se acerca.

—Sí —respondo con un suspiro—. Más o menos.

—¿Has visto a Reeve esta semana?

—La verdad es que no mucho. —Me coloco un mechón de pelo detrás de la oreja sin quitar la mirada del suelo—. Oye, se rumora que Reeve podría perder las becas deportivas por culpa de la lesión. —Siento que me tiembla el labio en cuanto pronuncio las palabras—. ¿Es cierto?

Kat levanta los hombros.

—Puede ser. O puede que no. Tampoco es que haya perdido una pierna. Es una fractura. Y tampoco es para tanto. Mi hermano se rompió el fémur en una carrera de *motocross*. Ahora tiene la pierna izquierda un centímetro más corta que la derecha.

Su voz suena extrañamente seria. Noto que no me quita ojo de encima, como si estuviera esperando a ver si me vengo abajo. Levanto la barbilla y consigo esbozar una sonrisita débil, aunque sé que se me han llenado los ojos de lágrimas.

Entonces, es ella la que aparta la mirada. Se sale del carril bici y arranca un puñado de hojas marchitas de una rama baja.

—Todo saldrá bien. Confía en mí. Reeve se las arreglará. Ese tipo siempre cae de pie.

Asiento y digo que «claro», porque ¿qué voy a decir si no? Yo también me las arreglaré. He conseguido sobrevivir a la semana, que ya es un logro.

Decido que es mejor cambiar de tema.

—¿Quién es ese chico con el que estabas hablando? —pregunto—. ¿Te gusta?

—Por favor. ¿Dan? —Pone los ojos en blanco—. Mary, no necesito dramas masculinos, ahora que solo me quedan unos siete meses en esta isla. Es una cura temporal para mi aburrimiento.

Ojalá me resultara así de fácil encontrar a un chico que me guste y que me corresponda. Kat tiene un montón de experiencia en estos temas, yo ni siquiera he dado mi primer beso. Es probable que sea porque en el fondo llevo años enamorada de Reeve y esperaba que tal vez pensara que por fin era digna de él.

Otra vez con lo mismo. Vuelvo a pensar en Reeve incluso cuando intento no hacerlo. Es como una enfermedad.

—¿Qué haces esta noche, Mary? —Antes de que pueda contestar, Kat continúa hablando—: Voy a ir a un concierto en la tienda de discos de mi amiga. Son un grupo de *deathcore*, se llaman Day of the Dogs y hacen un espectáculo en el que ellos dicen algo y el público tiene que responder gritando a pleno pulmón. Y yo sé que tú tienes unos pulmones de locos —bromea, en referencia al grito que pegué en el baile de bienvenida. Sin embargo, ninguna de las dos se ríe—. Te vendría bien venir. Así sueltas lo que sea que tengas acumulado dentro.

No sé lo que es el *deathcore* y, aunque me halaga que me haya invitado, creo que debería tomarme las cosas con calma de momento.

—Tengo que ponerme al día con un montón de tareas. Seguramente no podré salir en mucho tiempo.

Kat me contempla durante un instante mientras intenta unir las piezas. Le da la espalda a la brisa e intenta encender el cigarro.

—Bien, Mary. Mira, sé que la estás pasando mal por lo del baile. Las cosas no salieron exactamente como queríamos, y lo entiendo, está del carajo. Cuando se murió mi madre, me negué a hablar durante seis meses. —Da unas cuantas caladas y después escudriña la otra parte del cigarro para asegurarse de que esté encendido—. Sabes lo de mi madre, ¿verdad?

Asiento. Creo que Lillia lo mencionó una vez de pasada. Falleció de cáncer. No obstante, Kat nunca había sacado el tema, y una parte de mí se alegra de que se sienta tan cómoda conmigo como para compartir algo tan personal.

—Sí, eso pensaba, pero quería asegurarme. —Da una larga calada y suelta el humo—. En fin, esa no fue una forma sana de lidiar con mis sentimientos. Cerrarme en esa postura no me hizo ningún bien. No puedes estar triste toda la vida, ¿sabes? Callarme no me iba a devolver a mi madre. Llega un punto en el que tienes que pasar página.

Dejo de caminar.

—¿Cómo se hace eso?

Sujeta el cigarro entre los labios y se mete las manos en los bolsillos.

—Pues, no sé. Deberías unirte a algún club o algo. Intenta involucrarte más en el instituto. Aprovecha el tiempo hasta la graduación.

—¿Qué clase de club?

Esboza una mueca.

—¡Y yo qué sé, Mary! Los clubes no son lo mío. Busca algo que te interese. Tienes que abrirte. Hacer amigos. Concentrarte en lo que te hace feliz. No quiero sonar grosera, pero tienes que buscarte la vida porque todavía te queda un año entero antes de graduarte.

Lo hace parecer muy fácil. Quizá lo sea.

—Sé que tienes razón —admito—. Es que... es complicado.

—No tiene por qué serlo. —Se apoya en un árbol—. Hazlo y punto, no dejes que te controlen los sentimientos. —Se da golpecitos en el pecho—. Yo apenas pienso en los míos. ¿Sabes por qué? Porque si me sentara a pensar y llorar por todas y cada una de las cosas malas que me han ocurrido, no saldría nunca de la cama. —Me busca la mirada y me observa con intensidad—. Te juro que mejorará. Solo tienes que dejar atrás todo esto.

Me arrebujo en mi abrigo. Kat tiene razón, lo sé. No debería hundirme en mis penas. Ya perdí un año de mi vida cuando intenté suicidarme por lo que me hizo Reeve. No puedo permitir que vuelva a pasar.

—Gracias —digo, porque se lo agradezco de verdad, desde lo más profundo del alma.

Hay una gran diferencia entre entonces y ahora. Ahora tengo amigas que quieren lo mejor para mí.

Hago tareas hasta que no puedo soportar mirar más los libros de texto y, después, salgo a dar un paseo por Main Street. Un ferri atraca en el puerto y el primer vehículo que baja es un autobús escolar lleno hasta los topes de jugadores de futbol americano. Las ventanas están pintadas con diferentes números e insultos como, por ejemplo, «¡Abajo las gaviotas!».

Dios mío...

Supongo que esta noche hay partido.

Pongo rumbo al campo. No tengo pensado quedarme mucho rato, pero no me cuesta encontrar un asiento en las gradas. Están medio vacías, debe de haber la mitad de público que durante el partido de bienvenida. Supongo que es lo que pasa cuando pierdes a tu jugador estrella. El primer partido después de que Reeve se lesionara lo perdimos. El *quarterback* que lo sustituía, Lee Freddington, no logró ni un solo pase.

Hay un grupo de animadoras practicando los aplausos para animar durante las jugadas defensivas. Supongo que, ahora que nuestro equipo no tiene fuerza ofensiva, saldrá más a relucir. Las demás se pasean por la banda, como si fuera un entrenamiento y no un partido. Rennie está mirando el celular, sentada sobre el pasto con las piernas cruzadas. Lillia y Ashlin están platicando cerca de la banca. Lillia me ve y me lanza una sonrisa llena de alegría. Yo se la devuelvo.

El comentarista da la bienvenida a los oponentes y, entonces, nuestras animadoras se ponen en fila y se dirigen hacia la entrada del campo para saludar al equipo. Veo que Teresa Cruz se coloca al frente de la fila. Supongo que, como es la animadora de Lee Freddington, ha ganado relevancia.

Rennie lo ve y se coloca justo delante de ella.

Reeve es el primero en salir al campo. Lleva la camiseta del equipo y los pantalones de calentamiento, lo mismo que ha llevado hoy a clase. En cuanto aparece, todos los espectadores se levantan y lo animan. No muestran el mismo nivel de entusiasmo que les provocaba al principio de la temporada, es más bien un aplauso comedido. Respetuoso. De cortesía.

Reeve intenta avanzar tan rápido como puede, pero el suelo está blando por lo mucho que ha llovido y las muletas se le hunden en el lodo. Cuanto más rápido intenta ir, más se hunde.

El resto de los jugadores sale del vestidor. Intentan quedarse detrás de Reeve para que siga siendo líder, pero él va tan lento que provoca un embotellamiento.

Entonces, por un flanco del grupo, aparece Lee Freddington. Adelanta a Reeve como si ni siquiera estuviera presente y se pone a la cabeza. Parece como si hubiera abierto la veda al resto de los jugadores, que lo imitan. Reeve acaba siendo de los últimos del grupo, junto con Alex, PJ, el entrenador y los chicos que cargan con las hieleras. Percibo que está cada vez más frustrado. Llega un punto en el que arrastra el pie enyesado por el campo y la punta se le llena de hierba y lodo. Se ruboriza, parece estar a punto de echar humo.

Dejo de aplaudir y me siento encima de las manos. Es absurdo. Sé que seguramente me haga parecer débil, pero es que Reeve no está preparado para esto. No sabe cómo sobrellevar quedarse en desventaja, está demasiado acostumbrado a ser el centro de todo. Casi me duele verlo, es como si hubieran expulsado a la luna y las estrellas del cielo y las hubieran obligado a ser mortales, como el resto de los seres vivos.

Quería que Reeve se metiera en un buen problema, que perdiera lo que lo hacía sentirse tan seguro de sí mismo, tan superior a los demás. Y, en el fondo, sé que se merecía lo que le pasara. Sin embargo, una parte de mí desearía que no hubiéramos tenido que llegar a este punto. Que no hubiéramos tenido que destrozarlo para que aprendiera la lección.

El primer tiempo lo jugamos tan mal como se esperaba. Lee Freddington recupera el balón en el segundo. En su primera oportunidad para hacer un pase, casi lo bloquean los del equipo contrario. Nuestro entrenador pide tiempo muerto y empieza a gritar a los defensas.

Veo que Reeve busca a Lee Freddington para darle algunos consejos. Lleva haciéndolo todo el partido, pero él apenas le dirige la mirada. Y no es porque le dé vergüenza, sino porque piensa que no necesita su ayuda.

Justo antes de que acabe el tiempo muerto, Lee se acerca a Alex Lind. Le pasa un brazo por encima de los hombros y parece que le susurra algo. Reeve los contempla con la mandíbula apretada.

Un segundo después, el equipo vuelve a salir al campo. Lee encabeza a los jugadores y, cuando agarra el balón, echa el brazo hacia atrás como si fuera a ir por todo. En el otro extremo del campo, Alex Lind le saca ventaja a otro jugador. Lee lanza el balón, que gira en espiral y cae directo en los brazos de Alex.

Touchdown.

Decido irme cuando PJ anota el punto extra. Las chicas se ponen en fila para animar cada una a su jugador. Teresa Cruz se coloca al frente y veo que Rennie se acerca a ella a toda prisa y la agarra por el jersey.

—¿Qué estás haciendo?

—Lee ha anotado. Voy a animarlo.

Rennie la mira como si fuera idiota.

—Alex es el que ha anotado el *touchdown*. Él es quien ha marcado.

Teresa resopla.

—Pero siempre animamos al *quarterback*...

—Reeve es nuestro *quarterback*. Lee solo es un segundón de mierda.

Rennie da un paso adelante y grita para animar a Reeve en voz tan alta que lo veo encogerse en la banca.

Rennie cree saber lo que necesita Reeve, pero no tiene ni idea. No quiere que lo mire todo el mundo. Ya no. Ahora lo único que quiere es que lo dejen en paz.

Me levanto y me dirijo a casa. Eso voy a hacer. Dejar a Reeve en paz. Es más, voy a resetearme el cerebro para no pensar en él, para no sentir nada por él. Es la única manera.

Me encuentro a la tía Bette en el comedor. Está a oscuras, sentada en el suelo con varias velas encendidas alrededor. La cera encharca el suelo de madera. Si mi padre lo viera, le daría un ataque. Siempre dice que el suelo es su parte favorita de la casa. Es de cedro, casi de color rojizo.

—Ya he llegado —anuncio mientras entro.

Se sobresalta. Ahora que estoy más cerca, veo que tiene un pedazo de lino extendido delante. Está cubierto de hojas y hierbas secas. Los está juntando en ramilletes mientras los amarra con un cordón.

Acaba de atar un nudo.

—No sabía que te habías ido —comenta con irritación, como si estuviera interrumpiendo algo importante.

—He ido a dar un paseo. Perdón —añado, aunque no tengo nada por lo que disculparme. Señalo los ramilletes y pregunto—: ¿Qué es eso?

Ella agarra una ramita y frota una hoja entre los dedos.

—Hierbas antiguas.

Parece romero. ¿O quizá tomillo? No los distingo.

—Entiendooo... —digo—. Bueno, pues buenas noches.

Me percato de que hay una taza de té a los pies de las escaleras. Dentro ha prendido fuego a uno de los ramilletes. Las ascuas rojas sueltan una columna de humo que llega hasta el techo del pasillo.

¿Qué está pasando?

Me empieza a doler la cabeza.

Me pongo a toser.

—Eeeh, tía Bette, ¿no será peligroso dejar esta cosa encendida en el pasillo?

Me preocupa parecer una grosera condescendiente, pero es que me parece bastante inquietante. Y me siento mal.

No me contesta. En fin... Lo rodeo con cuidado de no inhalar el humo y subo a mi habitación.

4

Kat

Tras hablar con Mary después de clase, voy a casa, le hago a papá una cena de microondas, me zampo un tazón de cereales y me dirijo al ferri. Ya se ha puesto el sol y el viento escuece. Me abrocho la sudadera hasta el cuello y me tapo la cabeza con la capucha. Debería haber empezado a llevar abrigo hace semanas, pero odio el que me compré el año pasado. Era un abrigo de marinero de color carbón, de la marina de verdad. Lo encontré en la tienda de segunda mano, pero no tenía forro y la lana me picaba. Igual, si llego pronto, puedo pasar por la tienda de segunda mano a ver si tienen otra cosa.

En el embarcadero, la situación opuesta a la que se vive durante el verano, cuando el estacionamiento está lleno y hay filas de gente esperando para subirse a bordo. Ahora está muerto, excepto por unos cuantos camiones de reparto y un par de coches. La mayoría de los trabajadores a los que conozco se han ido, ahora que ha acabado la temporada, así que seguramente me toque pagar el boleto. Voy a la ventanilla, pero el vendedor es amigo de mi padre y se niega a aceptar mi dinero, cosa que me parece maravillosa. Me pasa seguido, pero siempre lo agradezco muchísimo.

Me quedaría hecha un témpano de hielo si me sentara en la cubierta, así que busco asiento dentro, en la cafetería. Hay cuatro viejos sentados a una mesa que están bebiendo té y hojeando un libro de pájaros para marcar los que han visto hoy. Me pongo la música y cierro los ojos. Espero morir joven, porque no me puedo ni imaginar haciendo esas mierdas.

Entonces noto cómo se me cierra el estómago, supongo que a causa de la culpa, al pensar en que hace semanas que no paso por la tienda para ver a Kim. Desde nuestra peleíta, cuando necesitaba hacer copias de los poemas cursis de Alex para el plan de venganza. Estaba tan concentrada en ello que no le hice ni caso a Kim cuando estaba claro que necesitaba una amiga con la que hablar.

Espero que me perdone.

Por desgracia, la tienda de segunda mano no tiene ningún abrigo de invierno. Solo sobras de verano de la gente que hizo limpieza de armario. Voy hasta Paul's Boutique. Menos mal que Day of the Dog no empieza hasta más tarde, porque así Kim y yo tendremos tiempo para ponernos al día. Decido que no voy a hablar de mis dramas. Esta noche el objetivo es que ella se desahogue. Quizá las cosas se hayan arreglado entre ella y Paul. Quién sabe, tal vez su mujer no se había enterado de que se estaban acostando. Eso espero.

Detrás del mostrador de la tienda hay alguien a quien no reconozco, un tipo delgaducho con greñas largas. Así que voy directamente a la parte de atrás, donde hacen los conciertos. El interior del garaje está mucho más oscuro y ya hay algunas personas apretujadas delante del escenario para asegurarse de conseguir un buen lugar. Alguien me agarra del brazo.

—Son diez dólares.

Me doy la vuelta y veo a Paul. Se ha cortado bastante el pelo y lo veo más canoso de lo que recordaba. Lleva una camiseta vieja de los Sex Pistols, pantalones ajustados rotos y tenis deportivos. Para ser un hombre es bajito, pero está en forma. Kim dice que, desde que dejó de drogarse, se ha tomado muy en serio el gimnasio. Parece ser que hace varios años era adicto a drogas duras. O sea de las que te inyectas.

En fin, le sonrío porque ya nos conocemos.

—Vaya, Paul.

No me suelta el brazo.

—Son diez dólares.

Me libero y miro por encima del hombro a la cabina de sonido, para ver si Kim está dentro. Pero está vacía.

—¿Estás sorda?

—¿Dónde está Kim? —pregunto, y sé que sueno enojada.

Paul parece sorprendido.

—¿Conoces a Kim?

—Es buena amiga mía.

Se cruza de brazos.

—Ya no trabaja aquí.

—¿Qué? ¿Por qué?

—Porque me robaba.

Entrecierro los ojos.

—Eres un mentiroso —escupo.

—¿Perdona?

—Ya me has oído. —Estoy tan enojada que comienzo a temblar—. Eres un mentiroso. Kim jamás te robaría.

Lo sé de buena fuente. Kim se tomaba muy en serio su trabajo. En parte porque amaba la música y, en parte, porque lo amaba a él.

Me pone un dedo delante de la cara.

—¿Y cómo llamas a dejar que la gente entre gratis a los conciertos? ¿Eh? ¿Cuándo fue la última vez que pagaste para ver a un grupo?

—Eres un cobarde de mierda —digo lo bastante alto como para que la gente que tenemos cerca se gire—. Te coges a tus empleadas y, cuando te descubren, las despides.

Resopla como si no le importara lo más mínimo, pero sé que está desconcertado.

—Ya está bien, niñita. Largo de aquí.

Levanta el brazo tatuado para hacerle una señal a Frank, el vigilante, que está apoyado en un amplificador. Frank viene y parece de todo menos contento por tener que sacarme.

—¡Espero que tu mujer sepa lo imbécil que es su marido! —grito a pleno pulmón—. ¡Me encantaría contárselo yo misma!

—Vamos, Kat —me pide Frank mientras me rodea con un brazo.

Yo me retuerzo y escupo todas las maldiciones que me sé de golpe.

Frank me lleva al pasillo de atrás, cerca del cuartito donde los grupos esperan a que sea el momento de salir al escenario. Los oigo afinar los instrumentos, reír y charlar.

—¿Estás bien? —me pregunta Frank.

Me esfuerzo por no echarme a llorar, así que le doy un puñetazo a la pared.

—¿Adónde ha ido?

Frank levanta los hombros.

—Tuvieron una pelea muy fuerte hace unas semanas y Paul le dio veinticuatro horas para hacer las maletas y mudarse del piso de arriba. No tardó ni tres y, cuando salió, se llevó todo el dinero en efectivo que había en la caja fuerte.

Entonces ¿Kim le robó a Paul? Supongo que Frank percibe la sorpresa en mi rostro, porque niega con la cabeza como si lo hubiera entendido mal.

—Piensa que era lo que le tendría que pagar por la demanda.

—Pero tampoco es que este negocio dé mucho dinero. ¿Cuánto sería? ¿Unos mil dólares como máximo? Con eso no va a llegar muy lejos. No le da para una mansión ni nada de eso. Hace años que no se habla con sus padres. Podría estar... en la calle.

—Estará bien —anuncia Frank, pero no suena tan seguro.

Entonces se me salen las lágrimas. No puedo dejar de llorar y Frank parece superincómodo. Me limpio la nariz con la manga.

—Si llama, ¿puedes decirle que he venido a buscarla?

Él asiente, pero ambos sabemos que no va a pasar. Kim ha desaparecido para siempre.

Estoy llorando a moco tendido mientras Frank me lleva a una puerta lateral para sacarme a un callejón. Se despide de mí y me cierra la puerta en las narices. Intento llamar al celular de Kim, pero me dice que no existe. Era de esperarse.

La imagino pasando por todo esto ella sola. Me pregunto si pensó en llamarme. En pedirme ayuda. Seguramente no. Ni siquiera se le pasó por la cabeza. Porque soy una niñita tonta de instituto. Porque la única vez que intentó abrirse conmigo, lo único que me importaba era mi vida.

Me siento como una mierda por haberle fallado a la que creía que era mi mejor amiga cuando más me necesitaba. Es un asco aprender así la lección, pero me prometo que jamás volveré a ser una amiga de mierda.

5

Lillia

Rennie finge que no existo durante el entrenamiento del lunes. No me mira, no me habla. Ni una sola palabra. Incluso cuando nos reunimos ella, Ashlin y yo para decidir qué deberíamos practicar a continuación. Rennie solo mira a Ashlin, solo le habla a ella.

Es como si yo fuera invisible.

Intento que no me afecte. A ella le encanta excluir. Se podría decir que es su movimiento estrella. Lo que me molesta es que no he hecho nada para merecérmelo.

Que ella sepa, claro.

Así que, aunque está siendo grosera, le sigo hablando.

Bueno, más o menos. Por ejemplo, digo:

—Creo que Melanie entra tarde en el segundo movimiento.

Rennie no me contesta, por supuesto, pero sí le dice a Melanie que debe mejorar el ritmo.

En el vestidor, cuando nos estamos cambiando, Rennie invita a Ashlin a su casa a cenar. Lo hace justo delante de mí. Ella acepta y, entonces, cuando se acuerda de que estoy ahí, frunce el ceño.

—¿Y tú qué, Lil? ¿Vienes? —pregunta.

Rennie me da la espalda al instante y se pone de cara a su casillero para que sepa que no le hace ninguna gracia la invitación.

—No puedo. Tengo que ir al establo.

En realidad, no es una obligación, pero llevo semanas con ganas de ir. Nadia ha montado a *Phantom* mucho más que yo últimamente. No quiero que se olvide de mí. Además, tampoco quiero que parezca que me importa lo que hagan. Los lunes son noche de pizza en casa de Rennie, y no es que me encante el lugar de donde la piden. Le ponen demasiada salsa para mi gusto.

Rennie resopla ante mi excusa. Nunca le ha gustado *Phantom*. Intentó montarlo una vez, pero en cuanto se subió a la silla el caballo empezó a trotar de lado porque ella lo estaba apretando con las piernas y jalaba las riendas hacia la izquierda. Le dije que levantara las riendas, pero entró en pánico y saltó en marcha. Se dio un buen golpe contra el suelo y se raspó ambas rodillas. Los empleados del establo corrieron para ayudarla a levantarse, pero también la estaban regañando porque es muy peligroso bajarse de un caballo de esa forma. Rennie pasó mucha vergüenza. Se fue al estacionamiento ella sola con un berrinche mientras yo llevaba a *Phantom* al establo y le quitaba la montura.

Dejo a Nadia en casa. En cada *stop* espero a ver si tiene algo que decir sobre el comportamiento de Rennie, si ha notado que me excluye, pero se pasa todo el trayecto mandándoles mensajes a sus amigas.

De camino al establo, no puedo evitar pensar en que Kat y Mary nunca me harían algo así. No me aislarían del grupo sin razón alguna. Decido llamar a casa de Mary y mandarle un mensaje a Kat para ver si quieren que nos veamos en los establos y pasemos un rato juntas. Seguro que a Mary le encanta *Phantom*. Creo que hasta le enseñaré a cepillarlo.

Kat me contesta al instante.

¿Caballos? ¡Diablos, pues claro!

Suelto una carcajada y me hace sentir mejor al instante.

Llamo a casa de Mary y contesta su tía. Tiene la voz adormilada, como si acabara de levantarse.

—¿Hola?

—Hola, ¿es la casa de Mary? —pregunto.

El otro lado de la línea se queda en silencio.

—Soy Lillia, una amiga suya —continúo—. Llamo para invitarla a los establos esta tarde. —Más silencio—. Bueno... Agradecería que le diera el mensaje.

Se escucha una respiración fuerte. Después, un clic, y el teléfono empieza dar línea.

¡Me ha colgado! Sé que Mary ha dicho que su tía es un poco extraña, pero, diablos, eso ha sido muy raro. Le pienso regalar un celular por Navidad.

Llego a los establos demasiado tarde como para montar, así que me dirijo a la cuadra de *Phantom* para acicalarlo. Se queda quieto mientras le cepillo el pelo. Le susurro al jalarle las riendas y él brilla como si fuera de terciopelo negro. Cuando llego al cuello, no deja de intentar darse la vuelta para acariciarme con la cabeza.

Cuando Nadia viene a montar a *Phantom,* siempre les pide a los chicos del establo que lo cepillen y le quiten el lodo de los cascos. Pero esa es mi parte favorita. Tienes que crear un vínculo de confianza con tu caballo, y yo tengo una fe ciega en él. Sé que nunca me haría daño. Aunque haga semanas que no vengo a verlo, me saluda como si no hubiera pasado el tiempo. Antes estaba tan enamorada de él que habría dormido en el establo si mi madre me hubiera dejado. ¿Cuándo desapareció ese sentimiento? ¿Fue cuando entré al equipo de animadoras? ¿Lo habrá notado? ¿Estará triste porque he dejado de venir tanto? Me dan ganas de echarme a llorar solo de pensarlo.

Uno de los empleados del establo toca la puerta.

—Ha venido alguien a verte, Lillia.

—Ah, genial. —Miro al final del pasillo. Ahí está Kat, que se aprieta la nariz con los dedos. La saludo—. ¡Aquí, Kat!

Va directo al centro del establo, con cuidado de no acercarse a ninguno de los compartimentos.

—¿No podemos vernos en otro lugar? ¡Aquí apesta!

Yo respiro hondo.

—¿En serio? Me encanta el olor del estiércol.

Ella me mira con escepticismo, se quita los dedos de la nariz y olisquea el ambiente. Entonces, empiezan a darle arcadas.

—Yo que tú dejaría de decirle eso a la gente.

—Bueno. Hay un camino costero muy bonito. No hay nadie montando, así que podemos recorrerlo a pie.

—Como quieras —acepta mientras intenta recuperar el aliento. Se da la vuelta y vuelve corriendo a la entrada.

Guardo el cepillo de *Phantom* y le doy un beso antes de irme. Ya casi ha oscurecido y hace un poco de frío, pero Kat y yo nos ponemos a caminar de todas formas.

—He llamado a Mary —le cuento—. Pero no estoy segura de que haya...

—¡Chicas! ¡Esperen!

Nos damos la vuelta y vemos a Mary corriendo hacia nosotras.

—Siento no haberte contestado, Lillia. Me había quedado dormida. Siempre me echo una siesta después del insti.

—Qué tierna —dice Kat.

—¿Está todo bien en casa? —pregunto con delicadeza—. Tu tía estaba un poco rara. No pensé que fuera a darte el mensaje.

Mary suspira.

—Está metida en un asunto místico. Está más interesada en los libros, los cristales y esas cosas que en interactuar con gente de verdad. —Niega con la cabeza—. Bueno, ¿qué tal?

Hasta ahora solo nos veíamos cuando estábamos planeando la venganza o cuando teníamos que hablar sobre algún tema urgente. Pero eso se ha acabado.

—Ahí vamos —contesto—. Es que las extrañaba.

Kat me mira.

—¿Cómo van las cosas con Ren?

—No muy bien —respondo.

Y punto. Me gustaría soltarlo todo. Quiero que sepan lo mal que la estoy pasando, pero no puedo. Kat ha sufrido exactamente lo mismo que yo, o incluso más, así que ¿quién soy yo para quejarme?

Sin embargo, me muestra una empatía que me sorprende. Me da una palmadita en la espalda y dice:

—No te preocupes. Ya se burlará de otra persona y se olvidará. ¡Oye! Igual hasta se burla de mí.

—Y siempre nos tendrás a nosotras —asegura Mary.

Les sonrío.

—Gracias, chicas.

Después, se hace el silencio. Pero no es incómodo. Más bien es como si no tuviéramos mucho más que decirnos. Y quizá sea verdad. Aun así, es agradable estar con ellas.

6
Kat

Cuando suena el timbre al final de la tercera hora, me dirijo a la biblioteca en vez de a clase de Cálculo porque los de orientación han organizado un taller para ayudar a los de último año a rellenar las solicitudes para la universidad.

Estoy casi segura de que va a ser una pérdida de tiempo. He decidido solicitar plaza en Oberlin y el papeleo es bastante fácil de comprender. Una solicitud básica y una redacción sobre quién soy y por qué quiero estudiar allí. Será pan comido.

Pero, como el examen de acceso no me salió del todo bien, tengo que jugar todas mis cartas. Este sistema es corrupto. Los niños ricos acaban sacando mejores calificaciones que los pobres porque pueden permitirse clases especiales en las que les enseñan trucos que pueden subirte cientos de puntos.

Como no puedo permitirme clases particulares, saqué un montón de libros de la biblioteca. Algunos estaban superobsoletos y algún imbécil había contestado los exámenes de prueba con pluma. Me esforcé todo lo que pude, pero está claro que no fue suficiente. Tengo planeado mencionar este tema en la redacción personal, la verdad. Oberlin es un centro superliberal y progresista. Me parece que les encantará mi enojo de clase baja. Aun así, voy a tener que repetir los exámenes el mes que viene y espero subir la calificación unos doscientos puntos.

Si los orientadores tienen algún truco secreto, cualquier cosa que haga que mi solicitud a Oberlin sea irrefutable y que destaque sobre las demás, tengo que saberlo. Haré lo que sea necesario para salir de Jar Island. Puede que Ohio no parezca el lugar más increíble del mundo, pero es donde quiero estar, sin lugar a dudas.

La biblioteca está vacía, tanto que me pregunto si el taller se ha trasladado a la oficina de orientación. Me dirijo al mostrador de recepción. La bibliotecaria está utilizando la computadora Levanto el pase amarillo y pregunto:

—¿Sabe dónde están...?

Sin embargo, ella me interrumpe pidiendo silencio con un sonoro «shhh», aunque no hay nadie más que ella y yo. Después, señala la sala de actos que está junto a las computadoras.

No hay muchos estudiantes. Quizá otros cinco de último año; a algunos los reconozco, a otros no. Tomo asiento en la parte trasera, abro la mochila y saco la solicitud para Oberlin. Se rellena de forma telemática, pero yo he impreso una copia para poder planear las respuestas por adelantado.

La señora Chirazo, la directora de orientación, entra en cuanto suena el timbre, ataviada con los pantalones negros anchos y la bufanda de lana que parecen ser su uniforme no oficial. En serio, parece que esa mujer no tiene más que esas prendas horrendas en el armario.

Frunce el ceño, supongo que porque está decepcionada con la baja asistencia. Pero entonces me ve y se le ilumina el rostro.

—¡Katherine DeBrassio! ¿Cómo estás?

—Bien —murmuro mientras contemplo mis papeles.

—Deberíamos buscar un hueco para reunirnos en privado y ponernos al día como Dios manda —dice con demasiada alegría, cosa que confirma mis peores sospechas.

Tuve que hablar con la señora Chirazo cuando murió mi madre. No porque lo necesitara. No es que me portara mal en clase, me echara a llorar en público ni nada de eso. Pero resulta que ella vio la esquela en el periódico. Se presentó en clase con un recorte y me preguntó con una voz extrañamente calmada que si quería hablar. Ni siquiera era la orientadora de la escuela, trabajaba en el instituto, pero supongo que es experta en duelo.

—*Nop.* No quiero —le contesté.

¡Y la muy zorra me puso cinco sesiones obligatorias!

Sé que disfrutó de poder orientar a una niña tras la muerte de su madre. Siempre sonreía como una niña en la mañana de Navidad. La muerte parental es como una droga para los orientadores. Eso, las relaciones abusivas, los embarazos adolescentes y los trastornos alimentarios. Apenas le dediqué un par de palabras en las sesiones. En la última que tuvimos me dio cuadernos sobre el duelo y más mierdas que tiré a la basura en cuanto me dejó salir.

—Bueno, parece que hoy solo estamos nosotros —anuncia mientras vuelve a concentrar la atención en la sala—. Espero que hagan correr la voz entre sus amigos y compañeros de clase de lo valioso que es este recurso.

Está a punto de cerrar la puerta, pero alguien la detiene.

Alex Lind.

Lleva unos pantalones de mezclilla oscuros y una camisa de cuadros blancos y negros debajo de un suéter de color verde militar.

—Lamento llegar tarde. —Aunque hay asientos libres de sobra, se coloca justo a mi lado—. Parece que somos oficialmente unos ñoños —susurra entre risas.

—Habla por ti —contesto. Me sale bastante grosero, así que esbozo una sonrisita.

Aunque tampoco es que me importe que piense que soy una grosera. Ya lo tengo superado. Hace mucho tiempo que acabó el verano.

La señora Chirazo empieza a dar su discurso en el que separa el proceso de solicitud de la universidad en tres partes. El cuestionario, las recomendaciones y la redacción personal.

—La redacción es la parte más importante. Es el único momento en el que tendrán la oportunidad de mostrar a la junta de admisiones quiénes son, de explicarles qué es lo que los llena. Es su oportunidad de destacar, de dejar que los conozcan y ser proactivos a la hora de enfatizar cualquier aspecto de su expediente académico que pueda pasar desapercibido. Nos concentraremos principalmente en esto. Como somos un grupo tan pequeño, ¿por qué no nos ponemos por parejas?

Noto la mirada de Alex clavada en mí. Yo me apresuro a girarme en dirección contraria, hacia Gary Rotini, que está sentado a mi otro lado. Por desgracia, ya se ha emparejado con una chica que va conmigo a Educación Física. Me sorprende que esté aquí. Quizá se necesite rellenar una solicitud para la academia de esteticistas.

Alex me coloca una mano en el hombro y le da un apretoncito.

—Te toca, Kat. Cuéntame tus secretos más oscuros y profundos.

Me obligo a tragar saliva. Si Alex supiera a lo que me he estado dedicando este año, no me volvería a hablar en la vida. Aunque, como he dicho antes, tampoco es que me importe.

—No podrías soportarlo —revelo.

—Entonces, yo voy primero.

—Eres como un *waffle* de vainilla. Lo único que conseguirías con tus secretos soporíferos es que me quedara dormida.

Analizo la sala en busca de otra persona con la que formar equipo.

Alex gira la silla para ponerse cara a cara conmigo.

—Oye, yo también tengo un lado oscuro. No soy ningún *waffle* de vainilla.

Pongo los ojos en blanco.

—Demuéstralo.

Mira por encima de ambos hombros.

—Una vez, cuando tenía siete años, intenté enredarme con mi niñera a la hora de acostarme.

—¡Qué sorpresa!

—¿Qué? Es que era muy guapa y el pelo le olía a nieve de cereza.

Me empujo hacia atrás en la silla.

—¡Quítame esa imagen de la cabeza ahora mismo, pervertido, o no te vuelvo a hablar en la vida!

Apoya la cabeza en la mesa, avergonzado.

Alargo la mano para acariciarle el pelo, pero, entonces, lo pienso mejor y la quito. No quiero que se confunda. No necesito ligar con Alex Lind, aunque sea bastante divertido. No puedo permitir que nada me distraiga de mi objetivo final: salir de la maldita Jar Island para siempre.

7
Lillia

Después de clase, Ash me llamó y me hizo un chantaje emocional hasta que accedí a ir a su casa. No dejaba de repetir que hacía siglos que no pasábamos un rato las dos solas. Y es verdad, hace mucho. Apenas la he visto, aparte de en los entrenamientos.

Así que me he llevado una buena sorpresa cuando he llegado a su casa y he visto el *jeep* de Rennie en la entrada. He estado a punto de darme la vuelta, pero no quería herir los sentimientos de Ash. Y, en el fondo, quizá esperaba que Rennie estuviera al corriente, que tal vez quisiera hacer las paces.

Sin embargo, cuando he tocado el timbre y ella me abrió la puerta, pareció querer cerrármela en la cara. No lo hizo, pero se notaba que quería.

Así que, aquí estamos, en el cuarto que tiene Ashlin para pasar el rato, viendo la tele y pintándonos las uñas en los pufs que no permite que su madre tire a la basura. Hemos tenido que ir al sótano porque a su madre no le gusta el olor del esmalte de uñas, dice que le da jaqueca.

Ash intenta hacer que la conversación fluya, pero nadie habla. Estamos concentradas en nuestras uñas.

—Pásame el quitaesmalte —ordena Rennie.

Obediente, Ashlin se lo entrega.

Me estoy pintando las uñas de los pies de color verde menta. Ash es la que mejores colores tiene de todas. Estoy dándome la segunda capa cuando pregunta:

—¿Ya llenaron las solicitudes para la universidad?

—Para nada —comento mientras abro un pequeño chocolate que he encontrado en mi bolso. Aunque tiene los mejores colores de esmaltes de uñas, en casa de Ash nunca hay cosas ricas. Su madre no come gluten—. Seguramente me pase todos los findes hasta el uno de enero trabajando en mi redacción personal.

Ash se gira hacia mí.

—¿Sigues con la idea de solicitar matrícula en la Universidad de Boston, Lil? Porque yo también lo estoy pensando, como segunda opción. Si entro..., ¿compartimos habitación?

—¡Pues claro! —aseguro—. Con colchas a juego y todo.

Ash es una sucia total, en la vida compartiría habitación con ella. Además, dudo que entre. Pero no me importa, porque Rennie nos mira con los ojos entrecerrados.

¿Verdad que no se siente nada bien que te marginen, Ren?

Ashlin suelta un gritito y da aplausos.

—¡Bien! ¿Querrás vivir en la residencia o nos buscamos un departamento?

Qué fácil es esto.

—Creo que en la resi, por lo menos el primer año. Así no nos perderemos nada divertido: las sesiones de estudio a altas horas de la noche, el coqueteo con los chicos de nuestro pasillo y pedir pizza a las cuatro de la madrugada. Querremos vivir todas esas experiencias juntas, ¿no crees? Después, podemos mudarnos fuera del campus el segundo año.

Al instante, me siento mala, mezquina y pequeñita por intentar hacer que Rennie se sienta mal. Me siento como... Rennie.

—¿Y qué hay de ti, Ren? —pregunta Ashlin—. ¿Ya has acabado tu solicitud?

—Sí. Tardé unos dos segundos en rellenarla.

Supongo que la solicitud para el centro de estudios superiores de Jar Island es sencilla. ¿Tendrá que haber escrito una redacción siquiera? Antes, cuando hablaba de este tema, destilaba furia. Siempre decía que ella era la única que se iba a quedar aquí encerrada. Sin embargo, hoy no parece airada, de hecho, casi está tarareando.

Se está dando una segunda capa de esmalte con el pelo cayéndole por la cara cuando dice:

—Por ahora no tiene sentido que solicite matrícula para ninguna universidad. Reeve y yo no sabremos dónde va a jugar hasta que se le cure la pierna, y ya está volviendo a hablar con los reclutadores.

Una parte de mí quiere decirle: «Ah, solo hay un problemilla: que tus calificaciones son penosas y no te puedes permitir pagar la colegiatura», pero me muerdo la lengua.

—Voy a estudiar un semestre en el centro de estudios superiores, sacaré todo sobresalientes y después me cambiaré adonde él vaya.

Ashlin interviene:

—Reeve y tú se van a casar, seguro. Casi le has salvado la vida sacándolo a flote en toda esta tragedia.

¿Tragedia? Que un tsunami arrase un pueblo es una tragedia. Reeve es un musculoso que se ha roto la pierna. Le irá bien.

—Él haría lo mismo por mí —asegura Rennie, y no puedo creer que lo esté diciendo en serio. Como si Reeve fuera a mover un dedo por alguien que no sea él—. Ah, y ya que hablamos del tema, no voy a ir a entrenar en lo que queda de semana. Reeve tiene unas cuantas citas con un médico deportivo en el continente. —Esboza una sonrisa satisfecha—. Le van a quitar el yeso mañana, justo a tiempo.

Levanto la cabeza de golpe.

—¿Por qué tienes que saltarte el entrenamiento por eso?

Rennie me ignora.

—Ash, ¿puedes tomar las riendas? —pregunta.

Ashlin me lanza una mirada incómoda.

—Claro. Lil y yo podemos encargarnos juntas. ¿Verdad, Lil?

—¿Vas a dejar el equipo? —pregunto con incredulidad.

—No, no voy a dejar el equipo —espeta Rennie—. Eso no es lo que he dicho.

—Bueno, es que ya te has saltado unos tres entrenamientos —replico, y me tiembla la voz, porque tengo miedo. Por primera vez en mi vida, le estoy recriminando algo.

A Rennie se le encienden las mejillas.

—Cuando accedí a representar el número de Reeve, lo hice para toda la temporada. Ahora no pienso abandonarlo.

Qué ridiculez. Me levanto de prisa.

—Voy por un refresco.

—Yo quiero una cola *light*, sin hielo —me ordena Rennie sin mirarme siquiera. Como si fuera una mesera que le estuviera tomando la orden.

Ash también se levanta.

—Yo te ayudo, Lil. He escondido helado detrás de las paletas frías de soja de mi madre. Puede que siga ahí, si mi padre no lo ha encontrado antes.

En cuanto estamos en la cocina y fuera del alcance de sus oídos, abro el refrigerador, agarro dos latas de cola *light* y digo:

—Ojalá me hubieras avisado que venía Rennie.

—Pero es que entonces no habrías venido —lloriquea.

—Exacto —corroboro.

Ash se sube de un salto a la isla de la cocina.

—No me gusta nada que no se lleven bien. Por eso las he invitado a las dos.

Sé que no lo dice en serio. A Ashlin le encanta estar entre fuego cruzado.

—No es que no nos llevemos bien, es que Rennie se está comportando como una completa zorra conmigo por algo que no es ni culpa mía.

—Sé que te extraña —dice Ash.

Una esperanza me arde en el pecho.

—¿Te lo ha dicho ella?

—No con tantas palabras. Pero lo noto.

Mmm. Doy un sorbo al refresco.

—Oye, ¿ella y Reeve están juntos o algo?

—Básicamente —responde Ashlin—. Ella siempre lo apoya, ¿sabes? Creo que el accidente hizo que se dé cuenta de que siempre ha estado ahí.

—Me alegro por ella —digo.

Y lo digo en serio. Si Rennie y Reeve son pareja oficial, quizá ella por fin se olvide de lo que pasó en el baile de bienvenida y las cosas puedan volver a ser como antes. Y, como mínimo, se merecen el uno al otro.

8
Mary

Es lunes por la tarde y estoy en Química haciendo una práctica de laboratorio con mi grupo. Los dos chicos hacen la mayor parte del trabajo, mientras que otra chica y yo anotamos los resultados en las libretas. A mí me parece bien esta distribución, porque nunca he sido muy buena para las ciencias. Estamos esperando a que un menjurje entre en ebullición cuando oigo sin querer a dos chicas de undécimo hablando a mis espaldas.

Una se está quejando.

—No sabes las ganas que tengo de dejar lo del anuario. Solo hemos podido hacer *collages* de fotos con los de noveno. Esto no es lo que me esperaba.

Se me viene algo a la cabeza. ¡El anuario es la clase de actividad de la que hablaba Kat! Tengo que salir de mi burbuja, encontrar mi propia felicidad. He tenido un montón de días buenos, en los que he visto a Reeve y aun así no me he disgustado. Y no he tenido ningún problema con, digamos..., mis problemas.

Además, me encanta hacer *collages*.

De pequeña, los hacía constantemente. Nunca tiraba una revista sin haber recortado las fotos bonitas. Me pasaba horas uniéndolas como si fueran piezas de un rompecabezas y, después, las pegaba en una cartulina y las colgaba en mi cuarto. Todos se quedaron en Jar Island. Por supuesto, yo no estaba para mudanzas, así que todo dependía de mis padres. ¿Los habrán tirado a la basura o seguirán en el garaje?

Esbozo círculos en la libreta y sigo escuchando.

—Ya ves —comenta la otra chica con un resoplido que hace titilar la llama del mechero Bunsen—. Pero tenemos que aguantar si queremos que nos den la oportunidad de ser editoras jefe el año que viene. Ya sabes cómo es. Una cosa lleva a la otra

Eso es. Voy a unirme al comité del anuario.

Después de clase, recojo los libros y me dirijo a orientación para preguntar cuándo y dónde se llevan a cabo las reuniones del anuario. Veo un panfleto engrapado al tablón de anuncios que está afuera de la oficina. Muestra una foto de una cámara junto con las palabras «¡ÚNETE AL COMITÉ DEL ANUARIO! TODOS LOS LUNES EN LA BIBLIOTECA».

Hoy es lunes. Me siento una suertuda, como si fuera una coincidencia de lo más dulce. Creo que me vendrá bien añadir un club a la solicitud de la universidad el año que viene. Últimamente, Lillia y Kat solo hablan de eso y, la verdad, hacen que me plantee el futuro. Tampoco falta tanto. Ya casi ha pasado la mitad de mi penúltimo año.

Tengo que empezar a pensar en lo que quiero ser de mayor. Mi madre dice que siempre ha querido ser archivera, desde que era pequeña y se encontró con un montón de documentos viejos de la familia guardados en la buhardilla. Los catalogó y los guardó en una carpeta especial, entre capas de papel barrera sin ácido. Solo tenía siete años.

Según esa lógica, mi destino podría ser veterinaria. Es lo que siempre he querido. Una vez, en Montessori, organizaron una excursión al zoo y vi cómo un veterinario le daba antibióticos a un pingüinito enfermo. Fue alucinante. Después, hacía como que vacunaba a mis peluches o les envolvía las patas con vendas que encontraba en el gabinete de las medicinas.

Me planteo llamar a la tía Bette para avisarle que llegaré tarde a casa, pero decido no hacerlo. No necesito que me pregunte lo que hago o adónde voy. En serio, en cuanto llego a casa no deja de darme lata.

He recorrido la mitad del patio cuando alguien casi me bloquea.

Reeve.

Consigo quitarme justo a tiempo. Menos mal que no me ha visto. En realidad, parece no percatarse de que la gente se va apartando a toda prisa mientras él avanza como una aplanadora con las muletas. Está demasiado ocupado gruñéndole al celular con la frente fruncida y tensa. Lleva el teléfono apretado entre la oreja y el hombro porque no puede usar las manos.

Solo hay una cosa que ha mejorado: le han quitado el enorme yeso blanco. Ahora lleva una cosa negra de velcro. Creo que la llaman férula o algo así.

Acabo por seguirlo. No lo hago a propósito, es que va en la misma dirección que yo. Aunque dejo un montón de espacio entre nosotros, sigo escuchando su conversación.

—Es que puedo dar más de mí, Ren, y no dejo de repetírselo —asegura de forma apasionada—. Sí, bueno, pues si no puede seguir nuestro programa, se va a la calle. Yo mismo me encargaré de mi maldita rehabilitación. Ya llevo casi una semana de retraso respecto a lo que habíamos planeado.

Reeve se detiene de golpe junto a la verja que rodea el campo de futbol. Están entrenando. El equipo está reunido a mitad del campo, estirando, y aplauden al unísono cada vez que cambian de posición. Alex está en el centro. ¿Será él el capitán ahora?

Nadie se da cuenta de que Reeve los está observando. No lo ven pararse, y tampoco advierten que se aleja.

«Que no te dé lástima —me digo—. No sientas nada por él».

Reeve se sale del camino y se dirige a la alberca. Hay un hombre mayor junto a la puerta, ataviado con un conjunto de pants de tela rompevientos. No creo que sea profesor, no lo he visto nunca. Lleva un portapapeles y una maleta de deporte sobre el hombro.

—Reeve. Hola, amigo. ¿Preparado para trabajar?

Después de darle una palmada en la espalda, el hombre intenta sujetar la puerta para que Reeve pase. Él le lanza una mirada gélida.

—Yo siempre estoy listo para trabajar. No sé tú.

El comité del anuario resulta ser un club bastante popular, sobre todo entre las chicas. Supongo que es porque así te aseguras de que no utilicen ninguna foto en la que salgas mal. Es un plus. La biblioteca está llena de gente sentada en grupitos. Algunas personas organizan los negativos, otras planean la distribución de las páginas, otras proponen portadas y otras calculan costes.

También hay unos cuantos chicos. Me da la sensación de que les interesa más el aspecto tecnológico, porque ya han ocupado todas las computadoras. Las chicas se colocan a sus espaldas y señalan dónde quieren que pongan las cosas.

Veo a las de clase de Química, sentadas en la misma silla y revisando montones de fotos a color. Señalan algunas y se echan a reír mientras ponen cara de asco y se burlan.

—Vamos a poner esta de Carrie estornudando —dice una de ellas.

Espero que dejen el club. Son muy crueles. Si tengo la suerte de trabajar en alguno de los *collages*, me aseguraré de no incluir ninguna foto poco favorecedora. Aun de la gente que me cae mal.

De todas formas, me intimida ver que todo el mundo ya tiene una tarea asignada. ¿Qué puede hacer una novata? Me apoyo en uno de los estantes del fondo de la biblioteca e intento pensar en qué puedo decirle al señor Kraus, el supervisor, cuando comienza la reunión. Seguramente debería presentarme, tal vez hablarle de la experiencia que tengo con los *collages*, si es que se puede llamar así. Ojalá supiera cómo utilizar esas cámaras digitales tan caras propiedad de la escuela y que los chicos se están pasando los unos a los otros. Así, también podría ayudar con las fotos. Quizá él ofrezca clases o algo.

Después de mí entran unas cuantas personas más. Una de ellas es Nadia Cho. Lleva puesto el uniforme de animadora y se queda cerca de la puerta, como si fuera a irse pronto.

Me cae bien Nadia. Parece muy dulce, como una Lillia pequeña, pero con los ojos más grandes y con pecas.

Me planteo acercarme a saludarla, ya que nunca nos hemos presentado de forma oficial, pero, entonces, aparece Rennie detrás de ella. No lleva el uniforme de animadora. Dios mío. ¿Ha dejado el equipo ahora que Reeve ya no juega? Conociéndola, no me sorprendería.

Rennie envuelve a Nadia en un abrazo. Es tierno y dura unos cuantos segundos, desde luego, es más largo que los que se suelen dar las chicas entre clases. Rennie se aparta un poco y juguetea con el fleco de Nadia mientras le dice algo que no consigo oír. Ella le sonríe y asiente con dulzura. Le entrega una memoria USB y sale por la puerta.

En los establos, Lillia nos contó a Kat y a mí lo raras que estaban las cosas entre ella y Rennie desde el baile. Me muerdo el labio inferior. Me preocupa que Nadia sea tan amiga de Rennie. No es una buena influencia. Ni por mucho. Además, Lillia es su hermana mayor. Nadia tendría que serle fiel.

El señor Kraus entra a la sala. Es el profesor de Arte, así que tiene toda la lógica del mundo que el anuario sea responsabilidad suya.

—Hola, chicos. ¡Escuchen! —El murmullo disminuye, pero solo un poco. La mayoría de las personas siguen hablando—. Tenemos que acabar con las páginas del baile esta semana, así como con las de los clubs de idiomas y las de los deportes de otoño. —Escanea brevemente la sala—. Si son nuevos, busquen a alguien a quien puedan ayudar con su proyecto.

Entonces, se larga a su oficina y cierra la puerta.

Vaya. Pues está bien.

Parece ser que los propios estudiantes son los que se ocupan del anuario.

Deambulo hasta dar con unas chicas que están descargando las fotos de las cámaras con la esperanza de que me den algo que hacer. Acabo cerca de Rennie, así que la oigo hablar. Está platicando sobre el *collage* del baile con otra chica.

—Hoy nos han llegado más fotos del baile de bienvenida —comenta mientras le entrega la memoria USB.

La otra no aparta la mirada de la pantalla de la computadora.

—Dudo que las necesitemos. Has traído más fotos del baile que de los de último año. Es solo una página.

—Es que queremos asegurarnos de que tengamos la foto perfecta —insiste Rennie con voz malhumorada.

—Creo que ya la tengo —responde la chica con una sonrisa.

Hace clic y en la pantalla aparece una foto de Lillia y Reeve. Están bailando en el escenario. Él la abraza con fuerza y la mira con una sonrisa enorme. Eso fue antes de que me viera. Antes de que... perdiera la cabeza.

Me obligo a retirar la mirada.

La chica le da toquecitos a la pantalla con la cubierta de la memoria.

—Mi idea es ir creando el *collage* con esta foto como centro.

Rennie niega con la cabeza, le arrebata el ratón y abre otra foto. Una de toda la corte.

—Esta es mejor. Pero, en serio, deberíamos esperar a tener todas las imágenes antes de tomar la decisión final. Tenemos que ser muy meticulosas.

—Pero ¡la foto que tú quieres no muestra quiénes ganaron el título de rey y reina!

Rennie se da la vuelta para encararse con la chica.

—¿Bromeas? La foto que quieres recuerda al accidente, ¿me oyes? Alterará a todo el mundo. —Por primera vez, estoy de acuerdo con ella. En realidad, desearía que se saltaran la página y punto—. Por no hablar de la falta de respeto que es hacia Reeve.

—Siempre hemos incluido como mínimo una foto del rey y la reina solos en el anuario —le contesta la chica, desafiante.

Rennie le lanza una mirada llena de odio y después baja la voz.

—Mira, no quería decir nada porque todavía no es seguro, pero el título de reina del baile sigue en el aire. La entrenadora Christy se está planteando la posibilidad de hacer un recuento, así que no tomemos decisiones hasta que sea seguro, ¿de acuerdo?

La chica asiente con los ojos muy abiertos.

—Bien —susurra—. En ese caso la cosa cambia.

Se me encoge el pecho. ¿La entrenadora Christy podría averiguar que Kat y yo nos metimos a su oficina para falsificar los votos? Niego con la cabeza. No. Es imposible. Tuvimos cuidado. No dejamos rastro.

Tomo asiento junto a un grupo de estudiantes que está votando qué categorías incluir en los premios. El más guapo, el más popular, los ojos más bonitos, el más atlético. Me obligo a pensar en otro chico para cada uno, uno que no sea Reeve.

Cuando me dispongo a irme a casa después de la reunión, oigo un silbato estridente que procede de la alberca. ¿Reeve sigue ahí? Aunque sé que seguramente no se trate de la mejor idea, no puedo contener la curiosidad. ¿Cuánto está mejorando? ¿Existe la posibilidad de que consiga la beca deportiva?

Entro para confirmarlo. Reeve está en el agua, y la férula negra, en las gradas. El hombre está sentado en la orilla de la alberca, con las piernas flotando. No lleva traje de baño. Se ha arremangado las piernas del pants hasta las rodillas.

—Muy bien, Reeve. Ahora agárrate a la orilla y mueve las piernas como una rana en intervalos de quince segundos durante los próximos tres minutos. —Se vuelve a poner el silbato en la boca—. Preparado...

Reeve suelta un quejido.

—A no ser que no puedas —añade el hombre con tono burlón.

Reeve estalla.

—Pues claro que puedo. Ese no es el problema.

—Entonces, ¿cuál es?

—El problema es que puedo hacerlo durante intervalos de sesenta segundos —responde furioso.

—¿Y?

—¿Por qué no estamos en la caminadora?

El hombre parpadea unas cuantas veces.

—Aún no estás listo para el gimnasio, amigo. Por eso llevas una férula y no una bota. Ya te estás forzando demasiado.

—Eso no lo sabes. Ni siquiera has intentado llevarme al límite. Confía en mí. Puedo hacer mucho más.

El hombre niega la cabeza.

—Chico, tienes que aceptar la lesión, no ponerte en su contra. Hace falta tiempo para curarte.

Reeve se impulsa para sacar medio cuerpo del agua. Aunque está empapado y temblando, tiene las mejillas de un color rojo intenso.

—He encontrado un artículo en internet sobre un tipo que se rompió el peroné y, cinco semanas después, ya corría un kilómetro y medio en siete minutos. Así quiero que me entrenes, a lo Rocky. A ese nivel es al que quiero que me fuerces.

El hombre suspira.

—Reeve, es imposible que vuelvas al campo esta temporada. Quiero que te saques esa idea de la cabeza.

Él tensa todos los músculos del cuerpo.

—¡Ya lo sé! Sé que no voy a jugar esta temporada, pero la pretemporada de la universidad empieza en enero. Tengo que llegar. Si no juego futbol, no voy a la universidad. Punto. Se acabó.

El hombre baja el portapapeles con calma y cruza las manos en el regazo.

—Es un proceso, Reeve. Hay que ir paso a paso. Si lo consigues, lo consigues. Pero tienes que prepararte para lo que pueda pasar.

Reeve muestra rechazo al oír esa frase. Después, niega con la cabeza como si intentara olvidar que la ha oído siquiera.

—¿Sabes qué? Lo voy a hacer yo solo.

—Reeve...

—¿No me has oído? Estás despedido. Ya no requiero de tus servicios.

Se impulsa para salir del agua. Intenta poner un poco de peso en la pierna, pero no puede, así que acaba saltando a la pata coja hacia la toalla mientras murmura palabrotas entre dientes.

El fisioterapeuta niega con la cabeza y recoge sus cosas. Sale de la alberca y pasa a mi lado en el pasillo.

Reeve se sienta en el banco un rato más y crea un charco de agua en el suelo de cemento. Yo pensaba que iba a recoger sus cosas e irse a casa; en cambio, se vuelve a meter al agua y se pone en posición en la parte poco profunda de la alberca. Hace el ejercicio de la rana, pero sin parar durante un minuto. Después, lo repite otras cinco veces.

Es increíble lo mucho que nos parecemos. Los dos estamos intentando superar nuestros problemas, sacar algo positivo de una situación terrible.

9

Lillia

En la isla no se acostumbra mucho lo de pedir dulces porque hay un montón de zonas muertas de casas para vacaciones que se quedan vacías durante el otoño y el invierno. Por eso, la escuela organiza un Halloween alternativo al que llaman Festival de Otoño. Después de clase, los niños se van a sus casas, se ponen los disfraces y, cuando vuelven, se encuentran con decoraciones espeluznantes por toda la escuela. Hay un montón de actividades muy divertidas y típicas de Halloween, como sacar manzanas de una tina de agua con la boca, pintura facial o una serie de concursos con dulces. Lo organiza la asociación de familias, pero siempre hay un estudiante de último año que actúa de intermediario y se encarga de buscar a compañeros del insti para que se ocupen de las actividades y ayuden en lo que puedan. Este año, soy yo. Rennie iba a copresidir conmigo, pero en cuanto empezaron las reuniones organizativas, se rajó.

Es viernes, a la hora de comer, y Ashlin le suplica a Rennie que le diga de qué se va a disfrazar.

—¡Anda, Ren! —lloriquea—. Yo te he dicho de qué voy a ir.

Ella niega con la cabeza de forma engreída.

—Tendrás que esperar a verlo.

Yo muevo el yogur helado con una cuchara. Estoy demasiado estresada con la organización del Festival de Otoño como para tener hambre. He sacado la lista de tareas y todavía me faltan un montón de cosas por tachar. Y solo tengo hoy, el fin de semana y dos días de la semana que viene para dejarlo todo listo. Todavía estoy a la espera de que me concreten cuántos *cupcakes* van a donar los de Milky Morning. Además, puede que Sutton no dé tantos dulces como el año pasado, así que necesito un plan B por si nos quedan mal.

Sin embargo, mi mayor problema es que no tengo suficientes voluntarios para las actividades. He conseguido que Nadia y sus amigas se encarguen de la serie de concursos y que los de arte dramático sean cuentacuentos, pero todavía me falta un jurado para el concurso de disfraces.

Y luego está lo de la pintura facial.

Rennie y yo siempre nos hemos encargado de eso juntas, desde noveno. Pintábamos mariposas y rayas de tigre en las caras de los niños. Podíamos hacerlo. Creo que sería la oportunidad perfecta para que habláramos sin tener que preocuparnos por Ashlin, por Reeve ni por nadie más. Las dos solas, como en los viejos tiempos.

Respiro hondo.

—Sigue en pie lo de la pintura facial, ¿verdad? —le pregunto.

Ella hace una mueca.

—No creo que pueda. Lo siento.

Solo que no parece sentirlo.

—No pasa nada —contesto, e intento no sonar decepcionada. No debí haberme hecho ilusiones.

—Tengo que ir a casa a cambiarme. ¿A qué hora es el festival? ¿A las cinco? Y acaba a las ocho, ¿no? No me dará tiempo ni aunque fuera corriendo. —Rennie levanta los hombros—. Además, nos veremos en casa de Ash antes de ir al laberinto maldito.

¿Qué? ¿Se van a ver en casa de Ashlin y nadie me lo había contado? Giro la cabeza para mirar a Ash, que de repente está concentradísima en su ensalada.

—¿Entonces no te vas a encargar del tanque de agua con Derek? —espeto.

Se deja caer el pelo en la cara y habla en voz baja.

—No..., lo siento, Lil. Es que Ren ha conseguido ron picante en el trabajo y ha descubierto que podemos hacer un coctel riquísimo con sidra de manzana. ¡Ven tú también!

—¿Cómo voy a ir? —grito—. Si soy la organizadora, y me habían dicho que me ayudarían.

—Lo siento muchísimo —se disculpa Ashlin con la mirada agitada y llena de remordimiento.

—Puedes contar conmigo —anuncia Alex desde el otro lado de la mesa.

—Gracias —contesto. Luego, en voz más alta, añado—: Es una alegría saber que puedo confiar en alguien.

Ashlin hace un puchero.

—Perdóname, Lil.

Reeve masculla entre dientes.

—¿Por qué te disculpas? Si no puedes ir, no puedes y punto.

Lo miro llena de resentimiento. Desde que unas chicas de último curso le pidieron que viniera disfrazado de Jason, el de *Viernes 13*, cuando estaba en noveno, su asistencia se ha convertido en una especie de tradición en Jar Island. Reeve se pone una máscara de hockey blanca y persigue a los niños con una sierra mecánica. A los peques les encanta. Adoran a Reeve. Se lo he pedido mil veces, pero no quiere. Ya sé que anda con muletas, pero por lo menos podría pasar por allí con el disfraz.

—Si el Festival de Otoño de este año es un fiasco, será culpa nuestra —advierto.

—Querrás decir tuya —me corrige Reeve.

Le lanzo una mirada asesina.

—No, de todos. Y sobre todo tuya. Sabes lo mucho que les gusta a los niños el numerito de Jason. No entiendo por qué no puedes...

—¿Qué es lo que no entiendes? —grita mientras señala las muletas.

—¿Cómo va a correr por el gimnasio persiguiendo a los niños si anda con muletas? —pregunta Rennie, y, después, suelta un gruñido—. ¿Hola? ¡Despierta!

—Hace ejercicio todos los días —protesto, y me tiembla la voz.

Rennie se inclina hacia Reeve.

—Sí, en la alberca y en la sala de pesas. No puede apoyar peso en la pierna, Lillia. No hables de cosas que no entiendes.

Reeve le coloca una mano en el hombro y ella se vuelve a relajar mientras niega con la cabeza con cara de asco. Después, me da la espalda y vuelve a ponerse a hablar de su disfraz.

Entonces entiendo. Rennie lo hizo a propósito para que nadie me ayude, para que me quede sola. Ha convencido a Ashlin para que invite a la gente a su casa porque sabía que yo no podría acudir.

Por fin me doy cuenta de lo evidente. No es que Rennie esté enojada conmigo. Es que ya no quiere seguir siendo mi amiga. Para ella soy cosa del pasado. Y si Rennie me ignora, se asegurará de que todo el mundo la imite. ¿Cuántas veces la he visto marginar a alguien hasta echarlo del grupo porque algo la ha molestado? Lo he presenciado y no he hecho ni dicho nada al respecto, porque tenía miedo y era lo más fácil. Jamás pensé que yo acabaría siendo el objetivo de su ira.

Alex mira alrededor lleno de incredulidad.

—¿En serio, chicos? ¿No podemos ayudar a Lil aunque sea una noche? —Cuando nadie le contesta, tira el tenedor a la bandeja—. Son lo peor. Lil, ¿qué necesitas? Pídeme lo que sea.

Con la cabeza agachada, recojo mis cosas todo lo rápido que puedo.

—Si tienes tiempo este finde, ¿podrías venir a mi casa y ayudarme a rellenar bolsitas de dulces? —le pregunto en voz baja.

Alex asiente.

—Pasaré hoy mismo, al salir del entrenamiento —declara en voz muy alta mientras le lanza una mirada al resto. Después, me vuelve a mirar y sonríe—. Pero no te preocupes, me bañaré antes.

Me cuesta muchísimo devolverle la sonrisa, pero lo hago.

—Más te vale —digo.

Después salgo al estacionamiento y lloro metida en mi coche. Conque así acaba todo, después de lo que hemos pasado juntas Rennie y yo.

Nadia, Alex y yo hemos creado una cadena de armado en el salón. Mi hermana se encarga de las barritas de crema de cacahuate, las gomitas ácidas y los chocolates; Alex, de los dulces de canela, los de limón y los masticables. Yo me encargo de las paletas y de cerrar las bolsas con una cinta. Es la noche de viernes más aburrida de la historia, pero me alegro de quitarme esta tarea de encima.

Levanto una bolsa para inspeccionarla.

—¿No estaremos quedándonos un poco cortos de chucherías?

—Alex no le ha metido bastantes dulces de canela —acusa Nadia.

—Chismosa —se queja mientras le da con el dedo en el costado—. No pasa nada, le estoy haciendo un favor al niño que le toque: menos caries. Además, ya la has cerrado, Lil.

—Eso es verdad. —Me muerdo el labio mientras sopeso la bolsa en las manos—. Es que no quiero que los niños sientan que los estamos timando.

—Tal vez deberíamos dividir los paquetes de dulces blanditos para que parezca que la bolsa está más llena —sugiere Nadia.

Doy una palmada.

—¡Perfecto!

Alex le choca la mano y ella nos sonríe a los dos.

—Alex, encárgate tú de eso —le ordeno, y él me hace un saludo militar con la mano.

—Ah, he hablado con mi madre y me ha dicho que va a llamar a Joy esta noche —comenta mientras abre con cuidado una bolsa de dulces. Sigue teniendo el pelo mojado por el baño. Es verdad que ha venido directo del entrenamiento.

—¿Quién es Joy? —indaga Nadia.

—Una de las dueñas de Milky Morning —informa Alex—. Mi madre la conoce del club de lectura. Dice que puede conseguir que done tantos *cupcakes* como necesites.

Me entrega otra bolsa.

De repente, siento una gratitud tremenda, amor y amistad por Alex, tanto que me abruma. No sé qué habría hecho hoy sin él.

—Eres el mejor, Lindy —lo alabo.

Él levanta los hombros, avergonzado.

—No es para tanto —responde, y me señala—. Oye, estás entorpeciendo la cadena de armado.

Después de que se marche, Nadia me ayuda a recoger y a guardar los dulces que han sobrado.

—A Alex le gustas, ¿sabes? —dice sin mirarme.

Abro la boca para negarlo, pero me detengo. No puedo mentirle a Nadia, pero ya no sé cuál es la verdad.

—Somos amigos.

No digo nada más.

Mi hermana pone los ojos en blanco con exageración.

—¿Y a ti?

—¿A mí qué?

—Que si te gusta.

La expresión de su cara, un poco adolorida pero con intención de que no se le note lo mucho que le importa, me parte el alma.

—¿Y a ti? —le pregunto.

Hay una pausa, lo piensa bien.

—No —responde—. Es... simpático. Es muy bueno. Pero ya no lo veo de esa forma. Antes sí. Aunque durante poco tiempo.

Alargo la mano para tocarle el pelo. Está suave, como el de un bebé. Me permite hacerlo un segundo antes de quitarse.

—Pórtate bien con él, ¿sí? No le hagas daño.

—Te lo prometo —digo.

Y, en mi cabeza, añado: «No volveré a hacérselo». Es una promesa.

10

Mary

Hoy, cuando nos encontramos en el pasillo, Lillia ha mencionado que les había pedido ayuda a sus amigos para llevar el equipo de sonido a la escuela para el Festival de Otoño. Sin embargo, los chicos tenían entrenamiento.

—Obvio, Reeve hizo como que no me oía.

Niego con la cabeza de forma comprensiva.

—Típico de él.

Parecía a punto de echarse a llorar.

—Voy a tardar la vida en subir todo a mi Audi yo sola.

—¡Lil! Yo te ayudo si quieres.

Se le iluminó la cara.

—Muchísimas gracias, Mary.

Por eso me dirijo a la entrada lateral del teatro. No soy muy fuerte, pero entre las dos seguramente iremos más deprisa.

En vez de enfrentarme a la marabunta que sale del instituto, voy por el estacionamiento y veo el todoterreno de Alex estacionado junto al teatro, justo detrás del Audi de Lillia. Él está sacando cajas de la cajuela del coche para meterlas en su camioneta. La puerta está abierta y Lillia sale vestida con un abrigo de color marfil y una bufanda larga mientras se pelea con una gran caja de cartón. Alex corre a ayudarla.

—¡Alex! —exclama mientras levanta la mirada—. Dios mío.

Me quedo escondida y los observo.

Él le quita la caja de las manos.

—Dame, Lil, que te vas a ensuciar el abrigo.

—No te preocupes —insiste, aunque él intenta quitársela y acaban echándose a reír porque ella casi la suelta—. Tienes que ir a entrenar.

—Dámela —le dice con ternura.

Lillia por fin cede. Creo que Alex se sorprende de lo mucho que pesa. Casi se le cae de las manos, pero la agarra bien en el último segundo.

Mientras tanto, ella examina el estacionamiento. Doy un paso adelante y sonrío, pero me hace un gesto con la mano para indicarme que ya no le hago falta.

—Gracias —agradece entre jadeos cuando Alex levanta la cabeza—. Solo faltan tres más.

Se da la vuelta para volver a entrar al teatro, pero Alex la detiene.

—Espera aquí. Ya las saco yo.

Lillia se apoya en el coche. Se ha levantado el viento y el pelo se le revuelve alrededor de la cara.

—¡Te debo una, Lindy! —grita—. ¡Muchísimas gracias!

Empiezo a retroceder y entonces veo que Reeve aparece con su camioneta. Él también los ha visto. Frunce el ceño y se va en reversa. Se marcha antes de que ellos se percaten de su presencia.

Cuando llego a casa, el Volvo de la tía Bette no está en la entrada. Odio admitirlo, pero es un alivio.

Ojalá pudiera hablar con alguien del comportamiento extraño de mi tía. Me he planteado contárselo a mis padres, pero me da miedo. No quiero que mi madre se enoje o que vaya a pedirle explicaciones a su hermana por lo que le he dicho. Es solo que... me preocupa.

Dejo la mochila en la cocina y subo por las escaleras mientras grito su nombre unas cuantas veces por si acaso está en casa. Últimamente, se sobresalta con nada. He intentado andar con pies de plomo, darle su espacio. No quiero empeorar las cosas.

Al llegar al piso de arriba, me doy cuenta de que la puerta de su cuarto está entreabierta. Últimamente, siempre la tiene cerrada. Me acerco poco a poco y echo un vistazo al interior.

Hay libros por todo el suelo. Ha apilado unos cien por lo menos en columnas inestables encima de la alfombra marroquí. Libros mohosos con portada de tela, de los que hay en la biblioteca con polvo. La clase de libros que encuentras en un mercadillo.

Entro con cuidado de no tocar nada, porque estoy casi segura de que la tía Bette se pondría hecha una furia si supiera que ando husmeando por su habitación. Me agacho e intento leer algunos de los lomos, pero la mayoría de los títulos están en idiomas extranjeros. Quizá en latín. Y puede que en francés, cosa que me recuerda que voy tan atrasada en la clase del señor Tremont que es preocupante. Hay algunos libros abiertos, pero en páginas en las que no hay ninguna palabra escrita. Solo jeroglíficos o algo similar. Símbolos y números que para mí no tienen sentido.

Oigo el Volvo entrar a la casa. Me sobresalto y me doy la vuelta para salir de la habitación. Entonces me fijo en la pared que separa su cuarto del mío. La que está a la derecha de su cama.

Antes, estaba repleta de obras de arte. Dibujos. Cuadros. Fotos. Pero ahora se ha deshecho de todo, a excepción de los clavos. Incluso ha movido la cómoda baja de cuatro cajones que estaba apoyada en la pared.

No queda nada.

O, por lo menos, eso parecía. Sin embargo, cuando me acerco un poco, veo que alrededor de los clavos ha atado un hilo del mismo blanco roto de la pared. Creo que es el que utiliza para hacer los ramilletes de hierbas. Ha creado una especie de patrón con los hilos. Como si fuera una estrella asimétrica y torcida.

La misma que está dibujada en una de las páginas de los libros que tiene abiertos.

¡Cielos! ¿Qué está pasando aquí?

Salgo corriendo de su habitación y me meto a la mía. Ella abre la puerta trasera y me llama.

—¡Estoy arriba! —contesto con lo que espero que sea una voz normal.

Rezo para que no suba. Por suerte, no lo hace. Oigo que abre la llave, seguramente para rellenar la tetera.

Me dirijo con cautela a la cama y me siento en el colchón. Está pegada a esa pared compartida. La toco, no sé qué espero sentir. Energía. Calor. Algo que llegue desde el otro lado.

¿Me ha estado hechizando?

No creo que intente hacerme daño, pero tampoco puedo decir que me sienta segura del todo. Y más aún porque no sé cuánto tiempo lleva esa cosa en su habitación. Ni lo que podría estar haciéndome.

Sin embargo, no noto nada más que una pared común y corriente.

Pues claro. ¿Qué iba a notar si no?

Supongo que cuando vives con una persona loca, cuesta no sentir que has perdido la cabeza.

11
Lillia

En Halloween hay una noche preciosa. El cielo está despejado, no hace demasiado frío y hay una luna llena enorme.

Niños y adultos están empezando a hacer fila y el corazón me martillea en el pecho. Estoy junto a la entrada con mi disfraz de bailarina para saludar a la gente y entregar los números de la tómbola. Llevo un leotardo rosa que se cruza en la espalda y un tutú encima. También me he puesto unas medias rosas delgadas y unas bailarinas con lazos que me suben por las piernas. Llevo el chongo tan alto y apretado que me jala el cuero cabelludo, pero no me atrevo a tocarlo porque he tardado la vida en conseguir que me quedara bien.

Llega Alex, ataviado con unos lentes de armazones negros, una camisa y unos pantalones de vestir.

—¿Qué eres? —pregunto—. ¿Un ñoñazo?

Él mueve el dedo de un lado a otro y, después, se abre la camisa de forma exagerada para mostrar la camiseta de Superman que lleva debajo.

—¡Clark Kent a su servicio!

Me río mientras doy palmaditas. Antes usaba lentes, pero ya nunca se los pone. Me gusta ese aire de ñoño elegante.

—Alex, eres mi héroe —digo.

Después, le señalo el puesto de las manzanas y él se marcha.

Los niños lucen adorables con los disfraces. Hay unos cuantos Iron Man, un Harry Potter, un niño que va vestido de chef y una niña que va de botella de catsup. Mis favoritos son los tres que van disfrazados de los personajes de los cereales Rice Krispies. Les pienso dar el premio del concurso de disfraces.

Mi hermana y sus amigas están escondiendo pistas por todo el deportivo para los concursos. Van vestidas de los renos de Santa Claus: Nadia es Vixen y lleva unos cuernos, un chaleco de pelo que mi madre nunca se pone y labial rojo carmesí. Alex está metiendo más manzanas en la tina.

Yo estoy en la mesa de la comida organizando los *cupcakes* de gomitas en una bandeja negra cuando lo veo: Reeve aparece balanceándose con las muletas y la férula. Lleva una camiseta de cuadros, la máscara de Jason y una sierra mecánica colgada de la espalda.

No lo puedo creer. No åpuedo creer que haya venido.

Lo contemplo mientras coloca una silla plegable debajo de la canasta de basquetbol. Arrastra otra silla, se desploma en ella y coloca la pierna en alto. Un montón de niños corren a su encuentro.

—¡Reeve! —gritan—. ¡Persíguenos!

Él agita la sierra mecánica de forma amenazante, pero no los persigue. No puede. Observo cómo los niños se desilusionan cuando se dan cuenta y se van a las otras actividades, por lo que dejan a Reeve solo. Parece disgustado, abandonado en su silla. Solitario.

Noto que se me hace un nudo en la garganta. Le he insistido para que viniera y ahora no tiene nada que hacer. Me acerco a él y finjo detenerme para echarle un vistazo al equipo de sonido de camino para que no parezca que mi única intención es saludarlo.

Me detengo delante de él.

—Hola —digo.

—Hola —masculla desde detrás de la máscara.

Carraspeo.

—Oye... Me enoja haberte hecho venir para nada.

—Que es lo que te estaba intentando explicar desde el principio —añade mientras se retira la máscara y se la coloca encima de la cabeza.

—Sí.

—¿Cómo voy a correr por aquí con los niños y después irme al maldito laberinto con ustedes? —resopla—. Tengo que poner la pierna en alto casi todo el tiempo.

—Sí —repito.

Nos observamos durante un instante.

—Bonito disfraz —comenta.

Espero que haga alguna broma pesada, que me pregunte dónde he dejado la corona o algo así, pero no lo hace. Alarga la mano y toca el tutú. Noto que se me calientan las entrañas.

Entonces, Alex aparece detrás de mí y Reeve baja la mano.

—Hola, amigo —lo saluda.

—Hola —responde.

—Has hecho bien en venir —añade con un asentimiento. Después, me dice—: Lil, si quieres, puedo intercambiar el lugar con Reeve. No me importa. Para la actividad de las manzanas puedes estar todo el rato sentado.

El otro lo mira anonadado.

—Jason es lo mío.

—Ya lo sé, amigo, pero los niños quieren que los persigas. No da miedo si los amenazas con la sierra desde la silla...

La voz de Alex se apaga y me mira como si esperara que yo lo apoyara.

Antes de que pueda contestar, Reeve se arranca la máscara de la cabeza y se la lanza a Alex.

—Bueno, pues toma. Inténtalo. No lo vas a hacer tan bien como yo, pero como quieras. —Se levanta medio tambaleante y se coloca las muletas—. Queda bien delante de tu chica.

Alex se pone rojo y yo paseo la mirada por la estancia mientras hago como que no lo he oído.

Reeve se aleja a toda prisa. Al principio, creía que se iba, pero no, va rumbo a la caseta de las manzanas. Alex se inclina hacia mí.

—Creo que sigue metido en el papel de Jason —me susurra.

Suelto una risita de culpabilidad.

—Gracias por todo, Lindy.

Alex se coloca la máscara.

—De nada —responde con una voz espeluznante, tipo asesino en serie.

Me vuelvo a reír, esta vez de verdad. Después, vuelvo a la mesa de dulces y coloco las galletas en forma de araña que hice anoche. Pongo las bonitas en la parte de arriba y las rotas abajo.

Parece que al final todo ha salido bien. Los niños se la están pasando genial, las actividades casi funcionan solas y algunos de los padres están echando una mano, así que no soy la única a cargo. Voy a poder incluir esto en mi solicitud para la universidad y presumir. Y lo mejor de todo es que lo he hecho sin Rennie.

Veo a Alex perseguir a un grupo de niñas con la sierra mecánica. Casi se cae de bruces, pero recupera el equilibrio. Al otro lado de la sala se oye la carcajada de Reeve, que reverbera por todo el deportivo.

Le doy un mordisco a uno de los dulces de mi pulsera. Dentro de una hora y media habrá terminado todo. No iba a ir al laberinto maldito porque no quería ver a Rennie, pero he cambiado de opinión. Tengo tanto derecho a estar allí como ella. También son mis amigos. Reeve y Alex han venido solo por mí. No los tiene comiendo en la palma de la mano tanto como cree.

12

Mary

Creo que nunca había entendido el poder de un disfraz de Halloween hasta hoy. Lo más probable es que sea porque nunca había usado uno bonito.

De pequeña, me los hacía mi madre. Mis compañeros de clase se los compraban en las tiendas, trajes de plástico con máscara que te ponías por encima de la ropa. Ellos recorrían la isla y rompían palos vestidos de Superman o lanzaban telas de araña imaginarias desde las muñecas, como Spider-Man.

Mi madre no me dejaba.

—Eso no es nada creativo —opinaba.

No es broma, quería hacérmelos ella porque eso mismo había hecho mi abuela siempre con ella y la tía Bette. Mi abuela era una costurera excelente. Todavía tenemos un montón de colchas hechas a mano en la buhardilla, dentro de un baúl de madera de cedro. Me parece una locura que pudiera haber elaborado algo tan perfecto. A mi madre le gustaba aquella tradición.

—Cuando tengas hijos, harás lo mismo por ellos —solía decirme con lágrimas en los ojos.

Así costaba llevarle la contraria.

Por eso, cada mes de octubre, le decía de qué quería ir disfrazada: de princesa, de gitana, de murciélago... Entonces, hacíamos los bocetos juntas con lápices de colores e íbamos a la tienda de telas para comprar los materiales.

El único problema es que mi madre no era demasiado buena en la sastrería. De hecho, Halloween era la única ocasión en la que sacaba la máquina de coser de la caja. Había tomado un curso en el instituto, pero nada más. Y, aunque la tarea empezaba como una aventura divertida, se pasaba la semana antes de Halloween encerrada en la buhardilla y trabajando sin descanso. Normalmente, tenía que volver a la tienda de telas varias veces porque había cortado mal los moldes o se había quedado sin material porque no dejaba de volver a empezar de cero.

El resultado nunca se parecía a lo que yo tenía en mente. Las costuras siempre estaban mal hechas. Algunas partes del disfraz me quedaban justas, mientras que en otras me sobraba. Muchas veces no quedaba muy claro de qué iba disfrazada. Como cuando fui de dragón. La gente creía que era un ejote verde. Nunca tuve la sensación de convertirme en otra persona.

Hasta esta noche.

Me puse muy contenta cuando Kat me invitó a salir con ella. Ya me daban pesadillas solo de pensar que iba a tener que pasar la noche a oscuras, sin abrir la puerta, porque la tía Bette no había comprado dulces para los que venían a pedirlos.

En cambio, ahora estoy en el baño, dando los últimos retoques a mi disfraz. Es decir, añadiendo tantos broches como pueda antes de que llegue Kat y empiece a tocar la bocina del coche para que baje.

He rebuscado en un baúl de la buhardilla que estaba repleto de cosas de la tía Bette. Encontré un par de pantalones ajustados de cuero. La etiqueta era de una marca italiana, seguro que son de cuando vivía en Milán, a los veintiún años. También tenía un bonito par de tacones de aguja y una camiseta de tirantes ajustada de encaje. Todo combinaba a la perfección. Parecía una motociclista buenota.

Me había cardado el pelo para que pareciera salvaje y dramático, y después utilicé unas tenazas que estaban bajo el lavamanos del baño de invitados para añadir unas cuantas ondas. Me había trenzado algunos mechones y me había puesto unas extensiones rosas.

Lo último fue maquillarme los ojos de forma exagerada con lo que tenía la tía en su tocador: delineador de ojos negro, sombra con brillos y capas y capas de rímel. Seguramente tendré que tomarle prestado el aguarrás para poder quitármelo todo.

Me coloco delante del espejo. Esta noche no me parezco a Mary. Ni siquiera me siento como Mary, si es que tiene sentido. Todo es completamente diferente. Siento como si me hubieran iluminado desde dentro. Me siento... viva.

Cuando me doy la vuelta, veo a la tía Bette detrás de mí.

Suelto un grito ahogado.

—¿Cuánto...? ¿Cuánto tiempo llevas ahí?

—Menos de un minuto. No quería asustarte —contesta—. Inclina la cabeza y después da un paso hacia mí. Alarga una mano temblorosa y toca el cuero—. Mis pantalones.

Bajo la mirada y me doy cuenta de que no le he pedido permiso para utilizar su ropa.

—Lo siento, tendría que haberte preguntado. Me los puedo quitar si quieres.

—No es eso, no es eso...

—No te preocupes. No aceptaré dulces de desconocidos. Excepto Kit Kat.

Mi broma no consigue ni que esboce una sonrisa. En cambio, habla como aturdida.

—La línea entre los vivos y los muertos se difumina en Halloween.

Asiento, como si la estuviera tomando en serio, aunque lo que de verdad pienso es que tendría que dejar de leer esos libros tan extraños. ¡Suena como una bruja! Y también lo parece cada vez más. Lleva el pelo encrespado, hecho un desastre, y tiene los ojos hundidos y con ojeras. Si alguien viniera a pedir dulces y ella le abriera la puerta, saldría corriendo. Me parece impensable que en algún momento de su vida fuera una chica divertida y atrevida que usaba pantalones de cuero italianos.

Es un pensamiento cruel, así que me siento mal al instante. Está muy sola, su vida es muy triste. Jamás recibe visitas de sus amigos ni sale por las noches.

Es como yo antes.

Entonces me pregunto si le pasó algo traumático de lo que yo no estoy enterada que la convirtiera en esta persona. ¿Se habrá peleado con mi madre por haberse ido de Jar Island?

No sé, pero doy un paso adelante y la abrazo. No lo había hecho desde que volví. A ella nunca le han gustado las muestras de afecto, pero eso no quiere decir que no necesite una de vez en cuando.

Se le tensa todo el cuerpo. Está tan sola... ¿Quién sabe cuándo fue la última vez que recibió un abrazo?

—No pasa nada, tía Bette —aseguro, y, entonces, se derrite, deja caer la cabeza y me devuelve el abrazo con ternura. En el espejo veo que tiene los ojos cerrados.

Kat pita, así que me aparto.

—¡Te quiero! ¡No me esperes despierta! —le digo antes de bajar corriendo por las escaleras.

—Demonios. ¿Ya te has visto? —grita Kat mientras tira el cigarro por la ventanilla del asiento del conductor.

—Supongo que esta noche somos polos opuestos —comento entre risas mientras me meto al coche, porque ella va vestida de monja, con un hábito que le cubre todo el cuerpo, menos las manos y la cara, y lo acompaña con una pesada cruz de madera colgada del cuello. No lleva maquillaje. Nunca me había dado cuenta, pero tiene una piel increíble y unas cuantas pequitas diminutas.

—Soy una monja malvada —aclara. Se mueve en el asiento y me mira de arriba abajo—. Estás impresionante, amiga.

—¿En serio?

Quiero ponerme a aplaudir como una niña pequeña, pero me contengo.

Kat me mira como si estuviera loca.

—Demonios, ya te digo. Menos mal que la hermana DeBrassio te ha traído un cinturón de castidad.

Le saco la lengua, me abrocho el cinturón y enciendo el radio con el volumen lo más alto que se puede. Está sonando un grupo salvaje, así que empiezo a mover la cabeza de un lado a otro, como una estrella de rock.

—Señor, te ruego que ilumines a esta chatarra y hagas que aguante toda la noche. —Kat se santigua, se enciende otro cigarro y después acelera tan de golpe que las ruedas derrapan y echan humo—. ¡Todavía es temprano! —grita para que se oiga por encima de la música—. Vamos a pasar por casa de mi amigo Ricky para robarle algo de bebida antes de ir al laberinto.

Asiento sin dejar de bailar. Desde que volví, no he salido con nadie que no sean Kat y Lillia. Y tampoco he bebido nunca, ni siquiera un sorbito. Va a ser un desmadre de noche. No en plan mal, sino una locura.

Estoy sentada en el sofá del sótano del tal Ricky. Está en penumbra, lleno de humo y hay una tele encendida. Pasan una película de miedo. Tengo una cerveza en la mano, pero no me la estoy bebiendo. Huele raro, como a levadura.

A mi lado, Kat está sentada a horcajadas en el reposabrazos del sofá mientras apura su cerveza.

—Me voy —anuncia—. Ricky, ayúdame a traer más cervezas. —Se inclina hacia mí y susurra—: ¿Verdad que es lindo?

Asiento. Ricky tiene unos ojos cafés brillantes con pestañas negras y abundantes.

—Mucho.

—¿Por qué iba a malgastar el tiempo con un tonto como Alex Lind?

No sé si debería contestar a su pregunta. Alex y Ricky son muy distintos. Se me ocurre decir que Alex parece simpático, pero, antes de que tenga la oportunidad de pronunciar palabra, Kat y Ricky suben por las escaleras. Veo cómo se van y después me doy la vuelta hacia el hermano de Kat, Pat, quien también los está observando. Va vestido de la Muerte y está desparramado en un sofá inflable con una pipa de agua entre las piernas.

Espero que Kat vuelva pronto. Aquí no encajo y estoy incómoda. Además, la ilusión que sentía antes está empezando a disiparse. A mi lado, en el sofá, hay un chico que tiene una máscara de monstruo y respira con dificultad a través del plástico.

Me doy la vuelta y miro la tele. Un tipo está persiguiendo a una chica con un hacha y, cuando por fin la alcanza, no puedo evitar que se me escape un grito. El hermano de Kat aparta la mirada de las escaleras y se echa a reír.

—¿Tienes miedo? —me pregunta.

—No me gustan las películas de terror —contesto mientras me llevo la cerveza a los labios, aunque no bebo nada.

—¿De dónde conoces a Kat? —se interesa.

—Somos amigas del insti.

—Creía que Kat no tenía amigas en el insti —interviene el chico de la máscara de monstruo, y Pat se ríe.

—Pues sí —respondo enojada—. Me tiene a mí.

A Pat se le borra la sonrisa de la cara y me mira con respeto. Levanta la pipa de agua.

—¿Quieres dar una calada, Mary?

Niego con la cabeza.

—Uy, no, gracias —contesto.

El chico de la máscara resopla. Me preocupa que se esté riendo de mí porque he sonado demasiado educada y santurrona cuando Pat me ha ofrecido fumar hierba.

Entonces, me doy cuenta de que está viendo a la chica partida por la mitad que aparece en pantalla. Estoy a punto de taparme los ojos cuando me percato de lo falso que es todo. La sangre parece catsup, y las tripas, espaguetis. Yo también me río.

Cuando vivía en la isla, no había laberintos malditos. Empezó después de que me mudara. Lo organiza la misma empresa que se encarga de la feria de verano. Han alquilado un campo enorme en la zona rural de T-Town, donde todavía hay granjas.

—Qué mierda —se queja Kat cuando uno de los empleados del estacionamiento nos niega la entrada con la mano.

Está lleno. Nos toca estacionarnos a unas seis cuadras de distancia. El laberinto abre dos semanas antes de Halloween, pero, según Kat, la mayoría de la gente espera hasta esta noche para visitarlo.

Avanzo al lado de Kat. Hay un montón de gente afuera, que se dirige al laberinto o vuelve a sus coches. Todos van disfrazados. Hay un montón de ambiente. Cuanto más nos acercamos, más gritos se oyen.

El laberinto es del tamaño de un campo de futbol. Lo construyen con pacas de heno apiladas hasta alcanzar tres metros de altura para que no se pueda ver por encima. Han colocado focos de estadio para que la gente no se choque, pero no bastan para iluminar todo el recinto. Hay un sistema de sonido del que sale una música de órgano espeluznante. Ni siquiera hemos entrado todavía y ya hay personas con disfraces terroríficos intentando asustar a los visitantes.

Entrelazo el brazo con el de Kat. Es fuerte, la siento como un ancla.

—¡Tengo miedo!

Ella me mira con una sonrisa llena de sorpresa.

—No te separes de mí, guapa —dice, y me acaricia la cabeza.

Nos incorporamos a la fila. Tenemos que firmar un documento en el que prometemos no denunciarlos si nos da un infarto.

—¿De qué irá disfrazado Alex? —pregunta Kat de repente. Levanto los hombros—. Seguro que de algo horrible.

—Espero que el evento de Lillia haya salido bien —añado.

—Seguro que sí. Cho es de las que siempre saca sobresalientes. Te garantizo que no habrá dejado nada al azar.

—Tal vez la vemos. Tal vez quiera unirse a nosotras, si Rennie sigue tan grosera con ella.

—Sí —responde Kat, pero sin ápice de seguridad. No sé por qué. Creo que Lillia se ha esforzado para seguir siendo nuestra amiga. Mucho más de lo que esperaba de ella en septiembre.

—Seguro que por lo menos nos viene a saludar —afirmo, y le doy un empujoncito cariñoso.

Entonces, noto que alguien me da un toquecito en el hombro. Me doy la vuelta y me encuentro cara a cara con un chico muy guapo. Bueno, por lo menos eso creo, según lo que se ve a través de las vendas de momia.

—Hola —me saluda—. Creo que vamos juntos a Literatura.

—Yo diría que no.

Se frota la barbilla y me mira escéptico, como si le estuviera mintiendo.

—¿Estás segura? Yo juraría que sí.

Niego con la cabeza.

—Yo voy con la señora Dockerty, a tercera hora.

—Ah. Yo con el señor Frissel.

—¡Un error lo tiene cualquiera! —digo, alegre, y me doy la vuelta.

Kat ha avanzado un poco en la fila, así que voy a alcanzarla.

Ella me hace un gesto con la cabeza.

—¿Por qué no has seguido hablando con él? ¡Dale tu número!

Niego con la cabeza.

—Me ha confundido con otra persona.

Me mira boquiabierta.

—¡Estaba ligando contigo, tonta! La tontería esa de la clase de Literatura era para romper el hielo, para entablar conversación. ¡Despierta!

—¿Qué? —Me doy la vuelta y el chico momia está con sus amigos, mirándome, pero enseguida baja la vista al suelo. Me doy la vuelta y le susurro a Kat—: ¡Qué fuerte!

Ella se ríe.

—Ay, Mary, qué inocente eres. ¿Entiendes ahora lo que te dije antes? Tienes que salir más. ¿Quién sabe? Quizá encuentres novio antes de Navidad.

La idea me calienta las entrañas. ¿Yo? ¿Novio?

—Tienes que olvidarte de la timidez. Esa actitud de torpe vergonzosa. Ya no tienes doce años, ¡sino diecisiete! —Me mira el pecho—. Mira. Tienes pechos. Y a los chicos les encantan los pechos.

—¡Déjame en paz! —exclamo entre risas mientras me rodeo el cuerpo con los brazos.

Kat niega con la cabeza.

—No pienso hacerlo. Acepta de una vez que eres una chica buenísima que le gustaría a cualquier chico.

Abro la boca para decir que quién me iba a querer a mí, pero ella me lanza una mirada asesina, así que me callo.

Pero lo digo en serio. No les gusto. O por lo menos, nunca les he gustado.

O quizá sea porque nunca he intentado que ningún chico se fije en mí. Excepto Reeve Tabatsky.

Me cuesta el trayecto entero hasta el principio de la fila aunar el valor para echarle un vistazo al chico momia. Sigue mirándome, pero esta vez no finge no hacerlo. Me dedica una sonrisa dulce.

Yo consigo devolvérsela antes de perder los nervios por completo.

¡Algo es algo!

Hay dos luces estroboscópicas justo a la entrada del laberinto. Giran tan rápido que es casi imposible ver lo que ocurre más allá de las primeras pacas de heno. Damos un par de pasos hacia el interior, hasta la primera intersección grande. Se puede ir a la izquierda, a la derecha o seguir recto.

Kat me agarra de la mano.

—Estás helada. —Me jala y me dirige hacia la izquierda—. No te separes de mí. Dentro de nada, van a empezar a saltar unos malditos...

Justo entonces, dos demonios salen de entre las sombras. Yo grito y me empiezo a reír, mientras que Kat prácticamente me salta a los brazos.

—¿No saben respetar el espacio personal, imbéciles? —les grita a los demonios.

—¿Estás bien? —pregunto—. ¿Quieres que salgamos?

Esboza una mueca, como si eso fuera una tontería.

—Es solo que me han tomado por sorpresa. Vamos. Me voy a empezar a aburrir dentro de nada. Además, cuanto antes lleguemos al final, antes podremos volver con Ricky y los demás.

Le doy unas palmaditas en la espalda.

—Bieeen, hermana Katherine.

Después de dar un par de pasos más, me percato de que alguien camina con nosotras, como si fuera parte de nuestro grupo. Kat también se da cuenta y las dos nos giramos para mirar. Es una mujer mayor, pero va vestida como una niña, con un vestido azul, calcetines blancos con orilla de encaje y unas bailarinas de terciopelo negro. Lleva una muñeca cubierta de sangre falsa y nos la ofrece.

—¡Mi muñeca está malita! —grita con una voz extraña y quejumbrosa—. ¡Ayúdenla!

Kat pega un alarido que no sabía que fuera capaz de emitir, agudo, estridente y sin filtros. Me suelta la mano y sale corriendo.

—¡Kat! —Me estoy riendo con ganas—. ¡Kat!

La sigo tan rápido como puedo, pero me cuesta, con toda la gente que hay en el laberinto. Giro a la izquierda, después a la derecha y me encuentro en un callejón sin salida. Vuelvo atrás y alguien me toca el hombro.

—¿Kat? —pregunto, pero es un granjero psicótico con un overol manchado de sangre y un rastrillo. Es decir, otro actor.

Me hace darme la vuelta y, al dar el primer paso, me percato de que no tengo ni idea de por dónde he venido ni adónde tengo que ir después.

—¡Por aquí, chicos! —grita una voz femenina.

No es Kat. Es Lillia.

Avanzo con dificultad hacia su voz, pero no consigo encontrarla, entre la música y el barullo del resto de la gente.

Giro un par de veces, pero no vuelvo a oír a Lillia. Estoy aturdida y, por culpa de las luces estroboscópicas, me está empezando a doler la cabeza.

—¿Kat? ¿Kat? —vocifero.

Otro demonio sale de la nada y esta vez sí que grito. Me agarra del brazo e intenta que no me aleje de él. Yo me suelto de un jalón y acelero por un pasillo largo. Tengo que encontrar a Kat. No quiero atravesar esta cosa sola. Sin duda, da muchísimo más miedo cuando vas sin compañía. Y seguro que a Kat le está dando un infarto.

Vuelvo a girar a la izquierda y camino unos cuantos metros hasta que llego a otro callejón sin salida. Sacudo las manos e intento calmarme. ¿Saldré de aquí en algún momento?

Después, me doy la vuelta y me choco con Reeve Tabatsky.

Literalmente. Impacto contra su pecho. El impulso hace que trastabille hacia atrás. Las muletas de Reeve caen al suelo y él pierde el equilibrio. Por suerte, el pasillo es estrecho, así que una de las paredes de heno para su caída e impide que se estampe contra el suelo.

—Mierda —dice.

—Perdona..., no te he visto.

—¿Estás bien?

Me toma por sorpresa que Reeve me pregunte eso. Se me encienden las mejillas, pero me inclino a recoger las muletas para que no se dé cuenta.

—No te preocupes por mí —respondo, las palabras me salen a trompicones de la boca, muy rápidas y nerviosas. No puedo creer que por fin esté cara a cara con Reeve y que estemos manteniendo una conversación normal. Después de todos estos años, aquí estamos. Me yergo y le pregunto—: ¿Cómo va lo de la pierna?

Él no me quita las muletas, así que las apoyo en la pared de heno para que las agarre cuando quiera.

—Bien —contesta, pero no me lo creo. Parece que le duele muchísimo. Se lo veo en la cara. Aprieta los dientes cuando se inclina para echarle un vistazo a la férula negra y ajustarse los cierres de velcro.

—¿Quieres... que busque ayuda?

Doy un paso atrás y le doy espacio. Espero no haber estropeado el progreso que hizo en la alberca.

—No, no —dice en voz baja. Se pasa una mano por el pelo mientras intenta recomponerse. Se queja—: Es culpa mía por haber venido a este laberinto absurdo.

Toma las muletas y se las coloca en las axilas.

Sé que está a punto de alejarse de mí, pero no quiero. No estoy preparada para que se acabe este momento. Todavía no. Es como cuando íbamos juntos en el ferri. Yo rezaba, rezaba y rezaba para que el trayecto durara un poquito más. Aunque solo fuera un minuto.

Alargo la mano y le toco el brazo. Su camisa es tan increíblemente suave que le noto el bíceps. Es grande y musculoso, muy marcado, seguramente por las semanas que lleva con las muletas.

—Lamento mucho que te lesionaras en el baile —declaro, y, a pesar de todo lo que me hizo, me sienta bien disculparme. Porque de verdad no era mi intención que se hiciera tanto daño, que tal vez se haya arruinado la vida.

Levanta los hombros.

—Así es la vida, ¿sabes?

—Sí —afirmo mientras asiento, porque es cierto—. Así es la vida.

A todos nos pasan cosas malas.

Hay un segundo incómodo en el que ninguno de los dos sabe qué decir. Reeve se pasa la mano por el pelo.

—Tengo que buscar a mis amigos. Espero que salgas de aquí con vida.

Se coloca bien las muletas y se dispone a dar un paso, pero me interpongo para impedírselo. Me da un subidón de adrenalina.

—Ha... Ha pasado mucho tiempo, ¿verdad? —Se me atoran las palabras en la garganta.

Reeve inclina un poco la cabeza hacia un lado.

—Sí...

Se levanta viento, que me mece el pelo. Me coloco todo lo que puedo detrás de las orejas.

—Siempre me he preguntado si has pensado en lo que pasó.

Reeve suelta una risa incómoda y después parpadea unas cuantas veces. No sé si está avergonzado o si lo he tomado por sorpresa.

—Si te sentías mal por lo que hiciste.

Entonces, espero, porque es el ataque perfecto. Le estoy dando una oportunidad para que se disculpe conmigo, para que por fin se responsabilice de sus actos. Para que arregle las cosas entre nosotros de una vez por todas.

Reeve entrecierra los ojos, confundido. Está intentando ubicarme.

Eso me desconcierta. Sí, bueno, llevo disfraz, pero es raro. Tardó cinco segundos en llamarme Big Easy en el baile. ¿De verdad no me reconoce ahora?

—Llamar a una chica Big Easy porque está gorda... ¿No sabes cuánto le puede afectar eso a una persona?

A Reeve se le tensa todo el cuerpo y me mira fijamente, esta vez con los ojos llenos de frialdad. Noto cómo me va quitando todas las capas que llevo encima. El maquillaje, los pantalones de cuero, el pelo alborotado, hasta que solo me quedan los huesos. Estoy temblando, como una hoja movida por el viento.

—Te portaste muy mal conmigo. ¿No te arrepientes? ¿Ni siquiera un poquito?

Se humedece los labios.

—Vete al diablo —gruñe.

Noto cómo empiezo a derrumbarme y me preocupa que las piernas no me sostengan. Reeve me hace a un lado con un empujón y se marcha por el pasillo.

—Lo siento —le grito.

Me odio por haberme disculpado. Porque esas son las palabras que yo me merezco oír. No él. Solo que yo nunca recibiré una disculpa de Reeve, porque no se arrepiente.

Ni siquiera un poco.

Entonces percibo que se forma un maremoto. Un tsunami. Una ola en mi interior. Furia, tristeza. Como la noche del baile. Cierro los ojos, pero no veo oscuridad. Veo cómo se enciende el laberinto de heno y las paredes de fuego enjaulan a toda esta gente.

Maldición, maldición.

Tengo que salir de aquí antes de que estalle.

13

Kat

Tengo la espalda pegada a una pared de heno y los palitos se me clavan a través del hábito de monja. Es un callejón sin salida, pero me da igual. Estoy escondida para que ninguno de los demonios, zombis o demás criaturas me ataquen por detrás. Cada poco, estiro el cuello y echo un vistazo por la esquina para ver si viene Mary.

Está claro que la encontraría más deprisa si la buscara de verdad, pero no pienso moverme. Prefiero que venga mí. No he pagado treinta dólares para morir de un infarto en este maldito laberinto.

Espero que se la esté pasando bien. Se merece pasar un buen rato.

Me alegro de que ese tonto vestido de momia haya intentado ligar con ella en la fila. No le vendría mal un subidón de autoestima, nada mal. Ya sé que no soy orientadora, pero Mary tiene que darse cuenta de que ya no es la misma de antes.

Un grupo pasa por delante del callejón. Una chica disfrazada de bailarina se separa de sus amigos y camina de puntitas hacia mí, con cuidado. Lleva un leotardo rosa, tutú rosa, todo rosa. Pues sí: es Lillia.

—Lil —la llamo, emergiendo de las sombras.

Ella da un brinco y grita como en una peli de miedo, pero está sonriendo. Conque a la cobarde de Lillia le gustan estas cosas. ¿Quién se lo habría imaginado? Debe de pensar que soy una de las actrices, porque está a punto de salir corriendo para volver con sus amigos. Sin embargo, cuando vuelvo a llamarla, se detiene de golpe. Le toma un segundo reconocerme, supongo que por el disfraz.

—¡Kat! ¡Dios mío! ¿Eres tú?

—¡No pronuncies el nombre del Señor en vano! —exclamo con voz estruendosa.

Ella suelta una risita.

—¿Dónde está Mary? Venía contigo, ¿verdad?

Asiento.

—Espérate a ver su disfraz. Está de infarto. Trae pantalones de cuero.

Mientras se lo cuento, me percato de que me encantaría que las tres estuviéramos pasando la noche juntas. Pero me saco ese pensamiento de la cabeza, porque no tiene sentido ponerse triste por algo que no puedo cambiar. Lillia ha venido con sus otros amigos. Cambio de tema corriendo.

—¿Ha salido todo bien en la escuela?

—Sí, ha estado bien. Creo que los niños se han divertido. Y los padres estaban muy contentos.

—Genial. —Me dio pena verla tan estresada toda la semana—. Yo habría ido a echarte una mano, pero no me dijiste nada, así que... —Se sonroja, por lo que dejo el tema—. No es que esté enojada ni nada —aclaro—. Es solo que...

No sé qué estoy diciendo, solo estoy hablando por hablar.

—No te preocupes. Todo ha salido bien. No se me ocurrió pedírtelo, la verdad. Sé que no es tu asunto, pero gracias por ofrecerte a ayudar cuando ya es demasiado tarde —se burla con una sonrisa traviesa.

—Buena respuesta, Lil. Me gusta que se te esté pegando eso de mí.

Parece que está a punto de hacer otra broma a mis expensas cuando oímos a Reeve decir: «Mierda».

Parece que su voz proviene del otro lado del muro de heno.

Ambas ponemos los ojos en blanco porque Reeve es un imbécil, pero después nos llega la voz de Mary, bajita, un hilito, muy a su estilo.

—Perdona..., no te he visto.

En medio segundo, Lillia y yo pegamos las orejas al muro para escuchar.

—Está hablando con él —me murmura Lillia.

—Que se deje de palabritas. ¡Que le dé una patada en los huevos! —le contesto también entre susurros.

Lillia suelta una risita.

Ambas ahogamos un grito cuando oímos lo que dice Mary después.

—Llamar a una chica Big Easy porque está gorda... ¿No sabes cuánto le puede afectar eso a una persona?

Lil me agarra del brazo y empieza a dar saltitos de la emoción. No lo puedo creer. ¡Está yendo por todo!

Entonces oímos la contestación de Reeve.

—Vete al diablo.

Lillia se lleva las manos a la boca. El bastardo Reeve Tabatsky. Es tan imbécil como antes del accidente, si no es que más.

Esperamos a ver qué tiene que decir Mary al respecto.

—Lo siento —responde.

Lillia cierra los ojos y deja caer la barbilla hacia el pecho.

Maldición.

Vemos a Mary pasar corriendo por delante del callejón.

Yo me dispongo a salir tras ella y Lillia también se pone en marcha, como si fuera a acompañarme, pero yo niego con la cabeza.

—No. Quédate con tus amigos. No deberíamos dejarnos ver las tres juntas.

Si embargo, no me hace caso y echa a correr a mi lado.

—¡Mary!

Las dos gritamos su nombre a pleno pulmón y empujamos a la gente para que nos deje pasar. Atisbo su pelo con mechas rosas a unos cien metros o así.

Por fin, la alcanzamos. Lillia la agarra de la camiseta.

—¡Mary!

Ella se da la vuelta. Está llorando. Intenta contarnos lo que ha ocurrido, pero no le salen las palabras.

—Lo hemos oído. Lo hemos oído todo. —Lillia le aparta el pelo de la cara con ternura—. Por cierto, te ves guapísima.

En la cara de Mary no hay muestra de que haya oído siquiera el cumplido. No muestra expresión alguna. Es como si tuviera estrés postraumático o algo así.

Le coloco las manos en los hombros y la obligo a mirarme a los ojos.

—¿Qué necesitas? —pregunto a toda prisa—. Dínoslo.

Me parece que va a contestar, pero, en cambio, se libera y sale corriendo.

Dejamos que se vaya.

—Esto no está bien —comento mientras me muerdo el dedo.

El perfecto chongo de bailarina de Lil se ha deshecho. Se le salen mechones de la liga, pero parece que no se ha dado ni cuenta.

—Tenemos que darle espacio si es lo que quiere.

—Supongo... Pero ¿y si se hace daño?

Ahora, ella también parece insegura.

—Dios mío. ¿Tú crees? —Respira hondo y suspira—. Pobre Mary.

Ni siquiera sé lo que hago, pero me acerco a ella, como si fuera a darle un abrazo a Lillia Cho. Y ella hace lo mismo, como si fuera a devolvérmelo.

—¡Lillia! ¡Lil! ¡Nos vamooos!

Es Ashlin.

—Vete —susurro—. Voy a ver si la encuentro.

Lillia frunce el ceño, pero se aleja de mí sin darme la espalda.

—Mañana iremos a su casa a ver cómo está.

Asiento.

Mientras me dirijo a la salida del laberinto, un fantasma me avasalla. Tengo tanta rabia contenida que le doy un empujón.

—Ya basta —espeto.

Algunas personas me miran como si me hubiera vuelto loca. Y así es como me siento. Loca de preocupación por mi amiga.

14

Lillia

Sigo la voz de Ashlin y me encuentro con ella y unas cuantas chicas del equipo. Va un poco borracha y contentilla, grita mi nombre y entrelaza su brazo con el mío. Supongo que, como Rennie todavía no nos ha alcanzado, puede ser tan amiga mía como quiera y hacer como que no pasa nada. La verdad es que por ahora me tiene sin cuidado, lo único que me importa es que Mary esté bien. Ojalá pudiera ayudar a Kat a buscarla, pero ni siquiera tengo el coche. Lo dejé en la escuela.

Todo el mundo va rumbo al estacionamiento, desde donde nos dirigiremos a la fiesta que se celebra en el cementerio grande de Canobie Bluffs. La gente está empezando a subirse a los coches y yo atisbo a Reeve solo, apoyado en el todoterreno de Alex, mirando a la nada. Solo de verlo me siento enferma.

No puedo evitarlo.

Me aparto de las chicas y me acerco a él a grandes zancadas.

—Eh, Reeve.

Me mira y sonríe. El muy asqueroso sonríe.

—Hola, Cho. ¿Vas al cementerio?

Me tiembla la voz cuando hablo.

—Eres cruel. Sabía que a veces podías ser un imbécil, pero no sabía que pudieras ser tan desalmado.

—¿De qué estás hablando? —pregunta estupefacto.

—Te he oído —revelo—. He oído lo que le has dicho a esa chica en el laberinto. ¿En serio?

—Un momento...

—¿Qué te hizo para merecer eso? —Cada vez alzo más y más la voz.

Su expresión se vuelve severa.

—No te preocupes por las chicas con las que hablo. Eso no te incumbe.

—Pues claro que no, pero...

—Pues entonces métete en tus asuntos.

Quiero gritarle que son mis asuntos, pero no puedo si pretendo seguir protegiendo a Mary. Así que, en vez de eso, digo:

—¿Sabes qué? Me alegro de que te hayas roto la maldita pierna. Me alegro de que no puedas jugar futbol y de que ninguna universidad te quiera en su equipo. Te mereces todo lo que te está pasando, porque no eres buena persona.

Reeve se pone pálido como una sábana, pero no me permito sentirme mal por él. En cambio, le lanzo la mirada más desdeñosa que puedo y después me doy la vuelta y corro hacia el coche de Ash.

15

Mary

Me abro paso por el campo abierto, serpenteo entre las filas de coches estacionados y los montones de gente para poner tanta distancia con el laberinto como me es posible. No dejo de tropezarme porque los tacones se me enganchan con la tierra blanda, hasta que acabo por caerme de bruces entre dos coches.

Quiero levantarme de inmediato, seguir avanzando, porque el bosque está solo a unos metros de distancia. Pero estoy agotada. Por suerte, no hay nadie alrededor, así que me quedo ahí arrodillada y me echo a llorar.

«Vete al diablo».

¿He vuelto para que Reeve me dijera eso?

¿Es lo que merezco después de todo lo que pasó?

Tras unos minutos de llorar a moco tendido, escucho la voz de Lillia. Al principio, creo que me está llamando, pero luego me doy cuenta de que le está gritando a Reeve.

Me quedo agachada y utilizo el coche para cubrirme mientras los espío por la ventanilla. Al final, los localizo en la distancia. Lillia y Reeve, tan cerca que sus pies se tocan. No consigo distinguir lo que le está diciendo, así que me muevo sigilosamente de coche a coche intentando acercarme a ellos.

—¿Sabes qué? Me alegro de que te hayas roto la maldita pierna. Me alegro de que no puedas jugar futbol y de que ninguna universidad te quiera en su equipo. Te mereces todo lo que te está pasando, porque no eres buena persona.

Ay, Lillia. Tú sí que eres una amiga de verdad.

Se aleja de Reeve. Contemplo su reacción sin perder detalle. Quiero oír cómo se defiende. Quiero oír qué insulto le gritará.

En cambio, no hace nada. Se queda ahí parado, mirando cómo se aleja.

Y, lo más sorprendente de todo, se seca los ojos con las mangas de la camisa.

Eso me sienta como una patada en el estómago. Las groserías que me ha dicho no le importaban lo suficiente como para disculparse. Sin embargo, Lillia le dice que es una mala persona y se echa a llorar.

Sé por qué. Le gusta.

Puede que incluso esté enamorado de ella.

Odio estar celosa, pero lo estoy. Y muchísimo. Es enfermizo. Estoy enferma.

Quiero ir a casa, pero no puedo mientras siga así de disgustada. Siento que podría estallar en cualquier momento. Me levanto, me sacudo la tierra y me voy directo hacia el bosque.

16

Lillia

El cementerio de Canobie Bluffs es el más antiguo de la isla; hay tumbas que datan del siglo XVIII. Las familias más añejas de Jar Island tienen un terreno aquí, y hay muchos nombres raros, como Ebenezer, Deliverance y Jedidah.

Los chicos están pasándose el balón de futbol y utilizan las lápidas como poste. Alguien ha puesto *Thriller* de Michael Jackson, y Rennie, Ash y otras chicas están bailando a lo zombi. Rennie va disfrazada de enfermera sexi con unas medias blancas con lazos rojos por la parte trasera de las piernas. Hace unas semanas, yo habría estado ahí, junto a Rennie, intentando ser el centro de atención. Ahora, estoy sentada en una manta, sola, dándole sorbitos a la «poción de bruja» de Ash: un coctel de ron con canela en rama, naranjas y sidra. Está tan dulce que me lo he estado bebiendo como si fuera un refresco. Bueno, también es que no tengo nada más que hacer. Mañana no hay clases, ni al día siguiente tampoco, así que ya que estoy...

Reeve está desparramado en medio de la otra manta con las piernas estiradas. Está rodeado de chicas de penúltimo curso disfrazadas de zorras. Cavernícola zorra, ratona zorra, Pocahontas zorra... Casi parece que le estén lamiendo los pies. No puedo creer que haya llegado a sentir lástima por él. Es horrible, un monstruo. Hablarle a Mary de esa forma después de todo lo que le hizo... hace que me den ganas de vomitar. Me alegro de haberle dicho sus cosas en el estacionamiento. Me ha caído bien decirle lo que pienso.

La canción cambia y Rennie vuelve corriendo al lado de Reeve para abrirse hueco en la manta y echar al resto de las chicas.

—¿Necesitas algo? —le pregunta—. Tenemos botanas.

—¿Hay cerveza?

Rennie levanta la cabeza y va a toda prisa a la hielera. Uf. Me pone enferma verla actuar como su esclava. Asco, asco, asco

Le trae una cerveza. Él se la queda mirando.

—¿No hay Bud Light?

—¿No hay Bud Light? —repito con voz burlona para mí. Luego grito—: Reeve, pedazo de flojo, ¿y si te levantas y vas a mirar tú solito? Que yo sepa, no estás parapléjico. ¡Solo te has roto el peroné!

Reeve se gira de golpe y me lanza la mirada más llena de odio que he visto en mi vida. Me importa una mierda.

—Cierra el pico, Cho —me advierte.

Estoy a punto de darle un sorbo a la poción de bruja, pero antes decido responderle.

—No, cállate tú.

Cree que puede tratar a la gente como marionetas. Pues mira, a mí no. Y ya debería saberlo a estar alturas.

De repente, Alex se desploma a mi lado con la respiración entrecortada de tanto correr.

—¿Has visto esa jugada? —me pregunta mientras me tapa a Reeve—. Casi he llegado a la zona de anotación. Me he quitado a tres tipos de encima antes de que me bloquearan.

Suspiro. Ay, mi dulce Alex. El pobre se ha asegurado de que hubiera suficientes *cupcakes* para los niños y nunca me haría daño. Vuelvo a suspirar y le apoyo la cabeza en el hombro.

—Eres tan bueno... —susurro.

—¿Estás borracha? —me pregunta, un tanto divertido, otro tanto preocupado, pero, sobre todo, sorprendido.

—Sí. No. Bueno, sí.

—Pero si tú nunca bebes —se extraña.

—Pues hoy sí —declaro mientras me incorporo para mirarlo. Tardo un par de segundos en enfocar la vista y que deje de estar borroso—. Solo lo hice otra vez, y fue el peor error de mi vida. ¿Sabes? A veces pienso que ya nunca volveré a ser la misma. —Se me cierran los ojos—. Olvídalo. No debería habértelo contado. Me pesan los ojos.

Alex me quita el termo de la mano y vuelve a colocarme la cabeza sobre su hombro.

—¿Tienes frío?

Niego con la cabeza. No tengo. El coctel me ha dado mucho calorcito. Además, me he puesto una sudadera encima del leotardo. Aun así, como llevo el hombro al aire, sigue siendo muy de estilo bailarina, como si acabara de salir del ensayo.

—¿Te ha dado calorcito? —pregunta Alex.

Me tapo la boca con una mano.

—¿Lo he dicho en voz alta?

—Sí —responde entre risas. Levanto la cabeza y lo miro a la cara. Tiene unos ojos preciosos.

—Precioso —digo, y le toco los lentes.

—Gracias —contesta con solemnidad.

Me da un escalofrío y Alex se quita su saco del traje para echármela sobre los hombros.

—Puedes apoyarte en mí si quieres —indica.

Y eso hago. Dejo caer todo mi peso contra él, estoy muy relajada. Casi siento como si no tuviera huesos. Me envuelve con sus brazos y me siento segura, más que nunca. Es lo contrario a aquella vez tan horrible.

Contemplamos a PJ darle una patada al balón para lanzarlo por los aires.

—¡Gol de campo! —cacarea.

—No, amigo, la zona de anotación es el terreno de los Zane —le discute Derek mientras señala un grupo de cruces de piedra blanca cubiertas de musgo, justo en el centro del cementerio.

Los Zane. Serán la familia de Mary. No sabía que eran de Jar Island de toda la vida.

No dejan de discutir, así que yo le digo a Alex:

—No puedo creer que el viernes que viene ya sea el último partido. ¿Estás decepcionado por no haber llegado a las rondas clasificatorias?

—Para nada. La temporada podría haber acabado cuando Reeve se lesionó, pero hemos resistido. Estoy muy orgulloso de lo que hemos conseguido. Además, me alegro de haber visto jugar a Lee. Al final ha encontrado su estilo. Te apuesto lo que quieras a que las Gaviotas llegarán a la liga estatal.

—Eres muy buen chico —declaro mientras asiento.

Le echo un vistazo a Reeve. Está intentando levantarse haciendo equilibrios con una muleta.

—¿Adónde vas? —le pregunta Rennie.

Él tiene la cara roja.

—A casa. Esto es una estupidez.

Rennie hace un puchero, pero él ni la mira.

—Reevie, quédate un ratito más —le suplica—. Te llevo a casa en nada.

—¡Adiós! ¡Por ahí está la puerta! —grito, y después me echo a reír como una loca.

Él me ignora y avanza a grandes zancadas hacia la noche. En cuanto desaparece, Rennie viene y se me pone cara a cara.

—¿En serio?

Antes de que pueda contestarle que sí, que voy en serio al mil por ciento, Alex habla por mí.

—Oye, que está borracha. No sabe lo que dice.

—¡Claro que lo sé! —aseguro mientras le doy un toquecito en el pecho. Me incorporo y le digo a Rennie—: Me has plantado con el Festival de Otoño y te has asegurado de que nadie me ayudara.

Rennie cierra los ojos y niega con la cabeza.

—Estoy harta de escucharte, no haces más que quejarte, llorar y enojarte. La pobrecita de Lillia necesita tantísima ayuda... No puede hacer nada ella sola, necesita que todos la rescaten. Tu teatrito de damisela en apuros está pasado de moda, Lil.

Me siento como si me hubiera volteado la cara de una cachetada. No puedo más que quedarme mirándola estupefacta.

Alex se levanta.

—¿Por qué estás siendo tan grosera?

Rennie sonríe y le mueve el dedo delante de la cara.

—Qué bien entrenado te tiene, perrito faldero.

Los chicos han dejado de jugar futbol. Alguien ha bajado el volumen de la música. Todos nos miran, pero me tiene sin cuidado.

—Ah, sí... La damisela en apuros —repito—. Como aquella noche en la fiesta, cuando te supliqué que me ayudaras. —Veo cómo le cambia la cara cuando se da cuenta de adónde quiero llegar. A aquella noche en la casa rentada, con Ian y Mike. Esa anécdota de la que se suponía que nunca jamás íbamos a volver a hablar—. Pero, un momento..., me dijiste que no me habías oído, ¿verdad? ¿O tal vez sí, pero estabas demasiado ocupada con tu ligue?

En cuanto me salen las palabras de la boca, me doy cuenta de que estoy temblando.

La cara de Rennie se vuelve de piedra.

—Está claro que estás muy ciega y no sabes de lo que hablas, pero nosotras ya no somos nada —jadea. Después, se da la vuelta y sale a toda prisa hacia la dirección en la que se ha ido Reeve.

Alex me pone la mano en el hombro. Se me había olvidado que seguía aquí.

—¿De qué diablos hablabas?

No le contesto. Solo le digo:

—¿Puedes llevarme a casa?

17
Mary

Me parece que han pasado varias horas cuando salgo a trompicones del bosque a una calle residencial. No tengo muy claro qué hora es ni cuánto tiempo llevo caminando. La luna sigue en lo alto del cielo y no hay signos de que vaya a despuntar el alba.

Por la pinta que tienen las casas, cabañitas pintorescas en terrenos pequeños entre las marismas, creo que he llegado hasta Canobie Bluffs, lo que quiere decir que estoy en la otra punta de Jar Island. Me queda una caminata muy larga hasta Middlebury, y solo de pensar en subir la gran colina con estos tacones me dan ganas de volver a echarme a llorar. Pero no puedo, aunque quiera. Ya no me quedan lágrimas.

Lo único que agradezco es que no le he hecho daño a nadie. No podría vivir con la culpa. La energía que he sentido era como la del baile de bienvenida multiplicada por cien. Y todavía no se ha disipado. Aún la siento en mi interior, revolviéndose como el océano en marea baja.

Mientras camino por el medio de la calle, deseo poder cerrar los ojos, dar un chasquido y estar en mi cama. El vecindario está muy tranquilo. Ya hace tiempo que se han ido los que pedían dulces. Solo quedan los últimos grillos estivales que todavía no se han muerto y algún coche que pasa de vez en cuando a unas calles de distancia. Casi todas las casas tienen las luces apagadas. Está claro cuáles son las que solo se rentan en verano y ahora están vacías: las que no tienen calabazas, crisantemos ni ninguna decoración típica del otoño. Todo el mundo está durmiendo, así que debe de ser tarde.

Recorro unas cuantas cuadras. Entonces, un coche dobla la esquina y me ilumina con los faros. Va lento al pasar por delante de mí y luego se detiene.

No veo quién va dentro: tiene los cristales polarizados. La ventanilla refleja mi cara, mi versión de Halloween, rockera y con rastros de lágrimas. Por suerte, el llanto no me ha estropeado mucho el maquillaje. De hecho, creo que me hace parecer más ruda. Pero es todo falso, porque no lo soy. Ni fuerte. Soy un verdadero desastre.

La ventanilla del conductor se baja.

—Hola, *biker*.

Es el chico. El de la fila del laberinto. Ya no lleva las vendas de momia, están apiladas en el asiento del copiloto. Ahora lleva una camiseta de manga larga en la que dice «Club de Atletismo de Jar Island» y pantalones de mezclilla. Sin las vendas, salgo de dudas: es guapo. Su piel es de un tono oscuro, tiene los ojos claros y hoyuelos. Está fuerte y es alto, demasiado para su coche. Las rodillas casi le tocan el volante, y eso que lleva el asiento tan atrás como puede.

Puede que sea incluso más alto que Reeve.

—¿Te llevo a alguna parte?

Paso por delante del coche y eclipso un faro y luego el otro. Él alarga el brazo y me abre la puerta, como un caballero.

—Me llamo David. —Carraspea—. David Washington.

—No me suena.

—¿Y tú, cómo te llamas?

Me giro hacia la ventanilla para no tener que mirarlo.

—Elizabeth —le digo. Me sale solo, y me alegro. No quiero contarle nada sobre mí.

—¿Te han dado muchos dulces, Elizabeth? —pregunta con tono burlón.

—No —respondo con un suspiro—. De hecho, la noche ha sido de todo menos dulce.

—Bueno, pues eso podemos arreglarlo ahora mismo. —Señala el portavasos, que está lleno de dulces—. Elige lo que quieras.

Ni siquiera me acuerdo de la última vez que comí dulces. Pero ¿por qué debería preocuparme por engordar? Si Reeve no va a fijarse en mí.

Me decido por una paleta y la desenvuelvo poco a poco. Es de color rosa intenso. Me la meto a la boca y está tan dulce que casi me parece ácida. David me mira, curioso.

—Hace mil que no tomo chucherías —explico. Y, entonces, como eso no tiene mucho sentido, añado—: Estaba gorda.

Él se ríe, como si le hubiera contado un chiste. Doy vueltas a la paleta dentro de la boca y dejo que se vaya disolviendo.

—Es verdad. Y se burlaban de mí. En realidad, sufrí acoso escolar.

Veo que David se incomoda. ¿Habrá sido un bravucón? Me doy la vuelta para mirarlo.

—¿Crees que soy guapa? Mi amiga pensó que estabas ligando conmigo en el laberinto.

Parece que lo he tomado por sorpresa.

—Sí. Eres guapa. Guapísima.

—Bueno, esta noche no parezco yo —indico con más urgencia de la que pretendía—. Normalmente, no uso tanto maquillaje.

Él niega con la cabeza.

—Pero para eso es Halloween, ¿no? Para llevar un disfraz.

Me doy cuenta de que tiene razón. Puede que ya no tenga el mismo aspecto que la niña triste y gorda, pero, sin duda, es quien vive debajo de todo esto.

Él parece nervioso. Sé que no tiene muy claro qué decir.

—¿Sabes qué? Yo tenía un ojo vago. Tuve que usar un parche durante tres años —confiesa con una sonrisa—. A que no adivinas en cuál.

Lo miro fijamente a la cara. Es muy guapo. No sé qué ojo es, así que ni siquiera intento adivinarlo.

—¿Puedes llevarme a casa? —pregunto.

David lleva el peso de la conversación. Vino de California hace dos años con su madre, después del divorcio. Sobre todo, hablamos de lo raro que es vivir aquí. Me agrada que no hable mal de la isla. No es como Kat, que sé que se muere de ganas de mudarse porque todo lo de este lugar la irrita. David es muy razonable. Por ejemplo, odia que no haya buena comida mexicana, supongo que por venir de California, pero le encanta poder seguir surfeando.

Se ofrece a darme una clase.

En un semáforo en rojo, aparta una mano del volante y la desliza sobre la mía.

—Tienes las manos heladas.

Parece avergonzado, las palabras se quedan flotando en el aire. Me aguanto las ganas de retirarme. «Así es como debo ser. Una chica que no tiene miedo de coquetear con chicos, una chica con confianza en sí misma, divertida y que quiere pasársela bien». Y la verdad es que antes no era tímida. Hasta que Reeve me destrozó.

Le pido que me deje en casa. Se estaciona, pone el freno de mano y después se inclina.

Me besa.

Yo le devuelvo el beso.

Es mi primer beso de verdad. David me pasa la mano por el pelo y me agarra la cabeza con dulzura. La boca le sabe a azúcar.

Lo beso porque esta es la vida que debería estar viviendo.

Solo que lo único que me gusta de él es que yo le gusto. Ojalá pudiera corresponderle.

Se aparta y me dice en voz baja:

—Nos vemos el lunes en el insti, Elizabeth.

No digo nada. Tengo los ojos clavados en el reloj: ya es casi medianoche. David cierra los ojos y se acerca por otro beso. A cámara lenta, como en una película.

Esta vez giro la cara.

Su decepción es inmediata.

—Debería irme —comento.

—Espera. Dame tu número.

Se da la vuelta para buscar el celular en el asiento trasero.

Yo aprovecho esos segundos para salir corriendo del coche y subir hasta mi casa. No me gusta David, no quiero besarlo. Esta no es mi vida, yo no soy así. No soy... normal. No puedo fingir que lo soy ni siquiera una noche.

Me meto por la puerta trasera. Imaginaba que mi tía ya estaría dormida, pero la veo en el comedor mirando a través de las cortinas.

—¿Me estabas espiando?

Ella ahoga un grito, como si saliera a tomar aire. Se da la vuelta y me mira fijamente.

—¿Quién era ese chico?

Me molesta que me estuviera vigilando. ¡Qué horror! ¿Acaso no me merezco ni un poco de intimidad? Como me ha dicho Kat, soy adolescente, no una niña pequeña.

—No es nadie. Me voy a la cama.

La tía Bette me sigue escaleras arriba.

—Sé que no has podido vivir este tipo quiero y me parte el alma, pero tienes que controlarte.

—¿Por qué no puedo besar a un chico si quiero? ¿O salir con mis amigas? Cometí un error hace mucho tiempo, pero no dejas que lo olvide.

Alarga la mano para tocarme el brazo, pero después la aparta corriendo, como si abrasara.

—Tienes muchísima rabia dentro. Irradia.

Le lanzo una mirada.

—Tienes razón. Estoy enojada. Contigo. —Me cruzo de brazos—. ¿Qué son esos libros que tienes en tu cuarto? ¿Estás lanzándome hechizos?

—Mary...

—Esos hilos escalofriantes que tienes colgados de la pared ¿para qué sirven?

Está temblando.

—Mary. Es por protección.

—¿A qué te refieres con eso?

Parece que no quiere decírmelo, cosa que me provoca aún más curiosidad. Empieza a andar hacia atrás por el pasillo, pero yo la sigo.

—Dime qué son.

Ella levanta las manos.

—Da igual, no están funcionando.

—¿Qué son? —grito.

La tía Bette se desploma.

—Son hechizos vinculantes —explica con un hilo de voz.

Enseguida me viene a la mente aquella mañana cuando no pude abrir la puerta de mi habitación. Y el humo que me provocó náuseas.

¿Y si sus hechizos funcionan?

Me saco esa idea sin sentido de la cabeza. ¿Cómo puedo creerme estás tonterías? Mi tía no es una bruja. No hace hechizos de verdad. Solo está... loca.

Me agacho para poder mirarla a los ojos.

—Tía Bette, tienes que salir de casa. Tienes que volver a pintar. Deberías vivir la vida, no intentar que me quede aquí encerrada contigo. —Ella se sujeta la cabeza con las manos. No me mira. No hay forma de razonar con ella. Ni siquiera sé por qué estoy intentando que una persona demente entre en razón—. Quiero que quites los hilos. Esta noche. Y que dejes de quemar los ramilletes esos y lo del gis... O paras, o se lo cuento a mis padres.

Ella se echa a llorar. Quizá esto me convierta en una mala persona, pero me da igual, porque mi corazón ya está roto.

En realidad, no se trata solo de mi corazón. Sino de mi vida entera.

18
Kat

Me despierto por el dulce olor de los waffles. Normalmente, solo desayuno con mi padre los sábados, pero nos han dado el jueves y el viernes libre por no sé qué reuniones con las familias. Anoche estuve buscando a Mary. Hasta fui a su casa, pero estaban todas las luces apagadas. Solo espero que llegara bien. Agarro el celular y le envío un mensaje rápido a Lillia para ver si quiere ir a casa de Mary y ver cómo está; después, bajo las escaleras en mi camiseta gigante de dormir y calcetines.

—¿Te la pasaste bien anoche? —pregunta mi padre en cuanto entro a la cocina.

Por supuesto, Pat todavía no se ha despertado. Duerme hasta mediodía, sea finde o no.

Le doy un abrazo rápido. Siempre ha sido un hombre grandulón, con un cuerpo muy de padre, así que es superagradable darle abrazos.

—No mucho —respondo, porque la verdad es que anoche fue de maldita pena.

Sé que no es todo culpa mía, pero me siento culpable por haber dejado sola a Mary en el laberinto. Si hubiera estado con ella, a su lado, jamás habría sucedido lo de Reeve: yo misma le habría roto la otra pierna.

Nos sirvo una taza de café a cada uno. A mí me gusta tomármelo con leche; a mi padre, solo y con dos cucharadas de azúcar. Aunque, sin que se entere, solo le pongo una cucharada, porque el médico le ha dicho que tiene que reducir el consumo de dulces. Papá coloca los platos en la mesa, junto con el recipiente de la mantequilla y un tarro de mermelada de frambuesa. Yo prefiero comerme los waffles con mermelada, sin maple, y he hecho que mi padre se pase a mi bando.

—¿Vino alguien a pedir dulces? —curioseo.

—Solo las dos niñas que viven al final de la calle.

Me dejo caer en la silla.

—¿De qué iban disfrazadas?

Él se encorva sobre su plato, su típica postura de comer.

—Creo que de princesas. No lo sé. A mí me parecían bolas de discoteca de color rosa.

—Qué asco me da esa basura rosa —me quejo—. Ofende a mi Gloria Steinem interior. ¿Acaso ya no hay ninguna niña en el mundo que quiera vestirse de piloto de carreras o de médica?

Levanto la tapa del recipiente de la mantequilla y frunzo el ceño. Tiene migas por encima, y también hay restos solidificados en el fondo, porque hace tiempo que no se lava. Agarro el cuchillo y tiro la mantequilla a la basura, coloco el recipiente sobre la pila de platos sucios y después saco un paquete de mantequilla nuevo del refrigerador. De momento, puede quedarse en el envoltorio.

Papá levanta la vista.

—¿Estás bien?

—Claro —aseguro, y agarro la mermelada.

El tarro está pegajoso y no está bien cerrado. Esto es cosa de Pat, siempre se prepara sándwiches de mermelada con crema de cacahuate cuando está fumado. Lo dejo en la mesa con un estruendo.

—¿Qué te pasa, hija?

—Nada —contesto, aunque está claro que estoy enojada—. ¿Cómo va la canoa? ¿La vas a acabar esta semana?

Mi padre asiente.

—El que me la ha comprado no pretende navegar con ella, solo colgarla de la pared de su casa de la playa. ¿No te parece una locura? Tanto dinero solo para decorar. Y eso que funciona a la perfección.

No lo estoy escuchando. Me dedico a analizar la cocina. Da un maldito asco. Hay una pila de platos sin lavar, periódicos y correo viejo amontonados en la barra, y la pared de detrás de las parrillas tiene salpicaduras de chili picante.

Mi padre se bebe lo que le queda de café de un trago.

—Me has engañado con el azúcar, Katherine.

Se levanta de la mesa y, entonces, me doy cuenta de lo que lleva en los pies.

—Papá, ¿qué rayos te pasa? —Me echo a reír—. Más te vale no salir así.

Me mira confundido. Le señalo los pies: ha combinado un calcetín deportivo negro con uno azul claro de vestir.

Él levanta los hombros y agarra el azucarero.

—Es que no he encontrado un par de calcetines limpios, ¿qué más da? A mí no me importa. No quiero impresionar a nadie.

Pobre papá. Es cierto. No busca impresionar a nadie. No ha tenido ni una cita desde que mamá murió. Tampoco es que me haga especial ilusión tener una madrastra, pero ya han pasado cinco años. No quiero que se quede solo para siempre. Se merece encontrar una buena mujer.

Supongo que el problema es que ambos sabemos que no existe mujer alguna que pueda superar a Judy.

—Hoy lavaré la ropa.

Tampoco es que tenga tareas concretas, pero suelo encargarme de lavar la ropa porque soy la única que se molesta en separar la ropa por colores.

Mi padre hace un gesto para indicarme que no importa.

—Kat, sé que estás ocupada con el instituto. No te preocupes.

Tiene razón, pero eso no es excusa. Tengo que hacerme tiempo para ayudar en casa mientras siga viviendo aquí.

Me zampo los dos waffles, me acabo el café y después me pongo a ordenar como una poseída. Limpio la cocina, lavo los platos hasta que se llena el escurreplatos, cambio las toallas del baño y pongo una lavadora. Mientras tanto, Pat está dormido en el sofá de su cueva. Cuando entro con la aspiradora, apenas da señales de vida.

Qué flojo.

Me enojo tanto que empiezo a dar golpes al sofá con la aspiradora hasta que lo despierto.

—Ay, perdona —digo con la voz más mal intencionada que puedo cuando por fin abre los ojos.

—¿Qué te pasa?

—Tienes que empezar a ayudar más en casa.

—Déjame en paz, Kat. Tómate un tranquilizante. Además, ¿no tendrías que estar en el insti?

Busca la manta de ganchillo con la mano, pero yo se la arranco de un jalón. El maldito flojo está ahí tirado en calzoncillos.

—¡Hoy no hay clases! ¡Mira alrededor, Pat! Vivimos en una pocilga. ¿Qué diría mamá?

—Mamá no diría nada. La limpiaría y punto.

—Sí, bueno, pues ¿sabes qué? Que yo no soy mamá. Estoy a punto de largarme a la universidad, no quiero tener que preocuparme porque papá y tú vivan en la inmundicia.

Pat estira los brazos por encima de la cabeza y gruñe.

—Bien. ¿Qué quieres que haga?

Señalo la mesita de café. Está cubierta de revistas de carreras y de partes de carburador encima de una página grasienta de un periódico.

—Limpia tus cosas, puerco.

Pat olisquea el aire.

—¿Eso que huelo son waffles? —Suelta un quejido mientras se levanta y sale caminando con parsimonia.

Me voy a mi habitación antes de estallar. Agarro el celular. Han pasado casi dos horas, pero Lillia no me ha contestado. Le vuelvo a escribir y después me visto. Como sigue sin responder, empiezo a llamarla sin parar.

Por fin me contesta, al cuarto intento. Tiene la voz ronca.

—Hola —saluda—. ¿Qué hora es?

—Casi mediodía. ¿Por qué sigues durmiendo?

—Tengo resaca —lloriquea.

No sé por qué, pero me molesta.

—Bueno, pues yo voy a ir a casa de Mary. ¿Vienes?

—Claro que sí. —Empieza a toser. O igual le están dando arcadas, no lo sé. Me da lástima—. ¿Me da tiempo de bañarme?

—Claro. Te recojo dentro de veinte minutos.

Para matar un poco de tiempo, voy a Milky Morning y compro tres *cupcakes*, uno para cada una. También paso a comprarle a Lillia un sándwich de tocino, huevo y queso, porque la grasa le vendrá bien para la resaca.

De camino, llamo a Mary para avisarle que vamos, pero no contesta. Maldición. Noto los nervios en el estómago. ¿Y si la pelea con Reeve la ha vuelto a hundir? ¿Y si...?

No quiero ni pensarlo.

Lillia me está esperando en los escalones de la entrada. Lleva unos pantalones de mezclilla anchos, una sudadera y lentes de sol. Todavía tiene el pelo mojado. Camina despacio hacia mi coche, como una zombi. Le doy el sándwich de huevo.

—Aquí tienes.

—Uf, qué bien —dice—. Eres la mejor, Kat.

—¿Se puso divertida la noche? —pregunto mientras la miro con el rabillo del ojo.

—Hubo fiesta en el cementerio. Yo me emborraché... y no dejé de gritarle a Reeve lo imbécil que es hasta que por fin se largó.

Le choco los cinco.

—También me peleé con Rennie. Ya es oficial, ahora somos «amienemigas». —Sonríe, pero sé que finge—. Es el final de una era, Katherine.

No puedo evitar que me invada una oleada de rabia. Rennie es la maldad hecha persona. Lil estará mucho mejor sin ella.

—Solo me alegro de que nos hayamos vuelto a encontrar. No sé qué haría si no las tuviera a ti y a Mary —declara con voz temblorosa.

—Bueno, por eso no te tendrás que preocupar nunca —aseguro con voz ronca.

Ella me sonríe, pero esta vez es de verdad.

—¿La encontraste anoche?

—No.

—Demonios. —Lillia le da un mordisco al sándwich mientras yo avanzo hacia Middlebury. Se lame los dedos y dice—: Espero que esté bien.

—Seguro que sí.

—Me refiero a mentalmente.

Me quedo callada, porque no estoy segura.

—Tal vez deberíamos intentar que hablara con alguien.

—¿Como quién? ¿La orientadora? —Al instante, me viene a la mente la señora Chirazo y niego con la cabeza—. La tendremos vigilada. Si empeora, la obligaremos a ir a terapia. Pero no creo que hayamos llegado a ese punto.

O, por lo menos, eso espero.

Ella no parece convencida, pero asiente.

—Bien. Trato hecho.

Llegamos a casa de Mary. No veo el coche de su tía en la entrada, menos mal. Vamos hacia la puerta y tocamos el timbre unas cuantas veces, pero no nos abre nadie. Tengo un mal presentimiento.

—Tal vez ha salido a desayunar —opino.

—¡Mary! ¡Mary! —grita Lillia.

—¡Estoy en la parte de atrás!

Vamos hacia el garaje. Mary está dentro, con la bicicleta al revés. Está echándole aceite a la cadena.

El garaje está casi a oscuras, de no ser por un foco solitario que cuelga del techo. La estancia está llena de cosas. Muebles cubiertos con sábanas, un telescopio sin abrir apoyado en un buró antiguo...

—Qué desastre. Aquí habrá suficientes cosas para llenar una casa.

—Casi todas son de mi familia —explica—. De cuando nos mudamos.

Yo me dirijo al telescopio y le echo un vistazo. Es una locura. Lujoso.

—¿No querían esto?

Me parece una locura que dejaran atrás todas sus pertenencias. Pero claro, yo no soy rica. Quizá la familia de Mary tiene dinero.

Ella levanta los hombros.

—A mi padre le gustaba contemplar ballenas desde la ventana. Ahora no tienen vistas al mar.

—Hemos traído *cupcakes* —anuncia Lillia, que me quita la caja de las manos.

Me siento en un mueble viejo de jardín.

—Queríamos asegurarnos de que estabas bien después de lo que te dijo Reeve en el laberinto.

Mary se levanta y se jala las mangas del suéter hasta que le cubren las manos.

—Me da vergüenza que lo oyeran. Y haberme disculpado con él.

—No tienes nada de lo que avergonzarte —afirmo—. Estamos orgullosas de ti por haberle dicho las cosas. Hiciste bien, Mary.

—Supongo. —Empieza a temblarle el labio inferior, pero se lo muerde para que pare—. No entiendo por qué no puedo superarlo. —Se estruja las manos—. Me he esforzado mucho... —Se le quiebra la voz—. He intentado participar en clubes del insti para tener algo en lo que concentrarme y empezar a pensar en el futuro. Pero, aunque me he esforzado por renacer de mis cenizas, siempre estoy a punto de volver a derrumbarme. Anoche tuve una discusión horrible con mi tía. Y sé que suena terrible, pero una parte de mí desearía haber conseguido suicidarme, porque esta no es forma de vivir.

En ese instante, es como si el garaje se hubiera quedado sin aire y, de repente, soy consciente de lo rápido que me late el corazón. Es nuestra peor pesadilla hecha realidad. Le echo un vistazo a Lillia. Está jugueteando con los cordones de la sudadera. No sabe qué decir.

Yo tampoco.

Hay demasiado silencio.

—Mary, no vale lo de «la próxima es la vencida», ¿me oyes? —bromeo. El chiste malo me sale con una risa vacía y nerviosa. Lillia me lanza una mirada de que lo estoy haciendo mal, pero, diablos, no veo que ella abra la boca—. Tienes que dejar de decir esas cosas.

Ni siquiera sé si me ha escuchado, porque está muy disgustada. Se hizo una bola, como si todos los huesos que la mantienen en pie se hubieran vuelto de gelatina. Me aparto el fleco de los ojos y me inclino hacia delante.

—Has sufrido mucho, pero llegará un día en el que esto no te parezca tan devastador. El año que viene estarás en el último año de insti y, después, te marcharás a la universidad. Algún día, echarás la vista atrás y te reirás.

Ojalá pudiera darle más esperanzas que estas, algo que la ayudara por ahora, pero no se me ocurre nada.

Ella habla con su típico hilo de voz.

—Lo más gracioso es que a Reeve lo tendría sin cuidado que muriera. Y no es porque sea un desalmado. Sé que le importan algunas personas. —Levanta la cabeza y mira a Lillia—. Pero yo no.

Lillia la mira confundida.

—Mary, no puedes hacerte esto. Él no vale la pena —le expresa, suplicante. Después, se aparta el pelo—. En serio, no vale nada.

Mary fija su mirada en la de Lillia.

—Los oí anoche en el estacionamiento. Escuché todo lo que le dijiste. Nadie me había defendido así en la vida. Has sido como una hermana mayor para mí. Y tú también, Kat.

Me conmueve, pero no me gusta su forma de decirlo. Casi parece que se está despidiendo.

Lillia le esboza una sonrisa temblorosa e intenta hablar, pero Mary continúa, con una voz cada vez más fuerte, más intensa.

—¿Sabes que Reeve lloró después de que le echaras bronca en el estacionamiento? Le importa muchísimo lo que pienses de él.

Veo cómo la sorpresa se abre paso por el rostro de Lillia.

—¿Que lloró?

Mary asiente.

—Es porque le gustas.

Lillia niega con la cabeza a toda prisa.

—No, no, no. Por favor, no digas eso.

—Un momento —intervengo—. En el baile te besó delante de todo el mundo.

—¡Estaba muy drogado con éxtasis! No sé si se acuerdan. Habría besado a la señora Dockerty si hubiera estado en el escenario con él.

—Espera —interrumpo—. Me acuerdo de una parrillada en casa de Reeve justo después de mudarte. Dijiste que querías un hot-dog. Solo quedaba uno, yo estaba a punto de servírmelo y él casi me tira para quitarme de en medio.

Lillia parpadea.

—Pero ¿de qué estás hablando? ¿De hot-dogs?

Mary está tan emocionada que casi le brillan los ojos.

—¡Dios mío, ya lo tengo! Reeve siempre consigue todo lo que quiere. Pero esta vez no. Tenemos algo que nunca conseguirá: a ti.

A Lillia se le desencaja la mandíbula.

—Aunque lo que dicen fuera cierto, que no lo creo, yo no le daría ni los buenos días. Jamás de los jamases. —Se estremece.

Me encanta la idea de que Reeve anhele a una chica que jamás podrá tener. Estoy a punto de decirlo en voz alta, pero Mary se me adelanta.

—Que no le correspondas no es suficiente. ¿Acaso no lo ves? Lo que hizo que lo mío fuera tan retorcido es que Reeve me hizo creer que tenía una oportunidad. Me engatusó, pasó tiempo conmigo y me contó sus secretos. Me hizo sentir especial. Me hizo pensar que podía pasar.

Esbozo una mueca.

—Por eso, cuando me traicionó, cuando me empujó al agua delante de nuestros compañeros, me tomó por sorpresa.

Me rompí en mil pedazos porque todos los momentos que habíamos pasado juntos habían sido una mentira. Yo no le importaba lo más mínimo. Ni un poquito. Solo me utilizó para entretenerse, para no aburrirse durante los trayectos en ferri. —Se aclara la garganta—. Reeve me partió el corazón y, ahora, tú tienes la oportunidad de rompérselo a él. ¿Lo harías por mí, Lillia? Por favor. —Se le entrecorta la voz en esta última palabra.

Lillia se lleva el dedo meñique a la boca y se muerde la uña.

—Mary... Quiero ayudarte, de verdad que sí, pero... —Su voz se apaga poco a poco y después suspira—. Rennie me haría la vida imposible. Las cosas ya están muy mal entre nosotras...

Mary asiente con tristeza.

—No, sí lo entiendo. No quiero que te hagan daño.

—¡Un momento, chicas! —grito, y me meto en la conversación por completo, como un toro enfurecido—. Lil, si consigues que Reeve se enamore de ti, serás intocable. Nadie podría decirte ni pío si fueras su chica. ¡Es el maldito rey de la isla!

—¿Y qué pasa cuando rompa con él? —cuestiona—. ¿Cómo me haría quedar?

Yo sonrío como una hiena.

—Te haría quedar como la mismísima ama, Cho. Cualquier chica que pueda hacer que Reeve Tabatsky se enamore de ella y después rechazarlo es la maldita jefa. Puede que a la gente no le haga gracia, pero te respetarían. Demostrarías todo tu poderío, sería el jaque mate definitivo. Maldición, ojalá pudiera hacerlo yo.

Lillia niega con la cabeza despacio.

—Anoche le dije cosas horribles. No creo que me perdone.

—Si te disculpas, lo hará —aseguro—. A los chicos como él les encanta el asunto ese del tira y afloja. No quieren que se lo pongan demasiado fácil. Dile que lo sientes y todo saldrá bien. ¿Verdad, Mary?

Ella asiente.

Lillia se queda en silencio, sé que lo está pensando. Levanta la cabeza y aprieta los labios.

—Rennie se pondría hecha una furia. —Una sonrisa le aflora en la cara—. Bien —acepta por fin—. Lo haré.

—¿Estás segura? —le pregunta Mary.

Lil suelta un largo suspiro.

—Me apunto.

Mary casi se desploma por lo agradecida que se siente.

—Gracias. Gracias, Lillia.

Yo la agarro del hombro y la sacudo.

—¡Eso es! ¡Lillia Cho, la maldita ama!

Ella se ríe y yo le sonrío a Mary, quien esboza una sonrisa llena de esperanza.

—¡La operación «Romperle el Corazón a Reeve» empieza el sábado! —exclamo—. En mi casa.

—¿Y por qué no ahora? —me pregunta Lillia.

Niego con la cabeza.

—Primero necesitamos munición. Ya se las enseñaré el sábado cuando acabe con el examen de ingreso. Tú espera, bonita.

19

Lillia

Me estaciono a una calle de la casa de Kat para estar segura. Aquí, las viviendas están mucho más cerca las unas de las otras y suelen ser de dos pisos. No hay setos altos ni portones como en White Haven, así que se ve todo. Rennie vive bastante cerca, y Reeve también, así que no me voy a arriesgar. En Jar Island nunca se sabe quién te está mirando.

Toco el timbre, pero no me abre nadie. El plan era vernos aquí después del examen de Kat. Yo no lo repetiría ni aunque me pagaran, aunque me aseguraran que iba a sacar la calificación perfecta.

Espero antes de volver a tocar. Pasa un minuto y no hay respuesta. Sin embargo, la luz de la cocina está encendida. Hay alguien en casa. Con cautela, toco la manija de la puerta y veo que, como siempre, no está puesta la llave.

—¿Hola? —grito mientras abro la puerta—. ¿Kat?

De pequeñas, siempre era así: los niños del vecindario salían y entraban a todas horas y a nadie le importaba. Mi madre se habría puesto en plan «¿Te importa quitarte los zapatos en la entrada? Por cierto, ¿saben tus padres que estás aquí? ¿Quién quiere yogur griego con arándanos?». En casa de Kat todo se valía, nos poníamos a reventar con Cheetos y

Mountain Dew, nos pasábamos las horas jugando videojuegos y nadie nos molestaba. Era el paraíso de los niños.

—¿Hola? —repito.

—Está abierto —responde una voz de chico.

Me meto a la cocina, donde está Patrick sentado a la mesa, comiendo cereales sin camiseta, aunque ya hace mucho que ha pasado la hora de comer. Se ve sudoroso y sucio, como si acabara de volver de andar en moto. Tiene pecas en los hombros, tal como lo recordaba, pero ya no está delgado. Sigue siendo esbelto, pero ahora está más fuerte. Abre mucho los ojos durante un instante, pero después esboza una sonrisita traviesa.

—¿Qué estás haciendo en este lado de la isla, pequeña?

De repente, noto la garganta seca.

—Hola, Patrick.

—¿Has venido a ver a Kat o a mí? —dice, arrastrando las palabras.

Noto que me sonrojo.

—A Kat. Tenemos... que hacer un trabajo para el insti. ¿Ha acabado ya el examen?

—Sí. Ha salido por algo. Tabaco, creo —informa, después vuelve a comer cereales, como si fuera lo más normal del mundo que yo esté en su casa y que él no lleve camiseta—. ¿Quieres unos cereales? —pregunta con la boca llena.

—¿De cuáles?

—De tus favoritos —indica, y, después, señala la silla que está a su lado—. Siéntate.

Aunque me he comido un cruasán con pollo y lechuga hace una hora, me siento. Él se levanta y trae una caja de Trix, mis favoritos, un envase de leche y una cuchara. Rellena su tazón y después lo empuja para que se quede entre los dos.

—*Bon appétit*, Lil —dice a la par que me entrega la cuchara.

Y así, ambos empezamos a comer del mismo tazón. Él huele a exterior, a viento y a aceite de motor.

No puedo creer que Patrick se acuerde de que esta marca de cereales era mi favorita. Hace años que no lo veo y, además, ahora va a la universidad. ¿Por qué debería recordar algo sobre mí?

Es curioso, al estar aquí sentada a la mesa de la cocina de Kat, me parece que fuera ayer cuando estaba enamorada de Patrick, y Rennie, Kat y yo éramos mejores amigas. «RKL hasta la muerte».

Me está hablando de las clases de Filosofía que está cursando en el centro de estudios superiores y yo asiento con mucho entusiasmo, como si estuviera prestando atención. Sin embargo, lo único en lo que puedo pensar es en que sus ojos son verdes como las hojas. Entonces llega Kat. Parece sorprendida de verme, y eso que habíamos quedado de vernos esta tarde.

Se apoya en el marco de la puerta.

—¿Qué están haciendo? —pregunta.

—Comiendo cereales. ¿A ti qué te parece? —responde Patrick, y yo suelto una risita.

Kat me mira confundida.

—Súbelos a mi habitación, Lil.

Después, cruza el pasillo.

Me levanto.

—¿Te importa si me lo llevo? —le pregunto.

—Adelante —contesta.

—Gracias por los cereales, Patrick —agradezco mientras me pego el tazón al pecho.

—Repetimos cuando quieras.

Me guiña un ojo y yo aprieto los labios para que no se me escape una sonrisa. Después, sigo a Kat a su habitación.

—¿Qué diablos era eso? —me cuestiona. Está acostada en la cama con los zapatos puestos. Puaj.

—¿Qué? —pregunto mientras me siento en el suelo. Sé que deberíamos mantener todo esto en secreto, pero no es culpa mía que Pat esté en casa.

—Ya sabes qué —me dice, sonriéndome. Niega con la cabeza—. El muy cabrón está volviendo a no ir a clases. Vaya holgazán. No tengo ni idea de por qué siempre has estado tan loquita por el asqueroso de mi hermano. Va al centro de estudios superiores, ¿eso no está muy por debajo de tus estándares? Porque ya te digo que para mí es lo peor.

—Yo nunca he estado loquita por Patrick —replico con frialdad—. Además, no tiene nada de malo ir a un centro de estudios superiores. De todas formas, dice que seguramente traslade la colegiatura a otro lado.

Parece que Kat sabía lo de mi enajenación. Solo se lo había dicho a Rennie, quien me juró y perjuró que jamás se lo contaría a nadie. Otra traición más.

Kat resopla.

—Ay, mi dulce e ingenua Lil. Ese no se va a ninguna parte. Debe tener unos dos créditos. Va a pasarse el resto de su maldita vida atrapado en Jar Island.

—¿Cómo te ha ido el examen?

—Y yo qué diablos sé.

Me concentro en comerme rápido los cereales porque se están ablandando.

—¿Cuándo viene Mary? —indago mientras me limpio leche de la barbilla.

—Creo que ha dicho que tenía que hacer algo con su tía y que luego la traería ella en coche o vendría en bici.

—Genial —respondo. Me bebo la leche endulzada por los cereales y después dejo el tazón en la alfombra. Me quito las bailarinas y me subo a la cama para acostarme al lado de Kat. Ella se aparta para dejarme lugar. Miro al techo y añado—: Oye... ¿Patrick te ha hablado de mí alguna vez?

Kat se pone a reír a carcajadas y me da en la cabeza con su cojín en forma de plátano. Yo también me río.

—No puedo creer que Rennie te contara que me gustaba tu hermano; me prometió que me guardaría el secreto. ¡Lo juró por la vida de su madre! —espeto.

Entre risitas, Kat contesta:

—Aunque no me lo hubiera contado, era muy evidente. Siempre se te ocurrían excusas para organizar las pijamadas aquí en vez de en casa de Rennie.

—Bueno, en parte era por *Shep*. —Supuestamente, mi madre es alérgica a los perros, así que nunca nos han dejado tener uno por mucho que suplicáramos. Creo que es porque le preocupa el bienestar de sus muebles blancos. Me incorporo y grito—: ¡*Shep*! ¡Ven aquí, *Shep*!

El perro entra a la habitación corriendo, salta a la cama y me da besos en la cara. Lo abrazo.

—Hola, guapetón —le digo al oído.

—¿Te acuerdas de las tipas esas que Pat traía a casa? —me pregunta Kat de repente—. Siempre eran mucho más mayores y fumaban dentro. ¿Recuerdas aquella vez?

Pues claro que me acuerdo.

Cuando más loca estaba por Patrick yo tenía trece años, así que supongo que él tendría quince o dieciséis, y las chicas con las que salía me parecían mujeres. Tenían pechos, decían groserías y se subían atrás de él en su moto.

Había una chica que se llamaba Beth. Era pleno día, Rennie, Kat y yo estábamos en el salón con la música a todo volumen para practicar una coreografía de una peli en la que la gente hacía batallas de baile bajo la lluvia en un estacionamiento.

—Lil, tienes que mover las caderas hacia atrás, así —me indicaba Rennie mientras imitaba el movimiento.

Ella y Kat empezaron a hacerlo juntas, en perfecta sincronía.

—Relájate, Lil —me aconsejó Kat—. Estás demasiado tensa.

Con paso vacilante, intenté seguir su ritmo y conseguir que me saliera. Entonces entraron al salón Patrick y Beth. Se echaron a reír y yo me detuve al instante, pero Rennie y Kat los ignoraron y siguieron bailando, incluso cuando se sentaron en el sofá a mirarnos.

Beth tenía la cabellera pelirroja, justo lo bastante larga como para amarrarla en una cola de caballo. Llevaba un montón de delineador de ojos, pero nada de labial, e iba vestida con una enorme camiseta negra con cortes en las mangas a modo de vestido. Parecía que tenía veintidós años, aunque seguramente tuviera unos dieciocho.

—Mira, se está creando un grupo de zorras —se burló mientras se encendía un cigarro. Tenía la voz grave y ronca.

Patrick soltó una risita y yo bajé la mirada. La miré de reojo entre las pestañas. Tenía las piernas estiradas y apoyadas sobre la mesita de café, aunque llevaba los zapatos puestos.

—Vamos arriba —susurré, pero Kat me ignoró.

—¿Nosotras zorras? —preguntó—. ¿Tú te has visto? ¿Dónde has dejado los pantalones? ¿En la parte de atrás de la camioneta de algún tipo?

Beth se murió de risa, también ronca, y dio una calada al cigarrillo; me pareció una acción muy sexi, como si estuviera en una película.

—Disculpa, pero no se puede fumar dentro de casa —la reprendió Rennie con las manos en las caderas.

Patrick sacó un cigarro del paquete de tabaco de Beth.

—Vayan a jugar afuera, enanas. Queremos ver la tele.

Se sonrieron.

—Nosotras estábamos aquí antes —respondió Rennie. Patrick le lanzó una mirada asesina.

—Bueno, bueno, nos vamos —dijo Kat.

Luego nos indicó que saliéramos. En el último momento, robó el paquete de tabaco de Beth y echó a correr. Salimos por la puerta mosquitera y oímos a Patrick gritar.

Nunca me había sentido más consciente de mi edad que en aquel momento. Quería tener dieciocho años, no trece. Quería que Patrick me mirara como la miraba a ella.

Y, sobre todo, quería viajar con él en su moto. Solo una vez, para ver lo que se sentía al ir tan deprisa y que él me sirviera de ancla. Mis padres me habrían metido a un convento si hubiera dicho eso en voz alta. Me obligaron a prometerles que jamás me subiría a la moto de Pat, era la única condición para dejarme venir a casa de Kat.

Yo nunca he roto una promesa, pero si Patrick me ofreciera ir a dar una vuelta en moto en este momento, iría. Sin dudarlo. Quiero saber qué se siente al ser libre y salvaje.

Estamos comiendo palomitas con sabor a manzana de caramelo y escuchando música; es el grupo favorito de Kat, pero gritan tanto que me duele la cabeza. Por eso, no oímos a Mary llegar. Entra a la habitación con las mejillas sonrosadas, tiene mucho mejor aspecto que el jueves.

—¡Mary! —canturreo.

—¡Hola, hola! —saluda mientras se acerca a la cama. Está a punto de sentarse a nuestro lado cuando *Shep* saca los dientes y le gruñe.

Kat lo agarra del collar y lo sacude.

—Déjate de tonterías —lo regaña. Luego, le habla a Mary—: Te prometo que no hace nada.

Ella suelta una risilla nerviosa y se sienta en el suelo.

—Normalmente los perros me adoran.

—Puedo sacarlo si quieres —se ofrece Kat, y se levanta.

—No —protesto—. Deja que lo acaricie. Mary, no se acercará a ti.

—Por mí perfecto. —Se ríe—. Buen chico.

Shep se mete a toda prisa debajo de la cama, yo gateo hasta allí e intento hacerlo salir ofreciéndole un puñado de palomitas; parece tentado, pero no se mueve. Le ofrezco el bote a Mary.

—Están riquísimas —indico mientras se las paso por delante de la cara.

Ella esboza una mueca.

—Es que solo te gustan las cosas superazucaradas, Lillia.

—Eso es porque soy una chica muy dulce —canturreo.

Ella me sonríe y yo me subo a la hamaca.

Kat resopla y va a su armario. Me lanza una bolsa llena de ropa.

—Aquí tienes. Munición.

—Para que lo sepas: no me voy a poner medias de red —advierto antes de abrirla.

—No hay medias de red, asquerosa.

Se deja caer en la cama y me observa mientras investigo lo que hay dentro de la bolsa.

Un top rosa sin tirantes. Una camiseta ajustada negra de encaje. Unos calcetines color crema hechos de lana suave que me llegan por la rodilla. Una falda elástica tan corta que igual es un top, no lo tengo muy claro. Los calcetines son bastante cuquis, pero las otras prendas parecen sacadas de una tienda para adultos. No son para nada mi estilo.

—Kat, ¿lo has robado? —pregunto. Lo digo de broma, o casi.

Ella pone los ojos en blanco.

—Sabes que yo no robo, idiota. Esa es tu amiguita Rennie. Ah, por cierto, me debes ciento sesenta pavos.

Levanto un minivestido elástico de manga larga. Es más bien un maillot de ballet.

—¡No me pienso poner esto! —grito—. ¡Voy a parecer una prostituta!

—Yo lo tengo en morado —declara con una mirada asesina.

Ups.

—Es que no es mi estilo —respondo—. Seguro que a ti te queda de lujo, pero no es muy yo. —Distingo un corsé negro lleno de encaje al fondo de la bolsa—. ¿Qué estás pensando, que voy a ir al insti en lencería?

Kat se acerca a la orilla de la cama.

—¿Qué más da? Vas a verte tremenda. Si entras al insti con eso y unos taconazos, a Reeve le dará vueltas la cabeza. No tienes más que ponerte esta ropa y llamar su atención. Después, viene el contacto físico: un toquecito en el brazo, una manita en la rodilla... Luego, te pones a hablar con otros chicos para que se muera de celos. Es muy sencillo.

—Perdona, pero sé tratar con chicos —discuto. Como si yo necesitara que Kat me diera consejos para conseguir que un chico se fijara en mí. Añado—: Para tu información, el último día de San Valentín rompí el récord de mayor cantidad de rosas recibidas.

Es cierto que una docena eran de mi padre, pero también me enviaron flores varios chicos. Hasta superé a Rennie. No dejaba de decir que no habría ganado si no hubiera sido por mi padre. Y, ahora que lo pienso, este año también voy a superarla. Haré lo que haga falta, hablaré con los raritos feos de noveno si es necesario.

Kat suelta un suspiro.

—Bueno. Si no te vas a poner esta ropa, ¿qué tienes en mente?

Me meto unas cuantas palomitas en la boca y pienso.

—Bueno, tengo una blusa muy linda con un lazo en el cuello. Me la podría poner con unos shorts de franela alucinantes que se enrollan en la parte de abajo. Los vi en una página web anoche.

Mary y Kat intercambian una mirada.

Esta se inclina hacia delante.

—Escucha. Comprendo que a ti te va más el estilo Jackie O. Eres clasicona, refinada y estilosa.

Asiento.

—Sí a todo.

Pone los ojos en blanco y luego continúa.

—Pero es que necesitamos que seas Marilyn. Una bomba. O sea, no queremos que Reeve quiera presentarte a su madre. Queremos que te desee. Que se obsesione contigo. Que le dé un maldito calentón...

—¡Sí, sí! ¡Ya lo entiendo! —Entre risas, vuelvo a acostarme en la hamaca—. Pero, chicas, es que es muy desagradable. Me van a dar arcadas cada vez que tenga que fingir que quiero intimar con él.

Kat me avienta el vestido elástico a la cabeza.

—Pruébatelo aunque sea.

—Sí, Lil. A ti cualquier cosa te queda bien.

Lanzo un quejido.

—Lil, confía en mí. Sé de lo que hablo. ¿Sabes con cuántos vocalistas me he enredado este verano? ¡Con cuatro! Había tías mucho más buenotas que yo, pero me eligieron a mí entre todo el público. ¿Y quieres saber por qué? Porque soy atrevida. Todo es cuestión de actitud. Si actúas como si fueras la mejor, los chicos son tan tontos que se lo creen.

Tiene toda la razón. Y si no, que miren a Rennie. Ella es pura actitud. Lo que quiere, lo consigue. Tiene a todo el instituto hechizado. Paso de Marilyn. Voy a convertirme en Rennie.

Levanto el vestido.

—Bueno, ¿qué quieren que me ponga primero? ¿El vestido de trabajadora de la noche o el top que parece un brasier?

Mary suelta un gritito y a Kat le brillan los ojos.

—El vestido, sin duda.

Cuando llegamos al estacionamiento del insti el lunes, Nadia ve a su amiga Janelle y me pide que la deje en la entrada. Me tomo mi tiempo para estacionarme y después me arreglo el pelo en el espejo retrovisor. Me puse los rizadores térmicos de mi madre antes de irme a la cama y he dormido con ellos para que no me quedaran los rizos muy marcados. Anoche, Kat no dejaba de repetir que tenía que peinarme a lo «mujer fatal». A ver, esto no es un peinado de mujer fatal como tal, pero es más arreglado de lo que llevo normalmente. Me doy un toquecito de brillo de labios rosa.

Cuando salgo del coche, me aseguro de tener la gabardina abrochada y amarrada bien fuerte a la cintura. En cuanto cierro la puerta del coche, atisbo a Kat observándome desde el otro lado del estacionamiento, junto a la verja de metal. Niega con la cabeza y gesticula con la boca: «Sin abrigo». Yo le contesto del mismo modo para decirle que tengo frío y le lanzo una mirada suplicante, pero ella vuelve a negar. «Marilyn», dice. Despacio, me quito el abrigo y lo meto a la cajuela.

Atravieso el estacionamiento. Llevo los tacones más altos que tengo, los de charol palo de rosa que me puse para el baile. Subo las escaleras con cuidado de no tropezarme. El vestido es ajustadísimo, pero también muy cómodo, porque es de licra. Apenas me tapa el trasero y me hace las pechos enormes, cosa rara. Espero que no me manden a casa. Mi madre se desmayaría.

Al instante, me doy cuenta de que la gente me está mirando, pero mantengo la vista fija al frente, la cabeza en alto y los hombros atrás.

—Qué aspecto... —le susurra una chica de décimo a su amiga.

Un par de chicos me silban. Sigo como si no los hubiera escuchado, camino como si fuera la dueña del instituto.

Así debe de ser como se siente Rennie.

Dejo la mochila en el casillero y me llevo solo un bolsito, que es mucho más sexi y más del estilo Marilyn. También me retoco el brillo de labios. Faltan cinco minutos para que suene el timbre y eso quiere decir que Reeve estará en las máquinas expendedoras con Alex y PJ, como todas las mañanas.

No me equivoco: están apoyados en la pared comiendo donas, excepto Reeve, quien tiene una barrita proteica. Ni rastro de Rennie, menos mal. Noto el latido del corazón en los oídos mientras los saludo con la mano y paso de largo. Me dirijo directamente a la máquina expendedora. Mientras marco los números de las donas de chocolate, observo el reflejo para ver si Reeve me está mirando. No. Se está zampando la barrita. También me doy cuenta de que ya no lleva las muletas y, además, ha cambiado la férula por una bota.

PJ suelta un silbido.

—¿Por qué vas tan elegante, Lil? —pregunta.

Me giro un poco y le contesto.

—Es que tengo que hacer una exposición en clase de Francés.

Cosa que tendría sentido si la exposición fuera sobre el Moulin Rouge.

—*Très bien* —responde con admiración, y yo le hago una reverencia.

Mi vestido es demasiado corto como para agacharme a recoger las donas de la máquina. Por suerte, Alex aparece detrás de mí.

—Estás... pfff —dice con voz grave.

Noto que me ruborizo.

—Gracias.

Alex se agacha, recoge las donas y me las da.

—Pfff —repite. Tiene los ojos muy abiertos y me mira fijamente.

Yo intento no sonreír. No me acuerdo... ¿Debería haber intentado tener contacto físico con Reeve antes o lanzarme directamente a lo de ponerlo celoso? Ni siquiera sé si me está mirando.

Estoy a punto de echarle un vistazo a Reeve cuando veo a Rennie aparecer por el pasillo con Ashlin. Entrelazo el brazo con el de Alex a toda prisa.

—¿Me acompañas a clase? —pido con voz alegre.

—Claro —contesta—. Seré tu guardaespaldas.

Ahora Reeve me está mirando. Me pasea la vista por encima e, igual de rápido, la retira. No le intereso en lo más mínimo. Ni siquiera hizo una broma pesada sobre mi aspecto. Se limpia la boca y tira el envoltorio a la basura sin dignarse a echarme otro vistazo.

Quizá siga enojado por lo que le dije en Halloween. Qué flojera. Para que este plan pueda funcionar, me voy a tener que comer mi orgullo y disculparme con él; que es lo último que quiero hacer.

A la hora de la comida, estoy mentalizada para sentarme al lado de Reeve y hacer las paces. Sin embargo, cuando llego al comedor, lo veo en un extremo de la mesa, con Rennie al lado. Ella abre mucho los ojos cuando ve lo que llevo puesto y tengo que aguantarme las ganas de cruzar los brazos para cubrirme el pecho.

Me siento delante de ella. Mi plan es hacer como si la discusión de Halloween no hubiera existido, porque ¿qué otra opción me queda?

—Hola, chicos —saludo mientras abro la botella de té blanco con arándanos.

Ella hace como que no me oye, cosa que no me importa, y después, apoya la cabeza en el hombro de Reeve.

—¿Quieres que te traiga algo de comer, cari?

—No, no hace falta —contesta mientras agita una botella de licuado de proteínas.

—Bueno, pues yo voy por unas papas fritas. Vuelvo en dos segundos.

Casi sale corriendo hacia la fila del comedor.

Entonces, me inclino hacia delante y susurro a toda prisa:

—Oye, lamento lo que te dije en Halloween. Creo que me pasé con la bebida.

Apenas hace caso a mi disculpa.

—Ah, ¿tú crees? —responde con monotonía.

Está claro que no me la va a poner fácil. Qué típico de Reeve. Trago saliva, bajo la cabeza y después lo miro entre las pestañas. Tengo que lograr una actuación digna de un Óscar.

—Reeve, lo siento mucho, de verdad. No tendría que haberte dicho esas cosas... Sobre todo porque te esforzaste mucho por ayudarme con el Festival de Otoño a pesar de estar lesionado —declaro llena de remordimiento, y alargo la mano para tocarle el brazo.

Reeve se aparta.

—No fui al Festival de Otoño para ayudarte. Lo hice porque tenía un compromiso con los niños.

Se recuesta en la silla.

Esto no está funcionando, para nada. Voy a tener que cambiar de táctica. Quizá toque decir la verdad a medias.

—No sé si te has dado cuenta, pero Rennie y yo estamos peleadas. Está siendo... muy difícil, y creo que me desquité contigo porque eras el que más cerca estaba. Así que te pido perdón. Te prometo que no pensaba nada de lo que dije.

Bueno, esa parte es mentira.

Él levanta los hombros y da un sorbo al licuado.

Diablos, gracias por ser tan comprensivo, Reeve. Te lo agradezco un montón.

20
Mary

Ya pasan de las cinco y todo el mundo se ha ido del instituto. Estamos sentadas en las dos últimas filas del auditorio. Lillia está al lado de Kat, quien ha apoyado las botas militares en el asiento que tiene delante; yo estoy sentada al revés en la fila de enfrente.

Lillia abre una paleta de color café claro y la agita delante de nosotras.

—¿Quién quiere chuparla primero? —nos pregunta. Kat y yo negamos con la cabeza.

—¡Noticias! —grita Kat, dando palmadas—. ¡Noticias! ¡Noticias! ¡Noticias!

Yo aplaudo con ella, porque es emocionante. Llevo todo el día esperando este momento.

Lillia hace girar la paleta en la boca.

—Bueno, pues me he pavoneado delante de él antes de primera hora y apenas me ha mirado. La verdad es que me ha ofendido un poco, ahora que lo pienso. A ver, entiendo que le grité en Halloween, pero es un chico. ¿No se supone que siempre están cachondos? No sé, se ha enredado con todas las chicas del insti, pero a mí no me da ni la hora. —Suspira—. Y encima he invertido un montón de tiempo en el peinado y el maquillaje.

—Seguramente intentaba disimular que tenía una erección —anuncia Kat mientras se muerde las uñas—. Estás hecha toda una fiera, Lil.

Ella se ríe.

—¿Gracias?

—En clase de Lengua he oído a Connor Dufresne describir lo que llevabas puesto con una cantidad de detalles increíble —añado—. Ha dicho que eres la chica más buena de último año por mucho. Dice...

—La segunda chica más buena —espeta Kat, y todas nos echamos a reír—. No te estreses tan pronto, Lil. Esto es solo el calentamiento. Hoy tu tarea era establecer las bases. A la siguiente, atacaremos.

—¿Cómo? —inquiere Lillia—. Si hasta me he disculpado a la hora de la comida y no ha querido saber nada. Además, nunca está solo, siempre tiene a la parásita de Rennie pegada a él.

Carraspeo.

—Yo sé de un lugar al que va solo. —Bajo la cabeza y me enrollo un mechón de pelo en el dedo—. A la alberca.

—¿Reeve se ha apuntado al equipo de natación? —pregunta Lillia sorprendida.

—No, hace ejercicios de rehabilitación. Va todos los días desde que le quitaron el yeso. —Parezco una acosadora, pero me da igual. Es una oportunidad demasiado buena como para dejarla pasar. Fijo la mirada en ella—. Lillia, nada con él. Allí estarán solos, después de clase no hay nadie.

Ella ya está negando con la cabeza.

—Mary, yo no nado. Díselo, Kat.

—Lillia no nada —confirma ella.

—¿No sabes? —pregunto.

—Sí sé, pero lo odio —dice a la defensiva—. Y Reeve lo sabe. Sospechará si empiezo a pasar el rato en la alberca de repente.

—Relájate, Lil. Nadie va a empujarte al agua —interviene Kat con voz tranquilizadora, pero ella sigue negando con la cabeza. Entonces, a Kat se le ilumina la cara—. ¡Un momento! ¿No tienes que hacer el examen de natación para graduarte?

—Mi médico de cabecera me hizo un justificante —responde Lillia con la barbilla levantada—. Bueno, mi padre.

Kat está tan emocionada que casi se pone a temblar.

—¡Ya está, Lil! Ahí tienes tu excusa. Estarás practicando para el examen.

Lillia se cruza de brazos.

—Ya te he dicho que no voy a hacer el examen. Ya he entregado el justificante. ¿Qué voy a hacer ahora? ¿Entrar a la oficina del señor Randolph a decirle que ha ocurrido un milagro y se me ha curado la fobia al agua?

—Reeve no sabe que no vas a hacer el examen. Puedes fingir que sí lo harás. Solo tienes que dar patadas con un flotador de corcho —insiste Kat—. No tiene más misterio que nadar a lo perrito por la parte poco profunda. Además, que no se te olvide que Reeve nada muy bien. Rompió el récord de la isla en pecho a los diez años y los muy imbéciles todavía no han conseguido superarlo. Aunque tenga la pierna malita, podría rescatarte sin esfuerzo.

—No me preocupa ahogarme —confiesa Lillia con la voz tensa.

—Entonces ¿qué es lo que te preocupa? Es un plan infalible. Los dos solos. Día tras día. —Chasquea los dedos—. No podrá seguir haciéndose el difícil mucho tiempo.

Lillia parece un poco descompuesta. Supongo que no la culpo. A mí también me daría ansiedad tener que ver a Reeve Tabatsky en traje de baño. Se gira para mirarme mientras se muerde el labio.

—¿En qué piensas? —me pregunta.

Me paso las manos por el pelo. No quiero poner a Lillia en una situación que la haga sentir incómoda, pero ¿qué otras opciones tenemos?

—Creo que Kat tiene razón —confirmo por fin—. ¿Puedes intentarlo, Lillia? ¿Por mí?

Me mira fijamente y luego se echa a reír. Le da un empujoncito a Kat y, sin quitar la mirada de mí, dice:

—¿Cómo voy a decirle que no a esa carita? Yo no soy como Rennie. Si mi amiga me necesita, ahí estaré.

Después, cuando llego a casa, la tía Bette está en la buhardilla. Pego la oreja a la puerta y oigo el roce del pincel contra el lienzo. Cierro los ojos y sonrío llena de alivio. Menos mal que ha vuelto a pintar. Siempre se pone feliz cuando trabaja, y a esta casa le vendrá bien la energía positiva.

21
Lillia

Cuando acaban las clases, me voy directo a la alberca. El edificio está vacío y pintado de un color azulado por la luz. Odio el olor del cloro. Dejo la toalla de ositos y las chanclas en las gradas, junto a la bota de Reeve, su toalla y su maleta de deporte. Llevo un bikini blanco con margaritas bordadas y lazos a los lados. Es el más bonito que tengo. Me recojo el pelo en un chongo para que no se me moje mucho.

Reeve ya está en el agua. Tiene unos flotadores agarrados a la pierna y la mueve hacia dentro con una mueca mientras utiliza los brazos para impulsarse. Está tan concentrado que parece que no se ha dado ni cuenta de que he entrado, así que carraspeo. Levanta la cabeza de golpe.

—¿Qué estás haciendo tú aquí? —pregunta con urgencia.

—He venido a practicar para el examen de natación —informo—. Es un requisito para la graduación.

—Bueno, pues no me molestes —espeta—. Estoy aquí para entrenar, no para hablar. Por eso vengo solo.

—Pero si me lo has preguntado tú...

—Yo necesito este carril y estas cosas que tengo aquí —anuncia—. No toques nada.

Después, vuelve a retomar los ejercicios.

Furiosa, agarro una tabla de corcho del montón y me dirijo a las escaleras de la parte honda de la alberca. Empiezo a bajar escalón a escalón, con mucho cuidado. El agua está climatizada, pero yo la siento helada. Ya tengo la piel de gallina. Esto no vale la pena.

Sigo con los pies pegados a las escaleras.

Si tuviera que hacer el examen de natación, tendría que lanzarme a la alberca y nadar de un extremo a otro dos veces sin detenerme. Además de patalear en el agua durante tres minutos y flotar durante uno. No puedo hacer nada de eso.

A ver, sé nadar de perrito. No conozco los tipos de brazada oficiales ni nada de eso, pero ¿qué más da? No me voy a ahogar en mi alberca. No me gusta meter la cabeza bajo el agua. No me gusta ser incapaz de respirar. Esto no es para mí. Hay muchísimos otros deportes que sí que disfruto, como las animadoras, montar a caballo, el tenis y el golf. ¿Por qué tienen que obligarme a nadar?

Me quedo junto a la orilla durante un rato, con un brazo pegado a la pared y el otro aferrado a la tabla de corcho. No llego a tocar el fondo, cosa que me hace entrar en pánico. Siempre me quedo en la parte poco profunda.

Mientras tanto, Reeve se ha quitado los flotadores y está nadando como si fuera un deportista olímpico, un largo tras otro y tras otro. Apenas saca la cabeza para tomar aire. Se está esforzando mucho, quizá se esté pasando. Ahora nada a mariposa y sus brazos atraviesan el agua con fuerza y decisión, aunque la pierna renquea. He de admitir que me hace sentir mejor saber que está aquí. Que, si me pasara algo, por mucho que me odie, no dejaría que me ahogara.

O eso creo.

Suelto la pared y empiezo a utilizar la tabla, a la que me aferro con fuerza. Pataleo, pataleo y pataleo para recorrer el carril con la cabeza por encima de la superficie mientras intento evitar que me salpique en la cara. Para mí, esto supone un gran esfuerzo y, además, estoy paranoica porque no sé si me he amarrado lo bastante fuerte la parte de arriba del bikini. Mis trajes de baño siempre han tenido un mero papel decorativo, nunca han visto tanta acción. Con todo, tardo una eternidad. Reeve ya ha dado tres largos para cuando yo he llegado al final.

Él no se detiene ni me presta atención. Yo me quedo flotando al lado de las escaleras mientras espero a que acabe, como si fuera una *groupie* de los nadadores, si es que eso existe. Cuando por fin termina, se quita los visores de bucear de un jalón y le echa un vistazo al reloj grande de la pared para soltar un resoplido lleno de irritación.

Después, se vuelve a colocar los visores y se pone a nadar otra vez.

Un momento, ¿ahora que se ha ido al demonio su carrera futbolística se va a apuntar al equipo de natación? Contemplo toda la longitud de la alberca. Es larguísima. Quisiera irme a casa, pero solo llevo unos quince minutos dentro del agua. Respiro hondo, me aparto de la pared de una patada y vuelvo a ponerme a nadar con la tabla. Me concentro e imagino que soy un pato. Pataleo, pataleo, pataleo.

Estoy tan concentrada en llegar al final de mi carril que no me doy ni cuenta de que Reeve se va.

El miércoles llevo el bikini amarillo de lunares, el de cintura alta. Rennie dice que es de abuela, pero me hace sentir glamurosa, una belleza acuática, como Marilyn. Este no se amarra en el cuello, la parte de arriba tiene aro, así que es más seguro.

La alberca está sumida en el silencio, a excepción del sonido de las patadas de Reeve y las salpicaduras que caen sobre las losetas. Me siento abatida mientras agarro la tabla y bajo por las escaleras para meterme al agua. Igualito que pasó ayer, no hablamos. Bueno, no mucho. Desde luego, no coqueteamos.

Después de chapotear y flotar un rato, decido que hoy es mi último día. Lo he dado todo. Kat y Mary no pueden pedirme más. Tendrán que entender que he hecho todo lo que he podido para que Reeve se fije en mí, pero esto no va a ninguna parte. No les he prometido que me fuera a pasar lo que me queda de último año con una tabla de corcho.

Mientras pienso todo esto, oigo la voz aburrida de Reeve.

—¿Por qué estás aquí otra vez?

Está agarrado a la orilla y se saca el agua de los visores de bucear.

—Creía que no querías hablar —replico, con los brazos y la barbilla apoyados en la tabla.

Lo ignora.

—Sabes que en el examen no te van a dejar usar la tabla, ¿verdad? Por lo menos, eso recuerdo yo. Aunque lo hice hace un montón de tiempo, en noveno, creo. Con el resto de la clase.

—Ya lo sé —espeto de mala manera, aunque me muerdo la lengua antes de poder decir algo más. Eso no ha sido muy de Marilyn. Es mi oportunidad de conectar con él, tengo que aprovecharla al máximo. Respiro hondo, pongo un tono más dulce y digo—: Es que... me estoy acostumbrando a hacer largos.

—A lo que tienes que acostumbrarte es a meter la cara en el agua —responde mientras nada hacia mí. Cuando se acerca lo suficiente, me salpica la cara.

—¡Detente! —grito mientras me doy la vuelta para alejarme de él, bien agarrada a mi tabla. ¡Dios mío, cuánto lo odio!

Reeve se lanza hacia delante, como si fuera a hundirme, y yo suelto un grito. Me agarra de la cintura y me levanta por los aires. Yo todavía tengo los dedos bien cerrados alrededor de la tabla, pataleo y me muevo todo lo que puedo, pero no me suelta.

—¡He dicho que te detengas! —chillo, y mi voz aterrada reverbera por toda la alberca.

No es que tenga miedo a que me lance. Lo que me molesta es tener sus manos donde no quiero. Me aterra decirle a un chico que se detenga y que no me haga caso.

Es una sensación peor que ahogarse.

Él me suelta y me caigo al agua. Cuando salgo a la superficie, me mira como si estuviera loca. Me late el corazón a mil por hora y respiro con dificultad. Reeve vuelve nadando al otro lado de la alberca y se impulsa para salir del agua. Me da la espalda mientras se seca con una toalla.

—¡Que no se te ocurra volver a hacerme eso! —vocifero.

Él se da la vuelta y me observa.

—Algún día tendrás que mojarte el pelo. Yo, en tu lugar, me preocuparía menos por mi bikini y mi pelo y más por nadar, ¿sabes?

Se me desencaja la mandíbula.

—Perdona por no tener una gorra y un traje especial de natación.

Niega con la cabeza como si yo fuera un caso. Después, se aleja caminando, aunque con la cojera parece más bien que se va pavoneando. Da un portazo al salir y a mí me sigue latiendo el corazón a toda prisa.

Esa noche, busco en el armario y busco un traje negro que ponerme mañana. El color negro quiere decir que me tomo las cosas en serio. No es especial de natación, va amarrado al cuello y tiene un agujerito en el pecho, pero, por lo menos, me proporcionará más seguridad que un bikini.

Voy sacando bikinis y encuentro el rojo. El que llevé aquella noche, en la casa de la playa.

Me tiemblan las manos mientras lo hago bola y lo lanzo a la basura.

22

Kat

Es viernes y estoy deambulando por los pasillos con un pase para el baño con la intención de saltarme un poco de la última clase cuando veo a Mary escondida debajo de las escaleras del primer piso con un libro.

—¿No tendrías que estar en clase?

Ella levanta la vista, sobresaltada, pero se relaja en cuanto ve que soy yo y no un profesor. Sonríe con timidez.

—Es que me estoy tomando un descanso.

—¿Para ir al baño? ¿O para saltarte la clase?

Mary baja la cabeza.

—Bueno, me has descubierto. No he estudiado para el examen de Lengua. Por eso, la hora anterior he pedido ir al baño y me he venido aquí a esconderme hasta la siguiente clase. —Deja escapar un suspiro—. Mi tía me va a matar cuando vea las calificaciones de este semestre. En serio, la única asignatura que voy a aprobar es Canto.

—Bueno, pues entonces has tomado una buena decisión al saltarte la clase. Aunque necesitas otro escondrijo, y rapidito. Los vigilantes siempre revisan este lugar cuando hacen la ronda. Confía en mí, lo sé de buena mano. —Miro por encima de ambos hombros—. De hecho, me sorprende que no te hayan descubierto ya. Tienes que ir a la enfermería. Finge un dolor de regla o algo.

—Gracias —dice Mary, y se levanta.

—¿Cómo van las cosas con tu tía? ¿Mejor?

—Un poquito. Ha vuelto a pintar, pero sigue sin hablarme. —Niega con la cabeza—. Es raro. No recuerdo haberme peleado de esta forma ni con mis padres. Me siento... como una visita poco grata en mi propia casa, ¿sabes?

Me apoyo en el barandal.

—Oye, ¿quieres hacer algo esta noche? Tú y yo.

Mary se anima.

—¿Como qué?

—¿Y si damos una vuelta en coche?

—Pues me parece genial.

—Súper. Te recojo a las nueve. —Estoy a punto de irme y volver al segundo piso cuando añado—: Espera. ¿Dónde está tu pase de pasillo?

Levanto el mío. Es un trozo de madera con una π tallada, una cosa horrible que habrá hecho alguno de los chicos castigados para subir nota en matemáticas.

Mary parece confundida.

—Vaya. Pues el profesor debe de haberse olvidado de dármelo.

—Pues no pases por delante de los laboratorios. Vengo de allí y hay un vigilante. Sal por la puerta trasera del deportivo, pasa al lado de la biblioteca y llegarás a la enfermería.

—Perfecto —responde Mary, y se gira en dirección contraria—. Gracias. Nunca me han castigado.

Pongo los ojos en blanco.

—Cómo no, angelito.

Me despierto porque *Shep* me está chupando la cara. Me levanto de un salto del sofá y corro a la ventana. Ya es de noche.

—¿Qué hora es?

Pat mira su celular.

—Las diez pasadas. ¿Por?

¡Mierda! ¡Mierda, mierda, mierda!

—¿A dónde vas? —pregunta mientras corro por la cocina en busca de las botas que he dejado junto a la puerta trasera.

—Por ahí —respondo.

Menos mal que el coche arranca. Conduzco a toda velocidad hasta casa de Mary. ¡Soy lo peor, mira que llegar tarde a un plan que le he propuesto yo! Uf. En un semáforo en rojo intento llamarla, pero me sale la línea ocupada.

Cuando llego, está en la acera, esperando en plena oscuridad. Lleva el mismo vestido que por la mañana, uno de florecitas, debajo de la chamarra.

—Siento mucho llegar tarde —me disculpo mientras salgo de un brinco del coche. Le abro la puerta del copiloto de forma galante, porque me siento como una mierda—. Me he dormido viendo la tele. He intentado llamarte, pero la línea estaba ocupada. —Me estremezco—. ¿Llevas mucho rato aquí fuera?

Me dedica una sonrisita. No parece enojada, cosa que me alivia. Mary es la persona más compasiva que he conocido.

—Sabía que vendrías.

Nos ponemos en marcha mientras escuchamos música. Después de unas cuantas vueltas a la isla, me entra hambre. El único lugar que está abierto a estas alturas del año y a estas horas es el Greasy Spoon, un restaurante veinticuatro horas que está en T-Town. Nunca está muy concurrido porque la comida no es nada buena, pero hay algunas cosas en el menú que no están tan mal.

Me estaciono a un costado. El estacionamiento está bastante lleno, qué raro. Ojalá no tenga que esperar mucho por la comida.

—¿Quieres algo?

Mary bosteza y dice que no con la cabeza.

Entro y pido en la barra. Un café con leche con dos de azúcar y una dona de canela. La mujer anota mi pedido y justo entonces escucho su voz. Rennie.

Miro hacia atrás y ahí está, sentada al final de una mesa larga en medio del restaurante. Con el equipo de futbol completo. Y también las animadoras. Veo a Lillia riéndose acurrucada con Ashlin y un par de chicas más. Todas tienen una rosa de tallo largo dentro de su vaso. Siguen llevando el uniforme de animadoras, excepto Rennie.

Ahora me acuerdo. Esta noche era el último partido de la temporada.

Veo que Rennie me está mirando fijamente. Nuestras miradas se encuentran y yo la aparto de inmediato porque no quiero escenas.

—¡Uy, mira! ¡Si es Kat DeBrassio! —exclama, fingiendo que susurra, y todo el mundo se gira—. Oye, ¿por qué no le pedimos que se siente con nosotros?

Por la forma de arrastrar las palabras, sé que ha bebido. Seguro que está molesta porque a nuestro equipo le ha ido bien sin Reeve. Alex me ve (bueno, él y todos), e intenta colocarle una carta delante de la cara a Rennie para distraerla. Ella la aparta de un manotazo.

Vuelvo a girarme hacia el mostrador y le lanzo una mirada asesina a la mesera. ¿Puede servirme el café de una puta vez para que me pueda largar de aquí? Me pregunto si estas idioteces seguirán ocurriendo después de graduarnos. Si siempre que venga a casa de visita tendré que ir con miedo de encontrarme con Rennie.

—Kat, ¿me estás acosando o algo? —pregunta Rennie—. ¿Cuántas veces tengo que repetírtelo? ¡No soy lesbiana! —Se ríe como una hiena—. Maldita loca.

Se acabó. Me doy la vuelta para contestarle, pero no hace falta. Lillia baja su carta y habla.

—Rennie, lo que te pasa es que estás enojada porque todas hemos recibido rosas de nuestros jugadores y Reeve ni siquiera se ha molestado en dar la cara por ti.

Se podría oír una aguja caer. A Rennie se le desencaja la mandíbula. Todos los de la mesa se dan la vuelta para mirar a Lil, que, por un instante, parece tan sorprendida como ellos. A Rennie se le tiñe la cara de un colorado intenso, lo más rojo que he visto en una persona, y después mira a su alrededor para ver si alguien va a salir en su defensa. Sin embargo, Ashlin le rehúye la mirada y los chicos disimulan, incómodos. Igual que las demás animadoras. Entonces, Rennie llama con la mano a una de las meseras.

—¿Podemos pedir yaaa? —insiste, con una voz de lo más estridente e impaciente. Da un sorbo de agua y le tiembla la mano.

Lil no me mira. O quizá no le doy la oportunidad. Me giro hacia el mostrador, agarro mi pedido y salgo a toda prisa.

Mary se incorpora.

—Oye, ¿estás bien?

—Sí —digo sonriente, porque vaya escena—. Estoy bien.

23

Mary

Me he planteado dejar el comité del anuario varias veces, pero no paro de repetirme que debo aguantar por mucho que no haya conseguido hacer ningún *collage* todavía. Me cuesta, porque todos los trabajos divertidos ya están asignados y, aunque les preguntes si puedes ayudar, hacen como que no te oyen.

La única persona que no me ha ignorado del todo es Marisa Viola, una chica de décimo. Ella se dedica a revisar las páginas en búsqueda de errores de formato o erratas en el texto. Yo he acercado una silla a su mesa y leo por encima de su hombro. Es rapidísima, rodea cosas con la pluma roja antes de que yo tenga tiempo de verlas, pero creo que, aun así, está bien contar con otro par de ojos.

Después de la reunión del lunes, me decido a pasarme por la biblioteca para sacar un libro sobre gramática y puntuación. Seguro que me ayuda a mejorar en mi trabajo.

De camino, paso por delante de las oficinas de Educación Física. La puerta de la entrenadora Christy está abierta. Está manteniendo una conversación muy acalorada con alguien. Entonces veo a Rennie allí sentada. Se ha escabullido del comité del anuario. Lo único que hace es revisar las fotos del baile de bienvenida de forma obsesiva e irse. De verdad, no entiendo ni por qué se molesta en venir.

—Rennie, llevas un mes sin aparecer por los entrenamientos —relata la entrenadora con un suspiro—. Por ahora, no puedes pedirme nada. Lo entiendes, ¿verdad?

—¿Y por qué cree que es? ¡Es por Lillia! ¿Cómo voy a estar cerca de alguien que me ha robado el título de reina del baile?

Oigo que la silla de la entrenadora cruje, como si se hubiera reclinado.

—No sé cuántas veces tengo que repetírtelo, Rennie. Yo misma conté los votos. Fui la única que los tocó. Lillia Cho fue coronada reina de forma justa.

Espero que Rennie lo deje pasar, que haga caso a la voz de la razón, pero ocurre todo lo contrario. Con voz firme, responde:

—Yo gané el título de reina del baile, ¡yo! Le he preguntado a todo el mundo por quién ha votado y un noventa por ciento de los alumnos me lo han dicho. Lo único que digo es que, si hiciéramos otra votación, lo vería. ¡Yo misma pagaré la impresión de las papeletas!

—Rennie, por favor, ya está bien. Lillia y tú llevan siendo amigas mucho tiempo. No querrás que algo tan insignificante como una corona de plástico barato arruine su amistad, ¿no?

Rennie se ríe. Su carcajada hace que me recorra la espalda un escalofrío.

—No hay ninguna amistad. Y puede decirme tantas veces como quiera que la perfectísima Lillia no tuvo nada que ver con que aquella noche me arruinaran la vida, pero jamás la creeré. Además, como entrenadora es lo peor, sus coreografías están pasadas de moda y a nadie le gusta la música que elige para los descansos.

Al instante, pasa corriendo por el pasillo.

Me asusta saber que Rennie ha descubierto lo que hicimos. Menos mal que no tiene forma de demostrarlo.

24

Lillia

El lunes por la tarde ya he hecho dos largos antes de que llegue Reeve. No se mete a la alberca, sino que se pone a observarme mientras se come una mazana. No levanto la mirada ni doy señales de saber que está ahí. Sigo en lo mío.

—Deberías estirar los pies —comenta a la par que mastica con la boca abierta—. Alarga el cuerpo.

—Perdona, pero creo que está prohibido comer aquí —resoplo—. ¿Y no deberías ponerte la bota esa?

La lleva arrastrando.

—Estoy incrementando el umbral del dolor.

Lanza la manzana a la basura en un arco perfecto. Ni siquiera tengo que mirar para saber que cae dentro. De forma despreocupada, avienta la toalla sobre el banco donde están mis cosas y, después, se zambulle en el carril de al lado del mío en vez del que hay al extremo, donde siempre entrena. Se me tensa el cuerpo.

—Bueno, pues si te vuelves a lesionar la pierna será culpa tuya.

No necesito que me critique ni que me dé consejos. Pero sí que pruebo a estirar los pies un poco cuando nado hacia las escaleras y sí se nota una leve diferencia.

Voy corriendo por la toalla porque me estoy congelando. Me envuelvo como si de una manta se tratara y, de repente, él bucea por debajo de los divisores de carriles hacia mí como un tiburón. Sale del agua de un impulso, no se molesta en utilizar las escaleras. Ni siquiera hizo un largo.

En silencio, le entrego su toalla. Me mira a los ojos.

—¿Sabes qué? No iba a decir nada, pero..., como quieras, Lil. Hablemos de mi lesión. Hablemos de cómo sucedió.

Dios mío. Por favor. Por favor, no.

—No tengo ni idea de lo que me estás diciendo.

Me doy la vuelta para irme, pero me agarra del brazo.

—Sé que me echaste algo en la bebida.

Parece que el suelo se abre bajo mis pies, se me debilitan las rodillas y estoy a dos segundos de desmayarme.

—Dime por qué —exige, ahora su voz suena molesta.

Me clava sus ojos verdes y yo le devuelvo la mirada intentando no moverme, no delatarme, obligándome a mantener el contacto visual. ¿No dicen que los mentirosos no pueden mirarte a los ojos?

Intento soltarme, pero me tiene bien agarrada.

—¿Qué bebida? ¿De qué estás hablando? ¡Suéltame!

No me suelta.

—¿No te acuerdas de que me diste un vaso de ponche? Estábamos sentados a la mesa. Me estabas dando lata por darle esperanzas a Rennie. Después, hicimos las paces y brindamos. ¿No te acuerdas?

—¡Reeve, estabas borracho! —respondo.

Entrecierra los ojos.

—No, para nada. Me hicieron un test de drogas en el hospital. Di positivo en MDMA.

—¡Ni siquiera sé lo que es MDMA! —grito.

—Es éxtasis. Y sé que lo sabes, porque tú fuiste la que me lo echó en la bebida.

Trago saliva.

—Ya estabas borracho cuando llegaste a casa de Ash. Los vi beber de una ánfora, tanto en la limusina como en el baile. ¿Cómo puedes estar tan seguro de que el ponche que te di yo, supuestamente, tenía el MD ese? ¡Claro, como yo conozco a tantos traficantes de drogas...!

—Sé de dónde lo sacaste. —Esboza un gesto serio con la boca y entrecierra los ojos. Entonces, espeta—: ¡Los tipos esos que conocieron en la playa eran narcos! Rennie me llevó a su casa a comprar hierba cuando fuimos a pescar.

Un momento. Reeve no lo sabe. Pero, aun así, se me hiela todo el cuerpo.

—Anda, ¿acaso no sabías que el tío al que te tiraste era narco?

Es la forma en la que lo dice, la forma en la que me mira. Lleno de desdén. De asco.

Rennie se lo ha contado. Lo sabe todo. Me sube el calor por el cuerpo y, entonces, le volteo la cara de una cachetada con todas mis fuerzas. Él se tambalea y se le queda la marca roja de mi mano en la mejilla. Nos miramos. Su cara, llena de sorpresa, la mía, en blanco, porque así es como me siento. Vacía.

—No les compré drogas a esos tipos. No sabes de lo que estás hablando —indico.

—Pues explícamelo —pide.

—¿Acaso no te lo ha contado ya Rennie? —pregunto. En este momento, la odio como nunca he odiado a nadie en toda mi vida.

—No. No me ha contado nada. Lo vi con mis propios ojos. Estuve allí, en la fiesta.

—No te creo.

—Fue en la casa esa de Shore Road. Un tugurio de los que alquila mi padre. Pasé por allí cuando me aburrí de la fiesta de Alex. Las vi a ti y a Ren tomándose tragos en la mesa de la cocina, y después vi cómo subían al piso de arriba con ellos.

Me tambaleo. Estaba allí. Lo vio.

Me dispongo a separarme de él mientras me aprieto más la toalla alrededor del cuerpo.

—Entonces ya lo sabrás.

—Sí, sé que no eres la santurrona que todo el mundo cree.

Le lanzo una mirada mordaz, me tiembla la barbilla por el esfuerzo de contemplarlo sin echarme a llorar, sin salir huyendo.

—Entonces, supongo que también sabrás que estaba tan borracha que apenas podía mantener la cabeza erguida y que Rennie estaba en la misma habitación, con el otro chico. Que le dije que se detuviera, o eso creo, pero no puedo estar segura.

Entonces me echo a llorar, porque ya no puedo más, no soy capaz de guardármelo dentro.

Reeve retrocede.

—No... no sabía nada de eso.

Levanta el brazo, como si fuera a tocarme, pero debo de estremecerme, porque lo baja de golpe.

Era un secreto, mío y de Rennie. No lo tenía que saber nadie más. Y mucho menos él. Me echo a llorar con más fuerza, mis lágrimas se mezclan con el agua de la alberca que me chorrea del pelo.

—Lo siento —se disculpa Reeve—. Por favor, no llores.

Me desplomo en el banco. Él no se mueve, se limita a quedarse ahí de pie, incómodo.

—Pues entonces no hables de cosas que no sabes —digo mientras me seco las mejillas con la orilla de la toalla.

—Tienes razón —acepta de inmediato—. Soy un imbécil. No tendría que haber sacado el tema.

Sigo llorando, ahora que he empezado parece que no puedo parar. Las lágrimas me corren por las mejillas y no dejo de secármelas con la toalla.

—Lillia... Si llego a saber que estabas tan borracha, no habría dejado que subieras con ese tipo. Te habría detenido.

Se agacha delante de mí para que nuestros ojos estén a la misma altura y después me posa las manos en las rodillas para mantener el equilibrio. Cuando me estremezco, las aparta corriendo y coloca los codos sobre los muslos.

—Por favor, deja de llorar —me suplica.

Asiento. Suelto un gran suspiro. Al contárselo a alguien, tengo una extraña sensación de alivio. Al decirlo en voz alta me siento... algo más ligera. Solo un poquito, pero ya es algo.

Nos quedamos así durante lo que parece una eternidad hasta que él cambia de postura y sé que la pierna le está molestando.

—¿Te duele? —pregunto.

Mi voz retumba en las paredes, como si la estancia ya no estuviera acostumbrada al sonido después de todo el rato que hemos pasado en silencio.

—Para nada —responde.

Me levanto y le ofrezco la mano, cosa que acepta. Estira la pierna y se la masajea.

—No deberías forzarla tanto —le advierto—. Tienes que hacerles caso a los médicos.

Reeve levanta los hombros y se le mueven todos los músculos de la espalda.

—Tengo que llevarme al límite si quiero conseguir una beca.

Resoplo.

—Sí, pero ¿no te ha dicho tu fisioterapeuta que si te pasas empeorarás? —rebato con un resoplido—. Seguro que sí. Si es un profesional que vale para algo, claro.

—Anda, ¿ahora también eres médica? —pregunta Reeve con una sonrisita—. Parece que hay otra doctora Cho en la isla.

Empiezo a secarme el pelo con la toalla. Después, me siento, abro la bolsa y saco los *leggings* y la sudadera con cierre.

—Odio salir al frío después de nadar. Siento que nunca volveré a entrar en calor.

—¿Lo ves? Por eso tendrías que usar gorra de alberca. Me estremezco.

—Jamás. Parecería un cacahuate.

Reeve niega con la cabeza mientras me mira.

—La princesa Lillia, siempre tan presumida. —Aunque lo dice con una voz dulce. Llena de afecto. Se sienta, cerca, pero no demasiado—. Entonces esperemos a que se te seque más el pelo.

Y eso hacemos. Cuando estoy en el coche, le mando un mensaje a Kat. No le cuento con todo detalle lo que ha pasado, pero le digo que por fin se pone en marcha el plan.

25

Kat

El martes es la tercera reunión del grupo de preparación para la universidad. Algunos lo han dejado, cosa que no entiendo. ¿Hola? Básicamente, es una forma de librarse de clase cada par de semanas.

Alex ya está aquí, tecleando en la *laptop*. Me acerco a él con sigilo para darle el susto de su vida, pero, entonces, veo la página web que está consultando.

La Universidad del Sur de California.

Qué curioso. Pensaba que solo iba a pedir matrícula en dos unis: en la de Michigan y en la de Boston por si acaso.

Hace clic en un menú desplegable en el que aparece una lista de todas las especialidades y selecciona el programa de composición de canciones.

Antes de que pueda decir algo, se nos acerca la señora Chirazo. Alex cierra la *laptop* a toda prisa, como si estuviera viendo porno o algo así. Yo saco la silla que tiene al lado y me siento.

—Muy bien, chicos. He leído sus redacciones.

Deja los papeles en la mesa. Parece que en el de Alex no hay mucho escrito. Un par de marcas con la pluma roja. El mío está repleto de garabatos.

Rayos. Lo retiro corriendo para que Alex no lo vea.

—Alex, me encanta el tema que estás explorando. Creo que has hecho una hipótesis muy conseguida de cómo las clases sociales y el privilegio desaparecen en el campo de futbol, y que el éxito depende solo de cuánto te esfuerces. Pero quiero que no seas tan crítico con la riqueza de tus padres cuando relaciones el tema con tu propia vida. Espero que puedas moderar lo que dices en algunas partes para sonar más agradecido por las oportunidades que se te han presentado.

Alex asiente.

—Claro, por supuesto.

Yo me hundo en la silla. Pensaba que la redacción de Alex estaba bien redactada y que era concisa, pero también comprendo lo que le está sacando a relucir la señora Chirazo. En un par de ocasiones me ha parecido que se pasaba de la raya. Por ejemplo, en cosas como: «Nunca me había planteado lo rica que era mi familia y cómo podría afectar a cómo me percibía la gente».

Ay, por favor.Tu todoterreno cuesta más que un año de colegiatura en Oberlin.

La profesora se gira hacia mí.

—Bueno, Kat... Me ha sorprendido tu redacción.

—¿Para bien? —pregunto con cero entusiasmo, porque ya sé que la ha odiado.

He escrito sobre lo extraño que es crecer en un sitio como Jar Island. Cómo te aísla del resto del mundo. He hablado sobre mi amistad con Kim y sobre cómo la música hizo que mi mundo parezca más grande. También he comentado que estoy lista para largarme de este maldito lugar y empezar a vivir mi propia vida. Por supuesto, con otras palabras, pero se podría considerar una crítica a la isla. Es el contrapunto de la redacción de Alex. Me hace bastante gracia que hayamos escrito casi sobre lo mismo. No es que lo tuviéramos planeado.

—A mí me ha parecido genial —interviene Alex—. Jar Island es un lugar peculiar en el que criarse, y eso la ayudará a destacar.

Mira que es bueno.

La señora Chirazo lleva los lentes colgando del cuello con una cadena. Se los coloca en la nariz y busca mi redacción.

—Estoy de acuerdo. No quiero decir que tu redacción no sea buena, Kat. Lo es. No sé si alguna vez he visto Jar Island desde la perspectiva como la presentas. —Empieza a pasar páginas y aprieta los labios—. El mayor problema que encuentro es que no me dice mucho sobre ti. Trata más bien de la isla. Recuerda que lo que estamos intentando es que el comité de admisiones piense en ti como persona. —Deja la redacción y gira la silla para ponerse frente a mí—. ¿Te has planteado hablar de la pérdida de tu madre a una edad tan temprana?

Se me desencaja la mandíbula. ¿En serio quiere ir por ahí? Maldición, a la señora Chirazo le da morbo el hecho de que mi madre esté muerta. ¡Saca el tema siempre que tiene ocasión!

—Lo consideré y después decidí que no —declaro mientras hago acopio de toda mi energía para sonar calmada y no soltarle toda mi rabia, que seguramente sea lo que quiere, que estalle para poder obligarme a ir a más sesiones de orientación.

—¿Te importaría contarme por qué has tomado esa decisión?

Resoplo.

—Mire, tengo muchas razones, pero le daré solo una. No quiero utilizar la muerte de mi madre para que la gente se compadezca de mí. Además, estoy bastante segura de que no soy la única chica del país que ha perdido a un progenitor. No es tan raro como la gente piensa. Hay chicos con problemas mucho más complicados que los míos. Créame —digo con tono arrogante—. Así que no necesito utilizarlo en mi favor. Mis notas son espectaculares, y estoy casi segura de que lo demostré en el examen de acceso.

—Tu expediente académico es excelente, Kat. Sobre todo si tenemos en cuenta que todo esto lo has conseguido a pesar de tu situación.

—Mi situación —repito, enseñando los dientes.

Entonces lo noto. Alex me ha puesto la mano en la rodilla por debajo de la mesa, donde nadie puede verla. Me da un estrujoncito en la pierna para darme fuerzas, para que no deje que esto me afecte tanto, para que no estalle delante de esta mujer y de toda la clase.

Me recuesto en la silla.

—Bien. Lo pensaré. Como quiera —acepto.

—No pretendía disgustarte, Kat, pero, por favor, piénsalo. Puedes escribir sobre tu madre sin mancillar su recuerdo. Creo que te debes a ti misma hablar de esa experiencia y de cómo te ha servido para volverte más fuerte.

Me obligo a sonreír con los labios apretados cuando se levanta, me da una palmadita en la espalda y pasa al siguiente grupo.

—Gracias por todo —le digo a Alex entre dientes—. Si no hubieras estado aquí, le habría hecho una escena.

Él me da un toquecito en la pierna por debajo de la mesa. Me pregunto si intentará consolarme, si me preguntará por mi madre o tratará de convencerme de que escriba ese tipo de redacción. Sin embargo, dice:

—¿Hay algún concierto interesante este finde?

Me planteo contestarle que voy a ir con Ricky para ver si eso lo pone celoso. Pero, al final, decido no hacerlo, porque ¿y si me está preguntado porque quiere salir conmigo? Últimamente nos hemos llevado bien, como el verano pasado.

Decido hacerme la loca.

—Viene un grupo el jueves que igual se me antoja ver —informo—. ¿Tú qué planes tienes?

—Me voy a Boston con Lillia. Mañana a primera hora. Nos perdemos dos días de clase.

Ah. Pues nada.

—Diablos, se me había olvidado. Yo el jueves por la noche tengo una cita con un chico. Es el cantante de un grupo. Están teniendo éxito en Alemania.

—Vaya, eso es genial.

—¿Verdad que sí? —Lillia no me había contado lo de su viaje especial con Alex—. Y ¿para qué van a Boston?

—Los dos tenemos entrevistas con antiguos alumnos —suspira—. Mi padre y mi madre han acabado teniendo una pelea descomunal. Si él se hubiera salido con la suya, solo habría pedido matrícula en Michigan. Pero mi madre ha insistido en que, como mínimo, debería visitar mi segunda opción. Entre nosotros, creo que es porque quiere ir de compras.

Bien. Conque no es un viaje romántico ni nada de eso.

—Pues igual también deberías ir a ver Berklee.

—¿Eh?

—Es la tercera universidad de música más importante del país. Además, creo que también tienen composición. —Alex tensa la cara y, de repente, me siento culpable, como si hubiera dicho algo que no debía—. Perdón. Lo he visto por encima del hombro.

Me pregunto si va a intentar negarlo. Sería raro. ¿Qué problema hay?

—No creo —responde en voz baja—. Seguramente no nos dé tiempo.

—¿Cómo van a ir? ¿En coche? Pues salgan un poco antes. O vuelvan un poco más tarde. ¿Qué más da?

Alex esboza una mueca. Se inclina hacia delante y susurra avergonzado:

—Vamos en avión privado. A mí no me importaría ir en coche, pero mi padre piensa que mi madre conduce muy mal, así que nos ha dicho que vayamos en avión. No nos cuesta nada.

Un avión privado. Alucino.

Suena el timbre.

—Bueno —digo mientras recojo mis cosas a toda prisa—, pues que se la pasen bien.

Pero no lo digo en serio. Para nada.

26

Lillia

Es jueves y las clases ya han terminado. He entrado y salido de la alberca y ahora estoy estudiando Historia Avanzada de Estados Unidos en las gradas mientras Reeve hace más largos. He pensado que así nos iremos juntos y me podré despedir de él como debe ser. No puedes ligar con un chico si él está bajo el agua y tú en tierra firme.

Reeve tiene un portapapeles encima de la maleta de deporte. Le echo un vistazo y reconozco la letra redondeada de Rennie al instante. Sigue organizándole las sesiones de entrenamiento. Me sonrío con aire de superioridad. Ella mataría por estar aquí con él. Pero no lo está. La que está soy yo.

Aunque es evidente que Rennie no sabe nada de nuestros encuentros extraescolares. Si lo supiera, habría vaciado la alberca.

Supongo que Reeve no lo ha mencionado. No me ha mencionado.

Tras una media hora o así, Reeve por fin sale de la alberca.

—Tengo hambre —anuncia mientras estira los brazos y sacude la cabeza para sacarse el agua de los oídos—. ¿Se te antojan unos hot-cakes o algo?

Se me para el corazón. Es la primera vez que me invita a salir de verdad. Estamos progresando. Desde la discusión, todo parecía distinto.

Levanto la vista del libro como si nada.

—Mmm, no lo sé. Es que todavía me queda un montón por estudiar. ¿Tú no tienes el examen de Historia de Estados Unidos el viernes?

Yo estoy en la clase avanzada, pero me parece que ambos tenemos examen el mismo día.

Él levanta los hombros.

—Me he saltado un par de clases. He estado haciendo sesión doble de pesas. Ahora que me han puesto la bota, me estoy concentrando en los esprints. De esa forma, cuando el médico me dé el visto bueno para ir a tope, ya llevaré ventaja.

—¿En serio? Pues más te vale haber empezado a estudiar ayer.

—No me preocupa. Tengo muy buena memoria —asegura. Se da toquecitos en la cabeza y presume—: Es como una base de datos.

—Bien, pues ¿en qué año fue la Rebelión de Shays?

—Eeeh... —Se inclina hacia delante y mira disimuladamente la libreta que tengo en el regazo—. En 1786.

Una gotita de agua de la alberca le cae del pelo y salpica la página.

Lo aparto de un empujón. Enojada, soplo la hoja.

—¡Reeve! ¡Me estás mojando la libreta!

Se sienta a mi lado.

—Anda, esto es aburrido. Larguémonos de aquí. Me muero de hambre.

La verdad es que lo de los hot-cakes suena bien. Podríamos ir al Greasy Spoon, allí las sirven con miel de maple de verdad. Pero este examen es importante. Es prácticamente un final.

—Tengo que acabar las tarjetas de apuntes. —Busco en la mochila y saco una barrita de cereales con trocitos de chocolate—. De momento, cómete esto —ordeno mientras se la paso y me vuelvo a concentrar en el libro.

—¿Por qué estás siendo tan simpática conmigo? —pregunta de la nada.

Levanto la vista, sorprendida. ¿Simpática? Solo es una barrita de cereales.

—Porque somos amigos.

—¿Amigos? —resopla—. Admítelo, Cho. Nunca te he caído bien.

Rayos.

Bueno, la verdad es que no se equivoca, pero pensaba que no se daba cuenta, y sospechaba que no le importaba. Además, tampoco es que lo haya odiado siempre ni nada de eso. Por lo menos hasta que conocí a Mary.

Me apresuro a formar una frase.

—¡Sí me caías bien! —Niego con la cabeza—. Me caes bien.

No parece convencido. De forma impulsiva, le ofrezco la mano.

—Bueno, ahora somos amigos, ¿no? —Inclina la cabeza y asiente—. ¡Pues dame la mano!

Por fin, me da la mano, la sacude y dice:

—¿Eso quiere decir que me vas a ayudar a estudiar esta semana, amiga? ¿Qué te parece un viajecito a la biblioteca mañana después de natación?

—Ah... No puedo. Voy a Boston para visitar la universidad.

—¿Tú también? Lind me ha dicho que iba a Boston esta semana.

Dudo.

—Sí... Vamos juntos. —Corriendo, añado—: Con nuestras madres. Ellas lo han organizado todo. Yo no sabía nada hasta la semana pasada. Nos vamos a alojar en mi departamento.

No sé por qué le estoy dando explicaciones. Ni que fuera asunto suyo. Y, a juzgar por la cara de aburrimiento que pone, no le importa lo más mínimo.

—Pues que la pasen bien —dice, y después bosteza y vuelve a estirar los brazos por encima de la cabeza.

—Eso haremos —respondo. Estoy molesta y no sé por qué. Cierro el libro de golpe y lo meto en la bolsa bandolera—. Debería ir a casa a hacer la maleta.

Seguramente él saldrá con Rennie. No sé qué se traen entre manos. Me pregunto si ya han definido la relación o como se diga.

—Aún tienes el pelo mojado —observa.

—Da igual. Iré corriendo al coche.

Me pongo la sudadera y me ato la toalla alrededor de la cintura.

Con aire perezoso, Reeve alarga la mano y me jala la capucha para que me cubra la cabeza.

—¿Por qué necesitas diez horas para hacer la maleta para dos días?

—En realidad, son tres. No volvemos hasta el viernes. Además, mi madre ha reservado mesa en lugares elegantes, así que tengo que pensar qué me voy a poner. Y las entrevistas son importantes, tengo que estar perfecta.

—Suena divertido. —Pone los ojos en blanco—. ¿También van a ir al *ballet*? ¿Quizá a ver una ópera?

—¡Pues igual! —Aprieto los labios—. Y quizá también a un partido de los Red Sox. ¡Un amigo de mi padre tiene asientos de palco!

Reeve se golpea el pecho. Se está riendo con tantas ganas que no puede ni hablar.

—¿Qué? ¿Qué pasa? —digo, con las manos en las caderas.

—Lillia, Lillia, Lillia. La temporada de béisbol ya ha acabado, nena. —Niega con la cabeza mientras se agarra el costado y se carcajea—. Pero pásenla bien, raritos.

Me dan ganas de empujarlo y tirarlo de las gradas. Hasta que me doy cuenta. Es la segunda vez que me dice que me la pase bien.

En el idioma de los chicos, eso significa «Estoy celoso». ¡Reeve está celoso! De Alex. De Alex y de mí, juntos.

Está funcionando. ¡El plan funciona!

Meto todo en la mochila.

—Bueno, ¿vamos a comer hot-cakes o no? —pregunto.

—Pensaba que tenías que hacer la maleta —me reta.

—Puede que tenga tiempo para un hot-cake —replico con lo que espero que sea una mirada seductora.

Reeve se levanta y se estira.

—Bueno. Si la princesa Lillia lo quiere, lo tiene.

Pero sé que está contento, porque me pone las manos en los hombros y me da un apretoncito.

27
Kat

El miércoles por la noche sigo pensando en lo que me dijo la señora Chirazo sobre mi redacción para la universidad. Igual estoy haciendo una tontería. Debería poner todo de mi parte para entrar en Oberlin y conseguir una buena beca. En mi futuro no hay vuelos privados a la vista. Además, no sé por qué, pero por muchas cervezas que beba, esta semana no puedo dejar de pensar en Alex y Lillia juntos en el avión privado.

—¡Vamos al *jacuzzi*! —anuncio de repente a todos los que están en el garaje—. ¿Quién se apunta?

Ricky, Skeeter y unos cuantos chicos más me miran.

—¿Dónde?

Apago el radio.

—Conozco un lugar. Una mansión que está totalmente vacía.

Me parece una estupidez no aprovechar la casa de Alex.

—Pero es que hace fresco —se queja Skeeter.

—Y por eso mismo vamos a meternos a un *jacuzzi* con agua caliente, tontito.

—No quiero que me arresten —interviene Ricky.

Voy hacia él y le jalo los cordones de la sudadera.

—No te van a arrestar. Ya te he dicho que no hay nadie en casa, y no tienen vecinos.

Ricky levanta los hombros.

—Bueno, pues me apunto.

Somos cinco chicos, una de sus novias, que me pone de malditos nervios y por eso no me he molestado ni en aprenderme su nombre, y yo. Pat se queda en casa. Dice que prefiere seguir trabajando en la moto, pero yo sé la verdad: los *jacuzzis* no son lo suyo. Le dan asco. El calor, los gérmenes, los cuerpos cociéndose juntos en una tina gigante... Aun así, no lo delato, porque no quiero que a nadie más le disguste la idea.

Esto me da una oportunidad perfecta. Esta noche, voy a dejar que Ricky consiga lo que tanto lleva ansiando. Lleva semanas ligando conmigo y me vendría bien una buena sesión de comernos la boca. Ni siquiera me importa tener clases mañana. No he besado a un chico desde... Lind. Pienso en llamar a Mary para invitarla, pero al final me decido no hacerlo. La pobrecita se asustaría si me viera en acción.

Metemos una docena de cervezas en una bolsa de plástico, nos subimos a unas cuantas motos y salimos de prisa hacia casa de Alex. Las luces están todas encendidas, como si hubiera alguien, pero sé que está vacía. Tengo que arrastrar a Ricky a la entrada.

—¿Estás segura? —repite una y otra vez.

Abro una lata de cerveza y le doy un trago antes de ofrecérsela. Me acerco a su cara.

—Sabes que sí.

Me gusta coquetear con Ricky. Es muy guapo. Tiene dos años más que yo, uno menos que mi hermano. En algún punto de la vida, fuimos juntos al instituto, pero por aquel entonces tenía novia. ¿Sarah? No me acuerdo. En fin, la terminó este verano porque ella le puso los cuernos con un profesor del centro de estudios superiores. Esas son las cosas que pasan en nuestra mierda de «universidad», por eso tengo que largarme de aquí.

La verja está cerrada con llave, así que tenemos que subirnos a los contenedores de basura para saltarla. En cuanto aterrizamos al otro lado, las luces del jardín trasero se encienden de forma automática. Se me para el corazón y espero a que suene una alarma o algo. Todos nos quedamos quietos y, entonces, se apagan.

—¿Lo ven? —digo con la intención de sonar despreocupada—. No pasa nada.

La alberca de Alex está cerrada porque ya ha acabado la temporada, la tienen medio vacía y cubierta con una lona bien tensa. Mierda. Quito la cubierta del *jacuzzi* y, por suerte, está lleno. Es un modelo bastante tuneado, tiene botones para encender luces de distintos colores y un altavoz integrado. Entramos todos, le metemos potencia a los chorros y, en menos que canta un gallo, la cosa empieza a calentarse. Ricky no tiene traje de baño, así que se ha metido en calzoncillos. Lleva unos bóxeres de color negro y luce tremendo. Tiene el cuerpo musculado, se le marcan todos los abdominales, y tiene una locura de cicatriz de cuando le quitaron el apéndice.

Yo llevo la parte de abajo del bikini negro y una camiseta de tirantes del mismo color. Aparto a la novia de Tim de un empujón para poder sentarme al lado de Ricky.

—¡Este lugar está genial! —exclama uno de los chicos.

—Maldición, ojalá fuera rico —se lamenta Skeeter.

Me molesta un poco, porque la mayoría de estos tontos jamás tendrán dinero, no llegarán a experimentar lo que es vivir en esta parte de Jar Island. A no ser que trabajen como limpiadores de albercas. Cosa que es muy posible.

—¿Conoces al chico que vive aquí? —me pregunta Tim.

—Sí.

—¿Te has metido con él? —inquiere Ricky.

—Ni de broma —miento, porque sé lo que mis amigos piensan de esta clase de gente. No son como nosotros.

Aunque pueda sonar racista, clasista o como quieran llamarlo, es una verdad clara. Alex no es como yo. Al fin y al cabo, ahora mismo está en un puto avión privado de camino a visitar una universidad a la que, seguramente, sus padres harán una donación muy generosa para que lo acepten. Ni siquiera sé por qué viene a los talleres de acceso a la universidad conmigo. No necesita una buena redacción porque tiene un cheque en blanco. Me acabo la cerveza y lanzo la lata vacía al pasto, porque todo me da igual. Me acerco a Ricky. Él me rodea con el brazo durante un instante, pero después lo aparta.

Qué raro.

Se me revuelve el estómago. ¿He interpretado mal las señales? ¿No le gusto? No sé si podría soportar otra situación como la de Alex Lind. Un chico que solo está siendo simpático conmigo y, en realidad, no busca nada. Mi ego no es indestructible.

Miro al otro lado del *jacuzzi* y veo al resto de los amigos de mi hermano mirándonos.

Ah. Sí. Eso ya me cuadra más. Quiere estar a solas conmigo.

—Mierda —digo de repente. Todo el mundo se queda en completo silencio.

—¿Qué? —susurra Ricky.

—Creo que he oído algo.

Salgo del agua. Maldición, afuera hace un frío endemoniado. Me sale vapor del cuerpo.

—¿Qué? Yo no he oído nada.

Qué tonto. Agarro a Ricky del brazo.

—Ven a investigar conmigo.

Me lanza una mirada suplicante y, después, le echa un vistazo al resto de las personas que están en el *jacuzzi*. Todos han vuelto a ponerse a hablar y a soltar risitas en voz baja. No nos están prestando atención.

—¡Date prisa! —rujo. Se me están helando hasta las ideas.

Salimos del jardín y vamos a un lado de la casa de la alberca. En ese instante, caigo en lo bien que me va a sentar besar a Ricky justo delante de la habitación de Alex. Lo empujo contra la pared.

—Bueno, ¿vamos a ello o qué? —pregunto. Pero no suena tan sexi como me gustaría porque estoy temblando mucho.

Se acerca y deja los labios a milímetros de los míos.

—Están todos ahí, Kat.

Le coloco las manos en los hombros y lo abrazo, le pego los senos al pecho. Como mínimo, me mantendrá caliente.

—¿Por qué te preocupa? —susurro.

Mi aliento se condensa. Cierro los ojos y espero a que me plante los labios encima de los míos.

Nada.

Cuando abro los ojos, me está mirando como un patético corderito degollado.

Dejo caer los brazos.

—¿En serio, Ricky? ¿Me vas a dar largas? —Mi voz ya no suena tan sexi. Ahora estoy enojada.

Él levanta los hombros.

—Anda, hace frío. Volvamos al *jacuzzi*.

Me aparto de él, los dientes me castañetean tan fuerte que no oigo nada más. Lo último que necesito es enredarme con otro chico que no tiene huevos.

Ricky intenta darme la vuelta para que lo mire.

—Kat, espera.

Yo ya me he ido, voy directo al *jacuzzi*. Pero, en vez de volver a meterme, agarro mi camisa de una de las hamacas.

—Ha pasado la poli, han apuntado con las linternas al jardín. Será mejor que nos larguemos. Ya mismo.

Ricky vuelve, me oye mentir, pero no me delata. Todo el mundo sale corriendo del agua y van descalzos adonde hemos estacionado las motos.

Yo los sigo, pero, en el último momento, echo la vista atrás y veo toda la basura que hemos dejado por el jardín de Alex. Las latas de cerveza vacías y las colillas.

—¿Vienes? —me pregunta Ricky.

No le contesto y él no vuelve a preguntarme antes de dejarme allí abandonada.

Encuentro una bolsa de basura dentro de uno de los botes y empiezo a recorrer el jardín con la luz del celular para recoger los restos que hay por el pasto. Poco después, empieza a nevar. Tengo la camiseta empapada y no sé cómo voy a volver a casa. Maldita vida.

28

Lillia

Está nevando. Copitos de nieve diminutos que apenas cuajan, pero son preciosos. Siempre me ha encantado Boston en invierno. La ciudad parece sacada de una novela de Charles Dickens.

Estamos esperando mesa en Salt, mi restaurante favorito, y también el de mi madre. Tienen la mejor crema de langosta, el mesero te la sirve en una urna de plata. Teníamos reserva para las siete en punto, pero la madre de Alex ha tardado tanto en arreglarse que la hemos perdido y ahora son casi las ocho y todavía no hemos cenado. Me siento desfallecer.

—Esto es indignante —protesta la señora Lind en voz bien alta para que la oiga todo el mundo. Lleva un abrigo de piel de zorro y unas botas de tacón fino que le llegan por encima de la rodilla.

—Dentro de nada nos darán una mesa —interviene mi madre—. He visto que estaban recogiendo una de cuatro comensales hace nada.

Aunque suena más serena que nunca, tiene los labios rojos apretados en una línea fina, y yo sé que está molesta.

—Llevamos esperando media hora —resopla la madre de Alex—. Un miércoles.

—Es un restaurante de cinco tenedores —le recuerda mi madre—. Y esto no es la isla.

La otra mujer sacude la cabeza y la cabellera cobriza le acaricia los hombros.

—Voy a decirle algo a la recepcionista.

—Celeste —implora mi madre.

Por suerte, la chica viene a buscarnos y nos dice que la mesa está lista.

—Por fin —se queja la señora Lind, y Alex y yo intercambiamos una mirada.

La cosa lleva así de tensa desde que llegamos. Por ejemplo, mi madre quería pasar por su antigua oficina de decoración de interiores antes de cenar para saludar a Bert y a Cleve, sus amigos, que me conocen desde que era bebé. Son pareja y viajan por todo el mundo para buscar inspiración en alfombras de Marruecos y losetas de cerámica de la Provenza. Nadia y yo siempre recibimos regalos de Navidad increíbles de su parte: aceites de lavanda, pulseras de cristal y tarros de barro del mar Muerto.

Sin embargo, no nos ha dado tiempo a ir porque la señora Lind estaba todo el rato en plan: «Grace, tenemos que pasarnos por Hermès antes de que cierren; quiero que me des tu opinión sobre la mesa auxiliar a la que le tengo echada el ojo». Así que eso hemos hecho. Alex no dejaba de fingir que sus dedos eran una pistola y que se disparaba en la sien. Yo me quedé por la zona de las pulseras esmaltadas con la esperanza de que mi madre se diera cuenta y añadiera una a mi lista de regalos navideños. Como si nada, señalé una que me gustaba y ella se puso en plan: «Lo siento, Lilli, pero no necesitas una pulsera de seiscientos dólares». La señora Lind intentó pedirle a la dependienta que lo añadiera a su cuenta y mi madre se negó por completo, y la madre de Alex le puso cara fea. Me sentí culpable porque, si hubiera sabido lo que valía, jamás habría dicho nada. Aunque he de admitir que llevarla al insti y ver la cara de Rennie habría valido los seiscientos dólares.

Después, cuando estábamos haciendo la visita por el campus, mi madre quería ir a ver la biblioteca y al edificio de Arte, pero la madre de Alex no dejaba de quejarse de que le dolían los pies. Sabía lo que estaba pensando mi madre, porque yo estaba pensando lo mismo: «¿Por qué te pones tacones de aguja de doce centímetros para ir a visitar una universidad? Qué poco práctico».

La recepcionista nos lleva hacia el final del restaurante, a una banca de piel elegante. Yo me siento al lado de mi madre, y Alex y la señora Lind se sientan frente a nosotras.

Ella toma la carta de vinos.

—¿Blanco o tinto, querida? —le pregunta a mi madre.

—Igual me tomo una copa de *sauvignon blanc* —anuncia mi madre. Después, alarga la mano y me coloca un mechón de pelo detrás de la oreja—. Esta noche te ves preciosa, cariño.

—Uy, Lil siempre luce impecable —añade la señora Lind—. Dios, ojalá yo pudiera seguir vistiendo así.

Sonrío con humildad y les lanzo una mirada a través de las pestañas. Sí que me he esforzado más de lo normal en mi atuendo. Me da la sensación de que en Jar Island todo está bien, pero la gente se arregla más en Boston. Les importa más su aspecto. Me he puesto un vestido de lana ajustado de color gris oscuro combinado con un cinturón de charol blanco que me marca la cintura y un par de botines de plataforma que me he comprado para el viaje. Me he rizado el pelo y me lo he recogido a un lado en una cola de caballo baja. Cuando he salido del baño, Alex me ha dicho que me veía guapa. Él llevaba un suéter de cachemir azul marino, pero, al verme, se ha puesto una camisa azul claro y una corbata debajo.

En cuanto se acerca el mesero, antes de que pueda pronunciar palabra, la señora Lind anuncia:

—Tomaremos una botella de *sauvignon blanc* y otra de Veuve Clicquot.

Mi madre parece alarmada. No es muy bebedora.

—Celeste, no sé yo si...

—¡Vive un poco! Dejaremos que los niños prueben la champaña. El vino es para nosotras.

La señora Lind me guiña un ojo y Alex y yo nos encogemos de hombros.

—Un sorbito —me advierte mi madre.

Alex y yo nos bebemos un poquito de champaña cada uno y nuestras madres se acaban la botella. Se ponen cada vez más juguetonas y la tensión de antes empieza a disiparse.

—¡Brindemos por el futuro! —exclama la señora Lind con su copa en el aire.

—¡Por nuestros pequeños! —responde mi madre mientras brinda con ella.

La señora Lind le acaricia la cabeza a su hijo.

—¿Qué ha sido de nuestros bebés? —se lamenta.

En serio, nos está mirando todo el restaurante. Entonces empiezan a compartir anécdotas sobre nosotros. Mi madre cuenta la historia sobre cuando me llevó al zoológico. Me daban miedo todos los animales y, cuando pagó para que me subiera a un elefante, me puse histérica y me meé encima de él.

—Se destrozó el vestido —farfulla mi madre entre risas—. Que, por cierto, era adorable: blanco, con un delantalito de encaje y mangas abultadas. Lo compré en París cuando era diminuta... Parecía un angelito. Lilli, ¿te acuerdas de ese vestido?

Me cruzo de brazos.

—No. —En voz baja, añado—: Por favor, deja ya las batallitas, mamá.

—Ay, espera, yo tengo una anécdota buenísima —grita la señora Lind.

Procede a contarnos lo mucho que le costó que Alex dejara el pecho, y durante toda la historia él echa chispas por los ojos, como si quisiera matarla con el plato de ensalada.

Mientras nuestras madres están ocupadas muriéndose de risa, él me da una patada por debajo de la mesa. «Están borrachísimas», gesticula con la boca.

«Ya lo sé», le contesto.

Compartimos una sonrisa secreta y me pregunto cómo sería si estuviéramos juntos. Me refiero en la misma universidad. Creo que sería como tener un pedacito de hogar conmigo.

La noche siguiente, Alex y yo estamos pasando el rato en el cuarto de estar del departamento de Boston mientras en la tele pasan un programa que ninguno de los dos estamos viendo. Creo que es porque estamos agotados. Menos mal que volvemos a casa mañana, aunque tenga que irme directo al instituto.

Alex está en medio del sofá con las piernas cruzadas, ataviado con pants y una camiseta del grado pasado, cuando perdimos el decatlón académico por dos preguntas tontas. Yo estoy sentada de lado en el sillón de piel favorito de mi padre con *leggings* y un suéter ancho, y me he tapado con una de las calientitas mantas de cachemir con las que mi madre está obsesionada. Habrá comprado unas diez, todas en color crema.

Estamos ojeando los folletos de las universidades que nos han dado en las visitas mientras nos reímos de las fotos, que no pueden ser más falsas. Hemos ido a Tufts por la mañana, al Boston College por la tarde y después cada uno se ha ido por su lado para que Alex pudiera comprarse un traje y yo pudiera ir a visitar Wellesley, la universidad femenina.

—¡Por favor! —se burla Alex, y aprieta los labios para disimular una carcajada—. Lil, dime qué le pasa a esta foto.

Le da la vuelta al panfleto y señala una imagen que ocupa toda una página. Muestra a un estudiante con una bata de laboratorio y lentes que sujeta con orgullo un matraz de cristal vacío.

Me muero de la risa cuando me doy cuenta.

—Dios mío. ¿No podían poner algo dentro del matraz? ¿No tienen a alguien que se ocupe del atrezo o a un director artístico?

Alex se ríe tanto que le cuesta respirar.

—Es que, a ver, amigo, no te va a salir el experimento si no metes algo en el matraz ese, no sé por qué sonríes tanto. —Niega con la cabeza y después deja el panfleto en la mesa, junto a los otros—. ¿Me pasas una galleta?

Le lanzo un paquete de Chips Ahoy!, ya que en el mío solo quedan cinco galletas. El panfleto que tengo en el regazo muestra a los estudiantes en las habitaciones de la residencia. Hay una en la que cuatro chicas sonríen desde un par de literas dentro de una habitación que parece tan grande como una celda de la cárcel.

—No sé cómo me las voy a arreglar en una residencia. Mi baño es más grande que la habitación que hemos visto hoy. —Me tomo el último trago de leche que me queda en el vaso y aparto la manta—. ¿Quieres algo de beber?

Alex asiente.

—Agua, porfa. Te unirás a una hermandad, ¿no?

Levanto los hombros.

—Puede. Depende de a qué uni vaya. ¿Y tú?

—Uf, no sé. Es que me parece que esos tipos son idiotas. —Alex me observa mientras me levanto—. Quizá podrías vivir aquí. Este departamento es una locura, Lil.

—Shhh —le digo, y hago un gesto con la cabeza hacia el pasillo donde están las habitaciones. Mi madre duerme en el cuarto principal, mientras que la de Alex se aloja en el de invitados—. Mi madre ya está histérica porque me voy y a mi padre le encantaría tenerme aquí con él bajo llave.

Alex agarra el control y pone los deportes.

—No creo que nada consiga despertar a nuestras madres esta noche.

Seguramente esté en lo cierto. Han abierto una botella de vino tinto en cuanto hemos vuelto al departamento. Creo que han consumido más alcohol en los últimos dos días que los estudiantes de primer año que hemos visto en las residencias. Las copas de vino están en la mesa, bastante llenas y con marcas de labial en la orilla. Las meto al lavavajillas, vacío lo que queda en la botella y la tiro al bote de reciclaje. Espero que mi padre no se enoje con mi madre por haberla abierto. Todas las palabras de la etiqueta están en francés y él guarda sus mejores vinos y champañas aquí.

De camino a Tufts esta mañana, me he fijado en que mi madre estaba molesta con la señora Lind. Había puesto el GPS en el celular e intentaba guiarnos, aunque mi madre conoce Boston como la palma de la mano y, por supuesto, sabe cuál es la mejor forma de moverse por la ciudad. Mamá quería que llegáramos pronto para poder estacionarnos en el campus y caminar hasta el edificio de admisiones, pero la señora Lind no dejaba de quejarse de que los lugares en los que intentaba estacionarse eran demasiado pequeños para nuestro todoterreno. Casi llegamos tarde, así que mi madre ha tenido que recurrir al *valet parking* de un restaurante y le ha tocado darle una propina muy generosa al chico porque no íbamos a comer allí.

Me cuesta unos cuantos intentos descubrir cuál es el gabinete de los vasos. Nos sirvo agua a los dos. Hace más de un año que no vengo al departamento, pero mi padre pasa mucho tiempo aquí porque trabaja en el hospital. Tenemos a una persona que se ocupa de la limpieza y otra de hacer las compras y demás para que él no tenga que preocuparse por nada. No vaya a ser que tenga que bajar a la tienda por un litro de leche.

Cuando vuelvo al cuarto de estar, Alex está mirando por la ventana. Dejo los vasos y me coloco a su lado. Vuelve a nevar.

—Qué bonito —admiro mientras me inclino, hasta que toco el cristal con la frente.

Estamos en el piso treinta de un rascacielos inmenso, por lo que se ve todo. Todavía faltan un par de semanas para Acción de Gracias, pero mucha gente ya ha puesto las luces navideñas en los tejados o en los balcones. Los árboles del parque están desnudos y larguiruchos, y el cielo está negro como la tinta y lleno de chispitas blancas. Las personas que pasean por la calle parecen hormigas.

Alex se gira para mirarme con una amplia sonrisa en la cara.

—¿Quieres ir a dar un paseo? No estoy cansado.

—¿Ahora? —Es más de medianoche y tengo puesta la ropa que uso para dormir—. Pero si mañana tenemos clase.

Además, todavía me duelen un poco los pies de todo lo que hemos caminado hoy. Me van a salir dos ampollas, una en cada dedo meñique. No quería llevar tacones, pero mi madre ha insistido porque me tocaba hacer una entrevista. Y, cuando estábamos paseando por el campus de Wellesley, se ha acercado a mí para susurrarme: «Ni se te ocurra, Lillia», mientras señalaba a un grupo de chicas que se dirigía a clase en pantalones de pijama y chanclas. He puesto los ojos en blanco porque jamás iría así vestida.

—Anda, Lil. Vamos de aventuras sin las chaperonas —suplica—. Este viaje iba a versar sobre nuestro futuro, pero hacía mucho que no me sentía tan niño.

Me río. Lo comprendo. Nuestras madres han estado superencima de nosotros. Han hecho el doble de preguntas que nosotros en la visita a la universidad. Mi madre ha elegido todos los restaurantes a los que hemos ido, aunque tampoco me importa. Me encantan los gnocchi caseros del Sorrento. A veces, le pido a mi padre que me los traiga cuando viene en el avión privado del hospital, pero nunca saben igual que recién hechos. Además, la señora Lind no dejaba de arreglarle el pelo y la corbata a su hijo.

Estoy a punto de confesarle a Alex que jamás he paseado sola por Boston, y mucho menos de noche. Sin embargo, parece hacerle mucha ilusión y yo tampoco estoy cansada, después de todos los dulces que me he comido.

—Bueno —acepto.

Entro a hurtadillas a mi habitación, me cambio los *leggings* por unos pantalones de mezclilla, me pongo curitas en los meñiques y unas botas. Antes de salir por la puerta, miro el teléfono y veo que tengo un mensaje de Reeve en el que dice:

Eh, ¿Lind y tú han ido a la ópera o al spa?

Suelto una carcajada al imaginarnos haciéndonos el manicure y el pedicure con batas a juego.

Le contesto:

¡Al spa, por supuesto!

Cuando salgo, Alex ha recogido el cuarto de estar. Se está cambiando en una esquina, donde tiene su maleta de viaje llena de ropa. También se ha puesto unos pantalones de mezclilla y unos tenis, pero todavía no lleva camiseta. Se le marcan todos los músculos de los hombros y de los brazos. Vuelvo a doblar la esquina y finjo que no lo he visto para darle unos cuantos segundos de intimidad.

Recorremos el pasillo en silencio y abrimos la puerta de entrada. Alex me indica que no haga ruido mientras abro el cerrojo de seguridad y jalo la puerta poco a poco. En cuanto estamos en el elevador, suelto todo el aire de golpe. Pasamos por delante del conserje y salimos a la calle. Alex me choca los cinco.

Boston es todavía más bonita de noche. Es una ciudad vieja, con un montón de detalles encantadores, por ejemplo lámparas de gas o carteles de madera.

—Me gusta esta ciudad —admite Alex—. Hay mucho que ver y hacer. Seguramente me muera del aburrimiento en Michigan.

—¿Crees que acabarás allí?

Alex levanta los hombros.

—Mi padre ha donado un montón de dinero. Además, su mejor amigo de la hermandad está en la junta directiva. Creo que es inevitable.

Le acaricio el brazo.

—Pero tú le sacarás el lado positivo —lo consuelo. Porque esa es la clase de chico que es.

Nuestro departamento está bastante cerca de Harvard Square, así que vamos hasta allí. Al principio, tengo un poco de miedo porque no veo mucha gente por la calle y hay un montón de callejones oscuros. Me pego a Alex y entrelazo mi brazo con el suyo. Sin embargo, a medida que nos vamos acercando a la universidad, vamos viendo a más gente joven. Supongo que no les importa que haya clase mañana ni que esté nevando. Seguimos a un grupo hacia una calle en la que hay un montón de bares.

Él me da la mano para que no nos separemos entre la multitud.

—Tendrían que incluir esto en la visita —indica entre risas.

Yo me dispongo a contestarle, pero un grupo de tipos borrachos sale a trompicones por la puerta. Me embarga una ola de náuseas, pánico y humillación y me quedo helada. Por un instante, me parece verlo. A Mike. Pero, entonces, se gira y descubro que no es él.

—¿Estás bien? —me pregunta Alex, y me da un apretoncito en la mano lleno de ternura. Apenas lo oigo por lo fuerte que me late el corazón en los oídos.

¿Y si me encontrara con Mike? ¿Me reconocería? ¿Se disculparía por... lo que pasó? ¿O piensa que no fue nada? Eso es lo más probable. Seguramente ni siquiera se acuerda de mí.

Siento tanta presión en el pecho que me cuesta respirar. Amherst está a unas cuantas horas de Boston, pienso para calmarme. Aunque podrían estar aquí. No es una idea tan descabellada, hay una gran posibilidad. Seguro que muchos vienen a Boston de fiesta.

Quizá no quiera estudiar en Boston. Tal vez pida plaza en una universidad de la costa oeste, como Berkeley o UCLA. Huiré tan lejos como pueda para no tener que volver a verle la cara en toda mi vida.

Creo que por fin entiendo lo que ha sufrido Mary. La razón por la que se fue y por la que volvió. Quiere pasar página. Yo no puedo conseguirlo, pero sí ayudarla a ella.

—¿Estás bien? —vuelve a preguntarme Alex.

Asiento.

—Sigamos caminando, ¿sí?

Sin duda, acelero el paso, pero él me sigue el ritmo.

Cuando vuelvo a la habitación, miro el celular y tengo otro mensaje de Reeve.

No, en serio, ¿qué haces? ¿Estás más aburrida que una ostra?

Le contesto:

Acabamos de volver de dar un paseo bajo la nieve. ¡Esto es precioso!

¡Sí! Que sienta algo de celos.

29
Kat

El viernes, Alex y yo estamos haciendo currículums, cosa que es absurda, porque en la universidad no te lo piden. Sin embargo, la señora Chirazo no deja de repetir que «en el mundo real» nos hará falta, así que tenemos que practicar.

Yo me pongo de nervios, porque cuando empiezo a enumerar mis actividades extracurriculares, veo lo pobre que es mi currículum. Consiste en mi nombre y mi calificación promedio. Ah, sí, y el trabajo en el club náutico durante el verano. Echo un vistazo al de Alex y veo que tiene un montón de actividades: prácticas en la empresa de su padre, el decatlón académico, voluntariado en una protectora de animales en Boston, un coro...

Apoyo la cabeza en el cuaderno y cierro los ojos. Todavía no he incluido lo de mi madre en la redacción. Sé que la señora Chirazo está enojada conmigo por eso. Ni siquiera fingió alegrarse cuando mencioné que creía que la segunda convocatoria del examen me había salido bien. Espero pasar de 1,900. Con eso me sobraría para entrar a Oberlin. Pero ahora tengo que concentrarme en el rollo este del currículum.

Cuando la profesora sale del aula para hacer una llamada, me inclino hacia Alex.

—Oye, ¿qué tal estuvo Boston? ¿Has visitado Berklee?

Él levanta la vista del papel.

—*Nah,* no me dio tiempo. Teníamos el itinerario muy ocupado.

—¡Alex! ¿Eres tonto? ¿Por qué no pasaste por allí?

—No le veía sentido.

—¿Por qué no?

Él se reclina en la silla y le da toquecitos a la mesa con el lápiz.

—Si fuera a pedir matrícula en un programa musical, lo haría en la Universidad del Sur de California. Los Ángeles es el epicentro de la industria. Además, ahí se hace más hincapié en la composición contemporánea, que es lo que a mí me interesa. —Niega con la cabeza—. Bueno, de todas formas no tiene sentido porque no voy a estudiar Música.

—Pero si te encanta.

—Sí, pero como dice mi madre: nada te garantiza un contrato con una discográfica solo por graduarte en esa carrera. Si estudio Economía, tendré la vida resuelta. Y podré escoger la asignatura de Música como optativa.

Lo miro de reojo.

—¿Economía? ¿Desde cuándo te interesan los negocios?

—Tengo que pensar a largo plazo, Kat. Y con los contactos de mi padre, podría...

—Pero lo que quieres es componer —lo interrumpo—. Sí, es verdad que no tienes garantías, pero por eso es tan emocionante, ¿no crees? ¡Porque no hay nada escrito! —Echo un vistazo al aula. Todos me están mirando. Creo que he subido demasiado la voz, así que susurro—: Tienes que ir por todo porque te encanta la música. Al diablo todos y a todo, porque pase lo que pase, tú vas a intentarlo.

Es su sueño. Lo sé porque no responde. Se queda mirando al infinito, considerando el asunto. Entonces, frunce el ceño.

—Sabes que, aunque me aceptaran, mis padres no me lo financiarán. No quieren que sea un artista muerto de hambre. Mi padre siempre ha dicho que trabajaré para su empresa cuando me gradúe.

—Alex, siento ser yo la que tenga que decírtelo, pero estás forrado. Pase lo que pase, no te va a faltar el dinero. ¡Ya tienes un colchón! Tus padres no van a permitir que te mueras de hambre. Solicita plaza en la USC. ¿Qué es lo peor que puede pasar? A lo mejor ni entras. Quién sabe. Igual eres malísimo, yo no he oído ninguno de tus temas. —Le doy un codazo y él se echa a reír—. No seas cobarde e inténtalo. ¿Qué tienes que perder? Si te rechazan, te levantas y te vas a estudiar Economía, como quiere tu papito. Pero si no lo intentas, siempre te quedarás con la espinita clavada.

—Supongo.

Me planteo mencionar que he oído por ahí que Oberlin tiene un conservatorio increíble, pero me trago las palabras. Mi vida ya es demasiado complicada. Le pongo una mano en la espalda.

—Échale huevos, amigo. California o muerte.

Se rasca la cabeza.

—Igual pido matrícula en Berklee. En Boston, por lo menos tendría a Lillia.

Noto una punzada en el corazón.

—Amigo, has dicho que el de USC es el programa de tu vida. No te resignes por la segunda mejor opción solo por una chica.

Alex parece sorprendido.

—¿Qué? Eso no es lo que he dicho.

—¿Ah, no?

—¡No! Y baja la voz, Kat. Me gusta Boston. Y solo es que... nos lo pasamos bien juntos. Nada más.

—Amigos —declaro—. Eso es lo que son. Como tú y yo.

Inclina la cabeza y me mira fijamente.

—Nunca me he enredado con Lillia.

Me reclino en la silla, satisfecha.

—Manda la solicitud a la USC, Alex. Tienes que empezar a perseguir lo que quieres.

La señora Chirazo vuelve y me lanza una mirada de advertencia, como si supiera que he estado perdiendo el tiempo. Por supuesto, solo me mira a mí, no a Alex, porque piensa que él es un maldito angelito pelirrojo.

30
Mary

El viernes, me quedo en el instituto después de clase para asistir a una tutoría que ha organizado el señor Tremont para preparar el examen final. Llego primero y me preocupa haberme equivocado de fecha, pero entonces empiezan a entrar otros compañeros y a sentarse en los lugares de siempre. Son los estudiantes que esperaría ver aquí, la clase de personas que jamás participarían en clase. Igual que yo. Todos hemos perfeccionado el arte de mirar al pupitre cuando el señor Tremont pide voluntarios para conversar con él.

El único que no ha llegado todavía es el profesor.

Pasan diez minutos, después quince. Los pasillos se han vaciado y se hizo el silencio, el único ruido proviene de fuera. Abro la mochila, saco el libro de Francés y repaso lo que hemos visto hoy en clase. En cambio, mis compañeros no tienen tanta paciencia. Veinte minutos después, uno de los chicos suspira de forma exagerada y se levanta.

—Esto es increíble —se queja, y otros cuantos se preparan para irse.

Entonces, el señor Tremont entra a toda prisa con el celular en la mano.

—*Ma femme est en travail!* —grita emocionado.

Habla más rápido que en los diálogos de las telenovelas que nos pone los viernes.

Los alumnos nos miramos los unos a los otros anonadados, porque no tenemos ni la más remota idea de lo que nos está diciendo el señor Tremont. ¿Se ha olvidado de la clase de repaso? Él se muere de risa y nos lo traduce.

—¡Mi mujer está dando a luz!

Gracias a la buena nueva, la actitud de la clase cambia de enojo a felicidad en un segundo. Todo el mundo empieza a aplaudir y a animar al señor Tremont mientras él mete a presión los papeles en el maletín y sale corriendo. La situación hace que se me salgan las lágrimas, aunque no sé por qué. Quizá porque tengo la sensación de que va a ser un buen padre. O quizá porque extraño a los míos. Seguramente sea por ambas cosas.

Cuando salgo de clase, veo a Lillia al otro extremo del pasillo. Sé que es ella por el pelo. Nadie tiene la cabellera tan larga y brillante como Lillia Cho.

Abro la boca para llamarla, pero cambio de idea. Lo más probable es que vaya de camino a la alberca para nadar con Reeve. Me quedo a una distancia prudente, pero no la pierdo de vista. Y la sigo, solo para asegurarme.

Lillia camina por la nieve hacia la alberca. No utiliza la puerta lateral por la que entrábamos antes, cuando ella, Kat y yo nos reuníamos para planear nuestras venganzas y el recinto todavía estaba en obras. En cambio, se dirige a la entrada principal. Cuando llego allí veo que gira a la izquierda, hacia el vestidor de las chicas.

Debería irme a casa. Lo sé. Solo que hay algo que me atrae. He querido entrar y observarlos muchas veces, pero siempre he conseguido hacerme cambiar de idea. Quizá sea porque Lillia me ha explicado con todo detalle lo que pasa entre Reeve y ella durante estas sesiones. Le hace ilusión compartirlo conmigo, y a mí me encanta escucharlo.

Pero, de repente, siento la necesidad de verlo con mis propios ojos. De verlos juntos. Mientras ella se cambia, entro corriendo por el pasillo hasta la zona de la alberca. Ha quedado preciosa. Han instalado un trampolín y han pintado una gaviota, la mascota del instituto, en la pared del fondo. Todo el techo es de cristal, por lo que entra un montón de luz, que se refleja en la fría agua azul.

A un lado del trampolín se encuentra el contador eléctrico en el que tuvimos que escondernos de uno de los obreros. Ojalá pudiera meterme a hurtadillas, pero es imposible. Reeve está en la parte baja haciendo ejercicios. Me vería seguro.

Echo un vistazo al otro extremo y veo una fila de gradas de metal pegadas a la pared que recorren casi toda la longitud de la alberca. Rápido, me escondo debajo. Por suerte, alguien ha apilado un montón de tablas de natación detrás de las que me puedo esconder.

Perfecto.

Durante unos minutos, tengo la oportunidad de contemplar a Reeve solo. Se está esforzando mucho. Y, aunque ha perdido algo de músculo, ahora me gusta mucho más. Está más esbelto.

Cuando termina los ejercicios, nada hacia la entrada y mira por el pasillo del vestidor. La está esperando.

Entonces, Lillia entra a la alberca. Se ha puesto un traje de baño negro. Desde luego, ni muerta usaría en la playa ese modelito, aun así, le queda perfecto. Si no supiera que no sabe nadar, pensaría que ha venido a trabajar de socorrista. Se sienta en el borde de las gradas, justo delante de mí, y mete el pelo dentro de una gorra de natación blanca.

—Eh, Cho —la llama Reeve—. Llegas tarde.

Ella no contesta. Aunque tiene unas escaleras cerca, se dirige a la parte poco profunda de la alberca y baja por las que hay allí para meterse al agua. Va poco a poco y reacciona como si el agua estuviera helada.

En cuanto ha entrado a la alberca, Reeve deja sus ejercicios y empieza a darle consejos. La ayuda a practicar a flotar mientras le coloca las manos debajo de la espalda. La obliga a practicar brazadas. La observa sin perder detalle, como si fuera su entrenador. La corrige muchas veces, cosa que parece frustrar a Lillia, pero, cuando ella no lo está mirando, él sonríe y asiente, como si le pareciera perfecta.

Por un momento, cierro los ojos y pienso en el día en el que Reeve me tiró al agua de un empujón. ¿Habría pasado algo parecido de no haber estado presentes el resto de los niños? Seguro que no. Habríamos vuelto a casa en ferri, como siempre. Siento que se me empañan los ojos por las lágrimas y dejo que broten.

Cuando vuelvo a abrir los ojos, Reeve ha salido del agua y está de pie justo delante de mí. Así de cerca, advierto que todavía le quedan algunas cicatrices de la noche del baile. Esa piel es más rosada que la del resto del cuerpo. Rosada y pálida, casi traslúcida.

Me seco las lágrimas con la manga.

—Voy a cambiarme, Cho. ¿Por qué no agarras una tabla y nadas un poco por la parte honda?

Reeve se marcha y Lillia se dispone a hacer lo que le ha pedido. Pero, cuando se acerca a agarrar la tabla, me ve y casi suelta un grito.

—Lo siento —susurro.

—¡Mary! —Mira por encima de ambos hombros—. ¿Qué estás haciendo aquí? —Entonces, creo, adivina la respuesta. De repente, parece contenta—. ¿Has estado mirándonos todo el rato? ¿Has visto cuántas veces ha intentado tocarme? ¡Está funcionando!

—Sí, es verdad —confirmo con voz apagada.

—Y, además, he mejorado un montón en el agua. Creo que al final voy a hacer el examen de natación —añade. Después, se echa a temblar mientras las gotitas de agua resbalan por su cuerpo—. ¡Todos salimos ganando!

Parpadeo unas cuantas veces. Menos mal que Lillia no sabe lo que siento por Reeve. No quiero que nadie se entere, jamás.

—Es genial —respondo rápido en un susurro—. Me alegro de que tú también vayas a sacar algo de esto.

Sin embargo, creo que no me ha oído. Está mirando al pasillo.

—Mierda.

Agarra una tabla de la parte superior del montón y salta a la alberca, aunque no lo hace muy bien.

Reeve entra unos segundos después, vestido.

—¿Estás haciendo trampa, Cho?

—No. Es que... No me gusta estar en la parte honda cuando estoy sola.

Reeve se agacha junto a la orilla. Le cuesta un poco, se nota que tiene la pierna tensa y agarrotada después del ejercicio. Además, se ha vuelto a poner la bota.

—No te preocupes, estoy aquí —la reconforta—. Me debes una vuelta más por quejosa —añade con ternura, como si estuviera bromeando.

Lillia usa la tabla para avanzar hacia el otro lado de la alberca. Reeve camina junto a ella durante todos los largos. Tiene mejor la pierna. Más fuerte.

En cuanto tengo la oportunidad, salgo corriendo de la alberca y vuelvo a casa. Yo soy la que está sumida en las profundidades. Yo soy la que se está hundiendo.

31

Lillia

Mientras me seco, Reeve va al estacionamiento y me arranca el coche para que esté calientito cuando llegue. Ni siquiera he tenido que pedírselo, lo cual es una buena señal.

Recojo mis cosas y salgo. Miro a ver si Mary sigue por aquí, pero no hay ni rastro de ella.

Reeve quitó el hielo al parabrisas. También arrancó el motor de su coche, le quitó el hielo y lo estacionó justo al lado del mío. Aun así, está esperando dentro de mi coche, sentado en el asiento del conductor y escuchando mi música. Me obligo a borrarme la sonrisa de la cara y me subo al asiento del copiloto.

—Vaya —digo mientras cambio de dirección las salidas del aire para que me den directamente—. Gracias por arrancarme el coche.

—De nada. —No hace ademán de salir, así que yo tampoco me muevo. De repente, habla—: Oye, no me has contado qué tal estuvo Boston.

—Ah, fue genial. La entrevista en Wellesley me salió de maravilla. Resulta que la entrevistadora venía a Jar Island de pequeña, así que teníamos algo en común.

—Pues qué genial. —Da toquecitos en el volante con los

dedos—. ¿Y Lind qué? ¿Por fin le ha echado huevos y ha dado el primer paso?

Abro mucho los ojos. A ver, fuimos de la mano, pero tampoco es que diera ningún paso.

No obstante, prefiero que Reeve crea que Alex me coqueteó.

—¿Por qué? ¿Estás celoso?

Resopla y se pone a mirar por la ventanilla.

—¿Lind está celoso de nuestros encuentros en la alberca? —contraataca.

Me obligo a tragar saliva.

—No sabe nada. —Quiero pedirle que no se lo cuente a nadie, pero no puedo. En cambio, pienso rápido y pregunto—: ¿Y Rennie?

Aunque estoy bastante segura de cuál va a ser la respuesta.

Reeve frunce el ceño.

—No. No se lo he mencionado.

—Bueno.

—Bien.

Así que ninguno de los dos se lo ha contado a nadie.

Rennie y Alex no lo saben, pero temo el momento en el que se enteren. Porque está pasando. El tren ya ha salido de la estación y está agarrando velocidad.

Reeve quita las manos del volante, las coloca en su regazo y empieza a juguetear con los dedos. Después, me mira y sé que está a punto de decirme algo. O de hacer algo.

Entro en pánico.

Saco el celular, finjo que escribo un mensaje y le digo:

—Debería irme a casa. ¿Nos vemos este finde?

Se muerde el interior de la mejilla.

—Claro. Adiós, Cho.

El sábado, de camino a Milky Morning, me encuentro con PJ.

—¡Hola! —saludo cuando me sostiene la puerta.

Levanta la mano para que se la choque y me dice:

—Te veo esta noche, Lil.

Le entrego la caja de *muffins* para que me la sujete mientras me abrocho la chamarra de plumas.

—¿Qué pasa esta noche?

—Ren ha conseguido un montón de alcohol gratis. Vamos a vernos en el bosque de al lado de su casa. ¿No te lo ha dicho?

—No —confieso—. No me ha dicho nada.

Y Ashlin tampoco. Seguro que se lo ha ordenado Rennie. Si quiere jugar, adelante. A esto podemos jugar las dos.

—¿A qué hora han quedado? —le pregunto.

—A las nueve.

—Pero hace mucho frío —me quejo—. Nos vamos a helar.

—El alcohol nos calentará. Además, ¿adónde vamos a ir si no?

Por suerte para mí, mi madre y Nadia han ido a un espectáculo de hípica en el continente. No volverán hasta mañana por la tarde. Mi madre quería que fuera a dormir a casa de Rennie o que le pidiera a Carlota que se quedara conmigo, pero le dije que era una ridiculez. Tengo diecisiete años y, dentro de unos meses, me iré a la universidad. Ya soy mayorcita para pasar una noche sola.

—Además —añadí—, ¿no confías en mí?

Ante eso, no pudo negarse.

—Pues claro que sí —respondió.

Le escribo a Alex primero.

Hace mucho frío. ¿Quieres venir a casa a ver una peli? ¿A las 9? ¡Tráete a Derek!

Me responde al instante.

Me parece bien.

La siguiente es Ash. Sé que si le pongo a Derek como cebo, morderá el anzuelo. Dejaría plantada a Rennie sin vacilar. Ha estado enamorada de él desde el año pasado; se han enredado un par de veces, pero no tienen una relación cerrada.

Mi madre y Nadia no están. ¿Quieres venir a mi casa a ver una peli? Viene Derek.

Claro. ¿A qué hora?

A las 9.

¡Yupi!

Después, toca Reeve.

Noche de pelis en mi casa, si quieres.

Él se toma su tiempo para responder. Pero, al final, lo hace con una sola palabra.

Genial.

Me pongo manos a la obra. Hoy ha venido Carlota, así que la casa está reluciente. Aun así, necesitamos algo que comer.

Horneo unos *brownies*; no son caseros, sino de caja, pero es de una marca muy buena que compró mi madre en una tienda especializada en Boston. Costaba once dólares, así que imagino que estarán ricos. Para asegurarme, le añado un puñado de chispitas de chocolate. Saco una botella de vino que parece no ser muy cara de la bodega y la coloco junto a unas copas. A última hora, preparo una bolsa de palomitas y me parece que con eso ya tendremos suficiente.

Después, subo a mi habitación para arreglarme. Me pongo unos pantalones ajustados y un suéter de color crema con los hombros al descubierto. Me echo unas gotitas de perfume detrás de las orejas y en el hueco del cuello. Eso sí, no me maquillo, solo me echo bálsamo labial de cereza.

Casual.

Pero, en realidad, estoy emocionada. Me hace ilusión imaginar a Rennie sola, en medio del bosque, con sus botellas de alcohol, quedándose tiesa del frío mientras espera a que aparezcan los demás.

Estamos todos pasando el rato en la sala de estar. Ash y Derek están acurrucados en el sillón de piel donde les he dicho que se sienten. Alex y yo estamos en el sofá modular. No hay rastro de Reeve. Supongo que él habrá ido con Rennie. Trato de no sentirme decepcionada cuando, de repente, suena el timbre.

—¿Quién más viene? —me pregunta Alex.

—No lo sé —contesto mientras corro hacia la puerta.

La abro y es Reeve, ataviado con su chaleco acolchado y un suéter.

—¡Hola! —lo saludo. Me pongo de puntitas para darle un abrazo. Parece desconcertado y yo le dedico una sonrisa tan dulce como el algodón de azúcar.

—¿Está Lind? —me pregunta mientras mira por encima de mi hombro y frunce el ceño.

—Sí...

Entonces entiendo. Pensaba que íbamos a estar solos. En plan cita o algo. Qué locura. Qué bueno. Es genial. Tengo muchísimas ganas de contárselo a Kat y a Mary. Entrelazo el brazo con el suyo y lo conduzco al interior de la casa.

—Están todos en el salón.

Reeve me sigue por el recibidor.

—Ha llegado Reeve —anuncio, aunque es obvio, todos tenemos ojos.

—¿Qué pasa, Tabatsky? —lo saluda Derek.

Alex le hace lugar en el sofá. Cuando se sienta y se dispone a subir los pies a la mesa, Alex interviene.

—Amigo, en esta casa no se pueden llevar zapatos.

—Tranquilo, Lindy —se queja Reeve, pero le hace caso y se descalza.

—Tú también —le indica Ash a Derek.

—No pasa nada —aseguro, aunque me alivia que Alex haya dicho algo al respecto.

Odio tener que ir detrás de la gente para pedirle que se quite los zapatos, es muy incómodo. Pero si se manchan los muebles blancos, mi madre me mata. Parece que no tenga otra misión en la vida que comprar todo en blanco y después conseguir que siempre esté así.

—¿Alguien quiere vino? —ofrezco. Me siento como una adulta, hasta que me doy cuenta de que no sé abrir la botella.

—¡Sí, porfi! —pide Ashlin con alegría.

Yo me peleo con el sacacorchos hasta que Reeve me lo quita de las manos y lo abre en un par de segundos sin mediar palabra. Entonces, nos sirve a todos.

—¿Dónde está Ren? —consulta mientras deja la botella.

Levanto los hombros.

—No tengo ni idea —respondo.

Me levanto y voy corriendo a la cocina para volver con la bandeja de *brownies*.

—¡Recién hechos! —canturreo. Me acerco dando un bailecito a Derek y a Ash, que toman uno y lo comparten.

Vuelvo al sofá y le ofrezco uno a Alex, que lo acepta. Después, dejo el plato en la mesita de café y me siento entre Reeve y él.

—Bueno, ¿qué vamos a ver? Hay bastantes pelis buenas en las plataformas...

—¿A mí no me vas a ofrecer un *brownie*? —interrumpe Reeve—. ¿Qué clase de anfitriona eres?

—¡Si tú no comes postres!

Eso lo sé de sobra.

—Durante la temporada —puntualiza—. Y ha terminado. —Le relucen los ojos verdes cuando abre la boca y dice—: Aaah.

Yo empujo el plato hacia él, pero niega con la cabeza.

—Aaah —repite con paciencia.

Pongo los ojos en blanco y le meto un trocito de *brownie* en la boca.

—Eres un consentido.

—Delicioso —comenta con la boca llena.

Como premio, le dedico otra sonrisa angelical.

—Los *brownies* están deliciosos, Lillia —interviene Alex.

—Los he hecho yo —miento. Tampoco hace falta que se enteren de que son de caja. Agarro el control y digo—: Yo voto por una peli francesa que me han dicho que está muy bien.

Reeve se queja, pero Alex pregunta:

—¿La del ladrón de gatos? Ayer hicieron una reseña en el radio. Dicen que es muy buena.

—¿Por qué no se mudan a un asilo? —murmura Reeve.

—Podemos ver otra —indico—. Ash, Der, ¿a ustedes qué se les antoja?

Se están susurrando mientras se dan trocitos de *brownie* el uno a la otra, así que no nos prestan atención.

Reeve me quita el control.

—Deja que ponga un rato el canal de deportes.

—¡Devuélvemelo, Reeve! —exijo mientras alargo la mano.

—Quiero ver cómo ha quedado el partido —rebate.

—¡Reeve! —Yo sigo intentando quitarle el mando, pero él no deja de moverse para que no se lo quite—. De verdad, qué pena me da la persona que se case contigo —anuncio, y entonces vuelvo a desplomarme sobre el sofá y le doy un sorbito al vino. Casi lo escupo en la copa. Sabe a humo. Como a madera quemada. No sé cómo se pueden beber esto los adultos.

Lo decía en broma, pero parece que Reeve se lo toma a pecho, porque, sin retirar la mirada de la tele, me responde:

—Lo mismo digo.

—Ya, amigo, devuélvele el control —ordena Alex.

Reeve me lo avienta y empieza a mirar el celular mientras yo busco la peli francesa y Alex enciende el sistema de sonido.

—¿Quieres que atenúe las luces? —me pregunta.

Reeve se levanta.

—Me voy.

—¿Ya? —pregunta Derek.

—Sí. Todos están de fiesta en el bosque de al lado de casa de Rennie. ¿Vienes?

Derek mira a Ash y responde:

—No, hace mucho frío.

Ashlin se pega más a él.

Reeve le lanza una mirada a Alex.

—Supongo que tú tampoco quieres salir.

—Nop, no se me antoja —contesta mientras se estira en el sofá.

—Bueno. Luego los llamo. —Reeve se vuelve a poner el abrigo y agarra sus tenis—. Nos vemos.

—Adiós —se despide Alex mientras vuelve a ponerse cómodo en el sofá.

—Adiós, Reevie —grita Ash.

No puedo creer que se marche ya. ¿Si Rennie chasquea los dedos, él va corriendo?

Reeve se dirige hacia el pasillo y yo lo sigo.

—¿Por qué no te quedas un rato más? —le pregunto.

—No, gracias —comenta por encima del hombro—. No sabía que estaba arruinando una cita doble.

—No te vayas —pido, y alargo la mano para agarrarle la orilla del chaleco. Como no se da la vuelta, la dejo caer.

Se calza y abre la puerta. Al principio, creo que va a irse sin despedirse ni nada, pero se detiene y vuelve a mirarme. Duda y, entonces, con voz grave y llena de incertidumbre, me pregunta:

—¿Nos vemos el lunes en la alberca?

Yo asiento mientras esbozo una sonrisa poco a poco. Después, se marcha, cierro la puerta a sus espaldas y pongo la llave.

32
Kat

Contemplo la manija del despertador moverse y lo apago un minuto antes de que suene. Cierro los álbumes de fotos que saqué anoche y los dejo en el suelo. Después, me vuelvo a tapar. Encuentro el hueco que había dejado con la cabeza en la almohada, todavía calientito, y me acuesto durante un rato.

Desde que falleció mi madre, hace cinco años, he instaurado la tradición de quedarme despierta toda la noche del aniversario de su muerte para pensar en ella. No duermo ni un minuto. Es una especie de meditación un tanto deprimente, pero así soy yo. Pienso en ella toda la noche.

Puedo revivir su terrible último año de vida al completo, me acuerdo del día en que me tuvo que dejar antes en clase porque tenía cita con un especialista.

Pienso en el día en el que papá y ella nos sentaron a la mesa para contárnoslo. Dijeron que no lucía bien, pero que debíamos mantener la esperanza. Mamá estaba calmada y papá lloraba tanto que no podía ni respirar; Pat salió corriendo por la puerta trasera en calcetines y no volvió hasta tres días después. Yo sentía de todo menos esperanza.

Pienso en cuando le conté a Rennie el diagnóstico. Fui a su casa en bici muy temprano, antes de que se hubiera despertado, y básicamente le tendí una emboscada. Ella estaba sentada en la cama, todavía medio dormida, y yo me arrodillé en el suelo y lloré sin parar. A una parte muy retorcida de mí le encantaba tener una historia tan triste. Por aquel entonces, ella ya había empezado a alejarse de mí. Estaba obsesionada con Lillia y se le mojaban las pantaletas al pensar que se iba a mudar a la isla para siempre. Es patético admitirlo, pero recuerdo tener la esperanza de que Rennie me tuviera lástima y volviera a ser mi amiga, por lo menos mientras yo pasaba por aquella desgracia. Sin embargo, que mi madre enfermara solo hizo que nuestra relación empeorara.

Pienso en que mamá fue fuerte durante mucho tiempo, hasta que ya no pudo más y, en cuestión de una maldita semana, se evaporó. El cáncer te come desde dentro hacia fuera y yo vi cómo se desgastaba y se convertía en solo piel y huesos, en un cuerpo vacío, en solo siete días. El último día, solo abrió los ojos una vez, y no sé si me vio a los pies de su cama. Papá pronunció su nombre y Pat le dijo que la quería, pero no se le enfocaba la vista. Fue como ver la puerta cerrarse. Yo quería decirle algo bonito y profundo, pero no pude. Habíamos llevado un reproductor de música a su habitación y poníamos *Suite: Judy Blue Eyes* en bucle.

Casi me alivió verla irse.

Me paso toda la noche con esos recuerdos, además de las cosas buenas de antes de la enfermedad. En cuanto sale el sol, cambio de chip y me pregunto cómo habrían cambiado las cosas si hubiera sobrevivido. Paso las páginas de los álbumes de fotos, leo las cartas que me escribió en cuanto se enteró de que estaba enferma.

Y nunca me quedo dormida.

La parte buena es que puedo pasarme el día siguiente como una zombi. Estoy tan cansada que no siento. De ese modo, me ahorro llorar o venirme abajo delante de desconocidos. Así consigo que mi vida siga su curso.

Cuando bajo las escaleras, papá ya está a la mesa con la mirada perdida por encima del periódico. Pat está comiéndose un trozo de pizza encima del fregadero en silencio. Bueno, todo lo silencioso que puede ser cuando come. Parece un animal. Así transcurre siempre este día. Nuestra familia loca y escandalosa baja tanto el volumen como le es físicamente posible.

Le doy un abrazo a papá, cosa que lo devuelve a la realidad.

—He encontrado un cupón para el súper. El pay de calabaza para Acción de Gracias está a mitad de precio —comenta mientras le da toquecitos al periódico.

Antes, esa fiesta era una locura. Mi madre me confiaba su caja de recetas, una estructura de madera que mi padre le había fabricado para que guardara todas sus tarjetitas. Yo sacaba las que necesitábamos, aunque estaban pegajosas y manchadas de tanto uso. Mi labor consistía en preparar los ingredientes. Camotes, ejotes, pollo impregnado de salvia y mantequilla, salsa de arándanos rojos y relleno de salchicha.

Obviamente las cosas ya no son como antes.

Papá intentó recrear la comida familiar los primeros años, pero falló estrepitosamente. Todos los intentos fueron un desastre y siempre se sentía mal por la cantidad de dinero que había malgastado y porque no podía sobrevivir sin Judy; era una situación tan desagradable que empezamos a comprar pollo asado y verduras congeladas. Lo único que hacíamos en casa eran las papas al horno. Y, aunque es casi imposible que te salga mal una maldita papa al horno, seguimos sin acertar con el sabor.

De repente, papá empieza a llorar a lágrima viva. Me pregunto qué recuerdo le habrá venido a la cabeza. Y, como todos los años en el que este aniversario de mierda cae entre semana, odio no poder pasar el día con él.

Y, lo que es peor, el año que viene no estaré en Jar Island.

—No me siento bien —le digo con la voz suave y acallada, como si me doliera la garganta—. Igual debería quedarme en casa y...

—Ni se te ocurra —me advierte, sorbiéndose los mocos.

—Anda, papá. —Sé que la voz de enferma ha desaparecido, pero es que... ¡Por favor!—. Si nunca me salto las clases.

—Ya lo sé, y por eso mismo vas a ir al instituto. Tu madre no me perdonaría jamás que te dejara ponerla de excusa para faltar a clase.

Abro la boca para seguir discutiendo, pero Pat me lanza una mirada de advertencia. Tiene razón. Este día es complicado para todos y no quiero hacerle un escándalo a mi padre. Así que vuelvo arriba, me cambio y salgo por la puerta.

Lo único bueno es que no creo que mucha gente sepa que no tengo madre. Bueno, excepto la señora Chirazo, claro. Al llegar al insti, la gente me tratará igual que siempre. Cosa que agradezco, porque no podría soportar miradas de lástima. Una parte de mí se pregunta si Lillia se acuerda. Si me dirá algo. No vino al funeral, todavía vivía en Boston por aquel entonces, pero hicieron una donación en nombre de mi madre a una asociación contra el cáncer.

Me cruzo con ella en el pasillo. Está hablando con Ash y, cuando me ve, me dedica una sonrisita, pero es la misma de todos los días. No hay nada diferente.

Estoy casi segura de que le he mencionado lo de mi madre a Mary, pero no le he especificado el día en el que murió.

Es raro, aunque estoy acostumbrada a pasar este día sola, en cierta forma este año está siendo peor.

Abro el casillero para meter la chamarra a presión. Dentro, sobre mi pila de mierda, hay una margarita blanca.

Las margaritas eran las flores favoritas de mi madre. Todo el mundo colocó una sobre su ataúd antes de que lo bajaran para enterrarla.

Me doy la vuelta y escudriño el pasillo. ¿Quién habrá sido? Lillia no, y Mary tampoco. Es imposible que lo supiera. Entonces, durante un instante, un solo segundo, veo a Rennie observándome por la esquina del pasillo. Nuestras miradas se encuentran.

El fin de semana que le pusieron la última ronda de quimio a mi madre, nadie tenía muchas ganas de celebrar nada. Había acabado el tratamiento, pero las cosas no prometían mucho.

Un mes antes, el médico le había dicho que le había llegado el momento, lo peor que te pueden decir. Significa que ni siquiera él tiene esperanzas. Aun así, durante la cena tuvimos una conversación familiar para ver qué debía hacer. Papá habló primero. Pensaba que deberíamos dejar que disfrutara del tiempo que le quedaba. Sin embargo, mamá nos miró a Pat y a mí y preguntó:

—¿Cómo vamos a rendirnos?

Papá se echó a llorar. Todos lloramos. Nadie tocó la lasaña.

Mi madre recibió el último tratamiento un jueves y, tres días después, mi hermano tenía una carrera de motocross. Era la primera que disputaba fuera de la isla desde que mi madre había enfermado. Normalmente, las carreras de Pat eran un evento familiar, y Rennie también se apuntaba. Por supuesto, nuestra madre no podría asistir y, aunque no lo dijéramos, todos pensamos que quizá no pudiera ir a ninguna más. Pat le prometió que ganaría un trofeo en su nombre. Se esforzó mucho para no llorar delante de ella. Esperó hasta haber salido del garaje para perder la compostura.

A mí me encantaba ver a mi hermano competir. Era tan bueno que todas las familias de sus oponentes lo conocían. Éramos como unas celebridades en la pista. Incluso a mí me daban un trato preferente los otros niños cuando pasaba el rato en los columpios o hacía fila para comprar un hot-dog. Sin embargo, no solo iba para animar a mi hermano. Yo también tenía un trabajo. Después de cada ronda, limpiaba la moto de Pat hasta que parecía recién comprada. Le quitaba todas las manchas, y a su casco también. Rennie se había nombrado encargada de que mi hermano siempre tuviera una lata de refresco bien frío.

Mi padre y Pat habían llenado el remolque. Yo fui por un paquete de trapos, pero mi padre me llevó a un lado.

—Katherine —me dijo mientras me ponía las manos en los hombros—. Quiero que te quedes en casa. Asegúrate de que a tu madre no le falte de nada.

Puede que resultara evidente, pero a mí no me lo parecía. Yo tenía muchas ganas de salir, de alejarme de Jar Island durante una tarde. Además, también venía Rennie.

—Pero ¡si viene Rennie! Lo decidimos hace semanas. Está esperando que vayamos a recogerla.

—Lo siento, peque. La próxima vez será. —Papá colocó las medicinas de mamá en una taza de té—. Seguro que lo entenderá.

Llamé a Rennie y sí lo entendió, aunque su voz destilaba decepción. Yo contemplé por la ventana a mi padre y a Pat alejarse en el coche.

—¡Kat! ¡Te necesito!

Era mi madre. Un efecto secundario que nadie se esperaba es que se había vuelto una cascarrabias. Antes no era así. Ahora todo parecía ponerla de mal humor. Lo desordenada que estaba la casa, lo que papá le preparaba para comer, el olor que salía de la habitación de Pat... Yo siempre había sido su niña, su bebé, pero ni siquiera yo era inmune. Se había puesto hecha una fiera porque había metido un suéter especial suyo en la lavadora.

La verdad es que le tenía un poco de miedo.

—¡Un segundo! —grité hacia el piso de arriba. Luego, le supliqué a Rennie—: ¿Puedes venir?

Esperaba que se apreciara en mi voz que no quería estar a solas con mi madre. Necesitaba a Rennie.

—Eeeh... —Oí que se pasaba el teléfono de una oreja a la otra—. Es que mi madre necesita que la ayude a quitar el papel tapiz. Lo siento. ¡Luego te llamo!

Estaba furiosa. Pero no con Rennie, sino con mi madre. La culpaba por hacer que Rennie no quisiera venir a casa, no a ella por ser una amiga de mierda.

Subí las escaleras a grandes zancadas. Mamá estaba en la cama con los ojos entrecerrados. Se había destapado y estaba sudando.

—¿Puedes apagar la calefacción? ¡Me estoy asando!

—¿Algo más? —lo dije en un tono muy repelente. Con mal humor.

—No —negó—. Perdón por molestarte.

Lo dijo con mucha tristeza, y supe que debía disculparme. En cambio, salí de la habitación y cerré de un portazo.

Le había echado la culpa a quien no debía. Mi madre estaba enferma. Me necesitaba. Quizá, si Rennie hubiera sido mejor amiga, yo habría tenido más paciencia. Tal vez habría cuidado mejor de mi madre aquel día. La verdad es que es imperdonable.

Agarro la margarita que me ha dejado en el casillero y la tiro a la basura. No sé si sigue mirando, pero deseo con todas mis fuerzas que sí.

33

Lillia

Es martes, salgo tarde de la última clase porque el examen se alargó. Voy corriendo directo a la alberca y espero ver a Reeve haciendo largos. No obstante, la alberca está vacía. Espero unos cuantos minutos más y después voy a las gradas para sentarme y mandarle un mensaje.

¿Hoy no vienes a la alberca? :(

No. Paso.

???

No puedo hablar. Estoy trabajando en la oficina de mi padre.

¿Eh? ¿Qué quiere decir con que pasa? ¿De qué? ¿De entrenar o de mí? Hoy era la última oportunidad de pasar tiempo a solas con él antes de las vacaciones de Acción de Gracias, porque mañana solo tenemos clases hasta mediodía.

Pienso rápido. Creo que lo único que puedo hacer ahora mismo es ir a buscarlo y preguntarle a qué se refiere. Que vea lo mucho que me importa.

Salgo corriendo del deportivo y voy hasta la empresa del padre de Reeve. No queda lejos del insti. Es una casa colonial pequeñita, con un cartel blanco y negro en el que se lee «GESTIÓN DE INMUEBLES TABATSKY».

La camioneta de Reeve está estacionada delante, no hay más coches. Bajo el espejito del parasol, me pongo un toque de brillo de labios y me doy un poco de volumen en el pelo. Después, agarro el bolso, salgo del coche y voy hacia la puerta.

Reeve está sentado al escritorio y está organizando un montón de llaves. Levanta la vista.

—Hola, ¿en qué puedo ayudar...? —empieza a decir. Abre mucho los ojos cuando se da cuenta de que soy yo—. ¿Qué estás haciendo aquí?

—Me preocupaba que no vinieras a entrenar —informo. Me acerco a él y me apoyo en la orilla del escritorio; entonces me doy cuenta de que ya no lleva la bota.

—¡Dios mío! ¡Ya no llevas la bota!

—Sí. Me la he quitado esta tarde.

Reeve continúa organizando las llaves, las apila sin mirarme. Además, tampoco suena muy entusiasmado.

—¿Y a qué viene esa cara tan larga? ¡Tendríamos que celebrarlo! Yo invito a los hot-cakes. —Le clavo un dedo en el costado para que me mire—. Sabía que tu esfuerzo valdría la pena.

—No la ha valido —replica con monotonía.

—¿Qué? ¿Qué quiere decir eso?

Reeve mantiene la mirada clavada al frente.

—Le he pedido al entrenador que me cronometrara los esprints. Me hacía mucha ilusión enseñarle todo lo que había progresado y he pensado que, si conseguía ganármelo, me ayudaría a entrenar y tal vez llamara a los cazatalentos para promocionarme. Esperaba que les contara que ya he vuelto a las andadas y que estaré completamente en forma para cuando empiecen los entrenamientos de primavera, para que me guardaran un lugar en la plantilla. —Carraspea como si se le estuvieran atorando las palabras en la garganta y siento que se me cae el alma a los pies—. Bueno, pues he hecho el ridículo. Ya no estoy al mismo nivel, ni de cerca. Voy más lento que los defensas, que pesarán unos ciento treinta kilos. Es imposible que me ponga en forma a tiempo. Se acabó. Tengo que aceptarlo y pensar en qué voy a hacer ahora.

—Espera. Igual no entras a una de las mejores universidades, pero seguro que todavía las de tercera te aceptan —comento—. ¿Qué me dices de Williams?

Niega con la cabeza.

—Ni siquiera sirvo para suplente, Lillia. Se acabó. No voy a ir a la maldita universidad. No tengo beca. Me voy a quedar en la isla.

Yo me quedo quieta y en silencio mientras él intenta abrir a jalones el cajón de un archivador. Se ha atorado y jala con tanta fuerza que las llaves que había organizado se caen y se entremezclan. Se le tiñe la cara de rojo, parece a punto de echarse a llorar o de pegarle un puñetazo a la pared.

—¡Maldición! —grita.

Doy un brinco y él niega con la cabeza.

—Lo siento —se disculpa, y suelta un sollozo ahogado. Está llorando. Reeve Tabatsky está llorando.

No sé muy bien qué hacer. Rennie es muy buena para reconfortarlo, decirle las cosas que necesita oír. Consolar a la gente nunca ha sido mi fuerte.

—No lo sientas —le digo—. No tienes nada por lo que disculparte.

Yo soy la que tendría que disculparse. El otoño que viene, Reeve debería ser el dios del futbol en alguna uni de primera, beber cerveza bocabajo de un barril y enredarse con un montón de chicas. Ese es su destino. La idea de que se quede atrapado en la isla, que tenga que ir al centro de estudios superiores y vivir con sus padres..., me da tanta lástima que no quiero ni pensarlo.

Se desploma en la silla, coloca la cabeza sobre las manos y empiezan a temblarle los hombros. Está llorando como un niño pequeño. Mientras tanto, yo no despego la vista del suelo.

De repente, dice:

—¿Recuerdas lo que me dijiste la noche de Halloween? «Te mereces todo lo que te está pasando, porque no eres buena persona».

Me da un vuelco el corazón.

—Reeve, eso...

—No, tenías razón. No soy buena persona, Lillia. —Se enjuga las lágrimas con el dorso de las manos—. Le hice algo a alguien, hace mucho tiempo. Le hice mucho daño.

—¿A quién?

Tomo aire. Mary. Tiene que estar hablando de ella.

—Una chica... Cuanto más lo pienso, más me convenzo de que estoy recibiendo lo que me merezco, así que no... Ni siquiera puedo disgustarme. —Asiente para sí mismo—. En parte es un alivio. Llevo todo este tiempo esperando el castigo. Quizá... Quizá sea esto.

Suena tan resignado, tan desesperanzado, que me parte el alma.

Le apoyo la cabeza en el hombro.

—No digas esas cosas —susurro. Sé que es una locura, pero me da lástima, de verdad.

Un rato después dice:

—¿Puedes irte, por favor?

Me incorporo y lo miro, pero él no me mira a los ojos.

Entonces me viene una idea a la cabeza. Y, antes de haberlo pensado bien, ya le estoy sugiriendo una forma de solucionar su problema.

—Tengo un amigo, el hijo de un compañero de mi padre, que es jugador de futbol americano. No es *quarterback* como tú, pero bueno. Cursó un año extra de instituto en una escuela privada y, así, alargó la oportunidad de recibir ofertas de los cazatalentos —comento sin alterarme lo más mínimo. Como si él no hubiera estado llorando y no me hubiera pedido que me marchara—. Podrías hacer lo mismo, Reeve. Si entrenas mucho y mejoras las calificaciones, seguro que consigues una beca y las universidades te tendrán en cuenta para la primavera que viene. Sería tu segunda oportunidad.

Levanta la cabeza, tiene los ojos rojos.

—Ya te lo he dicho, Cho. No me merezco una segunda oportunidad. No soy buena persona. No deberías juntarte conmigo.

—No te quiero oír decir esas cosas —espeto. Jamás pensé que me sentiría así, pero igual Reeve sí merece una segunda oportunidad.

Él parece sobresaltarse.

—¿Por qué me iba a becar una buena escuela? No saco buenas calificaciones —rebate.

—¿Porque eres un *quarterback* increíble? Si tienen un desastre de equipo, tú se lo mejorarías. Podría pedirle a mi padre que hablara con su amigo para conseguir más información. Este podría ser tu boleto para salir de aquí.

—No sé yo... Parece muy complicado.

—No te des por vencido. Lo único que necesitas es tiempo para curarte y recuperar fuerzas. Los entrenamientos de primavera son dentro de unos meses y quizá no te dé tiempo a recuperarte, pero ¿y si tuvieras otro año? Puede que no entres a una universidad famosa por su equipo, pero, por lo menos, sería una de verdad, y no el centro de estudios superiores de Jar Island. —Reeve abre la boca, pero, antes de que pueda contestar, lo agarro por el cuello de la camisa—. Hazme caso. Vale la pena intentarlo. Yo te ayudaré a estudiar si eso es lo que te preocupa.

Casi se le escapa una sonrisa y eso me hace sentir genial.

—¿Ah, sí? Qué generosa eres, Cho. Para que lo sepas, en realidad no soy un neandertal. Soy bastante listo.

—Nunca he pensado que fueras tonto, ni por un segundo —admito mientras le suelto el cuello y se lo aliso. Entonces, me parece que ya está todo decidido—. Mañana pide cita con el señor Randolph para ver qué opina él de esto. Seguro que tiene contactos en alguna escuela privada, de hecho, creo que asistió a una. Después, te inscribes al examen de acceso de diciembre.

—Ya he hecho el examen de acceso —anuncia—. Me salió bien.

—¿Bien? —repito. Le lanzo una mirada llena de duda.

—Sí. Era fácil. Incluso me eché una siesta. Creo que tenía resaca.

—¿Qué nota sacaste? —lo reto.

—1920.

Rayos. Pues sí que está bien. Yo hasta el tercer intento no alcancé los 2100. Conque Reeve es inteligente. Sí puede ir a la universidad.

—Pues entonces, vuelve a hacerlo. Si sacaste una nota tan alta sin intentarlo siquiera, a saber lo que podrías hacer si te aplicaras.

Me digo que no debería sentirme culpable por ayudarlo. Si consigo arreglar esta situación, si lo ayudo a perseverar y a que consiga una beca deportiva, todo acabará como tenía que acabar.

Mary habrá conseguido la venganza que tanto anhelaba y Reeve podrá ir a la universidad.

Doy un aplauso como animadora.

—Anda, primero organizamos las llaves y después vamos a la biblioteca. Si te portas bien, podrás comer algo cuando acabes.

Reeve me sonríe, esta vez de verdad.

—Eres increíble, Cho. ¿Lo sabías?

Le devuelvo la sonrisa de forma engreída.

—Claro que lo sé.

34
Mary

Voy casi sonámbula por el pasillo que lleva a clase de Literatura. Apenas puedo mantener los ojos abiertos. Anoche me quedé despierta hasta muy tarde para acabar de leer *La letra escarlata* para el debate de hoy. La verdad es que soy demasiado vergonzosa como para participar en clase, pero a la señora Dockerty le encanta exhibir a los alumnos callados.

Debí haber leído unas cuantas páginas cada noche, pero, obvio, lo dejé todo para última hora. Es una historia muy triste, no puedo decir que la haya disfrutado. Me he sentido bastante identificada. Las cicatrices con las que tuvo que cargar Hester durante toda su vida, la culpa y la vergüenza que sentía sin motivo. Al final de la historia, cuando murió, se me salieron las lágrimas.

No hace falta que diga que no ha sido una lectura divertida.

Desde que vi a Lillia y a Reeve juntos en la alberca estoy como desganada. Debería estar contenta. Esto debería ayudarme a pasar página.

Pero no.

Entro a clase. Soy la primera, cosa rara, sobre todo porque vengo desde el otro extremo del instituto y parece que todos estén contando los minutos para que empiecen las vacaciones de Acción de Gracias. Ni siquiera ha llegado la señora Dockerty. Seguramente esté en el baño o algo así. Me desplomo en mi asiento, apoyo la cabeza en el pupitre y descanso los ojos un minuto.

Me despierto de un salto, tengo la mejilla pegada a la cubierta del libro. Levanto la cabeza poco a poco mientras intento averiguar cuánto tiempo llevo dormida. De repente, la clase está llena, todo el mundo ocupa su asiento. Pero no hay ni rastro de la señora Dockerty. En cambio, hay un hombre sentado a su mesa. Supongo que es un sustituto. Me limpio la boca rápidamente y abro el libro.

—¿Qué les ha parecido la decisión de Bartleby de no abandonar la oficina? ¿Les pareció que era empático o por lo contrario les frustró?

Un montón de alumnos levantan la mano deprisa. Bajo la mirada al libro. No recuerdo que saliera ninguna oficina en *La letra escarlata*. Ni ningún Bartleby. ¿Quizá no he prestado demasiada atención al leer?

El sustituto le cede el turno de palabra a uno de mis compañeros.

—A mí me ha parecido irritante. Si no te gusta trabajar en un lugar, ¿por qué te quedas?

—Es infeliz —interviene otro chico—, pero no sabe cómo arreglarlo. Está estancado. No tiene otra cosa a la que dedicarse. La vida en la oficina era lo único que tenía. Sin eso, no es nada.

Este no ha esperado a que le cedan el turno. Me parece una locura, porque la señora Dockerty es muy estricta con lo de hablar cuando no te toca.

El sustituto asiente satisfecho. Se baja de la mesa y le entrega un montón de papeles a cada fila de pupitres. En cuanto se levanta, atisbo algo en su mesa. Es un cartel de latón con su nombre. Dice «Señor Frissel».

Dios mío, me he equivocado de clase.

Me doy cuenta cuando me pasan los papeles. El que tengo sentado delante se da la vuelta.

Es David Washington, el chico al que besé en la noche de Halloween.

—David —lo llamo antes de poder contenerme.

No me contesta.

Igual no me reconoce sin el maquillaje y el pelo alborotado.

No, aún peor. Se levanta de su asiento y le entrega los papeles a la chica que está sentada detrás de mí, como si yo no existiera.

Me levanto de golpe.

—Me he equivocado —anuncio.

Agarro mis cosas y salgo corriendo. Pero no voy a la clase en la que tendría que estar. No puedo acordarme de cuál me toca, por mucho que lo intente. Así que me voy directo a casa. Total, hoy solo hay clase hasta mediodía.

Cuando llego, sigo disgustada, tanto que me tiemblan las manos mientras apoyo la bicicleta en la fachada lateral. Dentro solo hay una luz encendida: la que está encima del fregadero. El resto de las habitaciones están a oscuras, igual que el cielo.

Oigo que alguien toca la puerta principal. Me asomo por la esquina y veo a dos mujeres de la Asociación de Conservación de Jar Island con unas sonrisas falsas pegadas en el rostro. Ya han pasado antes, siempre sin avisar. Sé que la tía no les va a abrir la puerta.

Yo estaba en casa las primeras veces que vinieron. Las dos estábamos junto a la puerta mientras ellas nos recomendaban personas que podían ayudarnos a adecentar el jardín o nos pasaban el nombre de algún trabajador para reparar las tejas rotas de forma que «se mantuviera la integridad original de la casa».

Es cierto que nuestra casa no estaba en su mejor momento, sobre todo si la comparabas con las otras viviendas de la cuadra. En esta zona están las casas más viejas, y casi la mitad son edificios protegidos. Algunas personas se toman ese título muy en serio y quieren asegurarse de que todos los detalles sean fieles a la época. Pretenden que las reformas se hagan con materiales que se habrían utilizado por aquel entonces, como pizarra o cedro.

Sin embargo, las casas viejas conllevan mucho mantenimiento y eso nunca ha sido el fuerte de la tía Bette. Ni el mío tampoco. A la fachada no le vendría mal una capa de pintura. Uno de los escalones de madera de la entrada se ha podrido y está descolgado. Y sí, todas las hojas muertas y cafés del gran roble que tenemos en el jardín se han quedado en el pasto, pero tampoco veo qué problema hay. El suelo está cubierto de nieve, y va a estar blanco hasta marzo.

Ni que decir tiene que todo eso no le hace daño a nadie. Además, no es asunto suyo, por mucho que quieran convertirla en un edificio protegido. Esta es nuestra casa, propiedad de la familia Zane desde que se fundó Jar Island. Observo a las dos mujeres bajar poco a poco por los escalones.

Pero, como todo aquello con lo que no quieres lidiar, al final siempre vuelven. Tendremos que hacer algo al respecto, si no, nunca dejarán de molestarnos.

Mi idea es contárselo a la tía Bette en cuanto atravieso la puerta trasera. Pero no lo hago, porque está hablando por teléfono.

—Está enojada a todas horas. No creo que lo sepa. No hay forma de razonar con ella. He intentado decirle que tiene que olvidarse del chico ese. Nunca te lo he contado porque me hizo jurar que le guardaría el secreto... —Se calla—. No. Pues claro que no tienes que venir. Lo tengo todo bajo control.

No lo puedo creer. Está hablando con mi madre sobre Reeve. Entro corriendo, me planto delante de ella y le lanzo una mirada asesina. A la tía Bette se le salen los ojos de las órbitas. Se ha sorprendido al verme en casa a estas horas.

—Erica, tengo que dejarte.

Luego, cuelga.

—No puedo creer lo que acabas de hacer. ¡Me prometiste que guardarías el secreto!

La tía Bette se deja caer en la silla y empieza a frotarse las sienes.

—¿Y eso qué más da?

Me da mucha rabia esta actitud exasperada suya, como si mi mera presencia la agotara.

—¿En serio? ¡Confiaba en ti! —grito con brusquedad—. Y llego a casa y te encuentro hablando de mí a mis espaldas. ¿Cómo crees que me siento?

Ella levanta los hombros.

—He dejado de intentar adivinar cómo te sientes, Mary. Ya no quiero meterme en tu vida.

Señalo el teléfono.

—¡Pues te estabas metiendo! —Tiemblo de la ira—. Y ahora voy a tener que explicárselo todo a mis padres en Acción de Gracias.

—No van a venir por Acción de Gracias.

—¿Por qué?

Me mira.

—Digamos que tu madre no tiene recuerdos muy bonitos de este lugar —explica con cierto tono que, aunque supongo que me merezco, me toma desprevenida.

—Vuelve a llamarla y dile que no pasa nada, que deberían venir a pasar Acción de Gracias con nosotras. Diles que estoy bien.

Ella se levanta.

—Nada los alegraría más que saber que su hija está bien, Mary, pero me temo que las dos sabemos que eso no es verdad.

Después del desastre de la fiesta de mi decimotercer cumpleaños, cuando la única persona de mi clase que vino fue Reeve, mis padres se preocuparon mucho. Se obsesionaron y se volvieron asfixiantes.

Papá tuvo la idea de organizarme otra fiesta, como si la primera no hubiera ocurrido. Esta sería en el continente, porque, en su cabeza, que la gente viniera en ferri era demasiado pedir. Se negaba a creer que no asistiera nadie porque no querían que se los asociara conmigo. Sugirió como si nada que hiciéramos algo más maduro, más atractivo para un grupo de preadolescentes, como ir a patinar o al boliche.

Le dije que ni de broma.

Mamá quería empezar a acompañarme en el ferri, tanto a la ida como a la vuelta. Me dijo que sería divertido, que se llevaría un periódico o un libro. Ni siquiera tendría que hablar con ella si no quería. Podíamos sentarnos en silencio las dos juntas y disfrutar de las vistas. Por supuesto, me negué. El trayecto en ferri era mi momento con Reeve. El único en el que era feliz.

Por aquel entonces, intentaba no comer mucho, y siempre parecían muy dolidos cuando les pedía que por favor no me sirvieran tanta pasta.

Estaban esforzándose tanto que me hacían sentir peor. Empecé a encerrarme en mí misma. No quería estar con mis padres, ni hacer planes divertidos los findes en la isla. Odiaba lo mucho que se estaban esforzando para arreglarme la vida. No podían. Y odiaba verlos dolidos. Quería protegerlos del dolor. Yo era capaz de soportarlo, pero no quería que ellos sufrieran.

La peor parte fue cuando tocaron la puerta de mi habitación una noche muy tarde. Fue durante las vacaciones. Yo había sacado muy malas calificaciones por primera vez en la vida.

Papá se sentó en mi cama, mamá se apoyó en el escritorio.

—¿Te gustaría cambiar de escuela? —me preguntó él.

—Podrías ir al de aquí, a Middlebury. Ya no tendrías que viajar en ferri, podrías empezar de cero —añadió mi madre.

Negué con la cabeza con vehemencia.

—No quiero cambiarme de escuela.

Mi madre esbozó una sonrisa llena de alegría.

—O podemos mudarnos. Tu padre y yo siempre hemos hablado de volver a la ciudad. Imagínatelo: domingos por la tarde en el museo, pícnics en el parque...

—¡Que no quiero cambiarme de escuela! —grité.

Papá me dio palmaditas en la pierna. Se le habían humedecido los ojos.

—Queremos que seas feliz. Nada más.

—Y yo lo único que quiero es quedarme en Montessori —respondí.

Con Reeve.

Me lanzo a la cama y miro fijamente el techo. Una y otra vez, elijo a Reeve por encima de todo y de todos. Y siempre me equivoco. Es como si mi vida fuera un disco rayado y, aunque lo veo venir, nunca consigo saltarme la parte en la que todo sale mal.

35
Lillia

Nadia y yo estamos acostadas en el sofá viendo la tele, mientras que mi madre está con la computadora, trabajando en la hoja de cálculo de Acción de Gracias. Este año no va a ser una gran celebración. Vienen mis tíos de Nueva York y también iba a venir la abuela desde California, pero en el último momento ha decidido que no quería hacer el viaje, cosa que ha disgustado mucho a mi madre. No deja de decir que el año que viene iremos nosotros allí.

Rennie y su madre han venido a casa a celebrar Acción de Gracias alguna vez. El año pasado fue superraro, porque la señora Holtz no dejaba de intentar ligar con el amigo de mi padre, un señor divorciado que trabaja con él en el hospital. Rennie me preguntó si me parecía que su madre tenía alguna oportunidad con él, y yo no supe cómo decirle que solo salía con modelos veinteañeras procedentes de Estonia. Me pregunto qué harán ella y su madre este año.

—¿Podemos hacer puré de camote en vez de gratinado? —pregunta Nadia.

—Pero si te encantan los camotes gratinados —protesta mi madre.

—Rennie dice que es grasa pura.

—Solo comes camote gratinado una vez al año —intervengo—. Sobrevivirás. Además, mamá ya lo ha encargado.

—Creo que deberíamos comer más sano —declara ella mientras levanta los hombros.

Mamá suspira.

—Puedo llamar a ver si me permiten cambiarlo —dice, y se marcha a llamar al *catering*.

—¡Gracias, mami! —exclama Nadia.

—¿Qué va a hacer Rennie en Acción de Gracias? —pregunto como si nada.

Nadia me hace un gesto para que le pase otro cojín.

—La pasará con el novio de su madre y su hijo. Dice que Rick tiene un amigo que es un chef muy elegante y les preparará la cena.

Pongo los ojos en blanco. Rick tiene una bocatería y vive en el estudio que está encima. Es buen tipo, pero sospecho que no hay chefs elegantes en su grupo de amistades. A mí me suena a una mentira tan grande como una casa.

—¿Cuándo te lo ha contado?

—Ayer me trajo a casa porque tú estabas en la biblioteca —informa.

No me gusta nada que Rennie se pegue a Nadia como su sombra. Ya van dos veces que llama a casa para hablar con ella sobre las fotos del anuario o algo así. La conozco, sé que lo está haciendo para fastidiarme. Le doy un empujón al pie de mi hermana con el mío.

—No le hagas caso en todo. A veces habla por hablar.

—¿Están enojadas? —pregunta Nadia con los ojos muy abiertos.

—No... Nos hemos distanciado.

—Pero ¿ha pasado algo? —insiste.

—¿Por? —pregunto mientras recuerdo la discusión del cementerio—. ¿Te ha contado algo?

No se atreverá.

Ella duda durante un instante y, después, niega con la cabeza.

—¡Nadia!

—No me ha dicho nada —asegura—. Pero me he dado cuenta de que ya casi no se ven.

—Bueno, no ha pasado nada en concreto. Somos muy diferentes, y ya.

Parece que mi hermana está de acuerdo.

—Sí, tienes razón. Rennie es muy... resplandeciente. Hace que todo parezca un acontecimiento importante. No sé cómo describirlo.

Frunzo el ceño.

—Si ella es resplandeciente, ¿qué soy yo?

—Tú también eres divertida. Solo que de forma distinta —se apresura a añadir.

No digo nada, pero sigo dándole vueltas horas después. ¿Soy aburrida en comparación con Rennie? Es cierto que soy más cauta y que no se me describiría como el alma de la fiesta, que es lo que son ella y Reeve. Pero, si tan aburrida soy, ¿por qué ha sido mi mejor amiga todos estos años, teniendo en cuenta que no hay nada que Rennie odie más que aburrirse?

Odio que Nadia la tenga en un pedestal. Parece que ve a Rennie como una fuerza de la naturaleza llena de magnetismo y yo solo soy la santurrona de su hermana.

Si supiera en lo que he andado metida este año, no pensaría que soy tan aburrida.

Mi madre siempre intenta que nos arreglemos para Acción de Gracias. Dice que, si tomamos una comida tan elegante en pants, no parecerá especial. Nosotras le hacemos caso para que se quede contenta. Nadia lleva un vestido *strapless* de cuadros con falda abullonada y se ha puesto un cárdigan por encima. Yo me he puesto una minifalda ajustada de lana de color malva y una camisa de transparencias metida por dentro.

Mi padre lleva una camisa de vestir y pantalones de traje. Mi madre se ha puesto un vestido de punto de color vino con cuello drapeado y un brazalete de oro. Me anoto mentalmente que tengo que pedírselo prestado, quizá me lo deje llevar a la universidad.

Los adultos están en el salón bebiendo el vino que ha traído mi tío, mientras que nosotros pasamos el rato en la sala de estar. Tenemos dos primos por parte de padre: Walker, que tiene la edad de Nadia, y Ethan, de diez años. Walker y Nadia se llevan muy bien, aunque no los vemos a menudo. Ethan es un malcriado, pero no es culpa suya. Sus padres lo alaban sin mesura porque es un prodigio del violín.

—¿Cómo está *Phantom*? —le pregunta Walker a Nadia mientras le arregla la diadema.

Estamos todos acostados en el sofá, y Ethan está jugando videojuegos en el celular.

—¡Superbién! El mes que viene me lo llevo a una competición. —Se pone queso crema en un panecillo y se lo mete a la boca—. Es el mejor caballo del mundo.

Le doy una patadita.

—¡Que no se te olvide de quién es!

—Si ya casi no montas —me discute—. Casi es mío. Seguro que ni te reconoce.

Frunzo el ceño.

—¡Si estuve con él la semana pasada!

¿O fue la anterior? Tiene razón, soy como una madre ausente. He estado tan ocupada con la natación, con Reeve y con las solicitudes universitarias que he dejado de lado a

Phantom. Mañana. Mañana iré, le llevaré una bolsa entera de zanahorias y pasaré la tarde acicalándolo.

—¡Dentro de nada te irás a la uni y será todo mío! —Nadia suelta una risotada falsa y Walker se ríe.

—Tienes razón —admito—. Tienes que cuidarlo bien cuando yo no esté.

—Ya lo hago —rebate mientras se mete otro panecillo a la boca.

La cena dura una eternidad porque no dejan de brindar por cosas y de presumir; casi parece una batalla. Mi padre le cuenta a todo el mundo que es muy probable que sea la primera de la clase, así que tendrán que asistir a la graduación para oír mi discurso. Yo tengo que corregirlo y decirle que, como mucho, daría la bienvenida a la ceremonia, no la que da el discurso, y tampoco es que esté garantizado. Mi tío me interroga sobre las universidades en las que he pedido matrícula.

—En la de Boston —le cuento—. También en Wellesley y puede que en la de Berkeley en California.

Mi padre frunce el ceño.

—¿Cómo que Berkeley? No me habías dicho nada.

Me meto un poco de pavo relleno a la boca para ganar tiempo. Cuando termino de masticar, digo:

—Se me ha ocurrido hace poco.

Por suerte, mi tía me salva al ponerse a presumir que Ethan ha ganado una competición de violín y que quizá consiga tocar en Juilliard.

Después de cenar, nos hemos puestos cómodos y estamos viendo películas antiguas en blanco y negro. Estoy sentada al lado de mi padre en el sofá, él me rodea con el brazo y yo tengo la cabeza apoyada en su hombro. Me encanta que esté en casa.

Tengo el celular en el regazo y, cuando vibra, casi doy un salto del susto. Es un mensaje de Reeve. Mi padre intenta leer por encima del hombro, pero me voy corriendo a la cocina.

¿Qué haces?

Ver la tele con mi familia.

Yo igual. ¿Quieres venir?

Leo el mensaje una y otra vez. ¿Se refiere a ir a su casa y ver la tele con nuestros amigos? ¿O nosotros solos, en su habitación sin nadie más?

¿Quién más viene?

Solo tú.

Rayos. ¿Pensará su familia que soy su novia?

Cuando mi padre entra a la cocina para servirse agua, le pregunto:

—Papi, ¿puedo salir con mis amigos?

No le cuento que voy a casa de un chico y que él será el único amigo que estará presente.

Mi padre lo piensa.

—¿Te llevas a Nadia y a Walker?

—Eh, no.

—Pues entonces no —sentencia.

—¡Papi!

Hago un berrinche. Mamá me habría dejado. No sé ni para qué le pregunto a mi padre.

Niega con la cabeza.

—No hay más que hablar, Lilli. Es Acción de Gracias y tus tíos solo van a pasar aquí un par de noches. Ven al salón a ver la película.

—Un momento —discuto con voz arrogante—. Tengo que decirles a mis amigos que no puedo ir.

Eso mismo es lo que le escribo y me quedo en la cocina esperando a que me responda, pero no lo hace.

36

Mary

Ni siquiera me molesté en vestirme para Acción de Gracias. Ni bajé a preguntarle a la tía Bette si necesitaba ayuda en la cocina.

Sin embargo, ahí me la encuentro, lavando los platos.

O más bien el plato.

Tampoco esperaba que preparara un pavo, porque es vegetariana. Celebrar Acción de Gracias con ella implica comer un montón de verduras. Calabaza, ejotes con almendras, remolacha asada, crema de champiñones... Pero esta noche solo ha preparado una ensalada. Para ella sola.

Se ha pasado el resto del día en la buhardilla pintando. Sola.

—Supongo que no hay sobras —comento mordaz.

Ella se queda helada. Un instante después, suelta el plato en el agua sucia. Cuando se da la vuelta, veo que ella también está enojada.

—No he preparado mucha comida porque tú no comes, Mary.

Me duele que me eche eso en cara. Se supone que es un día para estar agradecidas, para estar con la familia, pero todo va mal.

Me dejo caer en una de las sillas de la cocina.

—Tendrían que haber venido mis padres. No sé por qué me están castigando. Nunca me llaman. Nunca. —La tía se muerde el labio, como si quisiera decir algo pero lo pensara mejor—. ¿Qué? ¿Te han dicho algo?

¿Será que me han llamado pero ella no me ha dado el recado?

Suspira, sé que está intentando elegir las palabras con tacto.

—No estoy segura, Mary, pero me imagino que tu madre sigue enojada porque te fuiste.

—¡No lo hice para hacerles daño!

—Puede que no, pero se lo hiciste. Eres su única hija. ¡Ella haría cualquier cosa por ti! Antes discutía con ellos porque pensaba que te habían mimado demasiado. Te daban todo lo que pedías. Les dije que no sería bueno para ti, pero no me hicieron caso. Siempre daban el brazo a torcer y te concedían hasta el más mínimo capricho. Creo que no puedes culpar a tu madre por extrañarte. ¡Tú eras su mundo entero!

Se da la vuelta, seguramente porque no puede soportar ni mirarme.

—Pero ya estoy mejor. Desde Halloween. Desde que te deshiciste de todas esas cosas extrañas y te dejaste de hechizos raros —revelo, aunque no es del todo cierto. No he vuelto a perder la cordura, pero ha habido otras situaciones extrañas.

Ella me mira con compasión.

—No sabes de lo que eres capaz, ¿verdad? —susurra—. Ni siquiera sabes lo que eres.

Me baja un escalofrío por la espalda.

—¡Pues dímelo! ¡Dime lo que soy! Me estás dando miedo.

Ella se encoge.

—Tienes que calmarte.

—Tú eres la que me está alterando.

Se va a su habitación, la sigo, pero es muy rápida. Llega a su cuarto y cierra de un portazo.

—¡Vete a tu habitación, Mary! —grita a través de la puerta—. ¡Y no salgas hasta que te hayas calmado!

Yo hago justo lo contrario y me adentro en la noche.

Main Street está vacía. Todas las tiendas están cerradas; bueno, excepto el cine. Algunos escaparates están decorados para Navidad. Me quedo junto a la puerta del cine y contemplo a la gente salir. ¿De verdad no soy como ellos? ¿Acaso no soy normal?

Quizá me ocurriera algo cuando estuve en el hospital. Aunque intento recordarlo, no puedo. ¿Me hicieron algo? ¿Terapia de electrochoque o algo peor? ¿Algún experimento o medicamento que me ha dejado loca?

Justo en ese momento, veo a Reeve y a Rennie salir del edificio. Él camina detrás de ella, le rodea el cuello con los brazos y ella se ríe.

—Reevie, te he dicho que la peli iba a ser malísima. Me debes otra cita.

Él mueve un dedo delante de su cara.

—De ninguna manera. Me la debías tú por la película esa de animadoras que me hiciste ver este verano.

—Entonces estamos en paz —concede. Gira la cabeza y le da un beso en la mejilla.

Me quedo ahí parada, inmóvil, mientras recorren la calle hasta llegar a la camioneta. Él le abre la puerta, después da la vuelta para entrar al asiento del conductor. Como un caballero. No me puedo creer lo que veo. ¿Está engañando a Lillia igual que me engañó a mí?

Siento que me invaden la furia y la envidia. En vez de asustarme, decido que voy a concentrarme en ellas. Me he pasado mucho tiempo tratando de ignorar lo que llevo en mi interior. De no hacerle caso. Si me pasa algo, si lo que dice la tía Bette es cierto, tengo que saberlo.

Miro fijamente la cerradura de la puerta de Reeve. No aparto la mirada y me imagino a mí misma apretándola.

A Reeve le cuesta girar la llave, no consigue abrir la puerta.

—Ren —la llama por la ventana—. Creo que se ha helado la cerradura.

Ella se desliza hasta el asiento del conductor e intenta abrirla desde dentro.

—¡No puedo abrirla! —lloriquea.

Él vuelve a intentar meter la llave. En esta ocasión, noto su fuerza luchar contra la mía. Me arde el pecho. Es como si estuviéramos echando unas fuercitas y yo estuviera perdiendo. Noto que me vence. De repente, consigue abrir la cerradura.

Yo me apoyo en la pared, estoy agotada.

La tía Bette tenía razón. No sé de lo que soy capaz. Al menos de momento.

37

Kat

El lunes, a primera hora de la mañana, voy a la oficina de la señora Chirazo. Bueno, después de haber pasado por la sala de informática. Llevo un montón de páginas calientitas en la mano.

—Hola —saludo, y cierro la puerta a mis espaldas.

Ella levanta la mirada, sobresaltada, mientras sujeta el cable de una tetera eléctrica que estaba enchufando a la pared.

—¿Katherine? ¿Está todo bien?

Señala con un gesto la silla vacía.

Yo apoyo el trasero en el reposabrazos y suelto el montón de papeles en su escritorio.

—He hecho un borrador de la nueva redacción. Lo siento, no tenía engrapadora.

Veo una en su archivador, así que la utilizo.

Ella se anima de repente.

—¿Es sobre...?

Asiento.

—Pero no quiero hablar de ello en el grupo.

Ya me ha costado bastante escribir sobre el tema a solas en mi habitación. Me he pasado todo el rato llorando y con un miedo terrible al pensar que alguien, sobre todo Alex, podría leerla, tanto que me daban arcadas.

La cuestión es que mi madre entró a Oberlin. Solo que no pudo asistir, porque no se podía permitir pagar la colegiatura. Si consigo estudiar allí, siento que estaré cumpliendo el sueño de las dos. En cierto modo, me ha parecido estar aprovechándome de un tema tan cursi, pero es la verdad. Y, al fin y al cabo, quiero ir a Oberlin con una beca bien gorda, así que estoy dispuesta a hacer todo lo que la señora Chirazo me diga. Me he convencido de que no estoy vendiendo a mi madre muerta para conseguir matrícula. Ella querría que hiciera lo que haga falta.

—Puede que le falte cohesión —informo—. Además, todavía no estoy segura de que vaya a utilizarla. Pero... me interesaría saber lo que piensa antes de que la envíe.

Asiente.

—Claro. Intentaré leerla hoy mismo.

—Tampoco hay prisa, no se preocupe. —Pero me alegro. Me levanto—. Gracias, señora Chirazo.

38

Mary

La clase donde ensayamos para el coro no tiene ventanas y está justo detrás del auditorio. Las paredes son de color blanco nuclear y están totalmente insonorizadas, por lo que la puerta hace un ruido de succión muy gracioso al cerrarse. La luz es tan intensa que parece un sol artificial.

El señor Mayurnik, el director, se sienta al piano. A medida que los alumnos van entrando por la puerta, toca un tema de *jazz* mientras da golpes en el suelo con los pies y aporrea las teclas con tanta fuerza que parece que el aire vibre.

—¡Bienvenidos, chicos! —grita mientras vamos ocupando nuestros asientos—. ¡Han sobrevivido a la masacre!

Sé que lo dice de broma, pero así me he sentido estas vacaciones.

Parece que todo el mundo va arrastrando los pies el primer día de clase. Yo por lo menos. Pero lo mío no es porque me fastidie perder esa sensación de felicidad, de sentirme llena de comida y horas de sueño. La verdad es que me siento vacía. Exhausta. Supongo que por eso hoy la mochila me pesa más de lo habitual, aunque llevo la misma cantidad de libros que todos los días.

Me he pasado el finde practicando. ¿Puedo hacer que el lápiz ruede hasta caer de la cama? Sí, pero me cuesta. ¿Puedo hacer que sople el viento? No. ¿Y mover las cortinas de la habitación? A veces.

Me parece una locura ser capaz de hacer algo así y estar aquí ahora mismo, en el instituto, como todo el mundo.

Yo no soy como todo el mundo, ni de cerca.

Cada dos asientos han colocado un montón de fotocopias con canciones. Tiene una portada verde con imágenes navideñas: muérdago, un muñeco de nieve, regalos envueltos con listones, bastoncitos de dulce... Casi todas mis cosas favoritas. Pienso en intentar pasar las páginas con discreción, pero me trago las ganas. Debo guardar mi secreto con recelo. No puede saberlo nadie. Ni siquiera Kat y Lillia.

Ellas menos que nadie.

¿Qué dirían si se lo contara? ¿Querrían seguir siendo mis amigas? Prefiero guardar el secreto para siempre. Lo único que va bien en mi vida últimamente es mi amistad con ellas. Sin embargo, sí que voy a contarles que vi a Reeve y a Rennie juntos.

Me siento donde siempre, en la última fila. Alex Lind entra unos segundos antes de que suene el timbre y se sienta en primera fila. Cuando empezó el primer semestre y me di cuenta de que Alex también cursaba esta asignatura me planteé desapuntarme, por lo que pudiera pasar. Aunque dudo que sepa quién soy, aparte de una chica que ha visto por ahí con Kat o charlando con Lillia de vez en cuando. No me ha hablado nunca.

En cuanto suena el timbre, el señor Mayurnik se levanta y nos habla por encima del piano. Es alto, de hombros anchos, con una calva brillante y un bigote plateado como el de una morsa. Siempre lleva corbatas con estampados musicales: teclas de piano, cuerdas de violín, claves...

—Muy bien, damas y caballeros. A partir de hoy, ya no son chicos. Ahora, son duendecillos. Pero no navideños, porque esta es una celebración secular, según el gobierno. —Suelta un gran suspiro—. Deberíamos haber empezado a ensayar estos villancicos hace semanas, pero los mandamases querían dar su visto bueno al libreto, y ya saben lo rápido que van las cosas en política.

Toca una escala lenta para mostrar lo que quiere decir. Do. Re. Mi.

Tengo que compartir el libreto con la chica que se sienta a mi lado. Miro por encima del hombro mientras ella pasa las páginas. No hay ni rastro de mis clásicos favoritos como *El Tamborilero* y *Joy to the World*. En su lugar, veo canciones como *Winter Wonderland* o *Frosty the Snowman*. Villancicos más genéricos. No me importa, también me gustan.

—Como siempre, cantaremos en Main Street durante el encendido del árbol de Navidad el martes que viene, es decir, que disponemos de una semana para pulir a la perfección todos los detalles de las canciones. ¡Vamos a hacerlo!

Toca unas cuantas teclas y comenzamos a calentar la voz como siempre. Me sienta bien usar la garganta y oír cómo mi voz se mezcla con la del resto de la clase.

—Genial. Ahora que ya han calentado, tenemos que decidir quién va a cantar los solos. Que salgan todas las sopranos al frente —nos pide.

Yo soy soprano, así que me levanto. Me pongo nerviosa mientras me abro paso entre la gente. Muy nerviosa. No me importa cantar al final de la clase, pero aquí, donde todos nos miran, siento que se me cierra la garganta. Me viene mi padre a la cabeza, porque siempre me ha dicho que tengo una voz bonita. Tanto que me hace cantarle el *Cumpleaños feliz* dos veces antes de soplar las velas. No le importa que el pastel se cubra de cera derretida.

Ese recuerdo no me hace sentir mejor. De hecho, me hace sentir peor.

Me coloco cerca del piano y acabo justo delante de Alex Lind.

El señor Mayurnik empieza a tocar *Baby, It's Cold Outside*. Me he olvidado de traerme el libreto, pero me sé la letra. Me esfuerzo por hacerlo bien. Sé que las otras sopranos llevan más tiempo en el coro, y unas cuantas están en el club de arte dramático. Ya están ensayando para el musical de primavera: *Hello, Dolly!* Me encantaría participar en la obra, pero no puedo competir con sus voces, así que intento no meter la pata.

Durante la mayor parte de la canción me dedico a mirar al techo. Pero, hacia el final, bajo la mirada a Alex Lind. Tiene los ojos cerrados y una sonrisa en el rostro, como si sonáramos de fábula.

Es buena gente. Alex Lind es buena persona, de verdad. Lo sé.

Cuando terminamos, todos nos aplauden. Alex incluso se pone a silbar. El señor Mayurnik escoge a Jess Salzar para el solo, y me parece perfecto. De hecho, me alivia. Además, tiene una voz muy bonita.

—Muy bien, caballeros. Les toca.

Los chicos se colocan al frente de la clase. Solo son cuatro. El profesor le pide a Jess que se quede junto al piano para cantar la voz femenina y, cuando les toca a ellos, escucha con atención.

Yo también.

Alex tiene una voz impresionante. No es tan llamativa como la de los actores del musical, esos que se sabe que acabarán en Broadway. Aun así, destaca. Es... dulce. Sincera. Y perfecta para la canción.

Así que, cuando el señor Mayurnik lo escoge para el solo, me alegro por él. Me alegro de verdad.

Él parece sorprendido.

—¿Yo?

El profesor da un golpetazo al piano.

—¡Sí, tú! Además, un pajarito me ha contado que también eres bueno para tocar la guitarra. ¿Sabes leer partituras? —Alex asiente—. Estupendo. Tráetela mañana y empezaremos a practicar para que toques mientras cantas.

—No sé... Es que nunca he tocado en público.

—Se van a desmayar todas las mujeres del público. ¿Verdad que sí, chicas?

Como si nos hubieran dado una señal, todas nos ponemos a gritar como si Alex fuera una estrella del pop, un ídolo adolescente o algo por el estilo. Incluso yo. Alex se pone más rojo que un tomate.

Esto me recuerda que, de vez en cuando, a las personas buenas les pasan cosas buenas.

39

Lillia

Nunca he estado en un trampolín. Reeve quería que lo probara aunque fuera una vez antes del examen, pero yo no me animaba. Me están temblando las rodillas. Está altísimo y el agua parece muy profunda. En cada plataforma hay un alumno. Todos están colocados en posición para lanzarse a la alberca, menos yo. Me obligo a respirar. No tengo que hacer nada descabellado ni lanzarme de cabeza al agua, solo tengo que saltar.

No dejo de repetirme que, si puedo con esto, puedo con todo.

La entrenadora Christy está dando las instrucciones, que ya me sé de memoria: hay que hacer dos largos y después pasar dos minutos pataleando para mantener la cabeza por encima de la superficie. Me toqueteo los visores de bucear. Me aprietan mucho. Odio usarlos, pero Reeve decía que me sentiría más cómoda si veo, y tenía razón.

La entrenadora hace sonar el silbato y cierro los ojos. Dejo que los demás salten primero, oigo el agua salpicar. Cuento hasta tres, y después me lanzo. Salto. Me estampo contra el agua. Muevo los brazos y pataleo. Intento recordar los consejos de Reeve: cabeza hacia abajo, brazos pegados a las orejas, patada, patada, patada. Contengo el aliento tanto tiempo como puedo antes de sacar la cabeza para tomar aire; después, vuelvo a meter la cara en el agua. Siento que me estoy ahogando, pero sigo nadando hasta que toco la pared con las manos. Entonces, me doy la vuelta y continúo hacia el otro lado.

No miro los carriles que tengo a los costados, porque me da miedo romper el ritmo, pero estoy casi segura de que ya habrán terminado. Sin embargo, eso no me importa: tengo que concentrarme en mí y no preocuparme por lo que haga el resto de la gente.

Puedes hacerlo. Puedes hacerlo.

La segunda vez que toco la pared estoy agotada, me arden todos los músculos del cuerpo, pero ya casi he acabado, solo me queda un largo más. Me tomo mi tiempo porque, como me dice Reeve, no hay prisa. Poco a poco, brazada a brazada.

Y, entonces, llego. Toco la pared con los dedos. Lo he conseguido. Salgo a tomar aire y me agarro a la orilla, me falta el aliento. Oigo a alguien aplaudir, así que levanto la vista. Ahí está Reeve, de pie en las gradas, aplaudiendo y silbando. Por mí.

No puedo creer que haya venido.

El resto de los alumnos ya han salido de la alberca, así que la entrenadora Christy se acerca con el reloj para cronometrarme mientras pataleo en el agua para mantenerme a flote. Mantengo la espalda recta, las rodillas dobladas y hago el movimiento en plan aspa de batidora que me enseñó Reeve la semana pasada. Trago un poco de agua, pero consigo mantener la cabeza por encima de la superficie.

—Buen trabajo, Lil —me dice la entrenadora con una gran sonrisa.

El reloj se para y no lo puedo creer. Nado hasta las escalerillas y subo por ellas. Tengo el cuerpo molido, pero me siento como una campeona. Como si pudiera hacer cualquier cosa.

Corro hasta Reeve y grito:

—¡Lo he conseguido!

Está sonriendo como nunca.

—¡Sí, lo has logrado!

Me lanzo a sus brazos y él me levanta por los aires. Estoy loca de alegría, eufórica.

Nos reímos juntos, pero, cuando me vuelve a dejar en el suelo, hay una pausa incómoda en la que nos quedamos mirándonos. Ambos empezamos a hablar al mismo tiempo.

—Gracias por...

—Has estado increíble...

Nos reímos y yo vuelvo a intentarlo.

—Gracias por todo. No podría haberlo conseguido sin ti, Reeve. Me he pasado todo el examen recordando lo que me has enseñado.

—Ay —dice él con la cabeza inclinada hacia un lado—. ¿Has visto? La natación nos ha unido. —Rápidamente, añade—: Como amigos.

Otro silencio incómodo.

—¡Sí, es verdad! —contesto—. Muchas gracias.

Reeve me entrega la toalla que tenía en las gradas.

—No hay de qué —asegura—. ¿Hoy vas a ir a la biblioteca?

Niego con la cabeza.

—No, tengo que ir a un lugar.

He quedado de verme con Kat y con Mary en el baño de chicas a las cinco.

—Ah, bueno. —Suena decepcionado, cosa que me reconforta.

Él alarga la mano y me da un estironcito juguetón en la cola de caballo mojada.

—Buen trabajo, Cho.

—Gracias, entrenador.

Sin pensármelo, lo abrazo, para que sepa que lo digo de verdad.

40

Mary

Estoy subida en el calentador del baño cuando entra Kat.

—Hola, hola, guapa —saluda. Tira la mochila al suelo y se sienta encima—. ¿Qué tal Acción de Gracias?

—Pues... horrible. —Me quito pelusas del suéter—. Mis padres no han venido.

—Diablos.

—Sip —pronuncio mucho la pe—. Fue triste, la verdad.

La puerta se abre de repente y Lillia entra corriendo.

—¡Lo he conseguido! —grita—. ¡He aprobado el examen de natación!

Yo aplaudo y Kat la anima.

—¡Muy bien, Lil!

Está dando saltitos de alegría.

—Me puse muy nerviosa en el trampolín, pero entonces, lo he hecho. ¡Me he lanzado! Bueno, he tardado el doble que los demás, pero lo he conseguido. Y mantener la cabeza por encima de la superficie ha sido lo más fácil de todo. —Se coloca delante del espejo y se deshace la cola de caballo para soltarse el pelo mojado—. Reeve ha venido a animarme. Me he quedado sorprendida. —Busca en su bolsa, saca un peine de color marfil y empieza a pasárselo por la cabellera—. De hecho..., puede que te mencionara el otro día, Mary.

Me quedo estupefacta.

—¿En serio?

Qué fuerte. De verdad..., qué fuerte.

Kat está clavándose una pluma en la suela de las botas militares y levanta la cabeza de golpe.

—¿Qué dijo? —pregunta con escepticismo.

Lillia deja quieta la mano con la que se estaba peinando.

—Fue justo antes de las vacaciones. Se enteró de que no iba a poder jugar futbol el año que viene. No se le ha curado la pierna tan rápido como creía.

No aparto la vista de ella, me bebo cada palabra que pronuncia.

—Estaba llorando del disgusto. Dijo que hace tiempo le hizo mucho daño a una chica y que nunca lo ha olvidado. Que casi le aliviaba pagar por lo que había hecho. —Se da la vuelta para mirarnos—. Estaría hablando de ti, ¿verdad, Mary?

¿Se acuerda de mí? No me ha olvidado. Siento un cosquilleo por todo el cuerpo.

—No sabes si estaba hablando de Mary —objeta Kat—. ¿Dijo su nombre? ¿Te contó lo que le hizo? ¿Lo que le pasó a ella?

Lillia titubea.

—O sea..., no. Por eso no dije nada, porque no estaba segura.

—Se ha cogido al noventa y nueve por ciento de las chicas de este instituto —replica Kat con los brazos cruzados—. Podría estar hablando de cualquiera.

—Kat —suplico—, deja que Lillia acabe de hablar.

Tal vez tenga razón, pero no quiero dársela.

Lillia niega con la cabeza.

—Chicas, si hubieran visto su cara, también lo habrían creído. —Se gira para mirarme—. Hablara de quien hablara, era sincero. El remordimiento era real. Yo creo que se arrepiente.

Kat se levanta de un salto.

—¡Al diablo con él! Aunque estuviera hablando de Mary, ¿a quién le importa que se arrepienta a estas alturas? Es demasiado tarde. Una disculpa no vale para nada, maldición. Además, no nos olvidemos de que hace unas tres semanas tuvo la oportunidad de decirle a la cara lo mucho que se arrepentía y, en cambio, la mandó al demonio. Solo quiere quedar bien contigo, Lil. Mary no le importa. ¡Es un mentiroso!

Se me llenan los ojos de lágrimas. He vuelto a caer en la misma trampa, aunque sé que no debería.

—Tengo que contarles una cosa —intervengo con voz tenue y llorosa—. Lil, sé que me contaste que las cosas iban bien entre ustedes, pero la noche de Acción de Gracias lo vi en el cine con Rennie. Parecía una cita.

—¿En serio? —pregunta, y yo asiento.

Frunce el ceño.

—Ah. Bueno, seguro que se vio con ella porque a mí no me dejaron salir. —Se muerde el labio y añade—: Me escribió a mí primero.

Kat se cruje los nudillos.

—Aunque Ren sea el segundo plato, sigue suponiendo una amenaza. Esa tipa es como un pitbull cuando quiere algo. Deberíamos cerrar el trato cuanto antes.

—¿Cerrar el trato? —inquiere Lillia—. ¿A qué te refieres?

—Llevan viéndose casi un mes entre lo de la natación, lo de estudiar y otras mierdas varias, pero no han hecho nada. Todavía no ha tenido iniciativa, ¿verdad?

—No —admite Lillia, y vuelve a fruncir el ceño—. Pero tampoco hemos planeado lo que tengo que hacer. Lo de «romperle el corazón» es muy abstracto, chicas. —Se cruza de brazos—. Quiero un plan, un objetivo concreto que ejecutar. No quiero alargar esto otros tres meses.

Kat asiente.

—Bueno, bueno, pues yo creo que nuestro plan va a tener tres pasos. Está claro que tú ya has lanzado el anzuelo, pero no sé si Reeve lo ha mordido. Así que el primer paso es un poco de lengua.

—¿Qué? —intervengo—. No habíamos dicho nada de que tuviera que besarlo.

Lillia parece que ha visto un fantasma.

—¿Lengua? ¿En plan besos?

Kat se ríe.

—Por favor, ¿acaso nunca le has comido la boca a alguien que no te gustaba? Cierra los ojos y finge que es otra persona.

Lillia se muerde el labio.

—Supongo...

Yo me apresuro a interrumpirlas.

—Kat, no deberíamos obligar a Lillia a hacer algo que no quiere. —Ella y Kat se miran y me doy cuenta de que sueno celosa, así que me retracto—. Mira, si te parece bien, podrías hacerlo en la ceremonia en la que encienden el árbol. Yo voy a estar allí porque canto en el coro. Alex Lind también. Va a cantar el solo. Es el martes por la noche.

—¿Le han dado el solo? —Kat parece sorprendida.

Me alegra tener noticias que compartir para el grupo por una vez, saber algo que ellas ignoran.

—Va a cantar *Baby, It's Cold Outside* —explico—. Tiene una voz muy bonita, y también va a tocar la guitarra.

Kat esboza una sonrisa.

—Es genial.

—Lindy tiene que estar supercontento. Pero ¿por qué no me ha dicho nada? —Lillia se aplica protector labial—. Ya sé.

Me pondré de acuerdo con todo el grupo para ir a verlo cantar. Además, también quiero verte a ti, Mary.

—Yo no tengo ningún solo ni nada —rebato—. Aunque me alegrará que haya alguien en el público que haya venido a verme.

La tía Bette no va a venir ni de broma, y tampoco es que yo quiera que venga.

—Lil, es perfecto. Tienes que atrapar a Reeve esa noche. Pum —añade Kat.

—Puede —responde Lillia—. Si no está Rennie.

—¿No habías dicho que ella no era un problema?

—Y no lo es. Es que... no quiero hacerlo frente a ella.

Ojalá no tuviera que hacerlo delante de mí.

Lillia busca en el bolso y saca el celular.

—Voy a mandarle un mensaje a Reeve para asegurarme de que venga.

Nos juntamos a su alrededor y vemos cómo escribe:

Gracias otra vez por haber venido,
entrenador. ¿Quieres ir a ver el
encendido del árbol el martes?
Lindy va a cantar el solo,
¡le daremos una sorpresa!

Él contesta enseguida.

Claro, vamos. Oye, ¿sigue en pie lo de
estudiar el sábado?

En cuanto lo lee, Kat me mira y mueve las cejas de arriba abajo.

—Pum. Ya estamos en el segundo paso.

—Que es...

—Hacer que Reeve piense que son novios durante las Navidades. Actúa muy acaramelada para que te compre un regalo. Entonces, sabremos seguro que te ve como su novia.

—¿Crees que lo hará?

Pienso en el collar de la margarita. En lo feliz que me sentí cuando me lo regaló.

—Sí —corroboro—. Seguro que te comprará algo.

Lillia se muerde las uñas.

—Bueno, y ¿cuál es el tercer paso?

—Año Nuevo. Lo dejas plantado a medianoche. —Kat sacude las manos—. ¡No! Todavía mejor: besas a otra persona a medianoche.

Lillia le lanza una mirada asesina y niega con la cabeza.

—¡Oye, no soy una zorra!

Kat cambia de idea.

—Bien, bien. Pues entonces lo dejas plantado.

Lillia lo piensa. Después, empieza a asentir poco a poco.

— Bien. Genial. Entonces, el uno de enero ya habrá acabado todo. Año nuevo, vida nueva. Para todos.

—Exacto. Fin.

Kat le choca la mano para darle más emoción a la cosa y, cuando está a punto de chocármela a mí, entra al baño una chica que no reconozco. Kat baja el brazo y yo me apresuro a salir antes de que la puerta se cierre. Cuando me voy, Kat se mete a un cubículo a hacer pis y Lillia se inclina sobre el lavamanos para acabar de maquillarse.

He recorrido la mitad del pasillo intentando asimilar lo que va a ocurrir, que Lillia va a besar a Reeve, cuando algo me dice que tengo que volver. No sé qué, un presentimiento. Así que eso hago. Vuelvo hasta el baño y coloco la oreja contra la puerta.

—¿Sabías que sus padres no vinieron por Acción de Gracias? Al final cambiaron de idea.

Kat. Susurrando. Sobre mí.

Lillia suelta un grito ahogado.

—Qué mal. Pobrecita. No me extraña que estuviera tan desanimada.

—Las cosas con su tía también se han deteriorado. Si no está encerrada en la buhardilla, está regañándola. Además, ¿has pasado por su casa últimamente? Se está cayendo a pedazos. No sé si debería seguir viviendo allí.

—¿Intentamos llamar a sus padres o algo? Podemos contarles lo que está pasando.

—Pero he ahí la cuestión. Ni siquiera sabemos lo que está pasando. —Kat suelta un largo suspiro—. Dudo que Mary nos esté contando lo mal que están las cosas de verdad. Seguro que no quiere que nos preocupemos, pero te digo yo que le pasa algo.

—Igual podríamos aconsejarle que hablara con alguien. Con un orientador, por ejemplo.

—Sí, creo que deberíamos. Tenemos que cuidar de ella. Nadie más va a hacerlo.

Me alejo corriendo del baño. Sé que esa conversación se debe a que son buenas amigas, pero odio que hablen de mí a mis espaldas. Y no puedo permitir que nadie hable con la tía Bette, ni el personal del instituto ni Kat y Lillia.

41

Lillia

No dejo de darle vueltas a lo que ha dicho Kat, lo de que Reeve solo me contó esa historia para impresionarme. La verdad es que tiene sentido. ¿Por qué no se disculpó con Mary cuando tuvo la oportunidad? Pero, entonces, me acuerdo de cómo me miraba, llorando como un niño, y sé a ciencia cierta que me contó la verdad. ¿A quién puede haberle hecho más daño que a Mary?

De todas formas, no importa. Porque no es mi responsabilidad conseguir que Reeve se disculpe o intentar averiguar si se arrepiente de lo que hizo. Yo soy fiel a mi amiga y tengo que hacer que Reeve pague por lo que le hizo a Mary. Y punto. Ojo por ojo, diente por diente.

Corazón partido por corazón partido.

Nos veremos en Java Jones a mediodía. Tengo planeado terminar la redacción de Literatura Avanzada sobre las figuras maternas en las obras de Shakespeare porque tengo que entregarla el lunes. Llevaré un CD con preguntas del examen de acceso cronometradas para que Reeve practique. Ya ha terminado los dos libros que le he prestado.

Decido ir una hora antes porque la redacción no se va a escribir sola y, además, quiero asegurarme de que conseguimos una mesa cerca del enchufe para poder conectar las *laptops* en caso de que se queden sin batería. Por suerte, cuando llego está libre la que quiero. Dejo mi abrigo de corte princesa en el respaldo de una silla y la funda de la *laptop* en otra. Después, pido un chocolate caliente con crema batida y un bastoncito de dulce de menta. Mientras busco en la cartera, empieza a vibrarme el celular.

Es un mensaje. De Reeve.

Tengo la pierna bastante agarrotada. No
puedo ir. Lo siento :(

Pongo la misma cara que el emoji que me ha puesto en el mensaje. No dejo de repetirle que se pasa con las pesas. La rehabilitación no se puede hacer más rápido de lo que se debe. Hay que tener paciencia. Mi tío se rompió el tobillo hace dos años, terminó la rehabilitación una semana antes de lo que le tocaba y ahora dice que le sigue doliendo cuando llueve.

Abro el mensaje para responderle cuando lo veo pasar con la camioneta por delante del escaparate.

«Pero ¿qué...?».

Entonces entiendo. Reeve podría estar de camino a casa de Rennie.

Recojo mis cosas y dejo el chocolate caliente en la mesa para guardarme el lugar.

—Ahora regreso —aviso al mesero, y salgo de la cafetería.

El sol brilla con fuerza, así que tengo que cubrirme los ojos con la mano. Por un instante, me parece que lo he perdido, pero, entonces, distingo la camioneta girando a la izquierda para meterse en el estacionamiento del ferri.

Bien. Igual me equivocaba.

Recorro la calle a toda prisa. Estoy enojada, pero intento mantener la calma. Igual va a recoger a alguno de sus hermanos. Decido mandarle un mensaje haciéndome la tonta.

¿Quieres que pase por tu casa? Podemos estudiar allí.

En cuanto le doy a enviar, el corazón se me sube a la garganta porque tengo el terrible presentimiento de que está a punto de mentirme.

No me contesta al instante, por lo que tengo la oportunidad de llegar al muelle.

Cuando entro al estacionamiento, me camuflo detrás de los árboles y de la taquilla donde venden los boletos. Reeve está en la fila de coches que van a subirse en el próximo ferri. Estoy bastante cerca, así que lo veo mirar el celular, seguramente para leer mi mensaje. Me responde.

De momento debería descansar y ponerme hielo. Si me encuentro mejor luego, te mando un mensaje.

Me quedo helada. Kat y Mary tenían razón, al mil por ciento. Reeve no es de confiar, para nada. Estoy furiosa conmigo misma por haber caído en la trampa a pesar de saber cómo es.

Él no me ve venir. Está jugueteando con el radio. Oigo la música a medida que me acerco: es hiphop; sube el volumen a tope y se pone a dar toquecitos con los dedos en el volante. No sé a quién va a ver, pero está muy animado.

Golpeo el cristal con tanta fuerza que me hago daño en los nudillos. Reeve se sobresalta y, cuando se da cuenta de que soy yo, se le desencaja la mandíbula. Se apresura a apagar el radio y después intenta bajar la ventanilla.

—Hola —saludo con una dulzura fingida—. Me alegro mucho de que ya tengas mejor la pierna. —Dejo de fingir y borro la sonrisa—. No te molestes en mandarme un mensaje luego. Ni nunca.

Me voy.

Oigo que abre la puerta de la camioneta y la cierra y después sus pasos por el asfalto. Yo camino tan rápido como puedo, pero parece que él ha echado a correr a pesar de tener la pierna mal. Tiro la funda de la *laptop* al suelo, ya nada me importa. No quiero ni mirarlo.

Antes de que me dé cuenta, Reeve me ha rodeado con los brazos.

—¡Suéltame!

Intento librarme de su abrazo de oso, pero no hay manera: me tiene bien agarrada.

—¡Lillia, espera un momento!

No espero. Lucho y me muevo para liberarme hasta que ya no me quedan fuerzas.

—¡Que me sueltes! —grito.

Algunas personas se han parado para mirarnos.

—¡Estás haciendo una escena! —murmura.

Tiene razón. No quiero que venga la policía, solo que me suelte, y sé que lo hará si me quedo quieta.

—Por favor, Lillia.

Me quedo inmóvil y, entonces, él deja caer los brazos.

Cuando me giro para mirarlo, estoy jadeando.

—¿Me quieres explicar por qué me has mentido?

Reeve aprieta la mandíbula.

—No. No quiero.

Retrocede unos cuantos pasos y recoge mi *laptop* del suelo.

Siento que unas palabras llenas de malicia me suben por la garganta. Noto la apabullante necesidad de contárselo todo, de decirle que solo pretendo hacerle pagar por lo que le hizo a Mary. Que todo es una mentira. Que he estado fingiendo que me gusta cuando, en realidad, me repugna.

Pero no puedo, porque esas palabras no significarían nada. No le harían daño. Porque, si le importara de verdad, no me habría mentido para largarse a ver a otra chica.

—Dime adónde vas.

Sé que sueno como si estuviera celosa. Y lo odio.

Me entrega la funda de la *laptop*.

—Será mejor que no.

Se la quito de las manos y distingo el ruido de los trocitos de plástico moverse por el interior. Se ha roto.

Siento que me arden los ojos por las lágrimas y se me nubla la vista.

—Espero que esa otra chica te ayude con el examen de acceso. ¡O igual no le importa que no vayas a entrar a la universidad!

Pienso en todo el tiempo que he malgastado intentando ayudarlo. Debí haberme ceñido al plan. Seguro que hace semanas que podría haberlo besado.

Se queda inexpresivo.

—¿Crees que voy a ver a otra chica?

Me alejo.

Él vuelve a seguirme. Acelera para poder bloquearme el paso.

—Bien. ¿Quieres saber adónde voy?

Saca algo del bolsillo: un trozo de papel. Me lo da.

Me seco las lágrimas para poder leerlo. Hay dos nombres escritos en la nota y ninguno es de mujer. Además, también hay una dirección de una fraternidad de la Universidad de Massachusetts.

Levanto la vista para mirarlo, porque no tiene sentido. Tiene los labios apretados.

—Voy a partirles la cara a esos cabrones.

Entonces, regresa a su camioneta.

Me lleva un instante juntar las piezas del rompecabezas.

—Dios mío —digo mientras miro el papel. Los nombres. Ian Rosenberg y Michael Fenelli—. Dios mío.

Entonces, soy yo la que empiezo a perseguirlo.

—¿Te has vuelto loco? —vocifero.

Reeve no baja el ritmo.

—Qué rabia no haberlo pensado antes. La casa que rentaron esos imbéciles es una de las que lleva mi padre. Solo tenía que buscar su dirección, sus números de teléfono y sus cumpleaños. Voy a ir allí y a hacer que deseen no haberles puesto los ojos encima a ti y a Rennie.

—¡No! —El ferri hace sonar la bocina y los coches que esperan para subir a bordo encienden los motores—. ¡No quiero que te acerques a ellos!

Reeve abre la puerta.

—¿Por qué? —espeta—. ¿Crees que no se lo merecen?

Me cuesta contestarle. Porque, aunque fuera culpa de Mike, yo también tomé una serie de malas decisiones. Estuve en casa de un desconocido. Bebí demasiado. Me metí en una situación propensa a que ocurriera algo malo y tuve la mala suerte de que me sucediera.

—¡No va a cambiar nada! —Alargo las manos y lo agarro de la sudadera—. No vayas, por favor. Si lo estás haciendo por mí, no es lo que quiero.

Reeve niega con la cabeza. No me está haciendo caso.

—Esos tipos tienen que pagar por lo que han hecho. Ha de haber consecuencias. No pueden salir bien librados.

Me cuesta respirar.

—Sé que quieres ayudar, de verdad, pero nada de lo que hagas cambiará lo que pasó. —Intento ser fuerte para que me haga caso, pero noto que empieza a temblarme el cuerpo—.

Si vas, solo conseguirás que yo vuelva a revivir el pasado. Lo único que quiero es olvidarlo.

Veo que se ablanda un poco.

—No puedes enterrarlo, Lil. Tienes que lidiar con ello.

—Sí, pero deja que lo haga a mi manera. —Levanto la vista y lo miro con ojos suplicantes—. Así no.

Nos miramos fijamente, ninguno de los dos parpadea, hasta que Reeve baja la cabeza y asiente.

—Es que... quería que se hiciera justicia.

Alarga el brazo, me da la mano y entrelaza los dedos alrededor de los míos. Le dejo que lo haga, aunque siento que no debería.

Después, cuando pienso en lo que he visto en los ojos de Reeve y recuerdo lo que ha dicho sobre las consecuencias, siento pavor, porque sé que tiene razón. Nadie saldrá bien librado. Quizá sea peor para mí.

42
Kat

Durante la hora libre del lunes, me dirijo al aula de Informática para mirar mi correo. Tengo que hacerlo en el insti porque nuestra computadora es muy lenta. Es demasiado vieja y, además, Pat se ha descargado un montón de videojuegos (o sea, porno) y ahora tiene más virus que una prostituta.

En cuanto inicio sesión, me sale una ventana emergente que dice que me estoy quedando sin espacio en la bandeja de entrada. Cero sorpresas. Hace un mes o así que mi tía Jackie descubrió el correo electrónico y me pidió mi dirección. Ahora me envía unos diez *emails* al día. Poemas sobre ángeles, oraciones contra el cáncer y artículos sobre investigaciones y tratamientos. Tiene una obsesión malsana con la muerte de mi madre. Le vendría bien pasar una hora con la señora Chirazo.

Por desgracia, no veo ningún mensaje de Oberlin. Sé que tienen hasta finales de enero para contestarme, pero cruzo los dedos para saber algo antes de esa fecha. A la señora Chirazo le ha encantado mi redacción nueva, me dijo que se le salieron las lágrimas. Seguramente porque está menopáusica, pero era lo que necesitaba oír.

Más tarde, tenemos una charla sobre los peligros de conducir bajo los efectos del alcohol, una forma encantadora de empezar las fiestas navideñas. Una agente de policía entrada en años sube al podio y empieza a hablar con la voz más monótona y soporífera del mundo mientras pasa diapositivas con fotos de accidentes de coche de los setenta en los que ni siquiera se ve nada interesante, ni sangre ni cadáveres. Solo montones de metal destrozado y con abolladuras. Ya que estaba en eso, podría haber venido a tomar fotos a mi garaje.

En fin, en algún punto de la charla me quedo dormida y me despierto porque la gente aplaude por educación. Abro los ojos justo cuando la policía se tropieza con el cable del micrófono y casi se cae de nalgas.

No puedo aguantarme la risa. Miro a mi alrededor, a mis compañeros de clase, para ver quién más está disfrutando de este regalo navideño por adelantado y me doy cuenta de que soy la única.

Cruzo la mirada con Rennie, quien tiene una sonrisa amplia en el rostro. Tanto como la mía.

Aparto la vista corriendo. Siempre tuvimos en común un sentido del humor increíble.

Diablos. Supongo que lo seguimos teniendo.

43

Lillia

Hay un aroma a pino y a Navidad en el ambiente gracias al árbol y a las decoraciones de canela que venden las feligresas. Huele como si fuera a nevar en cualquier momento. Espero que suceda, sería increíble.

Este año hay mucho público, parece que haya venido la mitad de la isla, y eso que es entre semana. El coro del instituto está justo delante del árbol, está cantando *Winter Wonderland,* y la verdad es que suena muy bien. Todos llevan gorros de Santa Claus y bufandas con rayas rojas y verdes, y las sopranos también campanitas. Mary está en la parte de atrás, se ve adorable con el pelo recogido en unas trenzas y el gorro coronándole la cabeza. Alex también está ahí, en la fila de delante. No faltará mucho para su solo. Yo lo saludo, y él me contesta con un guiño y una inclinación de gorro.

La canción termina, yo aplaudo y doy un salto tan alto como puedo.

—¡Así se hace, Lindy! —grito. En mi cabeza añado: «¡Y así se hace, Mary!».

Estoy acurrucada con Ashlin, porque Derek y Reeve han ido a comprarnos chocolate caliente. A Rennie le toca trabajar, cosa que me viene de perlas. Esta noche no tengo que preocuparme por ella.

—Lindy se ve adorable —comenta Ash, dándome un codazo—. Como un duendecillo, pero en alto.

Yo busco en el bolso un dulce de menta.

—Parece un duendecillo.

Y luce adorable con el abrigo color camel, el gorro de Santa Claus y la bufanda de cuadros que seguramente le habrá comprado su madre. Tiene las mejillas rosadas por el frío y una gran sonrisa en la cara. Yo tampoco puedo dejar de sonreír.

—Tiene una voz muy bonita, ¿no crees? Me muero de ganas de oír su solo —le confieso a Ash.

—Ya ves —afirma ella. Después, se acerca a mí y susurra—: Oye, ¿qué hay entre Reeve y tú? ¿Han venido juntos?

Parpadeo. Antes de pensar en lo que voy a contestar, me sale un «Puaj, no». Ashlin no parece convencida.

—Ni de broma tendría algo con Reeve —añado—. Ni en un trillón de años.

Ash está a punto de contestar, pero, entonces, se le iluminan los ojos y estira los brazos.

—¡Dame, dame!

Me doy la vuelta y me topo con Derek y con Reeve, que están parados con los chocolates calientes. Por un instante, me preocupa que me haya oído, pero me entrega el vaso de poliestireno sin expresión alguna.

Entonces veo a Kat al otro lado de la plaza, observándonos. Es hora de poner en marcha el primer paso del plan.

Ay, madre.

Me cambio de lugar con Ash para estar al lado de Reeve y que ella quede junto a Derek.

—Qué frío hace —comento mientras agarro el vasito con ambas manos.

Llevo puesto una chamarra polar color gris perla, pantalones de mezclilla ajustados y botas de montar, además de mis orejeras de piel de conejo. Aun así, tendría que haberme traído los mitones.

Como Reeve no dice nada, le jalo la manga del abrigo.

—Qué frío tengo —insisto.

Pone los ojos en blanco.

—¿Por qué no te has puesto abrigo?

Me acerco más a él y me acurruco en busca de calor. «Pues por esto, Reeve».

—Bueno, es que normalmente con la chamarra polar tengo suficiente, pero esta noche hace un frío tremendo.

Intento entrelazar mi brazo con el suyo, pero él se aparta como si lo hubiera quemado.

Después, se aleja de mí y se quita el abrigo. Me lo lanza con desprecio.

—Toma. Y deja de quejarte. No te olvides de que nos has hecho venir tú a esta cursilada.

¿Por qué está siendo tan grosero conmigo? El sábado tuvimos un momento muy íntimo y, ahora, tres días después, parece estar intentando alejarme. ¿Ha oído lo que le he dicho a Ash o es por otra cosa? Igual debería sentirme aliviada porque, por muy falso que sea mi afecto, no pienso besarlo si se porta como un imbécil. Pero no me alivia. Me molesta.

—Hemos venido a apoyar a Alex —le recuerdo—. También es amigo tuyo.

Reeve resopla, se cruza de brazos y vuelve a concentrar su atención en el coro. Ahora está cantando *Let It Snow*. Derek y Ash se están comiendo la boca. En público. Qué vulgar. Y, además, están malgastando el chocolate caliente. Han dejado los vasos en el suelo.

Reeve y yo estamos solos. Escaneo la plaza en busca de Kat, pero no la veo. Hay demasiada gente.

Le lanzo una mirada disimulada a Reeve, que está de brazos cruzados y con mala cara. Doy un sorbito al chocolate caliente. Igual me lo he estado imaginando todo y no le gusto.

—¿Qué mosca te ha picado? —le pregunto mientras doy otro sorbo—. Estás muy gruñón.

Ni siquiera me mira.

—No me pasa nada.

—¿Te duele la pierna de estar tanto tiempo de pie? Podemos buscar un banco o...

Me callo. No me está escuchando. Me muerdo el labio. Si me ignora, acabaré con esto antes que él. Sea lo que sea lo que tenemos.

Le doy un empujón en el hombro.

—Toma —digo mientras le lanzo el abrigo—. Me voy. Dile a Alex que me he tenido que ir.

Empiezo a caminar a toda prisa en dirección al estacionamiento de la iglesia para alejarme de él. Tiro el vaso en un bote de basura que encuentro por el camino.

—¡Espera! —grita.

Yo no bajo el ritmo, de hecho, acelero, pero Reeve me alcanza. Está jadeando y me da la vuelta para que lo mire. Le brillan los ojos y los clava en mí. No parpadea ni una sola vez. Con voz grave y llena de urgencia, me admite:

—Me gustas. Me lo he estado guardando por el bien de Lind. Pero me gustas. No puedo evitarlo. —Me observa, espera a que diga algo. A que haga algo—. Dejémonos de juegos, Cho. ¿Lo nuestro es real?

Me arde la cara. Sé que tengo que decirle que sí. Y besarlo. Ese es el plan. Solo que, en lo más profundo de mi ser, es exactamente lo que quiero hacer. Lo anhelo con todas mis fuerzas. Pero me da miedo. Lo nuestro es tan real que, de repente, me entra el pánico.

Pasan varios segundos hasta que, por fin, Reeve baja la vista y deja de mirarme. Está mirando al suelo. Va a retirar lo dicho, se va a ir y, entonces, todo habrá acabado.

—Sí. Es real.

Levanta la cabeza de golpe.

—Entonces... ¿por qué le has dicho a Ash que no estábamos juntos?

No sé qué decirle, solo me sale ser sincera.

—Porque tengo miedo. —Se me quiebra la voz—. No quiero hacerle daño a nadie.

Me quedo ahí parada, temblando. Reeve me coloca su abrigo sobre los hombros y me ayuda a ponérmelo. Me acerca a su cuerpo y, después, me obliga a deslizar los brazos por su cuello.

—¿Bien? —susurra. Él también está temblando.

Asiento, el corazón me late con tanta fuerza que puedo oírlo. Creo que también oigo el suyo.

Entonces, me besa y dejo de pensar.

44

Mary

Los he visto irse. Y, aunque sé que no debía, me he escapado del coro, he bajado del escenario y los he seguido.

Reeve la está besando, con delicadeza y ternura, como si fuera una muñeca de porcelana que se le rompería entre los brazos si no tuviera cuidado. Ella nunca se ha visto más guapa. Parece un ángel. Tiene las mejillas sonrosadas y la cabellera brillante. Es como una película. Dos adolescentes que se besan en el estacionamiento, villancicos de fondo y el árbol encendido a sus espaldas.

Y después, estoy yo. Entre bambalinas. En las sombras. Contemplándolos.

Funcionó. Se enamoró de ella. Solo hay que ver cómo la está mirando, como si fuera la chica de sus sueños. No puede creer la suerte que tiene. Todo está siguiendo el curso que debía seguir.

Aprieto los puños con tanta fuerza que las uñas me dejan una marca de luna creciente en las palmas. Siento una ola, un calor que me arde por dentro. Por mucho que esté sufriendo, él va a sufrir diez veces más. Eso es lo único que consigue que siga adelante.

45
Kat

Estoy sentada en el suelo en medio de la multitud que ha venido a ver el maldito árbol, el frío me atraviesa los pantalones y me hiela el trasero. Me arranco los mitones con los dientes, me bajo las botas y compruebo si tengo sangre en los tobillos.

En los conciertos hay una cierta etiqueta, unas reglas de sentido común que hay que cumplir para que todo el mundo se la pase bien. Incluso en los de punk, donde la gente se da unas palizas increíbles. Esta mierda de evento no debería ser la excepción.

Yo aprendí las reglas en el primer concierto al que asistí en Paul's Boutique. Kim y yo estábamos en la cabina de sonido. Ella llevaba una linterna de seguridad con la que alumbraba a los distintos infractores para que yo pudiera ver sus faltas en tiempo real.

Se podría reducir a los siguientes puntos.

Uno: nunca finjas que tienes un amigo cerca del escenario para poder avanzar. La gente grita nombres falsos, como: «¡Ya voy, Jimmy!», y se abre paso como comadrejas. Puede que engañes a una o dos personas que están al fondo del todo, pero cuando llegas a la primera fila y es evidente que estás solo, la gente se enoja.

Dos: por muy atascado que esté un local, siempre hay que respetar el espacio personal de la gente. O sea, no pasa nada porque toques a alguien una vez, pero sin pasarse. Además, si llevas bolso o mochila, te la pegas al pecho para no darle a nadie con ella.

Tres: si eres altísimo, no seas imbécil y no te pongas delante de alguien bajito.

Y bueno, aunque nunca ha surgido en ninguno de los conciertos a los que he ido, debe de haber una regla sobre cómo moverte entre la multitud cuando empujas un carrito doble con dos bebés gritones y te abres paso como si fueras un maldito quitanieves.

Le lanzo una mirada asesina a la madre del año cuando se da la vuelta con timidez y me dedica la cara de disculpa más patética que he visto en la vida. Mientras tanto, sus hijos berrean y no dejan que oigamos el maldito coro.

Me vuelvo a levantar y busco a Lillia y a Reeve entre el gentío, pero han desaparecido. La cabeza hueca de Ashlin y Derek, su trozo de carne, también.

Giro y me pongo de puntitas para intentar averiguar dónde se habrán metido, pero hay demasiada gente y la familia que tengo detrás me mira raro, así que me doy la vuelta para concentrarme en el concierto. Lillia ya nos dará todos los detalles jugosos del primer paso. Sé que va a conseguirlo.

En fin, me interesa oír cantar a Alex. He intentado que me toque una de sus canciones, pero en vano. Le he dicho que esta noche podría ser un ensayo para la audición de la USC. Por lo que tengo entendido, todavía no ha solicitado matrícula.

Después de dos canciones aburridas, la banda empieza a tocar *Baby, It's Cold Outside*. Alex da un paso adelante, junto a otra chica que reconozco porque está obsesionada con el teatro. Él lleva la guitarra y empieza a acompañar la canción.

Noto que se me dibuja una sonrisa en el rostro. La de teatro podría callarse un poco. Se está dando muchos aires de Broadway y no pega, sobre todo porque es una canción sexi. Alex lo hace bien. Así es como los chicos intentan convencerte de algo: de forma dulce, pero con una bestia hambrienta en el fondo. Y es cierto que tiene una voz muy bonita. Limpia y radiante, llena de confianza. Si pudiera tener tanta confianza en la vida como cuando está cantando, llegaría muy lejos.

Cuando acaba, vuelve a subirse a las gradas y se sonroja cuando le aplauden. Y mira que aplauden. No por educación, sino como si hubieran visto algo... especial.

Mientras tanto, él escudriña la multitud, supongo que en busca de sus amigos. Pero todos lo han abandonado.

Pobrecito. No entiendo por qué nadie de su grupo ve lo increíble que es.

Los ojos de Alex se cruzan con los míos. Le lanzo un silbido y levanto las manos sacando los cuernos como si fuera una estrella de rock. O, por lo menos, estuviera a punto de convertirse en una.

Él sonríe y, a pesar de estar tiritando de frío, se me calienta todo el cuerpo.

Busco a Mary para dedicarle el mismo gesto porque estoy muy orgullosa de ella por haberse atrevido a cantar en público, pero tampoco la localizo. ¿Adónde se ha largado todo el mundo?

El alcalde se sube al podio y hace una señal para que enciendan el árbol de Navidad. Cosa que sucede, pero un instante después parpadea y se apaga. Igual que el resto de las luces: faroles, escaparates, semáforos..., así hasta que todo se queda a oscuras. Entonces, todas las luces empiezan a parpadear, como si hubiera una falla eléctrica.

Demonios, ¿tienen que recablear toda la maldita isla o qué?

Estoy a punto de salir corriendo para ponerme a salvo por segunda vez este año cuando, de repente, las luces vuelven a brillar con fuerza y la multitud aplaude como si fuera un verdadero milagro navideño.

Que, a ver, igual lo es. Pero yo me pienso largar de aquí igualmente, por lo que pueda pasar.

46

Lillia

El miércoles, a la hora de comer, se nos acercan dos chicas de décimo, bastante nerviosas. Parecen muy pequeñas, llevan pantalones de mezclilla demasiado azules que les quedan grandes, la sudadera de atletismo y unos Converse.

—Rennie, ¿podemos hacerte una pregunta rápida? —dice la que lleva la cabellera color paja recogida en una cola de caballo.

—Si no estás muy ocupada, claro —añade la del pelo rubio oscuro.

Durante las últimas semanas, me he vuelto experta en fingir que Rennie no existe. Lo hago casi tan bien como ella. Por eso, vuelvo a concentrar la atención en el libro de historia y hago como que estoy absorta con un retrato de Eli Whitney.

Además, ya sé de qué le van a hablar.

Las chicas sacan un trozo de papel y lo dejan sobre la mesa para que Rennie le eche un vistazo. Por lo que veo, sin que sea evidente que estoy mirando, parece un recorte de una revista para adolescentes. ¿O puede que el catálogo de una tienda?

—Nos preguntábamos si este vestido está bien para tu fiesta.

La fiesta de Año Nuevo de Rennie está en boca de todos. Va a ser en la galería de su madre, la despedida antes de que la señora Holtz venda el local. Va a ser su *pièce de résistance*, su obra maestra. El tema es los años veinte, y va a ir por todo; de hecho, lleva un mes guardando botellas de ginebra y de champaña del Bow Tie. No le ha costado nada, con todas las cenas de empresa que se han celebrado, porque, según ella, siempre sobra un montón de alcohol. Además, todo el mundo va a ir disfrazado. Ha venido una retahíla de chicas a enseñarle fotos para que apruebe sus vestidos y sus peinados al estilo años veinte. El otro día la encontré concentradísima con el ceño fruncido leyendo *El Gran Gatsby* durante la hora libre. Me hace mucha gracia, porque había sido lectura obligatoria en noveno.

Yo fui la primera a la que Rennie le contó esta idea, el primer día de clase. Ha invitado a prácticamente todo el instituto, menos a mí. No me ha dicho a la cara que me prohíbe la entrada, pero tampoco me ha invitado. Yo no quiero ir, pero no me queda otra opción. Es el paso final de nuestro plan.

Rennie se pone a ridiculizar a las dos chicas.

—¿Es una broma? Para empezar, este vestido es de baile, no de Nochebuena. Además, no va con el tema de la fiesta. ¿Acaso no ven la cintura ajustada? ¡Y la falda de vuelo esa tan horrenda! Es un disfraz horrible de ama de casa de los cincuenta.

Arruga el papel y lo tira al suelo del comedor.

Rennie lleva presionándome para que celebrara una fiesta en mi casa desde que nos conocimos. Siempre me he negado, porque la clase de fiesta que mis padres me permitirían celebrar no es la que les interesaría a mis amigos. Es decir, nada de alcohol, nada de música alta, nada de bañarse desnudos en la alberca, nada de fajar en cualquier habitación... Sería más bien un karaoke con un surtido de quesos.

Además, nunca me ha atraído la idea de invitar a un montón de gente a mi casa. Me parece muy estresante, tendría que asegurarme de que no destrozan todo pero que, a la vez, se la estén pasando bien. Eso sí, es la casa perfecta para un evento. Mi madre la diseñó así, de estilo abierto, con techos altos y un montón de espacio por el que moverse. Y la noche de cine que celebramos el otro día salió bien.

Me paso el resto del día preguntándome por qué Rennie es la única que celebra fiestas. ¿Acaso tiene el monopolio de todas las actividades sociales de la isla?

Esa noche, se me presenta una oportunidad. Estamos haciendo la cena cuando mi madre sugiere que vayamos este finde a Nueva York para darle una sorpresa a mi padre, que da una charla allí. Le recuerdo que tengo que atender las solicitudes de la universidad.

—Lillia, apenas ves a tu padre. Sería un viaje en familia muy bonito. Podemos ver una obra de teatro, ir de *brunch*, ver la nueva exposición de arte que hay en el Met... Igual hasta ir a hacernos un masaje. ¡Y hacer compras navideñas! ¿No dijiste que querías botas de montar nuevas?

Sé que piensa que me va a hacer cambiar de opinión con lo de las compras, pero me mantengo en mi postura.

—Papá va a estar ocupado con el trabajo todo el día. Tampoco es que vaya a venir al *spa* con nosotras.

—Pero podremos cenar juntos —discute mi madre.

—Mami, tengo que hacer lo de las solicitudes. He estado muy ocupada con tareas, así que no he podido concentrarme en ellas como debe.

Ahí digo la verdad.

Mi madre suspira.

—Vayan Nadi y tú —sugiero—. Yo estaré bien aquí sola, te lo prometo.

Percibo la indecisión en el rostro de mi madre. Se muere de ganas de salir de la isla, así que se aferra a cualquier excusa para escapar. Los inviernos la sacan de quicio, se pone claustrofóbica al no poder salir con este clima tan frío, húmedo y gris. Además, le encanta Nueva York. Vivió allí a los veintipocos, y se pone muy nostálgica cuando habla de recorrer la ciudad con sus amigas.

Nadia, que escuchaba desde el sofá, interviene.

—Porfi, porfi, porfi, ¿podemos ir? ¡Quiero ir de compras! —Luego, añade corriendo—: Y también ver a papi.

—No sé. Es que todo un fin de semana sola...

—No me pasará nada. Me quedé sola el mes pasado y todo salió de maravilla —rebato con voz firme y fuerte.

—Bueno... Ya saben que me encanta Nueva York en esta época —admite mientras vuelve a mirar a Nadia, que suelta un gritito—. Toda la ciudad está decorada, parece un regalo. —Vuelve a mirarme y añade—: Rennie puede quedarse a dormir para hacerte compañía.

—De acuerdo —respondo, y Nadia enarca las cejas. Me doy la vuelta y empiezo a rellenar los vasos de agua.

—¿Han discutido? —me pregunta mi madre—. Hace mucho que no viene a casa.

—No. Es que estamos ocupadas.

Sé que mi madre se está preparando para hacer más preguntas. Es hora de cambiar de tema.

—Mami, ¿puedes comprarme la crema facial esa que tanto me gusta del *spa* al que vas? La que huele a mermelada de ciruelas.

—Igual Santa Claus te la deja en el calcetín —comenta mi madre con un guiño.

Así es como consigo celebrar mi primera fiesta. Se lo cuento a todo el mundo en la mesa del comedor el jueves y la cara de amargada de Rennie hace que valga la pena incluso antes de empezar.

—El viernes por la noche, solo gente de último año —informo—. Va a ser superexclusiva. No quiero desconocidos, ni chicos de penúltimo ni nada. Solo la gente que nos cae bien.

«O sea, tú no, Rennie».

—¿Tu madre te deja celebrar una fiesta? —Ella no parece convencida.

Estoy a punto de responderle de malas maneras, pero, entonces, me doy cuenta de que son las primeras palabras que me dice en más de un mes. Me obligo a tragarme mis palabras y explico:

—No estará. Y Nadia tampoco.

Rennie pone cara de asco.

—¿Y qué hay del alcohol? A ver si lo adivino, no habrá. Refrescos sin azúcar y limonada, ¿verdad?

La ignoro y le toco el brazo a Reeve.

—Reeve, ¿puedes pedirle a alguno de tus hermanos que me traigan unos cuantos barriles de cerveza? Te lo pago después de clase.

—No hace falta —asegura mientras se bebe de golpe un envase de leche. Se limpia la boca con la mano—. Tommy me debe una porque le ayudé con la mudanza la semana pasada. ¿Quieres licor también? Algo dulce para las chicas, como *shots* de melocotón o lo que tú quieras.

Mmm. No quiero que las cosas se descontrolen mucho. Pero Rennie nos está mirando, así que pido:

—Quizá una botella de tequila. Para *shots*. —Ahora hablo para el resto de la mesa—: Pero no quiero que se nos salga de las manos. ¿Pueden ayudarme a tenerlo todo bajo control? Si nos destrozan la casa, mi madre me mata.

Reeve me da un toquecito en el pie por debajo de la mesa y deja el tenis pegado a mi botín.

—Yo seré la seguridad —me promete, y me lanza una mirada dulce—. Solo entrará gente VIP a la fiesta de la princesa Lillia.

Me tienta echarle un vistazo a Rennie para ver qué cara está poniendo, pero no hace falta. Sé que está ardiendo de la ira por dentro. Lo tengo clarísimo.

—Y sin tema, eso está pasado de moda —añado para echar leña al fuego.

—Me parece bien —indica Alex—. Avísame si necesitas que te ayude con cualquier cosa.

—Igual puedes ir por unas pizzas —le pido.

Alex asiente.

—Por supuesto.

Reeve me ha mandado un mensaje para que le ayude a elegir su atuendo para la fiesta de Rennie y yo le he dicho que sí, pero solo porque tenía la esperanza de que ella se enterara. Estamos en Second Time Around, una tienda de segunda mano que está cerca de su casa de la que le ha hablado su madre. Él está parado delante de un espejo de cuerpo entero mientras se prueba un saco con doble botonadura y a rayas.

—Creo que ese saco es de mujer —indico, y estallo en carcajadas.

—Para nada —responde Reeve lleno de confianza—. Es de hombre seguro. Solo que tiene un corte más ajustado.

Me coloco detrás de él y me pongo de puntitas para mirar la etiqueta. Ann Taylor.

—Tienes razón —admito mientras intento aguantarme las ganas de sonreír—. Es de hombre.

Reeve me mira con sospecha y se quita el saco. Cuando lee la etiqueta, exclama:

—¡Ann Taylor! Pero si mi madre compra ahí. —Me lanza el saco y yo vuelvo a colgarlo en el gancho—. Si no encuentro nada más, me puede servir. Lo que importa no es el traje, sino quién lo porta.

Niego con la cabeza y finjo estar estupefacta.

—Es increíble lo creído que eres. —Sé que lo estoy molestando mucho, pero es que me gusta verlo actuar así. Le entrego un chaleco gris con estampado de cuadros y botones en la parte delantera—. Podrías usar esto con camisa y corbata.

Lo desabotona y se lo prueba por encima de la camisa que lleva.

—No está mal —concede mientras se admira en el espejo.

Luce guapo. Muy a lo portada de *GQ*. Tomo un sombrero de fieltro del gancho y se lo coloco en la cabeza.

—Ahora sí estás perfecto —le digo mientras le inclino el sombrero—. Muy estiloso. Muy Gatsby.

Tiene las mejillas suaves porque se ha rasurado esta mañana. Y huele bien, no como si se hubiera echado un litro de perfume, sino a limpio, como a detergente.

—Genial, pues me lo llevo —decide. Sé que está contento.

Se vuelve a mirar en el espejo por última vez, después se quita el sombrero y me lo pone a mí. Me da un jaloncito en la trenza de lado que me he hecho. De repente, tengo el fuerte presentimiento de que está a punto de besarme.

No obstante, detrás de él, al otro lado de la tienda, distingo a dos chicas y a un chico de nuestro instituto examinando las prendas. Son de teatro, seguramente estén buscando disfraces o algo. No sé sus nombres, pero seguro que ellos nos conocen. Y, si nos vieran besándonos, un chisme tan jugoso correría como la pólvora.

De repente, me siento mareada. Doy un paso atrás y me aparto corriendo de él para ir a la caja registradora. Reeve me sigue.

—Nos llevamos el sombrero y el chaleco —le indico a la chica de la caja.

Él paga y volvemos a su camioneta. Hoy brilla mucho el sol, pero hace frío. Me tapo más el cuello con la bufanda. Estoy a punto de subirme al asiento del copiloto cuando oigo que carraspea.

—¿Quieres venir a las puertas abiertas de mi casa? —pregunta.

—¿Qué son las puertas abiertas?

¿Acaso se muda?

—Es un evento que organizan mis padres todos los diciembres —explica—. Mi madre prepara un montón de comida y no deja de venir gente todo el día. Sobre todo familia y vecinos. Estarán mis hermanos, sus novias y mis primos. Vemos el partido y decoramos el árbol, colgamos las luces del garaje... Nada especial.

Me humedezco los labios.

—¿Cuándo es?

—Este domingo. Ven cuando quieras, estaremos todo el día.

—Bien —acepto.

Conozco a Reeve desde hace años y no recuerdo que haya mencionado nunca este evento. No puedo creer que me haya invitado. Es muy bonito por su parte. Y también muy real. O sea: ¿voy a pasar el día con sus padres, sus hermanos y las novias de estos? Eso es algo muy de parejita.

Supongo que es bueno.

Reeve esboza una sonrisa llena de alivio.

—¿Sí? Bueno, genial. Puedes venir cuando quieras, pero la gente empieza a llegar por la mañana. Además, mi madre prepara unos panes increíbles, así que ven como a las diez más o menos, antes de que mis hermanos se los zampen todos.

—De acuerdo —digo.

Parece tan feliz que me pregunto si volverá a intentar besarme.

Me abre la puerta del copiloto, yo me subo con la bufanda colgando a mis espaldas. Antes de cerrar, recoge el final de mi bufanda para no atraparlo con la puerta y me la enrolla en el cuello. Después, corre hacia el otro lado, arranca el coche y enciende la calefacción.

—Se calentará enseguida —asegura, y yo asiento.

Tengo que repetirme constantemente que esto no es real, que dentro de nada se acabará. No puedo dejarme llevar por lo que siento por él. Es más, no puedo sentir nada por él. Tengo que controlarme.

Reeve se estaciona delante de mi casa y, antes de que salga, me informa:

—Ya está arreglado lo de los barriles. Voy a ir por ellos mañana después de clase. También puedo pasar por las pizzas.

—Ah, gracias, pero de eso se ocupa Alex —comento sorprendida.

—Yo voy. Me queda de camino.

—Bueno. Gracias. Pagaré al hacer el pedido.

Reeve me mira raro.

—Me puedo permitir un par de pizzas, Cho.

Genial, ahora lo he ofendido. Intento pensar en qué decir para arreglar esta incomodidad, pero él continúa hablando.

—Si quieres, puedo llegar temprano para ayudarte a preparar la fiesta.

Lo miro de reojo.

—La gente se va a dar cuenta, ¿sabes?

Reeve levanta los hombros.

—¿De qué?

—Vamos, Reeve. Solo digo que, si queremos que esto quede entre nosotros, tendríamos que ser más discretos.

Él alarga la mano y me coloca un mechón de pelo detrás de la oreja.

—No vamos a poder esconderlo para siempre.

—Ya lo sé. Pero tampoco es cuestión de restregárselo a la gente por la cara. A algunos les va a molestar.

Es decir, a Rennie y a Alex.

Se frota los ojos.

—Yo solo hago lo que me parece bien. Si la gente tiene algún problema..., pues que se vaya a la mierda.

Asiento. ¿Qué más podemos hacer? Entonces, decido hacer lo que me parece bien en ese mismo instante. Me inclino sobre la consola central y le doy un besito en la mejilla. Soy tan rápida que no veo ni la cara que pone antes de bajar de un salto del coche y correr hasta la puerta de mi casa.

Cuando llego a mi habitación, me siento confundida y sin aliento. Me estoy cepillando el pelo delante del tocador cuando Nadia entra con una de las enormes sudaderas de Harvard de mi padre y sus pantuflas peludas.

—Hola —saludo—. Pensaba que ibas al establo.

—Sí, pero más tarde. —Pasa, se sienta en mi cama y me contempla mientras se abraza las rodillas con las manos—. Te veo contenta.

—¿Ah, sí?

—Sí. ¿El que te ha traído a casa era Reeve?

Percibo algo en su voz. Cierta aspereza.

—Sí. Nos vimos todos por el centro y me ha traído porque le quedaba de camino a casa de Alex.

Mi hermana no dice nada. Sabe que miento. Yo también lo sé. Por tanto, la mentira se queda ahí, pendiendo entre las dos.

—He visto cómo lo besabas —declara.

—¡En la mejilla!

Niega con la cabeza y me mira como si no me conociera.

—Aun así, sabes que no está bien. No sé qué estás haciendo con él, pero no está bien.

—¿Por qué no? —Mi voz suena débil, desesperada.

Odio que Nadia me mire de esta forma, como si la hubiera decepcionado. Como si la hubiera defraudado.

—Porque sabes lo que siente Rennie por él. Es suyo.

—No, Nadia. Ella cree que es suyo, pero no lo es. —Siento que los ojos se me llenan de lágrimas mientras añado—: No sé cómo puedes defenderla cuando estás viendo cómo me trata. ¿De verdad no te has dado cuenta? Lleva casi dos meses ignorándome en público, hablando de mí a mis espaldas. Y sé que tú y tus amigas la han ayudado con la decoración de su fiesta de Nochebuena. ¿Cómo crees que me hace sentir eso? Deberías estar de mi parte, Nadi. Eres MI hermana, no la suya.

—No estoy hablando de ella, sino de ti.

Parece que también va a echarse a llorar.

—Nadi —la llamo.

No sé qué puedo decirle para arreglar las cosas. Antes de que consiga averiguarlo, mi hermana se levanta y se marcha. Vuelvo a llamarla, pero no regresa.

47
Kat

Mis viernes por la noche se están volviendo cada vez menos emocionantes. Lillia va a tener una fiesta salvaje y yo estoy aquí, sentada en el suelo del estudio intentando desenredar un nudo de luces de Navidad. Es una bola preciosa y brillante. Mi padre y Pat han ido a comprar un árbol de Navidad con un cupón que han encontrado en un periódico. Mi hermano se puso en plan:

—Quiero uno que huela a pino. Los hay que no huelen.

Yo me he puesto las manos en la cadera y lo he regañado.

—Uno alto y barato, Pat. Esa es su misión.

Me sigue pareciendo raro gastar dinero en esto. Antes de morir mi madre íbamos a «cazar árboles». Así es como lo llamaba ella, pero creo que la gente se habría decantado por la palabra «allanamiento».

Después de cenar, con la puesta de sol, los cuatro salíamos de paseo por el bosque que hay detrás de nuestra casa. Cada uno llevaba una linterna. Cuando encontrábamos un buen árbol, mi padre y mi hermano se aferraban al mango de una sierra doble antigua. Mi madre y yo los animábamos en voz baja y les dedicábamos unos aplausos amortiguados por las manoplas mientras dábamos sorbitos a la sidra caliente que llevábamos en termos.

Esta era la única ilegalidad que cometía mi madre. Arrastrábamos el árbol de vuelta a casa y nos pasábamos todo el camino gastando bromas. De repente, Pat se quedaba callado y susurraba:

—¡Judy! ¡Creo que oigo sirenas!

Entonces, los dos nos moríamos de risa. Mi madre se negaba por completo a gastarse dinero en un árbol cuando los bosques estaban llenos de ellos. ¿Qué más daba que no fueran nuestros? Pertenecían a la asociación de vecinos, quienes compraron los terrenos en un intento de que no se construyeran más casas en algunas zonas de Jar Island.

Mi celular vibra sobre la mesita de café. Alargo la mano y abro el mensaje.

¿Podemos hablar? Por favor.

Esbozo una mueca, como si hubiera comido algo ácido. Es la segunda vez que Rennie se pone en contacto conmigo. Primero, lo de la margarita en mi casillero, cosa que me pareció una muestra brutal de manipulación emocional, y ahora esto. No le contesté a lo de la flor. Siempre que me la encontraba por el instituto, hacía como si no la viera. Y, por supuesto, no pienso responderle al mensaje. Por Dios. ¿Por qué diablos piensa que quiero volver a abrir esa puerta? Hace menos de un mes que trató de discutir conmigo en el Greasy Spoon.

Sé por qué lo hace. Es porque ya no se lleva bien con Lillia. Lo más seguro es que ni siquiera la haya invitado a la fiesta que celebra esta noche. Si siguieran siendo amigas, no se pondría en contacto conmigo. Así que... gracias, pero no, pedazo de bruja.

Me llega otro mensaje antes de que me dé tiempo a borrar el primero.

¿Porfiii?

¿Por qué no entiende las indirectas? Que siga intentándolo por mucho que yo le dé largas me hace sentir como una mierda, aunque sé que es una estupidez. Porque no le debo nada. Ella es la asquerosa, no yo. Espero que le quede bien clarito.

Le contesto.

Vete al diablo.

Suponía que con eso se acabaría todo, pero vuelve a escribirme casi al instante.

Un café. ¿Te veo en Java Jones a las diez?

Se me desencaja la mandíbula. Esta tipa tiene cerebro de espantapájaros.

Ni de puta broma voy a verme contigo en Java Jones.

Tecleo con tanta fuerza que me da miedo partir la pantalla. Hasta donde yo sé, podría ser una estratagema para humillarme, a lo *Carrie* de Stephen King, con una cubeta de sangre de cerdo que me caerá en la cabeza en cuanto cruce el umbral y todo.

Bien. Nada de café. ¿Puedo pasar por tu casa? Solo cinco minutos.

Típico de Rennie. Te presiona hasta que consigue lo que quiere. Cuando éramos pequeñas, usaba esta estrategia a todas horas. Una vez, quería que le dieran permiso para ir a la sesión de medianoche de una peli de miedo para mayores de dieciocho por lo increíblemente sangrienta que era. Paige le dijo que no, pero ella siguió insistiendo hasta que cambiara de parecer. Cosa que, obvio, ocurrió.

Le respondo.

QUE TE MUERAS, ZORRA.

Después, meto el celular entre los cojines del sofá porque estoy harta. Y también estoy harta de la maldita maraña de luces. Es todo culpa de Pat, siempre las mete sin cuidado en la bolsa en vez de enrollarlas como se debe. Busco por las cajas en busca del adorno que ponemos en lo más alto del árbol. En cambio, encuentro un angelito de porcelana y lo desenvuelvo de su cáscara de periódicos. Utilizo la manga del suéter negro para limpiar el polvo de la repisa de la ventana y lo coloco ahí. Tiene un hueco para meter una vela de esas chiquitinas que vienen en un recipiente de metal, pero nunca lo hemos usado. Tenemos que comprarlas. No recuerdo de dónde sacamos el ángel, si lo tenemos desde hace tiempo o si nos lo regaló alguien, pero, siempre que lo veo, pienso en Judy.

Suena el timbre. *Shep* se baja de la silla y va ladrando hasta la puerta.

No puede ser. No, no, no, no.

Miro a hurtadillas entre las cortinas y veo un *jeep* blanco en el camino de entrada.

«¡Me lleva el diablo!».

Vuelve a sonar el timbre y, después, alguien llama con impaciencia.

Me quedo de pie a unos metros de la puerta.

—¡Lárgate, Rennie! —grito a través de la madera.

Ojalá *Shep* fuera un perro guardián para que pudiera ordenarle que la atacara.

—Kat, habla conmigo, por favor.

Apoyo la espalda contra la puerta. Ella no deja de aporrearla.

Esto es absurdo. No sé cómo, pero Rennie ha conseguido hacerme quedar como la mala. La chica que se esconde dentro de su casa, asustada por tener que enfrentarse a la persona que la ha estado atormentando. Esto es increíble...

Abro la puerta de golpe.

—Tienes sesenta segundos. Empieza.

Rennie me dedica una sonrisita tímida. Lleva un suéter verde oliva, pantalones de mezclilla oscuros y unas botas de gamuza con el interior de borreguillo y unos flecos colgando. Son ridículas.

—Hola —saluda, como si nada.

Yo no le contesto. Me limito a quedarme ahí parada mientras espero a que empiece a hablar.

Solo que no pronuncia palabra, se queda mirándome fijamente como si sufriera amnesia y estuviera intentando recordar quién soy.

—¡Dime lo que tengas que decir! —exclamo para que se ponga las pilas.

Se muerde el labio y asiente.

—Kat —pronuncia, y después hace una pausa para tomar aire—. Lo siento.

Levanta los brazos como si me estuviera ofreciendo algo, no sé qué, y después los deja caer a los costados.

Me echo a reír, no puedo evitarlo, y mi aliento se condensa contra el aire frío.

—¿Y es todo? ¿Has venido solo para eso?

Suelta un suspiro, parece molesta, como si yo no fuera consciente de lo mucho que le está costando hacer esto.

—Sé que mis amigos no te han puesto las cosas fáciles. Lillia, Ashlin...

—Cállate. —Niego con la cabeza. Tengo que ponerle freno a esto—. No te atrevas a echarle la culpa a nadie de lo que me has estado haciendo tú estos cuatro años.

No se lo digo, se lo gruño.

Parpadea y después mira al suelo.

—Pero... Es que...

—Ay ya, por favor.

Me dispongo a cerrar la puerta de un empujón porque me parece ridículo.

Rennie da un paso adelante y evita que la puerta se cierre.

—Espera. Está bien. Ojalá pudiera volver atrás en el tiempo y empezar de cero. Me gustaría deshacerlo todo, Kat.

—Sí, pero no puedes —rebato. Es demasiado tarde.

—Ya lo sé. Eso es lo peor.

Me apoyo contra la puerta.

—¿Sabes qué es lo peor? El momento que has escogido. Me encanta que hayas decidido disculparte ahora, cuando tu círculo de amigos se está desmoronando y ya no tienes a nadie.

Lo he dicho a gritos.

Ella parpadea unas cuantas veces.

—Lo sabe todo el instituto, Ren. Tú y tu querida amiguita Lillia han discutido.

No sé por qué meto a Lillia en esto. He hecho las paces con ella, la he perdonado. Ahora nos llevamos bien. Pero la rabia que se fraguó cuando me hicieron a un lado sigue dentro de mí.

—La elegiste a ella antes que a mí, ¿por qué has creído que me importaría un carajo que ahora te mande al diablo? —Me río y mi carcajada suena vacía, pero no me importa—. ¡Lo estoy disfrutando! ¡Es el karma, bonita!

Vuelvo a intentar cerrar la puerta.

—¡Espera! Por favor, Kat. Escúchame solo un momento. Lillia es una zorra y una falsa. Tiene dos caras, como una psicópata. ¡Y no me había dado cuenta hasta ahora!

Parece tan convencida, tan segura de sí misma... En su mente retorcida, Lillia es claramente la culpable.

La contemplo con la boca abierta.

—¿No lo entiendes, pedazo de imbécil? No hay disculpa en el mundo que pueda reparar el daño que me has hecho. —Siento que sube la temperatura, y eso que intento ser fría—. Todas las mentiras que has contado sobre mí. Las burlas, el acoso. No me lo merecía. Éramos amigas. Nunca te hice nada.

Ella se pone a temblar. Se abraza a sí misma, pero no consigue parar. Baja la vista a sus horrendas botas.

—Bien. Tienes razón. Tienes toda la razón del mundo. Estoy recibiendo mi merecido.

No la consuelo.

—Fíjate, yo no estoy tan segura, Ren. De hecho, espero que algún día recibas el castigo que mereces y que las cosas empeoren mucho más —espeto.

Las palabras me dejan mal sabor de boca. Son crueles, muy pero muy crueles. Quizá hasta demasiado.

Me da la sensación de que va a levantar la mirada y a mandarme al diablo. Sin embargo, no lo hace. Levanta la vista, pero tiene los ojos llenos de lágrimas. Da un paso atrás para alejarse de mí.

—Solo quiero decirte una última cosa, Kat. Necesito que sepas que me pasaré el resto de mi vida arrepintiéndome de no haber estado a tu lado cuando tu madre se puso enferma. Necesitaba decírtelo antes de que te vayas a Oberlin o a donde sea y no volvamos a vernos.

Me cuesta que me salgan las palabras. De repente, se me ha cerrado la garganta.

—Muy bien. Porque debería darte vergüenza.

Noto que me empieza a temblar la barbilla.

Rennie se da cuenta y le empiezan a correr las lágrimas por las mejillas.

—Lo siento.

Entonces, rompe a llorar desconsoladamente. Se sienta en el escalón, se inclina hacia delante para apoyar la cabeza en el regazo y se pone a berrear.

La verdad es que me deja un poco desconcertada. Entonces me doy cuenta de que he conseguido lo que siempre había querido. No era la venganza, sino una disculpa. Una disculpa sincera. Solo que estoy demasiado triste como para regodearme. Las cosas no tendrían por qué haber salido así.

Yo también me dejo caer, un escalón por encima de ella, y contemplo cómo los hombros le suben y le bajan. Me cuesta no consolarla. Al final, termino dándole una palmadita en la espalda. Bueno, dos. O sea, es que soy humana.

Papá y Pat llegan con el árbol de Navidad atado al techo del coche. Al vernos, mi hermano abre mucho los ojos. Yo niego con la cabeza para que sepa que todo está bien. Ellos entran por el garaje.

Rennie levanta la cabeza.

—Quiero prometerte algo. Te juro por mi vida que no voy a volver a ser mala contigo, Kat. Jamás. —Tengo la garganta seca, así que asiento levemente para aceptarlo—. Y me gustaría invitarte a mi fiesta de Nochebuena.

Estoy a punto de darle las gracias y declinar la invitación, pero entonces caigo en la cuenta de que, si estoy presente, podré verla pelearse con Lillia en persona.

—¿Puedo ir acompañada? —pregunto, pensando en Mary—. Si es que no tengo nada mejor que hacer, claro.

Rennie se ríe.

—Qué típico de Kat —dice—. Claro, trae a quien quieras. —Se levanta y se estira—. Habrá portero, como si fuera un bar clandestino. Si le dices «Tengo la maleta vacía», te dejará pasar gratis. —Esboza una sonrisa diabólica—. Me he guardado una sorpresa especial para medianoche y quiero que estés en primera fila. Va a ser increíble, nena.

No puedo evitar poner los ojos en blanco, porque sigue siendo tan Rennie...

—Agradezco que hayas venido —admito con voz brusca—. Y que me hayas dicho esas cosas.

Ella me sonríe.

—Es lo mínimo. —Rasca a *Shep* detrás de las orejas y le da un beso en la cabeza—. Adiós, Kat.

—Adiós, Ren.

En cierto y extraño modo, no me parece una despedida, sino el más pequeño de los comienzos.

48

Lillia

En cuanto he llegado a casa del instituto, he cerrado con llave el mueble bar y la puerta que da a la bodega. Después, he escrito un cartel de «NO PASAR» y lo he colgado en la puerta de la habitación de mis padres. Me he planteado colgar otro en la entrada en el que dijera «QUÍTENSE LOS ZAPATOS, POR FAVOR», pero luego he decidido que igual sería pasarse. Si veo que la gente sube los pies a los sofás, les pediré con educación que los bajen.

Llevo la camiseta de encaje estilo corsé que me compró Kat. No me he animado a ponérmela hasta ahora, pero creo que, como anfitriona que soy, tengo que ir más arreglada de lo normal. La he combinado con una minifalda plisada gris y el dije de oro en forma de herradura. Me he rizado el pelo y me he cardado la parte de arriba para darle volumen. El toque final es labial color palo de rosa y unas gotas de perfume.

Veo la camioneta de Reeve entrar en el camino de mi casa y él se acerca hasta la puerta con cuatro cajas de pizza amontonadas. Le abro a toda prisa antes de que toque el timbre.

Se le desencaja la mandíbula al verme.

—Demonios, Cho.

Es justo la reacción que esperaba y, aun así, se me encienden las mejillas.

—Gracias por recoger las pizzas —le digo cuando entra.

Me entrega las cajas para después quitarse los zapatos y colocarlos pegados a la pared. Lleva calcetines blancos con la punta gris, son de la misma marca que usa mi padre. No sé por qué, pero eso me hace sonreír.

Noto su mirada clavada en mí mientras lo acompaño a la cocina. Dejo las pizzas en la barra.

—Gracias de nuevo —repito, solo para tener algo que decir.

—No ha sido nada.

—¿Has conseguido los barriles de cerveza? —pregunto.

—Sí, están en la cajuela de la camioneta.

—Te ayudo a traerlos —me ofrezco.

Él suelta una risotada.

—Pesan demasiado para transportarlos entre nosotros dos. Le pediré a PJ que me ayude cuando llegue. —Me mira de arriba abajo—. Además, tu falda es demasiado corta para ese trabajo.

Hago un ademán.

—No tanto.

Él me sonríe. Después, me coloca las manos en las caderas y me acerca a su cuerpo con gran facilidad. No aparta los ojos de los míos, me observa con detenimiento para darme la oportunidad de detenerlo si es lo que quiero.

Pero no. No quiero. Es decir, sí quiero besarlo.

Entonces, me besa. Su boca delicada y segura contra la mía. Este chico sí sabe besar.

No recuerdo haber invitado a tanta gente. Además, dije explícitamente que solo personas de nuestro curso, así que

¿por qué han venido las pequeñas del equipo? Esta fiesta no es tan VIP como creía. Y ser la anfitriona es la cosa menos divertida del mundo. No dejo de dar vueltas, limpiar bebidas derramadas y bajar la música. ¡Ni siquiera he tomado un sorbito de alcohol!

Menos mal que tengo a Reeve.

Se ha quedado a la puerta y le grita a la gente que se quite los zapatos.

—Morrisey, ¿te has criado en un maldito granero o qué? —ruge.

Cuando ve que lo estoy mirando, me guiña un ojo.

Estoy dando una vuelta por el piso de abajo cuando la veo. Rennie. No lo puedo creer, pero ahí está, bebiéndose una cerveza desparramada en mi sofá con las botas de tacón puestas, y eso que conoce las reglas de la casa mejor que nadie. Está hablando con Ash, quien se ha subido al reposabrazos.

No tengo muy claro qué hacer. Si intento echarla, hará un dramón, y eso es justo lo que quiere: que nos peleemos delante de todo el mundo. Por eso, hago justo lo contrario, agarro un tazón de papas fritas de la cocina y me acerco al sofá con una sonrisa radiante.

—¡Hola, chicas!

Me siento a su lado.

Rennie me dedica una sonrisa falsa, una ligera elevación de las comisuras de la boca, y Ash se inclina para darme un abrazo.

—Lil, vaya desastre —lloriquea.

—¿Qué ocurre? —le pregunto.

—Derek me ha dicho que quiere que nuestra relación sea casual, que no quiere tener nada serio durante el último año de instituto. —Se suena la nariz con una servilleta de coctel.

—Uf —resoplo—. Qué típico de Derek.

—Ash, esto es lo mejor que podría haberte pasado —declara Rennie, y da un trago de cerveza—. Derek sería muy mal novio.

Yo le acerco el tazón de papas a Ashlin, que se mete un puñado en la boca.

—Pero Reeve y tú son la pareja ideal, y seguramente Lil y Alex también acaben saliendo. ¿Con quién me quedo yo? ¿Con PJ? —Pone cara de asco.

No digo lo que pienso, que es: «Disculpa, pero Reeve y Rennie no son la pareja ideal porque él está conmigo». Me espero a ver si Rennie la corrige, pero sigue bebiendo.

—Pero ¡si PJ es adorable! No te preocupes, Ash. Encontrarás al chico perfecto, igual que yo —le promete.

Me levanto porque ya no puedo seguir escuchando más estupideces.

—Ash, vuelvo dentro de un segundo. Voy a asegurarme de que no haya nadie en el piso de arriba.

Rennie pone los ojos en blanco.

—Si no dejas de actuar como una guardia estricta de prisiones, esta fiesta va a ser un fracaso. Relájate un poco.

Estoy a punto de contestarle con mordacidad cuando Reeve entra al salón como un vendaval. Toma a Rennie en brazos para levantarla del sofá y se la lanza encima del hombro como si no pesara nada (porque así es).

—Bájame, Reeve —grita ella, dando pataditas.

—¡Nada de zapatos, Ren! —indica mientras le quita las botas.

Después, vuelve a lanzarla al sofá y el vaso de cerveza se vuelca y me salpica un poco el brazo.

—Genial. Gracias, chicos —digo mientras seco el suelo con las servilletas.

Reeve se agacha y empieza a ayudarme.

—Lo siento, Cho.

—Cálmate, Lil —me urge Rennie con la cara roja por haber estado bocabajo—. ¡Solo es cerveza! En las fiestas, siempre acaba en el suelo.

—Rennie, te juro que si vuelves a decirme que me relaje... Lo digo en serio.

Rennie entrecierra los ojos y nos embarcamos en un duelo de miradas. Reeve intenta rodearnos con los brazos, pero yo me aparto.

Entonces, Alex entra con un plato de papel en la mano y una cerveza en la otra.

—¡Hola! —lo saludo—. No te he visto en toda la noche.

Alex se traga la pizza que tenía en la boca.

—He estado por ahí. —Da un sorbo a la cerveza—. Ah, y he ido por las pizzas, pero me han dicho que ya se las había llevado otra persona.

Me cubro la boca con la mano.

—¡Rayos! Se me ha olvidado avisarte. ¡Lo siento mucho!

Alex se mete lo que le queda de pizza en la boca.

—Tranqui.

—Lo siento muchísimo, Lindy —repito, y Rennie pone los ojos en blanco.

—Sí, perdona, amigo —interviene Reeve, arrastrando las palabras—. Me he encargado yo.

Alex pasa de mirarme a mí a Reeve, que sigue a mi lado.

—Le quedaba de camino a buscar los barriles de cerveza, así que he pensado que sería más fácil así.

—Tranqui —repite Alex mientras deja el plato sobre la mesita de café. Entonces, se saca la cartera del bolsillo trasero del pantalón y se me hace un nudo en el estómago. Saca unos cuantos billetes de veinte y se los ofrece a Reeve—. Toma.

—¿Para qué es esto? —le pregunta él, que entrecierra los ojos al mirar el dinero.

Alex da un paso adelante sin retirar los billetes.

—Le dije a Lil que yo invitaba las pizzas.

—«Le dije a Lil que yo invitaba a las pizzas» —lo imita Reeve con voz aguda, como de bebé—. Pues llegas tarde. Ya he pagado yo.

Alex se pone rojo. Me dispongo a decirle que lo olvide, pero, antes de que pueda mediar palabra, lanza el dinero a la mesa.

—Quédate el cambio.

—No soy el repartidor, imbécil —espeta Reeve.

Alex suelta una risa carente de humor.

—¿Quién sabe? Tal vez en un par de años lo seas.

Me llevo las manos a la cara. No puedo creer que Alex le haya dicho eso. Nunca lo había visto hablarle así. Rennie se levanta del sofá como si fuera a partirle la cara a Alex.

Reeve aprieta los puños y no me cabe duda de que está a un par de segundos de tumbarlo de un golpe. Tengo que hacer algo, y deprisa.

El corazón me va a mil por hora, recojo los billetes y se los devuelvo a Alex. Hablo con voz educada, pero firme.

—Gracias, Lindy, pero Reeve se encarga.

Después, dejo caer el cuerpo contra el de Reeve y deslizo la mano por la suya.

Solo es una pequeña muestra de afecto, sutil, silenciosa y que apenas significa nada. Pero Alex solo tarda un segundo en apretar la mandíbula. Giro la cabeza y miro a Rennie, que está en el sofá. Tiene la boca tan abierta que le veo hasta las muelas. Se me tensa todo el cuerpo por los nervios, pero no me muevo.

Todos lo están viendo. Nos están viendo.

Entonces, Reeve baja la vista para mirarme, estupefacto. Y, desde luego, no está contento. Aparta la mano de la mía.

—¿Qué estás haciendo, Cho? —me pregunta como si me hubiera vuelto loca, como si no hubiéramos mantenido esa conversación en su camioneta, como si nunca nos hubiéramos besado.

Después, con una risita, niega con la cabeza, se aleja de mí, recoge el plato de papel de Alex y desaparece por la puerta de la cocina. Yo me quedo ahí parada delante de todo el mundo, boquiabierta.

¿Qué acaba de pasar?

No puedo soportar mirar a Rennie, ni a nadie. Me doy la vuelta y subo corriendo a mi habitación. ¿A qué vino esa charla sobre hacer lo que le parecía bien y que la gente podía irse al diablo si no les gustaba? ¡Si fui yo la que le pedí discreción!

Cierro la puerta de mi cuarto y me dejo caer en la silla del tocador. Tengo el pelo horroroso, sin volumen, pero no en plan liso y brillante. Seguramente sea porque llevo dos horas sin dejar de limpiar. Me cepillo el pelo con rabia y después me retoco el labial, que se me había borrado. Siento la música del piso de abajo retumbar en las paredes y lo único que quiero es acostarme en la cama. Me pregunto qué hora se considera demasiado temprano para echar a la gente de casa.

Seguro que me ha rechazado por vergüenza, por el comentario de Alex de que sería repartidor. Igual lo he manejado mal. Podría haberle dado espacio, que se hiciera el machito y haber esperado un momento más indicado.

Dios mío, parezco Mary.

Suspiro y vuelvo a bajar las escaleras para ver cómo van las cosas. Desde el recibidor, oigo el rugido del motor de un coche que derrapa por el camino de entrada. Miro a través de la cortina. Es el todoterreno de Alex.

Genial. Esto es genial.

En la sala de estar veo la marca de un vaso en la mesita de café e intento limpiarla. Voy a la cocina para buscar algún producto y me encuentro a Rennie sentada en el suelo, con la espalda apoyada en la puerta del horno. Reeve está agachado a su lado.

—Reevie... Estoy borracha. —La cabeza se le bambolea de un lado a otro y el pelo le tapa la cara—. ¿Me puedes llevar a casa, por favor?

La miro detenidamente. Se ha tomado dos cervezas como mucho. La he visto acabarse media docena de latas en menos de una hora y ni siquiera estar mareada.

—Rayos, nunca te había visto beber tanto —comento.

De repente, Rennie vuelve a centrar la mirada y la clava en mí.

—Igual alguien me ha puesto algo en la bebida.

Retrocedo.

Reeve se levanta.

—Ren, ¿cuánto has bebido?

—No lo sé... —Gime, ha vuelto a hacerse la borracha—. He perdido la cuenta. —Está claro que es puro teatro. Solo lleva media hora aquí y hace nada estaba bien—. Mejor me voy por mi cuenta. No quiero que tengas que irte por mí.

—No pienso dejar que conduzcas así, ni de broma —declara él mientras niega con la cabeza.

La ayuda a ponerse en pie, después la sostiene y ella le envuelve el cuello con los brazos.

—Eres el mejor, Reeve —suspira, cierra los ojos y se acurruca más contra él.

—Ve por tu abrigo. Nos vemos en la puerta.

—Sí. Date prisaaa. —Se aleja a trompicones.

Cuando Rennie se ha ido, Reeve me dice:

—Voy a llevarla a casa.

Lo miro con cara de pocos amigos y me cruzo de brazos.

—No sé ni qué está haciendo aquí.

Él se yergue.

—Ha venido porque estamos todos, Lil. Todos sus amigos. ¿Qué va a hacer si no? ¿Quedarse en casa sola?

Esbozo una mueca. ¿Cuántas veces me lo hizo ella a mí?

—¿Puedes no defenderla delante de mí, por favor?

—Sé que a veces es una zorra, pero, en el fondo, es buena chica. —Se pasa una mano por el pelo y echa un vistazo a la entrada—. Mira, voy a dejarla en su casa y vuelvo.

Aprieto los labios.

—No te molestes. De todas formas, voy a echar a todo el mundo dentro de nada. —Me aparto el pelo del hombro—. Para que lo sepas, Alex se ha ido.

—Pues muy bien. Maldito bastardo de mierda —dice con desdén.

—¡Reeve! —Lo miro enojada.

Desde la puerta, oigo que Rennie grita su nombre.

—¡Reevie! ¡Ya estoy lista!

Él mira hacia allá.

—Deja que me ocupe de esto. Después, vendré a ayudarte a limpiar.

—Puedo yo sola.

Suspira, exasperado.

—¿Estás enojada conmigo?

—¿Por qué iba a estarlo? —pregunto con voz gélida.

Reeve me da la mano.

—Te prometo que vuelvo enseguida. Dame veinte minutos —me pide.

Quiero decirle que no vuelva, pero no consigo animarme a pronunciar las palabras. Porque quiero que venga. Sé que no debería, pero quiero. No puedo evitarlo.

Me aliso la falda.

—Bien. Si quieres...

Después de mirar por encima de ambos hombros para ver quién nos mira, me da un besito en la frente. Después, se saca las llaves del bolsillo, me pide que le guarde un trozo de pizza y se larga.

Una hora después, cuando ya se ha ido todo el mundo, declino la oferta de Ash de ayudarme a limpiar. La insto a salir por la puerta, subo corriendo y me pongo mi pijama más bonita: una camiseta de tirantes con estampado de conejitos y pantalones a juego. Siento mariposas en el estómago mientras me aplico crema hidratante y un toquecito de perfume en el cuello. Me recojo el pelo y, después, me lo vuelvo a soltar.

Nunca había estado sola con un chico en mi casa. Podría pasar cualquier cosa.

No quiero que vaya mucho más allá de los besos. Bueno, un poco sí, pero, al mismo tiempo, no. Todavía no estoy lista. Y, además, sigo enojada. Desde luego, voy a darle un buen sermón. Por eso, imagino que nos sentaremos en el sofá y poco más.

Mientras espero, me pongo a limpiar el salón. Tiro a la basura los vasos de plástico, paso el trapo por las mesas y ahueco los almohadones del sofá. Reeve está tardando tanto en volver que hasta saco la aspiradora. Pasa otra hora, ya he limpiado también la cocina, y la casa ya casi ha vuelto a la normalidad. Sirvo dos trozos de pizza en un plato bueno, no de papel, y los cubro con plástico de cocina para poder calentarlos en cuanto llegue.

Entonces, recibo un mensaje. Dice:

Sigo en casa de Rennie. No voy a volver.

Lo leo dos veces para asegurarme de que lo estoy entendiendo bien. Me está dejando plantada. Por ella.

Rennie y yo nunca nos hemos enamorado del mismo chico. Los chicos que le gustaban a ella eran ruidosos, bruscos y nunca sabías si se estaban burlando de ti o si hablaban en serio. Le gustaba que la hicieran sentir insegura. Porque ella siempre estaba segura de sí misma.

El único chico de Jar Island del que he estado enamorada ha sido Patrick DeBrassio. E incluso entonces, no era más que la clase de enamoramiento que sientes por el hermano mayor de tu amiga, ese en el que sabes que nunca va a pasar nada entre ustedes. Yo era la amiga de su hermana pequeña, un bebé.

Por eso, Rennie y yo nunca coincidimos en los chicos que nos gustaban, aunque una vez estuvimos a punto. Fue el verano antes de noveno, cuando Rennie, Kat y yo todavía éramos amigas. Solo que esto ocurrió un día en el que solo estábamos Rennie y yo.

Había un mesero nuevo en la heladería. Era un trabajo de verano, y parecía tan joven como nosotras, no debía de tener más de quince años. Tenía el pelo rubio ceniza, una boca pequeña y era delgaducho, aunque se apreciaba que algún día sería alto y fuerte. Yo ya lo había visto dos veces, y en esas dos ocasiones había obligado a Nadia a pasar delante de mí para que me atendiera él. Me gustaban sus hoyuelos y lo cuidadoso y preciso que era con la cuchara de servir. Siempre le salían las bolas perfectas.

Aquella tarde no había mucho movimiento. Yo estaba intentando decidirme entre el helado de fresa y albahaca o el raspado de arándanos y trataba de reunir el valor para pedir una cucharadita de ambos para probar. Entonces, Rennie se apoyó en el congelador y le preguntó:

—¿Cuántos años tienes?

Había estado todo el verano hablando con chicos desconocidos, de esos que solo venían a pasar una semana, un mes o, como mucho, el verano. A veces, Kat se le unía, pero yo era demasiado tímida.

Él levantó la cabeza de golpe porque estaba pasando el trapo por el mostrador.

—¿Por?

—Porque sé de buena mano que para trabajar aquí tienes que tener dieciséis años, y tú no pareces tenerlos —respondió de forma malcriada, como siempre, solo que poniéndole ojitos.

Esa era su táctica estrella. Incluso por aquel entonces, tenía tanta confianza en sí misma que quien quisiera hablar con ella se sentía intrigado por sus agallas y su actitud.

—¿Cuántos años me echas? —le preguntó él.

—Quince como mucho —contestó—. ¿Y bien? ¿Cuántos tienes?

—Quince —admitió—. Mi tío es el dueño, así que voy a pasar aquí el resto del verano. ¿Tú qué edad tienes?

—Catorce —reveló ella.

Él por fin me dirigió la mirada. Yo había mantenido la vista fija en los cristales del congelador mientras me abrazaba y fingía que no los estaba escuchando.

—A ti te he visto antes —anunció—. Pediste el de arándanos la última vez que viniste, ¿no? Con chispitas de colores.

Asentí.

De camino a casa le dije a Rennie que no podía creer que se acordara de mí.

—Pues claro que se acordaba de ti. En esta isla no hay más asiáticos —comentó.

La miré para ver si era una broma, pero ella ya estaba en otra cosa. Era cierto que había pocas familias asiáticas en la isla, pero ella nunca había sacado el tema. No había mencionado que era diferente a ella.

Aquella semana se besó con él. Sucedió un día que yo fui al establo. Se molestó conmigo porque le dije que no podía ir a la playa porque tenía clase de equitación. Ni siquiera me acuerdo del nombre del chico. Tampoco es que pudiera enojarme, porque ¿qué pretendía hacer yo? No me habría besado con él en el muelle como ella. Ni siquiera me dejaban tener citas.

Lo que sí recuerdo es cómo me hizo sentir cuando supuso que la única razón por la que él podía recordarme era mi raza. Como si no hubiera nada especial, nada que valiera la pena recordar de mí. La idea se me metió bajo la piel y se quedó ahí mucho tiempo.

49
Kat

Lil dejó caer que igual podríamos vernos las tres este finde, pero, aun así, me sorprendió que me mandara un mensaje para preguntarme si queríamos ir a dormir a su casa. Qué novedad. Le contesté que sí, que por qué no, y desenterré el saco de dormir del garaje. Creo que la última vez que tuve una fiesta de pijamas fue cuando todavía era amiga de Rennie.

Pat no ha podido llevarme porque volvemos a tener el coche averiado. Había un montón de chicos en el garaje. La mayoría estaba bebiendo, pero Ricky no.

—Bien. Pues entonces me tocará ir caminando.

Al final del camino de entrada, veo que Ricky me sigue.

—En realidad, estaba a punto de irme, así que puedo llevarte si quieres.

Lo miro con cara de pocos amigos.

—Gracias, pero no.

No necesito la compasión de nadie.

—Kat, espera.

—¿Qué quieres, Ricky? —Me aseguro de sonar aburrida y desinteresada.

—Me estás ignorando. ¿Por qué? ¿Es porque no te besé?

Diablos. Este chico va directo al grano. Bueno, pues yo igual.

—¿Qué te hace pensar que yo quería besarte? No alucines.

Él se ríe.

—Me estampaste contra la pared y estabas a dos segundos de comerme la boca.

Yo lo miro con desagrado. Pero ¿este imbécil quién se ha creído que es?

—En tus sueños.

—Mira. ¿Quieres que te sea sincero?

Dejo de caminar y me doy la vuelta.

—Adelante.

—Me gustas. Desde hace tiempo.

—Entonces ¿qué problema hay?

Ricky se gira un poco hacia el garaje.

—Es Pat, ¿de acuerdo? He intentado hacer lo correcto y contarle lo que siento, pero me ha dicho que me aleje de ti.

—¿No soy yo la que tiene que tomar ese tipo de decisiones?

—No lo ha dicho a mal. Como vas a pedir matrícula en una universidad excepcional, creo que no quiere que nada te distraiga. Encima, es mi amigo. Si él me pone ese límite, no pienso cruzarlo. —Niega con la cabeza—. Además, ¿cuánto tiempo habríamos estado juntos? Como mucho unos pocos meses antes de que te fueras. No quiero... En fin, no quiero engancharme más de ti de lo que ya lo he hecho.

La verdad es que lo que hizo Pat es muy bonito. Pero ¿por qué diablos tiene que meter las narices en mis asuntos? No le sale del alma recoger los trastos que deja por casa, pero se ve con fuerzas para decidir con quién puedo relacionarme y con quién no.

Aunque, en cierto modo, no hay mal que por bien no venga. Porque Ricky me gusta, pero, desde luego, no estoy enamorada de él.

Le doy un besito en la mejilla.

—¿Amigos?

Parece triste, pero me dedica una sonrisa leve.

—Sí. Amigos.

Cuando Ricky me deja en casa de Lillia veo a Mary esperando en los escalones.

—Hola —saludo—. ¿Qué haces aquí fuera?

—Hola —responde Mary mientras enarca una ceja—. Creo que Lil no está en casa. Llevo un montón de rato tocando el timbre, pero no me abre.

—Uy.

Toco y, unos segundos después, Lil abre la puerta y nos dedica una sonrisa cansada.

—Hola, chicas.

Lleva una sudadera enorme de Harvard, *leggings* y calcetines gruesos. Nada de maquillaje. Lleva el pelo envuelto en una toalla. Supongo que se estaba bañando.

Entramos y tardo una eternidad en desatarme las botas militares. Lo de quitarse y ponerse los zapatos es un fastidio. En mi casa, nos metemos a la cama con los zapatos puestos.

Cuando por fin me las he quitado, Lillia nos lleva hasta la cocina. Me impulso para subirme a la isla de mármol y Mary se sienta a la mesa.

—¿Qué tal anoche? —pregunta Mary.

Lillia se jala las mangas de la sudadera para esconder las manos.

—No muy bien. Va a ser imposible mantener la relación hasta Nochebuena. Creo... Creo que se ha acabado.

Pongo los ojos en blanco.

—¡Eso ya lo has dicho unas diez veces, Lil!

Ella niega con la cabeza con actitud desafiante.

—Esta vez es distinto. Creo que Reeve lleva jugando conmigo desde el principio.

Mary se cruza de brazos.

—Imposible. Está enamorado de ti, Lil. Lo he visto con mis propios ojos.

—Ha jugado conmigo igual que contigo. Y tenías razón al preocuparte cuando lo viste con Rennie en el cine. —Se jala el pelo—. Qué tonta he sido, de verdad.

—Anda, tranquila —le digo—. ¿Qué ha pasado? ¿No vino a la fiesta?

—No, no. Sí vino. Todo iba bien...

—¿Pero? —Mary se inclina hacia delante, parece muy tensa.

Lillia se sonroja.

—Resulta que el otro día hablamos de oficializar nuestra relación. Contarles a nuestros amigos que estamos juntos. ¡Él me insistió! —Se muerde el labio inferior—. Por eso, cuando anoche vi la oportunidad, me lancé a ello. Delante de Alex. De Rennie. De todos.

Diablos. Me quito el sombrero. Lil está yendo por todo. Se está esforzando mucho.

—Pero, entonces, va él y me rechaza. Me deja en ridículo delante de todo el mundo. —Lillia se gira para mirar a Mary con los ojos bien abiertos—. Me he pasado toda la noche pensando en ti, Mary. En lo del ferri. En lo humillada que debiste de sentirte.

Niega con la cabeza. Ni siquiera verbaliza lo que piensa.

—Y ahora él te hizo lo mismo a ti.

—Básicamente. —Lillia se muerde el labio inferior—. Luego, para colmo, Rennie fingió que alguien le había puesto algo en la bebida para que Reeve la llevara a casa. Él me dijo que volvería, pero no lo hizo.

Típico de Rennie. Entonces me pregunto si a Lil le incomodaría saber que Rennie vino ayer a mi casa para intentar hacer las paces. Estoy a punto de contárselo (bueno, la versión reducida, sin las lágrimas) cuando Mary toma la palabra.

—Rennie es una bruja.

Parece que Lillia todavía no puede creérselo.

—Rennie me tiene sin cuidado. Es Reeve el que es un completo manipulador. Cada palabra que sale de su boca es una mentira. —Traga saliva—. Yo también he estado mintiendo, claro, pero si esto hubiera sido real, me habría hecho daño, ¿saben? —Luego, suelta un largo suspiro—. Y encima intenté defenderlo delante de ustedes el otro día en el baño. ¡Me ha engañado por completo!

—Han engañado a la engañadora —concuerdo—. Maldición.

—Siento no haber podido ayudarte. Lo he intentado. Te lo prometo —le dice Lillia a Mary.

Es raro, pero juraría que Mary parece aliviada.

—Lillia, no digas esas cosas —protesta—. Te agradezco mucho todo lo que has hecho por mí. No debe de haber sido fácil fingir durante tanto tiempo.

Lillia aletea las pestañas.

—No te preocupes. Tampoco ha sido para tanto.

Después, se bebe de un trago lo que le queda en el vaso.

Mary se jala un mechón de pelo.

—No lo puedo creer. Con lo bien que iban las cosas después del beso en el estacionamiento...

—Ya lo sé —coincide Lillia—. Si hasta me había invitado a las puertas abiertas de su familia mañana.

—Un momento, ¿Reeve te ha invitado a sus puertas abiertas? —Noticia estelar—. Yo antes siempre iba a esa estupidez.

—Sí, bueno, está claro que ya no voy a ir. —Lillia apoya los codos en la barra y pregunta—: A todo esto, ¿qué rayos son las puertas abiertas?

—Los del vecindario van y se pasan ahí el día. —Me rasco el barniz de uñas—. Mis padres me llevaron un par de veces. Ves el futbol, cortas el árbol, comes... —Entonces, levanto la vista y añado—: Oye, a mí me parece que si Reeve te ha invitado a eso es para formalizar la relación. ¿A cuántas chicas crees que ha presentado a su madre?

—Si ya conozco a su madre —rebate Lillia—. He estado en su casa un montón de veces.

Hago un gesto para restarle importancia.

—Sí, pero el contexto cambiaría. Sería en plan: «Mamá, papá, abuela, tío Chris, tía Linda, esta es la chica con la que salgo». Dudo que haya hecho eso nunca. —Lil abre la boca para discutírmelo, pero yo añado con voz soñadora—: La madre de Reeve cocina que no lo puedes creer. Todos los años prepara crema de vieiras con un montón de marisco: camarones, almejas... Y hablando de esto, ¿tienes algo para comer? Me muero de hambre.

Lillia busca en el refrigerador.

—Me queda pizza que sobró de ayer. Brie, hummus...

—Dame un poco de brie —pido. Nunca rechazo queso.

—¿Y tú, Mary? —pregunta Lillia mientras coloca una cuña de brie sobre una tabla de madera. Va a la alacena y vuelve con una caja de galletitas y un tarro de Nutella.

—No tengo hambre —dice ella con la cabeza agachada—. Es que no puedo creer que ya haya acabado todo.

Yo tampoco. Habría apostado la vida a que Reeve estaba enamorado de Lillia. Aunque no sé lo que pasó anoche.

Lil pone los ojos en blanco.

—Así es la vida. Y me alegro de que haya terminado: ya no tengo que volver a ser simpática con Reeve Tabatsky en lo que me queda de existencia. —Agarra el control de la televisión—. Vamos a ver una peli de chicas.

Yo suelto un gruñido y ella me lanza una almohada a la cabeza.

Estamos en la habitación de Lillia escuchando música y charlando. Se hace tarde, son casi las dos de la mañana.

Mary está acostada en el suelo con la cabellera rubia extendida a su alrededor.

—¿Creen que Rennie y Reeve tuvieron sexo anoche? —pregunta de repente.

Lillia levanta los hombros.

—Es probable.

—¿Por? —insiste Mary.

—Buf, Reeve es un asqueroso —respondo—. No me cabe duda de que pasó.

Con delicadeza, Lillia moja el dedo en el tarro de Nutella.

—Tienes que cuidarte, Mary. Prométenos que no vas a acostarte con un chico a no ser que tengas claro que puedes confiar en él.

Pongo los ojos en blanco y doy un sorbo a la cerveza.

—Relájate un poco. Mary sigue siendo virgen, como tú, así que no hay de qué preocuparse.

Lillia se tensa de repente. Y palidece.

—¿Qué ocurre? —le pregunto—. ¿Qué he dicho?

Niega con la cabeza. Parece estar a punto de romper a llorar.

—No pasa nada —susurra Mary—. No tienes que contárnoslo si no quieres.

Lil habla con voz constreñida. No puede ni mirarnos.

—Ya no soy virgen. La perdí con un tipo al que ni siquiera conocía.

Me quedo en *shock*. ¿Lil se ha tirado a un desconocido?

—¿En serio? ¿Tú? No te imagino acostándote con un tipo cualquiera. ¡Pensaba que estabas esperando al matrimonio!

Le empiezan a correr las lágrimas por las mejillas y me siento como una idiota. Mary me regaña con la mirada, y yo levanto los hombros con gesto de impotencia. ¿Qué me pasa? ¿Por qué siempre tengo que decir la primera estupidez que me viene a la cabeza?

—Sí estaba esperando —consigue decir Lillia—. Tal vez hasta el matrimonio no, pero por lo menos a estar enamorada. A hacerlo con alguien que me quisiera.

Alargo la mano y le doy un apretoncito en la pierna como muestra de empatía.

—Mi primera vez también fue una mierda, Lil. Fue en el sótano de un chico, y su madre no dejaba de tocar la puerta porque quería que saliera a cortar el pasto.

Lillia llora con más ímpetu. Le tiemblan los hombros y se cubre la cara con el pelo.

No sé qué decir para que se sienta mejor. Corriendo, añado:

—¿Sabes qué? Creo que, aunque sea con alguien a quien quieres, las primeras veces siempre son un asco.

—Pero... Es que ni siquiera me acuerdo —solloza—. Estaba demasiado borracha. Ni siquiera quería... No dejaba de llamar a Rennie para que me ayudara, pero ella no hizo nada.

Mary y yo nos miramos horrorizadas. Qué desastre.

—Lil, eso fue una violación —informo—. No fue una primera vez de mierda. Te violaron.

Ella niega con la cabeza.

—No, para nada. Tampoco es que yo me lo quitara de encima.

—¡Porque estabas demasiado borracha! —grito.

Cuanto más alzo la voz, más la baja ella. Su voz es casi un hilo cuando comenta:

—Él también estaba borracho. Ni siquiera sé si me oyó decirle que no, esa es la cuestión. —Se acurruca y se abraza las rodillas para llevárselas al pecho mientras el pelo le cae por la cara—. Dudo que él piense que fuera violación. Ni siquiera yo sé si lo pienso. Subí con él, le devolví los besos y dejé que me hiciera todas esas cosas.

—Lil, si no podías dar consentimiento, fue una violación, ¿me oyes? De hecho, es la definición de violación. —Me hierve la sangre, en serio, la noto hervir. Me levanto de un salto y empiezo a recorrer la estancia de un lado a otro. Me entran ganas de darle una paliza a ese tipo—. ¿Cómo se llama? Dime su nombre, voy a ir a buscarlo ahora mismo con mis amigos.

Pat me apoyará, y seguro que Ricky también. Puedo reunir a un grupo en un momento. Yo sacaré mi viejo bate de béisbol y haré añicos la casa de ese desgraciado.

—Kat, siéntate —me pide Mary con los ojos azules clavados en mí.

Me sobresalta lo seria que suena su voz, así que la obedezco.

—¡No podemos dejar que se salga con la suya!

—Eso no depende de ti —anuncia Mary—. Haremos lo que quiera Lillia.

Abro la boca para intentar discutírselo, pero, entonces, Lillia habla.

—Gracias, Mary. Te lo agradezco —comenta con sinceridad—. Y Kat, a ti también. Pero lo único que quiero es olvidarlo. Fue un error y ya ha pasado. No quiero que me afecte más de lo que ya me ha afectado.

Asiento, porque lo entiendo.

—Un momento, dices que llamaste a Rennie. ¿Ella también estaba allí? —inquiero.

—Sí. Este verano conocimos a dos chicos de la Universidad de Massachusetts en la playa y nos invitaron a una fiesta. —Traga saliva—. Bebimos un montón, la verdad es que no recuerdo mucho aparte de que subimos al piso de arriba con ellos. Pero sé que Rennie estaba en la misma habitación, y que se acostó con el otro chico. Nos marchamos antes de que se despertaran.

—Entonces ¿a Rennie también la violaron? —pregunto.

—No lo sé. No sé si fue una violación, si las cosas fueron demasiado lejos o qué. Rennie y yo no hemos vuelto a sacar el tema desde entonces. —Se seca las lágrimas con la manga de la sudadera—. No puedo creer que se los esté contando.

—Somos tus amigas —interviene Mary mientras se le acerca—. Puedes contarnos lo que sea.

—Pero ¿no deberíamos...? —Vacilo—. ¿No deberíamos llamar a la poli o algo? ¿Denunciar a ese tipo?

—No hay pruebas —indica Lillia—. No me hice ninguna prueba. Tampoco tenía moretones ni nada. Sería su palabra contra la mía, y no quiero pasar por eso. No quiero hacer sufrir a mis padres. No quiero que se enteren de lo que me pasó. —Levanta la cabeza y sus ojos se encuentran con los de Mary—. Quiero que me sigan viendo igual que siempre. ¿Entienden?

Ella asiente.

—Lo comprendo perfectamente.

—Lil, igual deberías hablarlo con alguien —sugiero, y me siento como la mayor hipócrita del mundo, porque no es que yo hable de mis sentimientos precisamente. Pero esto es muy serio—. No sé, con la orientadora. O con un psicólogo. No digo la señora Chirazo, sino un profesional de verdad, que tenga un diploma y sepa lo que se hace. Igual esa persona podría ayudarte.

—Tal vez —concede Lillia, pero no sé si se lo está planteando en serio. De repente, anuncia—: Si vas tú, voy yo, Mary.

¡Eso es, Lil! ¡Era el momento perfecto! Esta chica no desaprovecha ninguna oportunidad.

Mary retrocede como si Lillia le hubiera dado una cachetada.

—Yo no necesito hablar con nadie.

—Has sufrido mucho —comenta Lillia, y se humedece los labios.

Yo me apresuro a intervenir.

—Y sé que no te va muy bien últimamente con lo de tu tía... Te podría ayudar tener a otra persona de tu parte.

Mary aprieta los puños y se los mete en las mangas mientras niega con la cabeza.

—¿Podemos cambiar de tema, por favor?

Cierra los ojos como si no pudiera soportar ni vernos.

Esta vez, al menos, entiendo que debo cerrar el pico.

50

Lillia

Me despierto porque está sonando mi celular. Estoy tapada hasta la cabeza con el edredón y mi cuarto está sumido en la oscuridad porque hemos bajado las persianas. Me incorporo y empiezo a pasar la mano por la cama a ciegas para encontrar el celular. Entonces, deja de sonar y vuelvo a acostarme. De repente, vuelve a sonar otra vez.

Kat está desparramada en el suelo sobre su saco de dormir y enredada en mi mantita de bebé. Refunfuña en voz alta:

—¡Que alguien apague esa maldita cosa!

Mary levanta la cabeza desde el sofá.

—¿Qué hora es?

—Demasiado temprano, demonios —gruñe Kat.

Por fin encuentro el celular a los pies de la cama. Es Reeve. Me incorporo de golpe.

—¡Es Reeve, chicas! —grito.

Kat se sube de un salto a la cama y Mary se acerca corriendo y se arrodilla en el suelo, a nuestro lado. Nos hemos despertado de repente.

—¿Qué hago? —les pregunto. Me sube el pánico por el pecho—. ¿Le respondo?

Ayer asimilé que no iba a volver a hablar con Reeve Tabatsky en lo que me quedaba de vida. Pero no se me pasó por la cabeza en ningún momento que me fuera a llamar.

—¡Ponlo en altavoz! —me ordena Kat—. ¡Sé cruel, Lil!

Me tiembla la mano cuando contesto y pongo el altavoz.

—¿Diga?

—Eh, ¿cómo estás?

—¿Quién es? —pregunto mientras finjo estar medio dormida y Kat se muere de la risa en silencio. Mary está agachada a mi lado con los ojos bien abiertos. Parece que ni respira.

—¡Soy Reeve! —Sé que le ha molestado—. ¿Por qué no has llegado todavía?

—Me acabo de levantar. Me quedé dormida. Lo siento. —Aunque mantengo un tono indiferente y sin muestra de arrepentimiento.

Resopla.

—Bueno, ¿puedes venir ya?

Siento una punzada en el corazón. Respiro hondo e intento evocar la rabia que sentí cuando me dejó plantada, pero ha desaparecido, hecho que corrobora que todo esto ha ido demasiado lejos.

—No tengo muchas ganas —respondo incómoda.

Mary se cubre la boca con las manos y Kat empieza a rodar por el suelo mientras da pataditas en el aire. Se hace un largo silencio, por lo que empiezo a pensar que me ha colgado.

Pero, entonces, habla.

—Voy para allá.

Se me para el corazón.

—¡Espera! —grito, pero ahora sí ha colgado. Suelto el celular y miro a las chicas, horrorizada—. Dios mío. ¡Dios mío! ¿Y ahora qué hago? ¡Está viniendo!

Kat está haciendo un bailecito, como corriendo sin moverse de su lugar.

—¡Di que sí! ¡Que venga! Mientras hay vida, hay esperanza, amigas. —Se acerca bailando hasta la ventana y mira al exterior—. Lo seguimos teniendo bien atado. Es que, o sea, ¿qué más podría querer?

—¡No sé lo que quiere!

¿Y qué más da? Viene en camino. No va a tardar ni cinco minutos, y no pienso abrirle la puerta hecha una pordiosera. Voy corriendo al baño, me lavo la cara con agua fría, me cepillo los dientes tan rápido como puedo. Me quito el pants y me vuelvo a poner el conjunto de camiseta de tirantes y short ese tan lindo.

En mi habitación, oigo a Kat y a Mary debatir cómo debería abordar el asunto.

—Creo que debería ser cruel, después molestarse y al final ponerse triste. Para hacer que se sienta como una mierda —sugiere Kat. Después me llama—: Lil, ¿crees que podrías soltar unas cuantas lagrimitas?

—Yo creo que no debería llorar. Tiene que molestarse. Igual hasta puede soltarle una cachetada —opina Mary.

Kat se echa a reír.

—Yo solo quiero acabar con esto —digo en voz baja, más para mí que para ellas.

Cuando salgo del baño, Kat y Mary ya están en el piso de abajo, escondidas en el recibidor, agazapadas detrás de una *chaise longue*.

—Chicas, ¿y si intenta entrar? —digo mientras me pongo una sudadera—. Las verá.

—Pero es que queremos oírlo todo —lloriquea Kat—. No dejes que pase de la puerta y punto.

—Estoy nerviosa —admito mientras me pongo las manos en las mejillas. Las siento frías, pero la cara me arde.

—Tranquila —me consuela Mary—. Hasta ahora has estado perfecta.

Suena el timbre y me da un vuelco el estómago.

—Rayos, ¿ha venido volando o qué? —susurra Kat.

Miro a Mary para que me reconforte y ella asiente de forma alentadora.

—Destrózalo, Lil.

Abro la puerta.

Reeve está ahí de pie, con pantalones de mezclilla, camisa y un chaleco acolchado.

—¿Por qué no estás vestida? —me reclama mientras se mete las manos en los bolsillos de los pantalones.

—Ya te lo he dicho: me he dormido —respondo. Dejo que me caiga el pelo por la cara.

—Sí, ya lo sé. He oído lo que me has dicho por teléfono. ¿Qué es eso de que no querías venir?

Parece decepcionado de verdad, cosa que me desconcierta durante un instante.

—Ni siquiera sabía si seguía invitada —comento.

Frunce el ceño.

—¿Por qué?

¿Está haciéndose el tonto a propósito?

—Porque me dejaste plantada.

Él resopla.

—Tenía que ayudar a Rennie. Ya viste lo borracha que estaba.

—Ay, por favor. Estaba jugando contigo y tú se lo permitiste.

—No podía dejarla así, Cho. Despertó a su madre para que me saludara y sacaron los álbumes de fotos de cuando éramos niños.

Me está diciendo la verdad, lo sé. Porque es una estratagema típica de Rennie, sobre todo si sabía que yo estaba esperándolo. Me quito esa idea de la cabeza y hablo con voz aburrida e indiferente.

—Pues bien.

—Ren significa mucho para mí —explica con la voz tensa—. Ha estado ahí siempre que la he necesitado. No quiero hacerle daño. Tú deberías saberlo mejor que nadie.

Me cruzo de brazos.

—¿A qué te refieres con eso?

—¡A Lind! Te preocupas muchísimo por lo que siente.

¿Cómo se atreve a echarme en cara lo de Alex?

—Pues sí, me preocupan sus sentimientos porque es mi amigo. Él ha estado siempre que lo he necesitado. Es muy buena persona.

Reeve se tensa y siento que me embarga una ola de satisfacción. «Eso, ponte celoso».

Continúo hablando.

—Y, aun así, en la fiesta, iba a confesarle a Alex que tú y yo estábamos juntos. A pesar de saber que le iba a hacer daño, estaba dispuesta a hacerlo. No como tú. Tú hablas mucho, Reeve, pero cuando toca actuar, te echas atrás.

—¡No me eché atrás! Pero tampoco quería restregárselo en la cara.

—Más bien dirás que no querías que Rennie se enterara. Como es tu chica y eso...

Reeve niega con la cabeza y exhala con fuerza.

—¿Puedes...? ¿Puedes subir a vestirte, venir conmigo y luego lo hablamos? Mi madre te está esperando.

Se me cae el alma a los pies. No puede ser. ¿Su madre? Lo único que quiero hacer es ponerme algo bonito e irme con él. Si Kat y Mary no estuvieran al otro lado de la puerta, seguramente lo habría hecho.

Pero no puedo. Están aquí, todo esto es falso e imposible.

—No —replico mientras alzo la barbilla—. La verdad es que no quiero ir a tu casa y ponerme en plan familiar. Tampoco es que seamos novios ni nada de eso.

Palidece.

—¿En serio? Anda, Cho. Si quieres, llamo a Rennie ahora mismo para decirle lo que siento por ti.

—No será necesario.

Empiezo a cerrarle la puerta en las narices, pero él alarga el brazo para impedírmelo.

—¡Espera! Tienes razón. He sido un cobarde. Debería habérselo contado hace semanas, pero me dio miedo, Lillia. Por favor, dame otra oportunidad. Deja que te demuestre que voy en serio.

Intenta agarrarme la mano, pero yo la aparto y niego con la cabeza.

No puedo ni mirarlo.

Porque esto es real. No está jugando conmigo. Con solo verle la cara, el dolor y la desesperación que destilan sus ojos, sé que es real.

Y también sé que ya no puedo seguir adelante. Tengo que ponerle fin. Si no lo corto de raíz ahora mismo, ya no seré capaz de hacerlo. Será mejor así, de verdad. Cuanto más se alargue esta situación, más complicada se pondrá para todos. Ya ha llegado demasiado lejos.

Me he enamorado de la única persona de la que no debería enamorarme. Del chico que le rompió el corazón a Mary. Del amor verdadero de Rennie. Del mejor amigo de Alex.

Esto tiene que acabar aquí. Ahora.

Respiro hondo.

—Ya me has demostrado la clase de persona que eres, en más de una ocasión. Lo más gracioso es que yo lo sabía desde el principio. Sin embargo, estas últimas semanas me he estado engañando, porque quería creer que no eras solo un idiota egocéntrico. Quizá... porque me dabas pena. —Niego con la cabeza—. Pero eres lo que eres, Reeve. Y la cuestión es que nunca podrás tratarme como me merezco. Te resulta imposible. Así que dejémoslo aquí. Seguramente estarás tan cansado de fingir que eres buena persona como yo de hacer como que me lo creo.

Las palabras manan de mi boca, pero no suenan como si las estuviera diciendo yo. No me reconozco. Tal vez porque sé que son mentira.

Pero me doy cuenta de que Reeve se las cree. Se las traga por completo. Sus ojos pierden la chispa. Parecen vacíos. Se mantiene firme.

Eso es lo que más me duele: la facilidad con la que se lo cree y, en el fondo, sé que es porque es lo que piensa de sí mismo. Yo me he aprovechado de su miedo más profundo y lo he utilizado en su contra. Creo que esa es la traición más grande que ha sufrido hasta el momento.

Aun así, cierta parte de mí sigue esperando que me lleve la contraria, que me diga que me equivoco. Porque el Reeve Tabatsky al que conozco nunca se rinde. Sin embargo, esta vez espero que sí lo haga.

«Vete, vete de una vez».

Y eso hace. Sin mediar palabra, se da la vuelta, se sube a la camioneta y se marcha.

Cierro la puerta. Kat está dando saltitos y Mary mira al suelo, sin palabras.

—Lo siento —me disculpo—. No he podido esperar hasta Nochebuena.

—¡Al diablo la Nochebuena! ¡Esto ha sido un verdadero espectáculo, amiga!

Casi me da miedo mirar a Mary. Si esto no es suficiente para ella, no sé qué más puedo hacer. Siento que he muerto un poco por dentro.

—Qué fuerte —dice, las palabras le manan de la boca como miel—. Lo he sentido. —Mary se concentra en mí y se pone la mano en el pecho. Aletea las pestañas y añade con alegría—: He sentido cómo se le rompía el corazón.

Me obligo a sonreír.

Las chicas se van entrada la tarde. A esas alturas, la desagradable sensación que llevo dentro desde que se haya ido Reeve derivó en náuseas.

Cada vez que revivo la escena, me dan arcadas. Al pensar en lo que le he dicho. En lo cruel que he sido con él. En mi frialdad.

Mary y Kat no han dejado de recrear la escena, imitaban a Reeve poniendo la voz más grave que les salía. «Mi madre te está esperando». En serio, lo habrán dicho unas cien veces y cada vez se reían con más ganas.

No se habrían burlado tanto si hubieran podido verlo. Ellas no han tenido que contemplar el dolor en sus ojos. Yo sí.

Justo después de que Reeve se marchara, Kat agarró mi celular y lo colocó sobre la isla de la cocina para que las tres pudiéramos tenerlo a la vista. Estaba segura de que me iba a llamar antes de llegar a su casa. De hecho, según ella, no podíamos hablar muy alto por si estuviera dando vueltas a la manzana.

Por supuesto, no fue así. No ha vuelto, no ha llamado. Yo ya sabía que no iba a hacerlo.

Una hora después, Kat nos describía lo que estaría haciendo Reeve: estaría dándole vueltas en su cabeza y agarrando y soltando el celular como un hombre torturado. Seguro que me llamaría después de comer. Cuando ya hacía mucho que había pasado la hora de la comida, Kat cambió de idea y aseguró que me llamaría antes de que ellas tuvieran que irse.

Mientras enrollaba el saco de dormir, juraba y perjuraba que me mandaría un mensaje por la noche. O mañana como muy tarde.

Se puso las botas, agarró sus cosas y, justo antes de que ella y Mary salieran por la puerta, me gritó desde las escaleras:

—Si te llama esta noche, memoriza las palabras para que nos podamos echar unas risas.

Yo sujetaba la puerta mientras Mary se ponía los zapatos.

—No tengo palabras para agradecerte lo que has hecho por mí —aseguró; las lágrimas le brillaban en los ojos.

Yo tragué saliva.

—De nada. Solo me alegro de que haya acabado —afirmé.

Estoy sentada en el sofá con un cojín encima de la cara.

Sé que ha sido decisión mía acabar con todo, pero me gustaría haberlo hecho de otra forma. No sé, podría haber esperado a estar en las puertas abiertas. Los dos solos, sin público. Podría haber roto con él con más tacto. Decirle algo como: «Te tengo mucho cariño, pero creo que es mejor que seamos solo amigos». Kat y Mary no se tendrían por qué haber enterado de los detalles, solo de que había cumplido con mi promesa. Él se habría enojado de todas formas, pero no tendría razones para odiarme. No se me ocurre nada peor que el hecho de que Reeve me odie.

Son las tres de la tarde. Él mismo me comentó que su casa está abierta todo el día. Si me doy prisa, todavía me da tiempo de ir a hablar con él. Para que me entienda. No podemos estar juntos, pero puedo retirar todas las crueldades que le he dicho.

Corro al piso de arriba, abro la regadera y doy saltitos hasta que el agua se calienta. Ay, no, si no tengo tiempo de bañarme. ¡El pelo me tarda la vida en secarse!

Cierro la llave y enciendo el rizador. Mientras se calienta, corro al armario y me pongo el vestido camisero de seda azul regio que me compré para las entrevistas de la universidad. Lo combino con unos tacones *nude* y un collar fino de perlitas que me compró mi padre cuando cumplí los dieciséis. Me rizo las puntas del pelo, me pongo rímel, un toquecito de rubor rosa y un brillo de labios transparente.

Me miro en el espejo del recibidor antes de salir corriendo por la puerta. Tengo aspecto navideño, femenino y maduro. Es perfecto. Quiero causarle buena impresión a la madre de Reeve. A saber qué pensará de mí, que llego varias horas tarde.

Estoy a medio camino de T-Town cuando recuerdo que no puedo presentarme en su casa con las manos vacías. Doy media vuelta en medio de la calle, me pitan un montón de coches, pero me da igual. El Milky Morning ya está cerrado, así que voy a la floristería de al lado y les pido la flor de Pascua más grande que tengan. Es más bien un centro decorativo que una planta, la clase de objeto que encontrarías en la recepción de un hotel. Es gigante y la han colocado dentro de una maceta que imita a un espejo antiguo. Cuesta más de cien dólares, pero no me importa. Le pido al chico que la coloque en el asiento del copiloto.

Llego a casa de Reeve a las cuatro en punto. Me alivia ver que todavía hay un montón de coches, tantos que resulta casi imposible estacionarme. Me meto en el camino de entrada de su vecino y me estaciono detrás de su camioneta, de forma que queda bloqueada. Me pienso ir en cuanto le pida perdón a Reeve.

La planta pesa una tonelada, pero consigo llevarla hasta la puerta. Oigo escándalo de gente animando al televisor. Dejo la planta en el suelo, me peino los rizos con los dedos y toco el timbre.

«Muy bien, Lil. Empieza el espectáculo». Estoy nerviosa, pero también ilusionada. Quiero arreglarlo, subsanar los errores que he cometido. Quiero volver a sentirme yo misma.

Alguien abre la puerta y tardo un segundo en reconocerla.

Es Rennie. Se cruza de brazos por encima del pecho. Lleva una camiseta de futbol, un par de *leggings*, va con los pies descalzos y el pelo recogido en un chongo despeinado en la coronilla. Me siento ridícula, no encajo con mi ropa elegante.

—No puedo creer que hayas tenido la cara de presentarte aquí —escupe.

—Tengo que hablar con Reeve —explico.

Suelta una risotada cortante.

—¿Crees que él quiere hablar contigo? No te quiere ver. Por fin se ha dado cuenta de lo que eres: una puta zorra.

Miro con impotencia por encima de Rennie para ver el salón; albergo la esperanza de que él me vea y cambie de opinión. O que, por lo menos, me dé la oportunidad de explicarme. Pero está lleno de chicos: los hermanos de Reeve y otros hombres a los que no conozco. Casi todos llevan la misma camiseta que Rennie y tienen los ojos clavados en la pantalla. Detrás está el árbol de Navidad, ya decorado. En la mesita del centro veo el aperitivo estrella de Rennie: su salsa de siete capas con sabor a tacos, la que prepara siempre para las pijamadas en la cazuela azul de su madre. Al fondo, veo a la madre de Reeve con un delantal navideño y tenis de cuadros, removiendo una olla enorme.

Grito el nombre de Reeve e intento quitar a Rennie de en medio para entrar, pero me pega tal empujón que me tambaleo y casi me caigo de espaldas.

—Aquí no eres bienvenida. Ahora Reeve te odia tanto como yo —anuncia.

—Pues que me lo diga él —contesto mientras estiro el cuello.

—No está en la planta baja —me informa Rennie mientras se cuadra en el marco de la puerta para taparme la vista—. Estamos los dos arriba, en su habitación.

Pone énfasis en «los dos» para asegurarse de que la oiga bien. No me pasa desapercibido, y se me dispara la imaginación. Pienso en Reeve y en Rennie, acostados en la cama. Él con la cabeza en su regazo mientras ella le pasa los dedos por el pelo y, de repente, empiezan a besarse. Reeve sabe dar donde más duele, igualito que Rennie. Seguro que ninguno dudaría ni un instante en hacerme daño.

—Ya deberías saber que no puedes competir conmigo, Lil. Yo siempre gano.

Levanto la barbilla. No voy a arrastrarme delante de ella, como si fuera la señora de la casa y yo una vagabunda que ha ido a pedir limosna.

—Dile que he venido.

Intento levantar la flor de Pascua para meterla en casa, pero ella niega con la cabeza y empieza a cerrar la puerta.

—Tienen gato, las flores de Pascua son venenosas para ellos.

—¿Quién ha tocado? —grita una voz de mujer.

—Nadie —responde Rennie, y me cierra la puerta en la cara.

De camino al coche, me digo que así es mejor. Reeve y yo hemos terminado. Ya me he librado. Y, aunque es un gran alivio, lloro desconsoladamente hasta llegar a mi casa.

51

Mary

Kat y yo estamos de pie cerca de la cuadra de Lillia. Ella está hablando por teléfono con Pat. Lleva unos cuantos minutos intentando contactar con él.

—¡Oye! ¿Qué demonios te pasa? Tenías que venir a buscarnos a casa de Lillia.

Oigo la voz de su hermano al otro lado de la línea. No suena tan despreocupado como en Halloween. Ahora tiene la voz más cortante, más estresada.

—¿En serio? —Kat resopla enojada y me gesticula con la boca que el coche se ha vuelto a descomponer. Después grita—: ¡Pues llama a un maldito mecánico, carajo!

Pat le grita algo como respuesta y ella le cuelga.

—Más le vale volver a clases, porque así no se va a ganar la vida. —Se mete el celular en el bolsillo de los pantalones—. Podría llamar a Ricky, pero creo que está trabajando y, de todas formas, en la moto solo cabe una persona. Podemos volver a casa de Lil y que nos lleve ella.

—O ir caminando —sugiero no muy convencida.

Imagino que Kat va a descartar el plan de inmediato porque nuestras casas quedan demasiado lejos y hace bastante frío. A mí no me importa, pero ella no parece tener ninguna chamarra que abrigue de verdad. Para contrarrestar las temperaturas cada vez más bajas, no deja de añadir capas de sudaderas y camisetas térmicas debajo de la chamarra. Llegados a este punto, no creo que la atraviese una bala.

—Bueno —acepta—, podemos subir por State Road y separarnos cuando nos acerquemos al insti. —Desenrolla el saco de dormir y se lo echa por encima como si fuera una capa—. De todas formas, tenemos mucho de que hablar.

Nos ponemos en marcha. Al principio, vamos deprisa, pero después nos lo tomamos con calma, como si fuera una tarde de verano. Es un día precioso. El cielo está cargado y amenaza nieve, y, de vez en cuando, pasamos por delante de alguna casa decorada con luces navideñas.

Nos pasamos todo el camino diseccionando cómo Lillia ha aniquilado a Reeve. Segundo a segundo. Kat tiene muy buena memoria, recuerda más detalles que yo. Estaba muy nerviosa porque no sabía si iba a salir tal como lo habíamos planeado, así que soy como un público entregado, vivo cada momento con intensidad.

—Me encantaría poder haber visto el gesto de Reeve cuando Lil lo ha rechazado —se regodea Kat—. Diablos. ¿Crees que los padres de Lillia tendrán cámaras de seguridad? —Se da la vuelta para que el viento le venga de cara y este le aparta el pelo del rostro—. Los ricos siempre las tienen, ¿no? Además, su padre es muy protector, roza lo psicótico.

—Es posible —contesto entre risas—. Deberíamos preguntarle.

Kat saca el celular y le manda un mensaje a Lil.

—¿Sabes qué, Mary? Si las tienen, pienso hacerte una copia para que puedas ver el momento en el que a Reeve se le rompe el maldito corazón en bucle, siempre que quieras. Feliz Navidad, guapa. Este año te has portado de maravilla.

—Eh —intervengo, y suelto una risita—. ¿Eso crees?

Kat también se ríe.

—Bueno, igual según los estándares de Santa Claus, no. Pero, sin duda, te lo mereces. —De repente, se pone seria—. Espero que esto te ayude. Que mejore las cosas.

—Pues sí, Kat. Más de lo que crees.

En cuanto pronuncio esas palabras, siento que son verdad.

Kat lanza los puños al aire y empieza a cantar mientras el viento se lleva su voz.

—*Heartbreaker, love taker, don't you mess around with me.*

Estamos pasando por delante de una casa y el dueño, que está subido a una escalera colgando las luces, casi se cae del susto.

Esperemos que Lillia nos conteste, porque a mí también me habría encantado ver la cara de Reeve. Aun así, sé que mi plan ha salido a la perfección. A Reeve le han partido el corazón, no me cabe duda.

Me ha recordado el suceso del muelle, cuando él les dijo a esos niños que no era mi amigo. No cabe duda de que a mí se me partió el corazón.

Ahora estamos en paz.

—Oye, ¿cuántos años tiene tu tía Bette? ¿Tiene algún vestido de los años veinte?

—¡Kat, no es tan vieja! Solo tiene cuarenta y seis.

Ella se muere de la risa.

—Perdona. Es que he pensado que igual tiene algún vestido *vintage* que prestarme para Nochebuena.

Trago saliva.

—¿Vas a ir a la fiesta de Rennie?

—Este... —Kat me mira sin saber qué decir durante un instante y, después, niega con la cabeza—. Te lo explico. El otro día escuché a unos hablando de la contraseña que hay que darle al de la puerta. Va a ir todo el instituto, he pensado que estaría genial meternos. No se dará ni cuenta.

—¿Y Lillia? No va a querer ir.

—La convenceremos. ¿Qué va a hacer si no?

Cuando llegamos al instituto, Kat me dice adiós con la mano y se dirige a T-Town. Yo tomo el carril de bici y me dirijo a mi casa.

Lo siento en mi interior: donde antes había rabia, ahora hay paz y silencio. Es como si hubiera bajado la marea y se hubiera llevado con ella todo lo malo. Entonces me doy cuenta. Ya puedo volver a casa.

No a Middlebury. A mi hogar de verdad, con mis padres.

Ahora que Reeve ha recibido su merecido, ahora que por fin he cerrado el ciclo, ¿qué me ata a Jar Island? Quiero a Lillia y a Kat a muerte, por supuesto, pero las dos se irán el curso que viene, y tampoco es que haya hecho más amigos. Es el momento perfecto para despedirme de la isla. Vine con una meta y la he conseguido. Me iré después de Año Nuevo. Mi pasado ya ha quedado atrás. Por fin conseguiré pasar página.

Siento un piquete de culpa al pensar en abandonar a la tía Bette, sobre todo por el estado en el que se encuentra la casa. Y nuestra relación. Aunque igual puede venir conmigo. ¿Por qué no? Creo que salir de esta isla le vendría tan bien como a mí. Mis padres podrían reformar la casa y que quede perfecta para el verano.

Sí, me parece un buen plan. Me detengo junto al agua para contemplar un ferri que se aleja. Me imagino en él, sentada entre mi padre y mi madre. Todos felices, de vuelta a mi lugar en el mundo. Con mi familia. Con mi vida encarrilada.

Me aguanto las ganas de contárselo a las chicas de inmediato. No quiero que se pongan tristes ni que intenten convencerme de que me quede o de que por lo menos termine el curso. Siento esa paz que te da cuando has tomado una buena decisión. Esto es lo correcto.

La tía Bette recibe una llamada después de cenar y percibo al instante que la ha disgustado.

—¿Qué ocurre? —pregunto.

Se deja caer en una silla de la cocina.

—Una de las galerías a las que vendo mis cuadros va a cerrar. Quieren que vaya a recoger mis obras esta noche. —Le echa un vistazo al reloj y se frota las sienes—. De hecho, ya mismo.

—Rayos. Pues menos mal que te han avisado con tiempo —comento con sarcasmo y una risa llena de maldad. Sin embargo, mi tía no hace ni amago de sonreír—. Voy contigo —me ofrezco—. Igual necesitas ayuda para cargar con todas las cosas.

Ella niega con la cabeza.

—No, Mary, no creo...

—No es ningún problema. Ya he acabado la tarea.

Es mentira, pero bueno. Seguro que no tardamos mucho. Aunque las cosas hayan estado tensas entre nosotras, mi tía me necesita. No tiene amigas que la apoyen, como yo.

Parece que esto ha sucedido en el momento preciso. Ahora que la galería ya no va a exhibir su obra, ¿qué razón tiene para quedarse aquí?

Vamos en su Volvo. Pensaba que se pondría unos pantalones y un jersey bonito, pero lleva la bata de casa y el pelo hecho una maraña. No creo que se haya peinado hoy. Y puede que ayer tampoco.

Le tiemblan las manos. Vamos bastante rápido y toma las curvas a demasiada velocidad.

—Estás nerviosa.

Ella me mira de reojo.

—Mary. Por favor. No digas nada. Ni a mí, ni a la propietaria. Quiero entrar y salir tan rápido como me sea posible.

—Bueno, claro. No te vas a enterar ni de que estoy ahí. Te lo prometo.

Con suerte, no tendré que decir nada. Pero, si es necesario, no pienso vacilar. Eso lo he aprendido de Kat.

La galería está en T-Town, al final de una calle llena de comercios. Hay como la mitad de tiendas que en la calle principal de Middlebury, y ninguna es tan bonita. Creo que T-Town es la zona menos turística de la isla. Digamos que es más bien para los lugareños, así que no me sorprende que la galería tenga que cerrar.

Es un edificio blanco esquinero. Tiene un gran escaparate en la parte delantera y, a lo largo de la parte inferior del cristal, hay unas letras doradas que rezan: «arte en un frasco», todo en minúsculas, supongo que es la moda. Justo detrás del escaparate hay una pared donde exponen obras. Me imagino que ahí es donde cuelgan los mejores cuadros. Ahora mismo está vacío y lleno de agujeros de clavos.

Han dejado la puerta delantera abierta. Dentro veo unas escaleras, un montón de telas por el suelo y botes de pintura abiertos. Hay una mujer sentada con las piernas cruzadas con el pelo recogido con una bufanda negra. Está examinando unos papeles que hay dentro de una caja de cartón.

La tía Bette apaga el motor del coche y respira hondo varias veces. Después, entra. Yo observo desde el asiento. La mujer de la galería no sonríe, ni siquiera parece que haya saludado a mi tía. Solo señala la parte de atrás del local.

Tengo un mal presentimiento, así que decido entrar.

—He venido a ayudar a mi tía —anuncio en cuanto cruzo la puerta, pero ella no me hace ni caso. Paso de largo y me dirijo a lo que parece la zona principal de la galería, a mi izquierda.

En cambio, la galería no consiste en una gran sala, sino que está compuesta de un montón de estancias pequeñas. Intento averiguar por dónde se ha metido mi tía y acabo perdiéndome. Estoy a punto de atravesar otra puerta cuando me doy cuenta de que he vuelto a la entrada.

—¡Parece una bruja! —susurra una chica. Entonces, dos personas se echan a reír.

Yo alargo el cuello para mirar por el marco de la puerta. Rennie Holtz está sentada al lado de la galerista.

Qué desastre. Es la galería de la madre de Rennie.

—¡Una bruja sin techo! ¿Habrá venido en escoba?

Su madre suelta una risotada que parece el graznido de una oca.

—Calla, Ren.

Mi tía entra con los brazos llenos de cuadros. Está a punto de salir sigilosamente cuando la madre de Rennie se levanta.

—Oye, Bette. Ya sé que no me lo has pedido, pero me gustaría darte un consejo.

Ella no contesta. Camina hasta la puerta y le echa un vistazo al coche. Supongo que me está buscando. Como no me ve, empieza a recorrer la galería con la mirada de forma frenética. Yo me escondo.

—¿Bette? —repite la madre de Rennie. Oigo que Rennie suelta una risita burlona.

—Sí. Sí. Perdona.

—He tenido muchos problemas con tus obras nuevas. Para serte sincera, a algunas personas les incomodaban. No digo que no sean intrigantes, pero no creo que sea el tipo de tema oscuro que busquen los compradores.

Entrecierro los ojos para analizar los lienzos que lleva mi tía en las manos. Tienen un aspecto embarrado, oscuro, inquietante. Pinceladas de negros y grises que no se parecen en nada a sus cuadros antiguos. Parece que los haya pintado una demente. El arte no la ha devuelto al mundo real, solo la ha sumido más en la oscuridad.

—Deberías volver a pintar esos faros y paisajes marinos tan adorables.

Mi tía se pone seria.

—No pinto para vender, sino para reflejar mi mundo. Y ahora mismo es así.

Se da la vuelta para irse.

—Ha perdido la cabeza —murmura la galerista.

—¡Loca! —exclama Rennie, y las dos se mueren de la risa.

Estoy a punto de combustionar.

Observo la sala, quiero detenerlas. Entrecierro los ojos y fijo la mirada en los botes de pintura que están en el suelo y me concentro en que se volteen.

«Voltéate, voltéate, voltéate, voltéate».

Estos empiezan a temblar.

—¡Mary! —me grita la tía Bette desde la puerta. Rennie y su madre abren mucho los ojos.

Yo paso corriendo por delante de ellas y sigo a mi tía hasta el Volvo.

—¡Te he dicho que no entraras! —Está furiosa—. ¿Estás sorda o qué?

Está apretando tanto el volante que la piel de las manos se le pone blanca.

—Por fin lo entiendo, tía. Tengo poderes.

—Pues no deberías. Tienes que dejar de hacer eso.

—¡Te estaban llamando loca! Decían que eres una bruja y que has perdido la cabeza. Y, además, he estado practicando. Ahora puedo controlarlo. —Me siento y cruzo las manos con calma—. Tía, he decidido que ya es hora de irme. Me iré justo después de Año Nuevo.

Espero a ver si tiene algo que decir. Si intentará que me quede. Pero, al contrario, parece aliviada.

—Sí, Mary. Creo que será lo mejor para todos.

Después, cierra la ventanilla y nos sella a las dos dentro del coche, como si fuera una tumba.

52

Lillia

Son las doce y cuarto del lunes y llevo temiendo este momento desde que me he levantado esta mañana. La mesa del comedor.

Me encantaría pasar de largo y sentarme con Kat y Mary, pero esta última ni siquiera come a la misma hora que yo, y la otra siempre sale. La razón principal por la que debo sentarme en nuestra mesa es porque, si no me enfrento a ellos hoy, jamás podré volver a ocupar mi lugar. Es mi mesa, y también de Ash, Alex y PJ, que son mis amigos. Pienso plantarme ahí con la cabeza tan en alto que la nariz roce el aire. Seré intocable. Rennie y Reeve no pueden dañarme porque no pueden tocarme.

Me voy repitiendo eso mientras entro al comedor. Por suerte, Ash está conmigo. Ella y Derek han vuelto en algún momento del finde, así que está más animada que de costumbre. Yo me he puesto un atuendo que grita «Me das completamente igual»: la falda ajustada de tiro alto que me compró Kat combinada con una blusa negra de seda con estampado de labios pintados que me he metido por dentro y medias negras delgadas con botas de gamuza de plataforma.

Por suerte, Reeve y Rennie todavía no se han sentado. Igual ni aparecen. Me como la ensalada que me ha preparado mi madre y escucho a Ash hablar sin parar sobre lo romántico que fue cuando Derek le pidió que volvieran a salir.

—Se presentó en mi casa con flores y no aceptó un no por respuesta, Lil —me cuenta, y después suspira llena de felicidad.

—¿Qué clase de flores? —pregunto. La verdad es que no estoy muy metida en la conversación, pero lo intento.

—¡Claveles rosas!

Seguramente los compró en la gasolinera de camino a su casa.

—Qué bonito —digo. Entonces, Ash ve a Derek en la fila de la comida y corre a su lado.

Veo a Rennie y a Reeve acercándose a la mesa, ella ha entrelazado su brazo con el de él. Incluso con tacones, solo le llega hasta el codo.

Yo me concentro en la ensalada y no levanto la vista cuando se sientan. Me dedico a picar trocitos de lechuga con el tenedor y mojarlos en el aderezo de miel y mostaza. Si sigo así, no tendré que mirarlos en toda la comida.

Entonces se acerca Alex. ¿Seguirán molestos Reeve y él o ya habrán hecho las paces, como hacen siempre los chicos? Igual ahora también me odia por lo de las pizzas y por darle la mano a Reeve delante de él. Contengo la respiración mientras deja la bandeja y se sienta enfrente de mí.

—Te ves guapa —me piropea, y se quita el suéter de punto.

Le sonrío llena de gratitud.

—Gracias, Lindy.

No sabe cuánto se lo agradezco.

En el otro extremo de la mesa, Rennie está prácticamente sentada en el regazo de Reeve. Le está susurrando cosas al oído y él la rodea con el brazo.

Yo sigo concentrada en partir la lechuga en trocitos diminutos y mojarlos en la salsa.

Derek se sienta con una bandeja llena de papas fritas.

—¡Oigan! ¿Se han enterado de que al señor Dunlevy lo han atrapado conduciendo borracho este finde?

—Sí, me lo han contado —responde Rennie—. La entrenadora Christy estaba muy molesta. Es que para colmo es el que nos enseña seguridad vial.

Me meto más ensalada a la boca. Mastico. Mastico. Mastico.

—Lil, ¿no les dio clase a Reeve y a ti el año pasado? —pregunta Alex—. ¿Olía a alcohol?

Levanto los hombros. Reeve me imita. Ninguno de los dos mediamos palabra.

—¿Ahora qué? —comenta Alex, y en su voz se aprecia cierta mordacidad. Me está mirando y, después, señala a Reeve con el pulgar—. En la fiesta eran muy amiguitos y ahora no pueden ni mirarse. ¿Qué les pasa?

Casi me atraganto con el trozo de huevo duro que tengo en la boca. Me sabe a polvo.

—Lil y yo nos hemos acordado de que, en realidad, no nos soportamos —responde Reeve con aire perezoso.

Rennie sonríe como un gato que se ha comido un canario, me pone enferma.

Mi mirada y la de Reeve se cruzan durante un instante y parece que el resto del comedor se suma en el silencio, como si solo existiéramos nosotros dos, mirándonos. Y, entonces, Reeve niega con la cabeza y suelta una risita burlona. Como si no pudiera importarle menos.

Cuando voy de camino a la siguiente clase, una chica de décimo se me acerca corriendo con un sobre bien grueso.

—Lillia, no me conoces, pero... quería pedirte que le dieras esto a Rennie de mi parte. Me ha dicho que quería que se las mandara por correo electrónico, pero es que se me ha descompuesto la computadora y me resultaba mucho más sencillo imprimirlas. Hoy no la he visto y no quiero que piense que no estoy siendo responsable.

—Bien —respondo con parsimonia mientras agarro el sobre. Pesa bastante.

—¡Gracias!

Me meto corriendo al baño y lo abro. Está lleno de fotos del baile. Alumnos de décimo posando, gente de décimo en la pista de baile... Gente de décimo tomando fotos a la corte desde el deportivo.

Es verdad que Rennie está en el comité del anuario, pero solo para asegurarse de que no utilicen ninguna foto en la que salga mal. ¿Por qué iban a interesarle estas imágenes de otras personas? Se distingue el vestido de lentejuelas plateadas de Rennie en algunas, a nosotros de fondo, pero en la mayoría salimos borrosos.

Meto el sobre por las rendijas de su casillero sin importarme si alguna se rompe.

53

Mary

Es miércoles por la tarde, última hora, y yo estoy en el estacionamiento junto a la camioneta de Reeve concentrándome con todas mis fuerzas.

Me cuesta, porque estoy muy contenta. Me encantó verlo rondar por el insti mientras fingía que todo le da igual, pero yo sé lo que le pasa. Está hecho polvo y yo estoy disfrutando cada segundo de su sufrimiento.

La puerta no se mueve. Me concentro más. Si supiera qué aspecto tiene el interior de la cerradura de un coche, igual podría imaginármelo abriéndose.

«Ábrete-ábrete-ábrete».

Quiero dejarle un regalo en la camioneta antes de que salga de clase. Es el dije de la margarita, el que me regaló cuando cumplí trece años. Hubo un momento en el que era mi bien más preciado, no me lo quitaba nunca, ni para bañarme. Lo encontré la otra noche mientras hacía las maletas. No lo había visto desde el baile. Es el regalo de despedida perfecto.

Me encantaría ver que lo cuelga del retrovisor y que piensa en mí. Sé que no va a caer en cuenta de que yo soy la razón por la que está sufriendo, de que estoy detrás de todo.

Pero espero que esto sirva como chispa, el antecedente de una idea sombría, que irá tomando fuerza y se infectará mucho después de que yo me haya ido: «Estás sufriendo por todos los pecados que cometiste en el pasado. Esto es lo que te mereces».

Sea como sea, yo he pasado página, así que ya no lo quiero.

Me meto la mano en el bolsillo del abrigo, agarro el dije de la margarita y lo aprieto con todas mis fuerzas. Tanta como la que se necesita para convertir el carbón en un diamante.

Clic.

Las dos puertas de la camioneta, tanto la del conductor como la del copiloto, se abren rápido y con fuerza, como si las empujara un resorte. Suena la alarma. No dispongo de mucho tiempo.

Me subo al asiento del conductor y cuelgo la cadena del retrovisor. Le doy un toquecito para que la margarita se mueva como un péndulo, justo en el centro de su parabrisas.

Entonces, justo cuando empieza a salir todo el mundo del instituto, me bajo del coche y me alejo sin molestarme en cerrar las puertas.

54
Kat

Solo falta un día para que empiecen las vacaciones de Navidad y las clases son una aburrición. Hoy he visto tres pelis. Aunque tampoco me quejo.

Me llevo la comida a la biblioteca para revisar el correo, mi nueva rutina desde que mandé la solicitud. En teoría, no está permitido comer ni beber aquí, pero yo soy una reina del camuflaje. Me he metido el bocadillo de pollo en la manga de la camisa de franela y la lata de refresco en la mochila, que mantengo recta entre las piernas.

Tengo dos mensajes nuevos. Una cadena que me ha enviado mi tía Jackie sobre la violencia contra los cachorritos y uno de Oberlin.

Me quedo sin respiración y abro mucho los ojos para mirar la pantalla.

—Dios mío. ¿¡Qué es esto!? Maldición, maldición, maldición, maldición.

La bibliotecaria viene corriendo al instante. Creo que lleva semanas esperando descubrirme quebrantando alguna regla para poder ponerme de patitas en la calle. En serio, esta mujer quiere tener toda la maldita biblioteca para ella sola.

—Esa boca, señorita DeBrassio. Pienso ponerle un...

Ni siquiera me espero a que termine de decir la estupidez del día. Empujo la silla, me lanzo la mochila sobre el hombro y salgo disparada a la oficina de la señora Chirazo, donde entro sin tocar.

Está con otro alumno. Un chico gordillo de noveno que lleva una camiseta a rayas. Los dos se giran para mirarme con estupefacción. No me doy cuenta al momento, pero me cae un chorro de refresco de la mochila porque se ha volteado la lata.

—¡Maldición! —grito a pleno pulmón, porque es la única palabra que me viene a la cabeza. Entonces, me pongo a llorar como un bebé.

La señora Chirazo ni se inmuta. De hecho, se comporta como una máquina de la psicología.

—Kat, siéntate —ordena con voz de sargento.

Yo me dejo caer en la silla vacía al lado del chico gordillo, me envuelvo la cabeza con los brazos y gimoteo. La señora Chirazo se gira para mirar al chico.

—Billy, luego te busco.

Le lanzo una mirada asesina al tal Billy.

—Tú no has visto nada —le gruño.

La señora Chirazo lo acompaña hasta la puerta y da tal portazo que salen volando los papeles de la mesa. Viene corriendo a mi lado, no se vuelve a colocar detrás del escritorio, sino que se sienta en la silla que Billy ha dejado libre. Me seco los mocos con la manga, pero enseguida me caen más.

—¿Qué ha pasado?

Quiero mirarla, pero no puedo.

—No he entrado a Oberlin.

Admitirlo en voz alta es como recibir una cachetada en toda la cara.

—¿Te han enviado una carta?

Niego con la cabeza.

—No. Un correo electrónico de esos que mandan de forma automática, ni siquiera estaba personalizado ni nada. ¡Son crueles los cabrones! —Apenas puedo pronunciar las palabras—. Les confesé en esa maldita redacción que mi madre está muerta y que yo iba a vivir su sueño. ¿Y ellos no se molestan ni en mandarme una respuesta personalizada?

—¿Qué decía exactamente?

Le clavo una mirada de la que sale fuego.

—¿Está sorda o qué? ¡He dicho que no me han aceptado!

Quiero retirarlo al instante, no quiero tratar mal a la señora Chirazo. No debería haberle gritado, se ha portado muy bien conmigo.

Ella no me grita, ni me corre de la oficina. En cambio, me pide que me levante. Después, me insta a sentarme detrás de su mesa. Se inclina por encima de mí y abre el navegador.

—Enséñamelo. Muéstrame exactamente qué te han mandado.

Eso hago. Abro el maldito correo para que lo vea con sus propios ojos.

Ella lo lee con más detenimiento que yo. Se toma un par de segundos.

—Kat, aquí solo dice que no han aceptado tu solicitud previa. Eso quiere decir que pasa a la ronda general. Todavía tienes oportunidad de entrar.

Eso debería hacerme sentir mejor, pero no funciona.

—Si no me quieren en primera ronda, no me quieren y punto.

—Eso no es cierto. Para nada. De hecho, aquí dice que puedes actualizar la solicitud. Tienes tiempo de inscribirte en más actividades extracurriculares y buscar oportunidades para completarla un poco. Yo he visto tu solicitud y ese es tu único punto débil.

—¿Y qué quiere que haga? ¿Que quite del camino al presidente del consejo estudiantil o qué?

—Eso no tiene gracia, Kat.

—Ya es demasiado tarde.

Se acerca al archivador y busca entre los papeles.

—A principios de semana hemos recibido una solicitud de la Asociación de Conservación de Jar Island. Están buscando a voluntarios para trabajar en su oficina después de clase y los findes.

No quiero hacerme esperanzas, pero es mejor que nada.

—De acuerdo.

—Excelente. Hoy mismo los llamo y les pregunto cuándo puedes empezar.

—Siento haberle hablado mal.

—Estabas disgustada, lo entiendo. Y me alegro de que expreses tus sentimientos. —Me da una palmadita en la pierna—. Mientras tanto, quiero que envíes una solicitud a otra universidad por si acaso. Eres una chica fuerte, Kat. No te desconcentres.

Nunca pensé que diría esto, pero menos mal que tengo a la señora Chirazo.

Entonces, algo me viene a la mente.

—Oiga. ¿Tiene un cupo establecido de alumnos? ¿O puede hablar con cualquiera que pueda necesitar ayuda? Resulta que tengo una amiga que...

Ese mismo día, durante la octava clase, me entregan una nota de parte de la señora Chirazo. Resulta que la Asociación de Conservación quiere que empiece hoy mismo, así que me dirijo allí en cuanto salgo del insti. ¿Por qué no? No tengo nada que perder. Y, además, siento que se lo debo a la orientadora por haberme ayudado tanto.

Es un edificio bonito en una calle repleta de tiendas caras en White Haven, de madera blanca con molduras en negro y un montón de antiguas ventanas emplomadas llenas de curvas y protuberancias. Han colgado ramilletes de abeto balsámico alrededor del marco de la puerta y también hay ramas entrelazadas por el barandal de hierro de las escaleras, cosa que hace que huela de maravilla. Distingo una placa de bronce en la que dice que este edificio fue el ayuntamiento en el siglo XVIII.

Por dentro, el espacio es grande y abierto, con el suelo de una madera tan pulida que me veo reflejada en ella. Todas las paredes están cubiertas de ladrillo rojo caravista y tienen un montón de artefactos del pueblo colgados por las paredes, por ejemplo, una bandera vieja comida por las polillas o un remo que ha vivido días mejores. Cada pocos metros hay una mesa grande de roble. También hay focos al estilo antiguo, con el filamento de color naranja, colgando del techo. Todo el edificio apesta a dinero.

Decido que no me gusta. Los ricos me repugnan. Es como si buscaran formas de gastar el dinero para sentirse menos culpables.

Me acerco a la primera mesa que veo, donde hay una mujer hablando por teléfono. Lleva un suéter mullido de color crema, aretes de perlas y un diamante notable en el dedo.

Me mira de arriba abajo: la cabellera despeinada, los pantalones de mezclilla rotos, las botas militares... Después, me ofrece una sonrisa falsa mientras sigue con la conversación.

—Pues claro que nos preocupa la casa. Es encantadora. Y con toda la historia que tiene su familia allí... Mire, hemos intentado ponernos en contacto con su hermana en varias ocasiones y... no hay eufemismos que valgan, solo puedo decirle que no está bien. Y la casa está sufriendo a consecuencia de su estado.

La mujer tiene voz aguda, estridente y molesta. Repite «mmm» un millón de veces a la voz que llega desde el otro lado de la línea, pero está mirando correos o alguna otra cosa en la *laptop*, así que dudo que le esté prestando atención.

—Sí, estamos dispuestos a ayudarles en la medida de lo posible. Si la tarea de mantener la casa le queda demasiado grande a su hermana, nos complacerá hacerle una oferta muy generosa. Claro, por supuesto. Esperamos noticias suyas y estaremos encantados de ayudarla.

La mujer cuelga y deja escapar un suspiro exasperado.

—¿Mal día en el trabajo? —pregunto.

Suelta una risita seca.

—Podría decirse que sí. ¿En qué puedo ayudarte? Has esperado con mucha paciencia, te lo agradezco.

Quiero decirle que no tiene por qué ser tan condescendiente, la muy zorra, pero en vez de eso esbozo una sonrisa. Esta tipa se debe de pensar que soy un gato callejero o algo por el estilo.

—Vengo recomendada por la señora Chirazo, del instituto.

La mujer me observa. Supongo que no estoy a la altura de lo que les ha contado la orientadora para convencerlos.

—Ah, claro. Sí. Bueno, nos alegramos de que estés aquí, Katherine. —Se levanta de la mesa—. Deja que te acompañe al sótano, donde trabajarás.

Cómo no.

Me indica que baje unas escaleras que no dejan de crujir. El sótano no se ha decorado con tanto mimo como el piso de arriba. No hay ventanas, y los techos son tan bajos que tenemos que agacharnos si no queremos golpearnos.

—Necesito que organices estos documentos, escanees la primera página y después las guardes en el disco duro. —Me muestra una cosa que parece un triturador de papeles—. Es muy rápido, metes las hojas por aquí y el escáner los digitaliza. Intenta que entren derechas y ten muchísimo cuidado con cualquier papel que se haya teñido de amarillo.

—¿Qué es esto?

La mujer se ríe, aunque es más bien un resoplido.

—Un poco de todo, la verdad. Estatutos del pueblo, periódicos, agrimensura... —Ya ha subido la mitad de las escaleras—. Avísame si necesitas algo.

Me quito la chamarra. Me encantaría largarme de aquí, pero no puedo. Seguramente me va a tocar aguantar hasta primavera. Uf. Lo que hay que hacer para entrar a Oberlin... Qué fastidio.

55

Lillia

La señora Lind se ha lucido este año. Hay meseros con moño rojo que se pasean por la estancia para ofrecer aperitivos muy sofisticados como, por ejemplo, minipastelitos de cangrejo o latkes de pera con crème fraîche trufada por encima. Además, se ofrece carne y fiambre recién cortados, una barra de mariscos y toda clase de postres con chocolate.

La casa está a reventar, hay gente por todas partes. Mis padres están al lado del árbol de Navidad hablando con sus amigos del club náutico. Mi madre se ve preciosa. Lleva un vestido blanco drapeado a un lado y se ha recogido el pelo. Intentó que Nadia y yo fuéramos a la estética con ella, pero a mi hermana solo le gustan los peinados que se hace ella misma y yo, aunque normalmente aprovecharía la oportunidad de que me dieran más volumen en el pelo, no estaba de humor.

Vuelvo a usar el vestido de seda azul, el que me puse para las puertas abiertas de Reeve. Me he recogido el pelo en una cola de caballo y me he puesto los botines de plataforma, porque son los zapatos de vestir más cómodos que tengo. Tampoco es que quiera impresionar a nadie.

Estoy sentada en el sofá cómodo del salón con Alex, con quien comparto una tartaleta de chocolate con crema batida por encima. Él se ha servido a escondidas un poco de sidra caliente y especiada, aunque dudo que a nuestros padres les importara. No sé dónde está Nadia, aunque supongo que jugando *Guitar Hero* en la casa de la alberca con los primos de Alex. Nosotros somos los únicos niños que siguen en la fiesta, aunque supongo que ya no se nos puede considerar como tal. La madre de Alex ha dicho que deberíamos socializar con los adultos porque ya casi lo somos. Espero que mis padres no quieran quedarse hasta muy tarde, porque hemos venido todos en el mismo coche.

—¿Por qué estás triste, Lil? —me pregunta Alex—. Dentro de tres días es Navidad.

Yo me quedo congelada y dejo suspendido en el aire el tenedor lleno de tartaleta que me iba a meter a la boca.

—¿Triste? No estoy triste. Supongo que estoy cansada. Es que he ido a los establos esta mañana.

—¿Cómo está *Phantom*?

—Bien. —Tomo otro bocado de tartaleta—. No puedo creer que te acuerdes de su nombre.

Alex me mira, dolido.

—Pues claro que me acuerdo. Te he visto competir. En noveno montabas todos los días. Solo te importaba *Phantom*.

Me río.

—Supongo que fui una loca de los caballos durante un tiempo. —Alargo la mano y agarro el bolso de fiesta que he dejado en la mesita de café—. Tengo un regalo para ti.

Alex mastica con rapidez y traga.

—¿En serio?

Asiento con timidez.

—Quería darte las gracias. Este año te has portado muy bien conmigo.

Saco el regalo del bolso. Apenas me cabían el labial y el polvo compacto porque ocupaba un montón.

Alex parece halagado. Sujeta el paquete en las manos y lo mira desde todos los ángulos, así que me alegro de haberme esforzado más de lo normal al envolverlo. He utilizado un papel especial, de color dorado y brillante, y lo he decorado con un listón de seda de color crema. Lo abre poco a poco, con cuidado de no romper el envoltorio. Saca la larga tira de piel color whisky y la contempla sin mediar palabra.

—Es una correa para la guitarra —explico, porque igual piensa que es un cinturón o algo así. Se la quito y le doy la vuelta—. He pedido que le graben tus iniciales. Yo misma he elegido el tipo de letra. Y la vendedora me ha dicho que se puede ajustar, así que te la puedes poner corta y bien pegada, a lo Johnny Cash, o más larga, como los del punk rock. —Se la devuelvo—. No tenía muy claro qué estilo te gustaría más.

—Lil —pronuncia en voz baja, y después me mira—. Es una maravilla.

Le dedico una sonrisa radiante.

—¿En serio? ¿Te gusta?

Asiente, pero, de repente, se levanta del sofá y se queda mirando fijamente al otro extremo de la sala.

Levanto la vista y veo a Reeve, con su chaleco acolchado, delante de la mesa del bufé, con una cerveza en la mano. Se está cortando un pedazo de solomillo de cerdo y se lo come con los dedos.

Yo también me levanto con el corazón martilleándome en el pecho.

—¿Lo has invitado tú?

—No —niega Alex.

Apura la cerveza de un trago largo. Está mirando alrededor, aún no nos ha visto. Sin embargo, sí localiza a Tim, el tío de Alex. Se acerca a él y le da una palmada tan fuerte en la espalda que al pobre hombre se le derrama un poco de champaña de la copa.

—Diablos. Está borracho —observa Alex, que recorre el salón a grandes zancadas. Yo lo sigo. Se acerca a Reeve y le pone una mano en el hombro—. ¿Qué haces aquí?

Reeve se gira, no puede mantener el equilibrio.

—Me ha abierto tu madre. —Después, me ve detrás de Alex—. ¿Qué hay, Cho?

—Hola.

Alex empieza a empujar a Reeve hacia la puerta trasera, la que da a la casa de la alberca, pero él se dedica a protestar y a tambalearse.

En cuanto salimos, le da un empujón para quitárselo de encima.

—¿Qué demonios pasa? ¿De repente ya no se me permite entrar a tu casa o qué?

—Eh, eh, eh —dice Alex—. Cálmate un poco.

Me abrazo porque he dejado el abrigo adentro y estoy tiritando.

Reeve me señala con la barbilla.

—¿Qué tienes en contra de los abrigos?

Empieza a quitarse el chaleco.

—Estoy bien —indico.

—«Estoy bien» —me imita. Entonces, enseña los dientes—. Pues bien, muérete del frío. Como si me importara.

Se me salen las lágrimas. Está siendo muy cruel. ¿Es así como van a ser las cosas entre nosotros a partir de ahora?

—Deberías irte —anuncia Alex, que se coloca delante de mí.

Reeve levanta la mano.

—Creía que los amigos estaban por encima de las mujeres. Me largo. —Se pone a gritar hacia la casa de la alberca—: ¡Feliz Navidad, chicos! Santa Claus lo van a despedir.

Después, avanza a trompicones hacia la puerta.

Nadia y un par de los primos mayores de Alex han salido al jardín y nos observan con los ojos muy abiertos.

Yo agarro a Alex del brazo.

—No debería conducir —advierto—. Está borracho.

Alex no se mueve, se limita a mirar cómo su amigo se aleja a grandes zancadas. Yo lo empujo hacia Reeve con todas mis fuerzas.

—¡Date prisa, Alex!

Lo sigue, aunque sin muchas ganas.

—Dame las llaves. Te llevo a casa.

Reeve lanza las llaves al pasto.

—Nah, me voy caminando.

—¡Reeve! —le grito—. Deja que te lleve.

Pero ya ha recorrido media calle y su chaleco negro se funde con el cielo nocturno. Me lanzo a buscar sus llaves, pero está demasiado oscuro. Alex vuelve a mi lado y levanta los hombros.

—Dame tu celular —le ordeno, y él obedece. Lo utilizo a modo de linterna mientras peino el pasto.

A mis espaldas, Alex dice:

—¿Por qué no entramos? Hace mucho frío. Ya las buscaré mañana.

Lo ignoro y sigo en lo mío. Por fin, toco con los dedos el duro y frío metal y las agarro con fuerza. Después, las sacudo delante de Alex.

—Tienes que ir a buscarlo. Está borracho y va a tardar varias horas en llegar a casa con la pierna mala. Podrían atropellarlo.

La expresión de Alex es de impasividad.

—No me va a hacer caso. Es un terco. No le pasará nada.

—Por favor, inténtalo.

Alex me observa un instante.

—¿Qué hay entre ustedes? —pregunta. Se pasa las manos por el pelo y arruga la cara, como si le diera miedo escuchar la respuesta—. Por favor, no me mientas.

No digo nada. No quiero mentirle. Siento que he mentido a todo el mundo últimamente y ya estoy harta. Alex se merece la verdad.

—Hemos... Hemos salido unas cuantas veces.

Él no aparta la mirada de mí.

—¿Se acostaron?

Respiro hondo.

—Nos hemos besado. Pero ya ha acabado. Fue un error estúpido. —Alex clava los ojos en el suelo, no quiere mirarme—. Lo siento.

—No tienes que disculparte —contesta, y por fin levanta la vista. Por suerte, no parece enojado. Solo desanimado. Me quita las llaves—. Gracias de nuevo por el regalo.

—De nada.

Lo veo correr hasta la camioneta de Reeve, que está estacionada delante del garaje de los vecinos. Se sube y arranca.

Nadia viene corriendo.

—¿Qué ha pasado? —pregunta.

—Nada —respondo mientras la rodeo con el brazo—. Vamos adentro.

Al día siguiente, estoy acostada en el sofá viendo la tele y escribiéndome con Ash. Mi padre entra al salón y se sienta a mi lado.

—¿Qué estás viendo? —me pregunta.

No levanto la mirada para poder seguir mandando mensajes.

—No sé, un especial de Navidad o algo así.

¿Qué diablos pasó en casa de Alex? He oído que Reeve se presentó borracho y Lindy lo corrió.

No es cierto. ¿Eso es lo que se rumorea?

Ren dice que tuvo que recoger a Reeve en plena carretera.

Por supuesto, llamó a Rennie para que fuera a buscarlo. Estaba claro.

—¿Has acabado ya los pasos suplementarios de la solicitud para Wellesley? —me pregunta mi padre.

—Yo diría que sí —contesto. Es casi verdad, porque ya lo tengo casi acabado.

—¿Quieres que le eche un vistazo antes de que lo entregues? —dice como si nada.

—No hace falta —respondo—. Ya se lo he enseñado a la orientadora.

Pero ¿por qué estaba enojado, si puede saberse?

No tengo ni idea. ¿Qué ha dicho Ren?

Ha puesto excusas para justificarlo, como siempre. Él hace lo que quiere con ella.

Así es.

—Otro par de ojos nunca viene mal.

Por fin levanto la vista del celular.

—Papi... Ni siquiera sé si quiero ir a Wellesley.

—Pensaba que habíamos quedado en que por lo menos pedirías matrícula —discute con el ceño fruncido.

—Y la voy a pedir, pero, aunque entrara, no sé si quiero estudiar allí. —Subo por la conversación que he tenido con

Ash y releo lo que me ha dicho—. Aunque a mamá le encantara ir a una universidad solo de chicas, no tiene por qué ser lo mío también.

—Es solo para tener opciones —sentencia mi padre—. ¿Entendido?

Asiento. Pues bien. Ni siquiera sé si voy a entrar, así que me da igual.

Carraspea, como siempre que se siente incómodo.

—¿Ese amigo tuyo que apareció en casa de los Lind estaba borracho?

No levanto la vista, pero me da un vuelco el corazón.

—¿Qué amigo?

—Reeve. Se llama así, ¿verdad?

Me sorprende que mi padre sepa su nombre. Seguramente se lo habrá contado mi madre.

—No, no estaba borracho. —Mi padre no parece convencido, así que lo repito con más énfasis—. ¡No estaba borracho, papi! Es deportista.

—Bien, bien. Confío en ti. Ten cuidado con quién te juntas. Deberías estar concentrada en las solicitudes universitarias y en acabar bien el último año de instituto. No te confíes.

Quiero contestarle mal, pero no lo hago, porque eso en mi familia no se hace. No se contesta a los padres. Me enoja mucho que intente dárselas de padre comprometido cuando casi nunca está en casa. No tiene derecho a decirme lo que puedo hacer y lo que no.

—Estoy muy concentrada en las solicitudes, papi. De hecho, voy arriba a terminar de rellenar los datos en la web —informo con calma. Me levanto.

—Esa es mi chica —me anima mientras asiente para darme su aprobación.

Cuando llego a mi cuarto, me tiro en la cama y llamo a Ash. Oigo que está mordisqueando algo.

—Creo que Ren se merece algo mejor. Reeve lleva dándole esperanzas desde que eran pequeños. Ella le da todo lo que quiere y él siempre quiere más, más y más. Es demasiado generosa.

Yo no describiría a Rennie como generosa, pero me lo callo.

—Solo piensa en sí mismo. No le importa nadie —continúa.

No sé si eso es cierto. De hecho, estoy segura de que no.

Recuerdo el día que conocí a Reeve. Fue cuando construimos la casa. Por aquel entonces, Nadia era pequeña y yo tenía siete años.

No llegué a ver la casa que había antes, solo en fotos. Era de dos pisos y tenía un porche que la envolvía entera, contraventanas decorativas y una veleta de hierro enorme. No era el estilo de mis padres, pero mi madre estaba obsesionada con el emplazamiento. Era un terreno grande, de casi una hectárea, con vistas perfectas al mar. El propietario no tenía planeado venderla, pero papá le ofreció un montón de dinero.

El día después de firmar los papeles, derruyeron la casa.

Esto era cuando White Haven todavía no estaba compuesto por megamansiones. O sea, las casas eran grandes, pero casi ninguna tenía alberca personalizada, ascensor o garaje para cinco coches. Les interesaba más el terreno. Había un montón de espacio, intimidad y las mejores vistas de la isla. Supongo que, en ese sentido, era inevitable que acabara siendo propiedad de los ricos.

En fin, como mi madre era la que había diseñado los planos, le gustaba visitar la obra para ver cómo iba progresando.

Una vez, nos trajo a Nadia y a mí.

Cuando llegamos, acababan de verter el cemento en el suelo y habían empezado a crear la estructura de las habitaciones con tablones de madera. Había unas diez camionetas estacionadas en el jardín y un camión enorme para los escombros.

—Dios mío —murmuró mamá—. Vamos a tener que replantar todo el jardín delantero.

Recuerdo quedarme maravillada al ver lo grande que iba a ser nuestra casa. Solo habíamos vivido en departamentos. Que eran de lujo, pero, aun así, tenías vecinos al otro lado de la pared. Esta casa era inmensa.

Había un montón de obreros. Todos parecían tener tripas grandes y redondas. Yo le di la mano a Nadia y me quedé pegada a mi madre mientras ella hablaba con uno de los albañiles. Aunque hacía calor, mi madre se había puesto un traje negro con tacones y no se quitó los lentes de sol ni dentro de la casa.

Iba discutiendo por las escaleras. Ella no dejaba de señalar sus planos y de indicar que se debían seguir sus instrucciones o, si no, contrataría a otra plantilla. El hombre resopló.

—Somos los únicos albañiles de la isla.

—Les rentaré una casa —contestó mi madre, lo que le calló la boca al capataz.

Mientras ella le echaba bronca, él no dejaba de mirarnos a Nadia y a mí. Creo que no le gustaba que le estuviera gritando una mujer, y menos delante de unas niñas.

De repente, sentí una palmada fuerte en la espalda.

—¡Tú las traes!

Me di la vuelta. Había un niño un poco más alto que yo, con una amplia sonrisa con la que mostraba casi todos los dientes y que pasaba el peso de un pie a otro.

—¡Reeve! —gritó el hombre—. Te he dicho que te quedaras en la camioneta.

—¿Hay niños correteando por la obra? —preguntó mi madre exasperada.

—Tendría que estar en el campamento de futbol americano, pero parece ser que mi mujer anotó mal la fecha en el calendario. Ella se ha ido a visitar a su hermana, así que... he hecho lo que tenía que hacer.

Reeve parpadeó unas cuantas veces. Después, me dio una palmada en el brazo.

—Tú las traes —repitió. Y luego añadió—: Te toca atrapar a ti.

Pronunciaba las palabras muy despacio, como si yo no entendiera su idioma.

—Sé jugar —respondí tan grosera como me fue posible. Odiaba que la gente supusiera que por ser asiática no sabía hablar inglés. Me ponía de nervios.

—No parece.

Empezó a corretear de espaldas para alejarse de mí.

Le solté la mano a Nadia y salí corriendo detrás de él.

Mi madre y el capataz nos gritaron, pero yo no me detuve. Tenía muchas ganas de atraparlo.

Aunque el albañil dijo que Reeve no solía estar en la obra, él se movía por mi casa con gran soltura. Se sabía todos los lugares por los que girar y por los que meterse. Saltó una pila de tablones de madera y se agachó para pasar por debajo de un andamio. Era rápido, pero yo también. Y habría ido más deprisa de no llevar zapatos de vestir.

Ya casi lo tenía al alcance de la mano cuando hizo ademán de girar por el marco de una puerta. Sin embargo, en el último momento cambió de idea y decidió que ya no quería atravesarlo, pero yo ya me había acercado demasiado. Me estampé contra él y lo empujé con todas mis fuerzas, por lo que salió volando y derrapó por el suelo.

Justo donde acababan de verter el cemento, por lo que dejó una marca impresionante.

Yo solté un grito ahogado.

—¡Maldición, Reeve!

Me di la vuelta y ahí estaba su padre, con la cara tremendamente roja. Entró a la estancia, con lo que dejó marcas de pisotones en el cemento. Supongo que ya no le importaba arruinarlo, puesto que Reeve ya se había encargado de ello. Agarró al niño por la espalda de la camiseta, como los gatos a sus cachorros. Solo que él no lo hizo con ternura. Parecía que iba a matarlo, y Reeve estaba asustado. Le cambió la cara.

—Ha sido... —dije en voz muy aguda.

Era culpa mía, yo lo había empujado, pero él no me dejó confesarlo.

—Lo siento, papá. Lo siento, es culpa mía.

Entonces llegaron mi madre y Nadia, que también soltaron un grito ahogado.

Al verlas, el padre de Reeve lo dejó en el suelo.

—Lo arreglaremos sin ningún costo adicional, por supuesto. —Le lanzó una mirada de desdén a su hijo—. Métete a la camioneta ahora mismo —ordenó entre dientes.

—Sí, señor —contestó Reeve.

Me sentía terrible. Mamá nos llevó a Nadia y a mí al coche. Mientras nos alejábamos, vi a Reeve sentado en la camioneta de su padre, como le había ordenado. Sin embargo, ya no parecía asustado.

Me sonrió.

56

Kat

Mi plan para la mañana de Navidad era levantarme temprano y preparar hot-cakes. Sin embargo, me he quedado despierta hasta tarde para ver *Historias de Navidad* con Pat, así que termino durmiendo más de la cuenta. Cuando por fin salgo de la cama, ya han dado las diez.

Me pongo la bata de felpa desgastada encima de la camiseta y recorro con pesadez el camino hasta la cocina para hacerme una taza de café, pero me sorprendo al ver a mi padre y a Pat sentados a la mesa. Mi hermano tiene la cabeza metida en un tazón de sopa, mientras que mi padre se está tomando un café.

—Feliz Navidad, familia DeBrassio —les deseo con la voz ronca por el sueño—. Iba a levantarme temprano para hacer hot-cakes, pero...

—Pero ¿eres demasiado floja? —termina Pat por mí mientras sobre la sopa.

Sonrío y me sirvo una taza de café.

—Igualita a mi hermano mayor.

Me llevo el café al salón y enciendo las luces del árbol. Debajo no hay nada porque ya intercambiamos los regalos anoche, como dicta la tradición familiar. Yo le compré a mi padre una caña de pescar y a mi hermano un vinilo italiano *vintage* que le compré a un tipo por internet. Mi padre me dio un billete de cien euros y Pat me dijo que luego me daría mi regalo. Patrañas. Siempre se le olvida.

Enciendo la tele, están volviendo a pasar *Historias de Navidad*. Pero es el final de la peli, cuando están todos en el restaurante chino y los meseros cantan *Deck the Halls* y no saben pronunciar las eles. Es demasiado racista, pero es buena.

Entonces, Pat y mi padre entran al salón.

—Katherine, creo que hay un regalo más para ti debajo del árbol —comenta mi padre.

—Ve a revisarte la vista, viejo —contesto mientras señalo la alfombra vacía.

—¡Pat! —grita—. Ibas a colocarlo por la mañana.

—Tranqui, tranqui —interviene mi hermano. Se va a su habitación y vuelve con una caja envuelta con un estampado de Santa Claus. Me la entrega—. Toma.

Miro a mi padre y a Pat.

—¿Qué es esto?

Mi padre esboza una amplia sonrisa.

—Ábrelo.

Rompo el papel. Es una *laptop* nueva. Se me desencaja la mandíbula.

—No puede ser.

—Es para la universidad.

Se me forma un nudo en la garganta y los ojos me escuecen por las lágrimas.

—¿Cómo...? ¿Cómo te lo has podido permitir?

—Acabé la canoa la semana pasada —explica con una enorme sonrisa llena de orgullo—. Y Pat también ha contribuido.

Miro a mi hermano, que está apoyado en el marco de la puerta con los brazos cruzados.

—¿En serio?

—Sí. He trabajado como una bestia, así que más te vale conseguir matrícula en Oberlin. —Me sacude el dedo delante de la cara.

Me enjugo las lágrimas con el dorso del brazo.

—Todavía no me han aceptado.

Debería contarles que me han rechazado la solicitud previa y que estoy a la espera, pero no me veo con fuerzas.

—Verás como entras —anuncia mi hermano.

—Aun así, está muy lejos... Igual sería mejor ir a una universidad más cerca, para poder venir a ayudarlos.

—Ni de broma —espeta papá—. Te vas a largar de aquí en cuanto te gradúes. Es lo que habría querido tu madre.

Apenas lo veo entre las lágrimas.

—Muchas gracias.

Pat se inclina hacia delante.

—Papá y yo nos las arreglaremos. Tú te largas a Oberlin. Vas a sacar todo sobresalientes, luego te vas a hacer rica en un trabajo para ricos y, entonces, nos vas a enviar un montón de dinero.

Me río.

—¿Vas a seguir viviendo en casa dentro de cinco años? Qué tonto.

Después, me levanto y los abrazo. Me tiemblan las piernas.

57
Lillia

El día de Navidad se pasa volando. Vamos a la iglesia por la mañana, como siempre, después volvemos, mi padre prepara sopa coreana y mi madre hornea rollitos de canela congelados de una marca de lujo. Nos los comemos mientras abrimos los regalos. Me han regalado una *laptop*, un suéter de cachemira de color lavanda y menta, botas de montar y un montón de cositas, como, por ejemplo, mi perfume favorito y la crema facial de ciruelas que pedí en Nueva York.

Tendría que estar contenta porque me encantan los regalos y me han traído todo lo que he pedido y mucho más. Nadia suelta grititos al ver sus regalos y abraza a papá y a mamá cada vez que abre un paquete. Se toma su tiempo en desenvolver para que le dure más tiempo. Yo apenas consigo esbozar una sonrisa y dar las gracias. Soy la peor hija del mundo.

Mis padres se dan cuenta. No dejan de lanzarse miradas llenas de preocupación. En cierto punto, mi madre se sienta a mi lado en la *chaise longue* y me coloca el dorso de la mano en la frente para ver si tengo fiebre.

No creía que fuera a pasarla tan mal. Que fuera a sufrir tanto por algo que debería haber sido falso.

Cuando hemos abierto todos los regalos, mi madre le hace un gesto con la cabeza a mi padre, que sale de la estancia. Cuando vuelve, lleva dos cajas enormes en los brazos. Nadia da saltitos e intenta quitarle una, pero mi padre le dice:

—Estos son para Lillia.

Las abro. Son maletas nuevas de Tumi, de un material duro de color blanco resplandeciente. Hay una grande y otra para el equipaje de mano.

—Para la universidad —anuncia mi padre—. Wellesley tiene unos programas de intercambio alucinantes, ¿sabes?

Ni siquiera tengo la energía para responderle. Todavía no estoy convencida con lo de Wellesley. Me limito a asentir y a abrir y cerrar la maleta unas cuantas veces.

—Las ha elegido tu padre —informa mamá—. Pensó que el blanco te gustaría.

Me coloca la mano en la rodilla y me da un apretón fuerte. Yo lo miro de forma automática.

—Me encantan.

—Feliz Navidad, princesa —me dice.

58
Mary

Por fin es Nochebuena.

Esta noche cuajarán unos cuantos centímetros de nieve. Además, hace muchísimo viento. Aun así, la fiesta de Rennie se va a celebrar seguro. Solo espero que mañana funcione el ferri. Tengo muchas ganas de ver a mis padres.

Ya he preparado el atuendo especial para el viaje de vuelta a casa. Falda de tubo, tacones y una blusa de color crema. Quiero verme guapa y parecer madura cuando vuelvan a verme. Quiero que se den cuenta de que he crecido. Sé que tienen buena intención, pero siempre me han tratado como un bebé. Ahora, quiero que me traten como a una adolescente, no como a una niña.

Pero, antes que nada, tengo que ir a una fiesta y despedirme de dos personas muy especiales.

Me tomo mi tiempo para peinarme y maquillarme. Me pinto los labios de color rojo rubí y me recojo el pelo en un chongo. Me pongo un vestido que he encontrado en el armario: es blanco, con flecos, pedrería y la cintura baja y ancha. Busco por toda la habitación los zapatos dorados con el talón descubierto.

Suena el timbre. De verdad, las de la Asociación de Conservación no nos dejan vivir tranquilas. Supongo que la tía

Bette no les abrirá, como siempre, pero esta vez están insistiendo mucho.

Qué raro.

Al final, oigo que la tía abre la puerta.

—¿Erica?

Me quedo helada.

—Dios mío, Bette. Pero mira cómo está esto.

Esa voz. Hacía mucho tiempo que no la oía.

Es mi madre. ¡Está aquí! Me levanto de un salto y bajo corriendo las escaleras, pero, cuando la veo, me detengo en seco.

«¿Mami?».

Está ahí, en medio del recibidor, con un abrigo negro largo. Tiene el pelo gris, casi tan canoso como el de la tía Bette. ¿Cómo es posible que haya envejecido tanto de golpe? No hace tanto que me fui.

—¿Qué es ese ruido? —pregunta.

—Es Mary —revela mi tía.

—Bette, por favor. Por favor, deja de torturarme —le pide mi madre.

Me quedo quieta. Algo anda mal. Muy mal.

Siento que el calor y el pánico me suben por el cuerpo. Los marcos que están en las paredes de las escaleras empiezan a temblar y tengo que obligarme a tranquilizarme.

«Cálmate-cálmate-cálmate».

—Necesitas ayuda, Bette —asegura mi madre, parece estar llorando—. Voy a sacarte de aquí. Esta casa te está haciendo enfermar. Los de la Asociación de Conservación no dejan de llamarme, y con razón. ¡Mira a tu alrededor!

—No, no. Estoy bien, Erica —discute mi tía con desesperación—. ¡Mary quiere irse! ¡Me pondré mejor cuando se marche!

—La casa está en ruinas, y tú... no estás bien —dice mi madre con la voz constreñida—. No puedes pasar más tiempo aquí.

La tía retrocede.

—Deberías verla, Erica. Hablar con ella. Contarle lo de Jim. Tal vez eso la ayudaría.

Jim es mi padre.

—Bette... Por favor, ya detente —le ruega mi madre con la voz llena de dolor—. Deja de hablar de ella.

¿Qué ocurre? ¿Se han peleado? ¿Se han divorciado? ¿Por eso no han venido a verme?

—Nos marchamos. Ya.

Mamá ha dejado la puerta abierta. Yo la contemplo fijamente, hasta que la cierro. Ella se queda inmóvil cuando la manija se le escapa volando de la mano. La puerta se cierra con un estruendo y se pone el seguro.

—¡Mary! ¡Para! ¡La vas a asustar! —grita mi tía.

La ignoro, subo corriendo a mi cama, agarro la maleta y bajo las escaleras a toda velocidad.

—¡Mami! ¡Me voy contigo! ¡No te marches sin mí!

Pero entonces, oigo que se abre la puerta trasera. Subo a mi ventana corriendo y veo a mi madre rodeando con el brazo a la tía Bette mientras intenta llevarla hasta el coche que ha rentado. ¿Se van? ¿Sin mí?

Vuelvo a bajar las escaleras corriendo y salgo de casa.

Mi madre llora desconsoladamente. No me mira.

—Bette, por favor, te lo ruego, entra al coche.

Me acerco a ella corriendo.

—¡Mami! —grito.

Estoy vociferando y las contraventanas de la casa se abren y se cierran, cada vez más deprisa. No consigo controlarme.

—¡Dios mío!

Mi madre grita, abre la puerta del copiloto a toda prisa y mete a mi tía en el coche de un empujón. Va corriendo al otro lado del vehículo, pero se tropieza y se cae al suelo.

Yo corro tras ella, llorando como una niña pequeña.

—Mami, mami, mami —grito—. No te vayas. No me dejes. ¡Quiero ir a casa!

Se le salen los ojos de las órbitas.

—Mary, ¿eres tú?

—No me dejes —suplico.

Ella se levanta con dificultad. Espero que me abrace, que me pegue a su cuerpo.

«Ha pasado mucho tiempo, mami».

Pero no se acerca a mí, sale corriendo hacia el otro lado del coche y se sube. Yo golpeo la ventanilla con tanta fuerza que el cristal empieza a quebrarse.

—Lo siento —solloza—. Lo siento mucho. No puedo quedarme.

Le tiemblan las manos mientras arranca el coche, va en reversa y después pisa el acelerador.

59

Lillia

No iba a ir a la fiesta. Kat no ha dejado de insistirme por mensaje para que vaya, dice que Mary y ella me protegerán de Rennie. Sin embargo, esta tarde he recibido un mensaje de la mismísima Rennie que decía: «¿Año nuevo, vida nueva? Ven a la fiesta». Me ha enviado una foto de su mano con una paleta de cereza. Tenía un manicure precioso, rpalo de rosa con diamantina, parecía algodón de azúcar brillante.

Así que decido ir. No quiero ser la única del instituto que se la pierda. Irán hasta mi hermana, Kat y Mary. ¿Qué voy a hacer si no? ¿Cenar con mis padres?

Si esto fuera hace unos meses, Rennie y yo nos habríamos arreglado para la fiesta juntas. Tendríamos puesta a Madonna a todo volumen mientras nos peleábamos por el espejo y no dejábamos de discutir sobre si era mejor pintarse los labios de color carmesí o de color rojo teja. En cambio, hoy he estado sola. Ni siquiera con Nadia, porque ha ido a vestirse con sus amigas a casa de Janelle. He estado completamente sola.

Había encontrado un vestido por internet, en una tienda *vintage*. Me preocupaba que no me quedara, porque las tallas eran diferentes en aquellos años, pero, cuando llegó, vi que me quedaba como un guante. Es de seda color esmeralda, tela fina, cintura baja y suelta, escote en uve y la espalda al aire, cruzada con hilos que parecen telarañas de lo finos y delicados que son.

Me he puesto los rizadores de mi madre y, después, me he recogido el pelo para que parezca que lo llevo por los hombros. El peinado no dejaba de deshacerse, así que lo he sujetado con un millón de pasadores. El toque final ha sido el labial granate.

Mi padre ha salido de su oficina para darme un abrazo y decirme lo guapa que me veía. Además, quería recordarme que tenía un toque de queda especial: a las dos de la madrugada, ni un minuto después. Me pidió que no volviera a casa en coche, que pidiera un taxi o que lo llamara para que fuera a recogerme.

—En Nochebuena hay más peligro —me advirtió—. Mucha gente conduce bebida.

Yo puse los ojos en blanco mientras repetía:

—Sí, papi. Está bien, papi.

En un semáforo, le mando un mensaje a Ash para ver si ya ha llegado para así no tener que entrar sola. Ella me contesta que ya está dentro. También me pongo en contacto con Alex, pero no me contesta de inmediato. No hemos hablado mucho desde que le conté que había besado a Reeve. Las cosas ya estaban bastante tensas entre ellos y no puedo evitar pensar que, seguramente, las haya empeorado.

Delante de la galería no hay estacionamiento, así que dejo el coche a dos calles y me arrepiento de haber tomado prestados los zapatos con diamantes de bisutería de mi madre. Son Manolos, y yo siempre había pensado que unos zapatos así de caros serían más cómodos, pero no. Cuando llego a la fiesta, me duelen tanto los pies que solo quiero descalzarme.

Han quitado el nombre del escaparate de la galería y hay un cartel de «SE RENTA». Desde fuera parece... desolada. El interior no se ve porque se han empañado todas las ventanas.

Hay un tipo de seguridad en la puerta. Lo reconozco del Bow Tie, es uno de los cocineros. No puedo creer que Rennie haya conseguido que cancele sus planes de Nochebuena para plantarse delante de la galería de su madre y vigilar una fiesta de instituto.

—¿Cuál es la contraseña? —me pregunta.

—Rayo de luna —respondo. Durante un instante, temo que Rennie haya cambiado la contraseña y que no me deje entrar.

Entonces, el chico asiente.

—Diez euros.

¿Diez euros? En la vida he pagado para entrar a una fiesta de Rennie.

—Soy de último año —informo—. Y soy amiga de Rennie. Nos hemos visto alguna vez en el Bow Tie.

—Esta noche todos son amigos de Rennie —declara mientras mira por encima de mi cabeza a un grupo de chicos que se acercan con gran estruendo por la calle—. Son diez para los de último año, veinte para los de penúltimo, treinta para los de décimo...

Estoy segura al mil por ciento de que ni Ash ni ninguno de nuestros amigos ha tenido que pagar, pero no quiero discutir con él. Es humillante.

—Bien, bien, lo que tú digas.

Por suerte, mi padre me ha dado dinero en efectivo para el taxi. Saco un billete de veinte del bolso y se lo entrego.

Él se saca un fajo del bolsillo de la chamarra de piel y me devuelve diez.

—Que te diviertas.

Entro a la galería. Ya la había visto vacía antes, cuando había un cambio de exposición a otra y Paige les daba una capa nueva de pintura a las paredes para que las obras destacaran más. No obstante, Rennie la ha transformado. Ha montado una barra donde estaba la caja registradora, tras la que se encuentra otro de los empleados del Bow Tie mezclando bebidas ataviado con un esmoquin blanco nuclear y un moño negro. Sirven las copas en vasos de verdad, que, seguramente, también provengan del restaurante. Nada de vasos de plástico. El techo está repleto de guirnaldas metálicas de colores, muy bonitas. Parecen *vintage*. También hay montones de globos de helio flotando por doquier, blancos, dorados y plateados con lazos a juego. Bajo la vista y me fijo en que Rennie ha pintado el suelo: ha alternado rayas blancas y negras en zigzag. También hizo centros de mesa con ramos de plumas de color crema, algunas cubiertas de diamantina dorada y plateada.

Y, aunque odio tener que admitirlo, es su mejor fiesta hasta la fecha.

Está a reventar y tan oscuro que tardo un rato en que se me adapten los ojos. Todavía no veo rastro de Kat ni de Mary. Distingo a mi hermana con otras chicas del equipo acurrucadas en un sofá que está en una esquina. Nadia me saluda y yo le devuelvo el saludo.

Y ahí me quedo, totalmente sola.

Me empieza a doler el estómago. ¿Voy a pasar así toda la noche?

Respiro hondo y después abro el bolso en busca del labial y el polvo compacto. Ese es el problema de los labiales oscuros, que hay que asegurarse de que siempre estén bien aplicados con una capa intensa y gruesa, si no, parece que te has comido una paleta o algo. Me retoco las comisuras de la boca y, mientras vuelvo a meter todo en el bolso, noto que vibra mi celular.

Es Alex.

Te ves impresionante.

Yo sonrío y bloqueo el celular. Busco a Alex con la mirada y lo localizo junto a la barra, apoyado en la esquina mientras bebe un líquido café de una copa. La alza para brindar conmigo y me echo a reír. No puedo evitarlo. Lleva camisa, tirantes y un sombrero que le habrá comprado su madre. Se ve adorable. Se abre paso entre la multitud. A medida que se acerca, veo que busca algo en el bolsillo de los pantalones.

—Te fuiste de la fiesta antes de que pudiera darte tu regalo de Navidad.

Se coloca a mi lado y me ofrece la mano. En su palma, sostiene una cajita naranja con un estrecho listón café atado alrededor. En la tela dice «HERMÈS».

No lo puedo creer.

Me coloca la cajita en las manos.

—Ábrelo, Lil.

Yo deshago el moño y abro la caja. Es la pulsera que quería, la que vi en Boston. Está lacada en blanco y es perfecta.

—Alex, esto es demasiado caro. No puedo aceptarlo.

—Pero dijiste que lo querías, ¿no te acuerdas?

—Sí, pero...

Sonríe lleno de satisfacción.

—Lo he comprado para ti.

Saca la pulsera del estuche y me la abrocha en la muñeca.

—No puedo aceptarlo.

—¿Por qué no?

—Porque es... demasiado.

—No te preocupes por eso. He utilizado el dinero que me dio mi abuela para que me comprara una guitarra nueva. —Se mete las manos en los bolsillos—. En realidad, llevo tiempo queriendo preguntarte una cosa. Es sobre el fin de semana que pasamos en Boston.

Asiento rápidamente, llena de nervios.

—Bueno... —Baja la vista y después vuelve a mirarme—. ¿Recuerdas cuando fuimos a pasear bajo la nieve? Si hubiera intentado besarte, ¿me habrías dejado?

Mi mente vuela hacia atrás. Lo bonito que fue ver Boston bajo la nieve. Lo segura que me sentí con Alex. Lo fácil que era todo con él, sobre todo al compararlo con Reeve.

Creo que sí lo habría dejado besarme. Quizá.

Estoy a punto de contestarle eso mismo, pero, entonces, todo se derrumba y el mundo se para porque, por encima del hombro de Alex, al otro lado de la estancia, lo veo.

Reeve. En el sofá, junto a una chica que al principio me había parecido Rennie, pero ahora sé que no lo es. Es una de décimo, creo que se llama Kendall. Va ataviado con el atuendo que compramos juntos. Se ve tan guapo que me pone enferma. Ella lleva una boa de plumas alrededor del cuello, con la que él no deja de juguetear.

Nuestras miradas se cruzan y después él la aparta, a propósito. Le dice algo al oído a su acompañante, le coloca el sombrero en la cabeza y después se la sube al regazo. Siento que me sube toda la sangre a la cara.

Me aparto de Alex.

—Tengo que irme.

Su expresión se torna triste.

—¿No vas a responderme?

—Ahora mismo no puedo.

Vuelvo a mirar a Reeve, no puedo evitarlo. Él también me mira y, esta vez, da un buen trago a su vaso y le coloca una mano a Kendall en el muslo.

Tengo que salir de aquí. Empiezo a retroceder, empujando a la gente para que se aparte.

Me tambaleo hasta el pasillo. De repente, Reeve aparece delante de mí y me bloquea el paso con el brazo.

—¿Te quitas? —pregunto con voz gélida.

—Vaya, ¿así que no nos hablamos?

Como si nada, con aire casual, se cruza de brazos y se apoya en la pared del pasillo.

Le lanzo una mirada asesina.

—¿Por qué tendría que hablar contigo? Si ni siquiera nos soportamos.

Reeve me dedica una sonrisa llena de condescendencia, como si yo fuera una niñita tonta y él un hombre maduro y experimentado. Le doy un empujón bien fuerte para intentar pasar y, de repente, se le borra la sonrisa de la cara.

—Estaba enojado porque me rechazaras, pero ya se me ha pasado, así que no tienes que salir corriendo cada vez que me ves. No voy a molestarte más.

—Genial —contesto.

Reeve alarga la mano y me toca la pulsera que llevo en la muñeca.

—Qué bonita —comenta.

Sé que no lo dice en serio, pero le contesto de todas formas.

—Gracias.

—Lind habrá trabajado mucho para poder comprártela —añade con una sonrisa burlona.

—Pues sí. —Yo debería sonreírle y acabar aquí la conversación, pero no puedo resistirme a añadir—: Qué educado por tu padre estar hablando con otra chica en la fiesta de Rennie. —Lanzo una mirada llena de intención hacia Kendall—. ¿O es que ya son historia? ¿Por qué no me sorprende? Clásico de Reeve, ya has pasado a la siguiente.

Suponía que la razón por la que Rennie me había invitado a su fiesta era para presumir de su relación con Reeve. Pero parece que no. Tal vez lo suyo también haya terminado.

Reeve ya no sonríe, sé que le estoy dando donde más le duele.

—Como te he dicho un millón de veces, Rennie y yo solo somos amigos.

—Ah —contesto con tono seco—. Con derechos, querrás decir.

Él levanta las manos.

—Cree lo que quieras. Me da igual.

—Me creo lo que ella me ha contado, pedazo de idiota. ¡La vi en tu casa! Le faltó tiempo para restregármelo por las narices.

—¿Cuándo? —exige saber.

—Cuando lo de las puertas abiertas.

Reeve se sobresalta, está estupefacto.

—¿Viniste?

Miro a mi alrededor y ubico a Rennie entre la multitud, rodeada de chicos del equipo de futbol. No le contó que me había pasado por allí. Vaya sorpresa. Aunque tampoco es que cambie nada.

Levanto los hombros.

—Sí, fui. Rennie me dijo que no querías verme, así que me fui.

Me está mirando fijamente.

—¿Me lo estás diciendo en serio? ¿Viniste a mi casa?

—No es para tanto —respondo, e intento agacharme para pasar por debajo de su brazo.

Pero él retrocede y vuelve a bloquearme el paso.

—¡Espera! No sé qué te dijo Rennie, pero me pasé todo el día solo en mi cuarto porque estaba enojado contigo por haberme dejado plantado. Quería que vinieras, Lil. Solo tú.

Cierro los ojos un instante y luego los vuelvo a abrir.

—Ahora ya da igual.

Entonces se nos acerca Kendall.

—Hola, Lillia. ¿Qué tal?

Apoya la cabeza en el hombro de Reeve y él intenta retirarse de inmediato.

—Hola —la saludo. Echo un vistazo a la puerta. Hay fila para entrar, así que no podré salir por el acceso principal. Me tocará escabullirme por la parte de atrás. Le sonrío rápidamente a Kendall y digo—: ¡Pásenla bien, pareja!

Me meto entre los dos.

Ya casi he recorrido el pasillo cuando oigo que Reeve me está siguiendo y gritando mi nombre.

—¡Todavía te gusto! —grita—. Estoy seguro. Así que rechazo nuestra ruptura porque esto no es más que un malentendido de mierda.

Me detengo y me giro para encararme con él.

—No hemos roto porque nunca estuvimos juntos.

Y nunca podremos estarlo.

—¡Te gusto! Admítelo, Cho.

Dios mío, espero que Kat y Mary no hayan llegado. Si nos ven así, querrán que vuelva a empezar con la farsa. Ya no puedo más.

—Reeve, no me gustas en absoluto —repito, esta vez más tranquila.

—Sí. Te. Gusto. —Me agarra de la mano y yo intento liberarme de un jalón, pero esta vez no me suelta—. Te gusto y tú me gustas a mí. Así que... ¿podemos dejarnos de jueguitos y volver de una vez por todas?

—¿Y qué hay de tu novia Kendall? —lo reto.

Él suelta un resoplido para restarle importancia.

—Solo estaba hablando con ella para ponerte celosa. Y ha funcionado.

Me acerca más a él, hasta que estamos lo bastante pegados como para besarnos.

—No tiene por qué ser tan complicado, ¿sabes?

Estoy a punto de negarlo todo cuando, de repente, me toma la cara entre las manos y me besa. Intento resistirme durante un segundo, pero después le devuelvo el beso porque llevo soñando con esto desde hace días. Le deslizo las manos por el cuello para acercarlo más a mí, siento su pelo suave en las puntas de los dedos.

Entonces, oigo un grito ahogado. Me separo de Reeve, quien me aprisiona con los brazos contra la pared.

—¿Qué demonios es esto?

Es Rennie, que está al otro lado del pasillo, mirándonos. Enloquecida. Me señala con el dedo, le tiembla el brazo.

Reeve se da la vuelta y la ve.

—Espera, Ren.

Ella se aleja de nosotros y se mete a la cocina. Yo la sigo, con Reeve pisándome los talones.

—Rennie... —empiezo.

Me aparta de un empujón y se pone a darle puñetazos en el pecho a Reeve.

—¿La has elegido a ella antes que a mí? —solloza con rabia, y se aleja de él—. No es como tú piensas, Reeve. ¿Te crees que es dulce e inocente? Eso es una puta mierda. Es una zorra.

—No hables así de ella —le advierte.

Rennie lo ignora y se acerca a mí.

—Dejé que fueras mi sombra, te convertí en mi protegida. ¡Yo te he creado! —Le tiembla todo el cuerpo de la rabia—. No serías nadie de no ser por mí.

Reeve intenta interponerse entre las dos.

—Ren, detente ya. Lillia no me ha robado, así que no le eches la culpa a ella. Sabes que te quiero, pero así no.

—¡No te atrevas a defenderla! —brama Rennie mientras se da la vuelta para encararlo—. ¡No ves quién es en realidad!

Yo respiro con dificultad y me acerco a ella.

—Rennie, lo has entendido todo al revés. Tú eres la que siempre ha querido tener lo que yo tengo, no al contrario. Siempre has estado celosa de mí porque tengo todo lo que quieres.

Ella frunce la boca y esboza una mueca de desprecio.

—No lo puedo creer. Me parece una locura que estés tergiversando la situación para echarme la culpa a mí.

Me humedezco los labios.

—¿Sabes qué? Creo que, en cierto modo, te alegraste de lo que pasó con esos tipos.

Rennie le lanza una mirada rápida a Reeve y luego vuelve a clavar los ojos en mí.

—Cállate —me advierte—. No digas ni una palabra más.

—Creo que te gustó porque me rebajó a tu nivel —continúo con la voz temblorosa—. Ya no era la inocente de Lillia. Ya no era una princesa ni tampoco virgen. Ya no era especial. Era igualita que tú. Las dos éramos bienes defectuosos.

Rennie mueve la mano a la velocidad del rayo y me la estampa en la mejilla con tanta fuerza que trastabillo hacia atrás, me tropiezo con los tacones y casi me caigo.

—¿Qué demonios haces, Ren? —grita Reeve.

Después me aleja de ella de un jalón y se mete entre nosotras.

A Rennie se le ha corrido el rímel.

—¡Le das igual! Hazme caso —grita.

Yo niego con la cabeza sin parar. También me he echado a llorar.

—Eso no es cierto.

A pesar de todo lo que he hecho, no es verdad.

Un chico con tirantes entra a la cocina a trompicones.

—Ups, pensaba que esto era el baño.

—¡Largo! —grita Rennie, y el chico sale corriendo. En cuanto se marcha, Rennie vuelve a la carga y me va ganando terreno—. Te lo advierto, Reeve, es una zorra cruel y mentirosa. —Toma aire, respira hondo y llena de satisfacción suelta—: ¡Y tengo pruebas!

Dios mío. Dios mío.

Me mareo. Rennie sabe lo que hice en el baile de bienvenida. Pero ¿cómo se ha enterado?

—Reeve, vete, por favor —le suplico mientras intento sacarlo a empujones de la cocina—. Márchate ya.

Empujo con todas mis fuerzas, pero él ni se mueve.

Ella tiene la cara rojísima.

—¡Podrías haberlo matado, Lillia!

—¡Por favor, Reeve! —le ruego mientras intento que se dirija a la puerta.

Él se queda ahí parado, como si fuera una estatua, con los brazos cruzados.

—¿De qué estás hablando?

Rennie solloza.

—Yo soy la única persona que ha estado ahí para ti. Después de que te lesionaras, a nadie le importabas una mierda, solo a mí. Yo fui la que estuvo en el hospital todos los días. Para que veas lo mucho que me importas.

A Reeve se le tensa el músculo de la mandíbula.

—Si te hubiera importado tanto, me habrías contado que Lil vino a mi casa el día de las puertas abiertas —rebate con voz de acero—. Pero no lo hiciste. Viste lo triste que estaba y no dijiste nada. Vámonos. —Esto último me lo dice a mí.

—¡Espera! Espera —grita Rennie desesperada. Se tambalea y vuelve a recuperar el equilibrio—. Iba a soltar la bomba a medianoche, pero a la mierda todo. —No aparta los ojos de mí mientras declara—: ¿Quieres saber por qué te caíste del escenario? Porque Lillia te drogó. Te echó algo en la bebida. ¡He encontrado una foto que lo demuestra!

Todo empieza a moverse en cámara lenta. Giro la cabeza para mirar a Reeve y siento como si estuviera debajo del agua.

Rennie jadea. Está esperando a que Reeve conteste.

—Deja que te la enseñe. No estoy mintiendo, Reeve. Yo nunca te he mentido. —Me sonríe con malicia—. Tu vida perfecta ha terminado, Lil. Vas a ir a la cárcel, zorra de mierda.

Se acabó. Estoy perdida. Reeve, mis amigos... Se me ha arruinado la vida.

Reeve no muestra expresión alguna. No me mira. Después, en voz grave y prudente, le dice a Rennie:

—No necesito pruebas. Ya sé lo que ocurrió la noche del baile.

—¿Cómo?

—Fue una broma pesada que salió mal. No estaba intentando hacerme daño. Así que más te vale olvidar el espectáculo que tuvieras montado y dejarlo pasar. Lo digo en serio, Rennie. Si quieres volver a verme, acabarás con esto ahora mismo. —Me ofrece la mano—. Vamos, Lil.

—¡Reevie, no! —llora Rennie—. ¡Por favor!

Dejo que me dé la mano y me saque al pasillo, donde se ha amontonado la gente. Nos contemplan mientras Reeve los empuja para abrirse paso. Veo a Alex y tengo que retirar la mirada.

Cuando salimos a la calle, hablo entre sollozos.

—He olvidado el abrigo.

—Quédate aquí, voy por él.

Se vuelve a abrir camino hacia dentro a golpe de hombro y me quedo sola con el portero, que se está fumando un cigarro.

Me analiza.

—Demonios. ¿Te has metido en una pelea?

Me toco la mejilla. La noto ardiendo y me palpita.

—Más o menos. Pero ya ha acabado.

60
Kat

Muevo el poco whisky que me sirvieron en el vaso y el cubito de hielo tintinea contra el cristal y se diluye poco a poco la miel ambarina. Doy un sorbito y me quema la garganta como solo puede hacerlo el alcohol de primera calidad.

El DJ pasa de una canción de rap famosa a una melodía enérgica de *jazz* antiguo. Lleva mezclándolas así desde que he llegado, hace veinte minutos. Es raro, pero funciona. Los chicos que se están restregando en la pista de baile pasan a moverse más al estilo de los años veinte y consigue que una canción irritante se vuelva sexi y moderna. Muevo la cabeza siguiendo el ritmo, sonrío y doy otro sorbo.

He de admitir que la fiesta es tan épica como me la había pintado Rennie. Que ya es mucho decir, porque he caído muchas veces en la trampa de sus exageraciones. En una ocasión, cuando teníamos ocho años, me invitó a pasar el finde en la «casa de verano» que tenía su abuela junto al río, y no dejaba de presumir del planazo que me había ofrecido. Resultó que la mujer vivía en una urbanización de jubilados junto a un arroyo sucio. Las dos tuvimos tiña porque nos retamos a meternos hasta los tobillos en el agua.

Me he acordado de ese finde cuando me estaba preparando para la fiesta. Me ha caído bien concentrarme en algo bueno de nuestro pasado y no odiar a Rennie con todo mi ser. No pienso perdonarla por lo que me hizo pasar. No puedo cambiar de mentalidad como si nada, aunque quisiera. Pero, sin duda, prefiero una costra antes que una herida supurante.

Me toco la cabeza para asegurarme de que mi peinado sigue en su lugar. He tardado una maldita eternidad en conseguir hacerme las ondas. He tenido que lavarme el pelo dos veces para volver a empezar de cero. No paraba de pensar: «¿Valdrá la pena para una fiesta de instituto?». No tenía ni idea porque, al igual que Mary, yo tampoco había asistido a ninguna.

Llevaba años oyendo hablar de las famosas fiestas de Rennie. Siempre ponía los ojos en blanco cuando otros contaban anécdotas de sus juergas corruptas, llenas de alcohol hurtado y aventuras que rozaban la ilegalidad. Sin embargo, esta noche tengo que darle la enhorabuena. Su fiesta tiene el más puro estilo Rennie Holtz, sin ningún tipo de filtros. Hay recipientes de cristal llenos de ponche, objetos de coctelería *vintage*, servilletas de lino... Y tanto el DJ, como los porteros, como los invitados van disfrazados. Y no son disfraces horribles de Halloween. Todos se han esforzado. Si no me hubiera hecho las malditas ondas, habría quedado como una idiota.

Me parece una maldita locura, sobre todo porque Rennie no tiene dinero suficiente para las decoraciones. Debe de haberse esforzado para conseguir algo tan lujoso con tan bajo presupuesto.

Debería dedicarse a planificar eventos. No es broma. Pienso decírselo cuando la vea.

Por muy descabellado que parezca admitirlo, la verdad es que estoy contenta de haber venido.

Llevo toda la tarde preparándome para no flaquear ante las miradas de asco y los susurros de: «¿Qué demonios hace aquí esa asquerosa?». Todo el mundo sabe que Rennie y yo tenemos un pasado. Y, aunque voy vestida acorde con el tema (el pelo, el vestido negro, las medias de red y una cigarrera de plata), sabrían que no pertenezco nada aquí. Nada.

Resulta que no tenía de qué preocuparme. Todo el mundo ha sido... muy agradable. Me han saludado, como: «¿Qué hay, Kat?», «Feliz Año Nuevo» o «¡Eh, DeBrassio!». Algunas chicas hasta me han abrazado. Son personas con las que llevo años sin hablar. Personas a las que he ignorado, a las que llevo cuatro años tratando con frialdad. Por fin, el hielo se ha derretido.

Así, sin más.

Doy otro sorbito de whisky y me abro paso entre la multitud para llegar al frente de la galería. El escaparate se ha empañado por la condensación, así que le paso una mano por encima para poder ver el exterior. ¿Dónde está Mary? Ya debería haber llegado. Hay una fila de gente en la puerta: chicos con las manos en los bolsillos de los sacos y chicas temblorosas con vestidos finos. Me sorprendo sonriendo. Seguramente no se sepan la contraseña.

Siento unas cosquillas en el brazo. Es una pluma.

Me giro y me topo con Ashlin.

—Hola —me saluda, arrastrando las palabras, y le da un sorbo refinado a la champaña que se ha servido en una copa flauta.

Lleva un vestido corto, cubierto de lentejuelas palo de rosa. Le queda ajustado, como una segunda piel, y parece que se le van a salir los senos por el escote. Se ha pintado un lunar negro en la mejilla izquierda y los párpados le brillan por la diamantina.

—Eh —la saludo, y vuelvo a acomodarme el tirante que se me había caído.

Ella vuelve a hacerme cosquillas con una pluma que se le habrá caído del bolso, que parece un pollito rosa, porque es diminuto y emplumado.

—Solo por curiosidad, ¿sabe Rennie que estás aquí?

La miro con cara de pocos amigos. ¿De verdad es tan tonta? ¿Cree que me pararía aquí si no me hubiera invitado?

Aunque, ahora que lo pienso, todavía no he visto a Rennie. Se me hace un nudo en la garganta. Empiezo a preguntarme si no será una trampa que está a punto de estallarme en la cara. ¿Será esa la sorpresa de medianoche que tanto quería que viera?

De repente, veo a Reeve y a Lillia salir por la puerta.

¿Perdón?

Rennie los sigue corriendo. Está muy callada, pero se nota que está enojada. Reeve y Lillia han desaparecido, así que ella se queda parada en el centro de la pista de baile. Nadie advierte su presencia. Excepto Ashlin y yo.

Rennie se gira hacia nosotras como por arte de magia, se acerca tambaleante porque no consigue mantener el equilibrio sobre los tacones. A medida que se va aproximando, empieza a temblarle la barbilla: está a punto de echarse a llorar. Me aparto para dejarle espacio y que se acerque a Ashlin.

—¡Ren! —la llama ella con alegría, porque la pobre muy lista no es—. ¡Vamos a bailar!

Rennie la aparta de un empujón y casi se lanza a mis brazos. Yo echo la vista atrás, intento ver por el escaparate hacia dónde se han ido Reeve y Lil, pero se ha vuelto a empañar.

Ashlin se queda a nuestro lado, se mece a causa de la borrachera y nos observa confundida. Entonces, me doy cuenta de que cada vez nos mira más gente. Se están fijando en Ren.

—Kat. Fue Lillia. Ella lo drogó. —Apenas consigue pronunciar las palabras. Me está agarrando con fuerza, al tiempo que me aprieta las yemas de los dedos. Y está temblando.

La llevo al baño.

—Vamos.

De camino, pasamos por delante de Alex. Yo le dedico una sonrisa educada, pero, cuando Rennie se percata de su presencia, le grita:

—¡Tu chica es una puta y una zorra y te ha puesto los cuernos!

Alex se queda estupefacto.

En el baño, cierro la puerta con seguro. Tiro por el desagüe lo que me queda de whisky, lleno la copa con agua de la llave y se la ofrezco.

—A ver, ¿qué demonios está pasando?

Rennie da unos cuantos sorbitos, pero, como está llorando, casi se atraganta.

—Lo sabía. Sabía que estoy enamorada de él y me lo ha robado. ¡Esa cabrona siempre consigue todo lo que quiere! ¡No es justo! ¿Cómo va a serlo?

Me trago las ganas de revelarle a Rennie nuestro plan. De confesarle que, en realidad, Lillia no quiere tener nada que ver con Reeve. La haría sentir mejor al instante. Sin embargo, no comento nada porque... ¿acaso Lillia se ha rebelado? Pensaba que ya habíamos acabado con toda esta mierda. Igual se le ha ocurrido una idea mejor con la que hacerle daño pero no ha tenido oportunidad de contárnosla todavía.

—Cálmate —le pido—. ¿De qué estás hablando? ¿Qué es eso de las... drogas?

Levanta la vista del suelo para mirarme. Lo único que le queda del maquillaje de los ojos son dos manchones negros enormes. Abre el gabinete del baño y saca un montón de fotos. Me entrega una del baile. Dos chicas sonrientes con los brazos entrelazados. Tardo un minuto en darme cuenta de lo que está ocurriendo al fondo de la imagen.

Es Lillia, está echando el éxtasis líquido en el vaso de Reeve mientras él mira a otro lado.

Me agarro al toallero para mantenerme en pie.

—Se lo he contado y a él le ha dado igual. Quiere estar con ella. ¡Han salido corriendo tomados de la mano, maldición!

La cabeza me da vueltas y en este maldito baño hace demasiado calor.

—Ren, no sé qué puedes demostrar con esto —interpelo, aunque sé de sobra que lo demuestra todo.

Suelta una risa amarga que parece un ladrido.

—Mira bien. Lleva una especie de vial en la mano. Tiene que ser éxtasis líquido, y ese tipo de drogas solo se pueden conseguir de una forma: a través de Kevin, el maldito narcotraficante asqueroso. Les vende a los del restaurante. Seguro que, si le pregunto, se acordará de haberle vendido éxtasis a una asiática.

Solo que Kevin no se lo vendió a Lillia, sino a mí.

Mierda.

Reviso el celular para ver si me ha llegado algún mensaje de Lillia. Nada. ¿No se da cuenta de que el plan está a punto de estallarnos en la cara?

Alguien toca la puerta del baño.

—Demonios. ¡Está ocupado! —vocifero.

—¿Kat? —Es Alex—. Oye, ¿está Lillia con ustedes? ¿O han visto que se haya ido?

Rennie echa hacia atrás la cabeza y explota.

—Alex, a Lillia no le importas una putísima mierda. A ver si te entra en la cabeza, pareces tonto. Está con Reeve. ¡Solo eres su perrito faldero!

Vuelve a abrir la boca para seguir gritándole, pero yo se la tapo con la mano y abro la puerta una rendija. Veo a Alex, con la mandíbula desencajada.

—Lo siento, ¿nos das un minuto? —pido, y, después, vuelvo a cerrar la puerta.

Rennie se seca los ojos.

—Lillia está acabada. Puede que a Reeve no le importe lo que hizo, pero al resto del mundo sí. Van a odiarla tanto como yo. ¿Dónde está Nadia? ¿La has visto por ahí?

Ay, madre. Tengo que contener los daños.

—Vámonos, anda —sugiero—. Si nos damos prisa, podemos alcanzarlos. —Espero que Rennie me lleve la contraria, pero no, y hasta me da pena. Me ofrece las manos y jalo de ella como si fuera una muñeca de trapo para levantarla—. ¿Dónde tienes el bolso?

—No he traído.

Mierda. Yo no he venido en coche, me ha acercado Pat. Aun así, no quiero perder el tiempo en mandarle un mensaje para que nos recoja.

—¿Has venido en coche?

Ella asiente.

—Me he estacionado atrás. La llave está dentro.

Abro un poquito la puerta del baño y echo un vistazo. Por suerte, se acerca la medianoche, así que todos han empezado a dirigirse a la sala principal de la galería. Ashlin va repartiendo espantasuegras. Alex no deja de pasear la mirada de la puerta al celular.

Yo le doy la mano a Rennie y salgo corriendo hacia el acceso trasero. Salimos y hace un frío que me deja helada.

—Estás demasiado alterada —indico—. Yo conduzco.

Parece que el frío estimula a Rennie. Se le oscurecen los ojos por la ira y aprieta los puños.

Arranco el motor y pongo la calefacción al máximo, aunque al principio hace frío. Salgo disparada del estacionamiento y, cuando paso por delante de la galería, vuelvo a buscar a Mary. ¿Dónde se habrá metido?

—¿Dónde crees que han ido? —me pregunta Rennie.

—No lo sé —contesto con sinceridad—. Vamos a pasar por mi casa y nos dividimos. Ya se nos ocurrirá un plan.

Ella mira por la ventanilla y sus ojos podrían disparar rayos láser.

—Cuando los encuentre, los mato.

Se dedica a analizar cada coche que pasa para ver quién va dentro.

Me da lástima. No ha podido disfrutar la fiesta, con todo lo que se ha esforzado por organizarla. Por ahora, no sé ni qué pensar, pero me es imposible no enojarme con Lillia.

Espero que todo esto sea un gran malentendido. Si resulta que Rennie está en lo cierto, no habrá excusa que valga. Si Reeve y Lillia están juntos de verdad, yo misma la mataré, porque hacerle eso a Mary sería lo más retorcido del mundo.

Llegamos a mi casa. Rennie y yo nos bajamos del *jeep*. Ella cierra de un portazo, con demasiada fuerza. Sigue enojada. Muy pero muy enojada.

—Dame las llaves —me ordena Rennie—. Yo revisaré los acantilados. Tú, las dunas.

Tengo un presentimiento, una sensación horrible de que va a ocurrir algo malo.

Aprieto las llaves con la mano. El llavero está lleno de colgantes y estupideces que se me clavan en la palma.

—¿Estás segura de que puedes conducir? Estás muy alterada y has bebido.

—Estoy bien.

Me quita las llaves de las manos y me dedica una media sonrisa. Tengo la sensación de que le alegra que no la haga sentir culpable, que no intente convencerla o que le ofrezca entrar en casa para cuidarla como si fuera su niñera. Nunca hemos tenido ese tipo de amistad, así que sería raro empezar ahora.

Me meto al coche y Rennie recorre la calle a toda velocidad.

Sin embargo, no me dirijo a las dunas, como me ha pedido. Vuelvo a la fiesta. Tengo que conseguir esas fotos antes de que las encuentre otra persona.

Espero que Lillia sepa lo que se hace porque, si no, estamos todas muertas.

61
Mary

No sé cómo, me obligo a levantarme del suelo e ir a la fiesta de Rennie. Estoy aturdida, me siento como si estuviera flotando fuera de mi cuerpo y me viera a mí misma moverme por las calles. Caen copitos de nieve que cubren el suelo, los árboles y el pasto marchito como un polvo. Ni siquiera siento el frío. Intento tragar, pero tengo la garganta cerrada. ¿Qué le ha pasado a mi padre? ¿Por qué mi madre no ha dejado que me fuera con ella?

No he podido impedir que me abandonaran, a pesar de mis poderes.

Cuando llego a T-Town, echo a correr hasta la galería. Tengo que encontrar a Lillia y a Kat. Ellas me ayudarán a encontrar a mi madre y a la tía Bette.

Llego a la puerta del local y me topo con un tipo de seguridad ataviado con un traje negro de raya diplomática y un sombrero del mismo color que le tapa los ojos. Me planteo intentar meterme, pero es tan corpulento que llena el marco de la puerta como si se tratara de una muralla humana. Detrás de él, oigo música, risas y alegría. Me duele el pecho, porque yo siento todo lo contrario. Dudo que vuelva a reírme.

—Tengo que encontrar a mis amigas —le pido con desesperación—. Están adentro.

No me dirige la palabra, ni siquiera levanta la barbilla para que pueda mirarlo a los ojos.

Mierda. La contraseña esa absurda del bar clandestino. ¿Cómo era? La tenía escrita en un papel. Me devano los sesos, pero no consigo acordarme de nada. Tengo todas las ideas entremezcladas.

—Por favor, señor, se lo ruego. Es una emergencia.

De nuevo, el portero se queda en silencio. Me pregunto a cuántos chicos les habrá negado la entrada. Aquellas personas a las que Rennie no considera dignas de su compañía. Me jalo con fuerza del pelo, pero no me hago daño; luego concentro toda mi energía en obligarme a recordar.

—Sé que hay una contraseña. Mi amiga me la ha dicho. Si hasta me sé la especial, la que evita tener que pagar. Nos ha invitado la mismísima Rennie. Pero... Es que... Mi amiga Kat está adentro seguro. Tiene el pelo castaño y corto.

El de seguridad arquea la espalda para estirarse y, después, se saca una bolsita del bolsillo del saco.

Me planteo preguntar por Rennie, pero lo más seguro es que ella no me dejara entrar, después de cómo me comporté cuando la tía Bette vino a la galería a recoger sus obras. Ni siquiera puedo sobornar al portero, porque no llevo ni un centavo encima.

De repente, me viene a la cabeza.

—¡Rayo de luna! ¡Rayo de luna! ¡Rayo de luna! —grito con todas mis fuerzas, pero el de la puerta sigue fingiendo que no me oye. Es como si ni siquiera estuviera aquí, delante de él. Me tiembla el labio y me pongo a llorar. ¿Qué está pasando?

—Por favor —le suplico—. Por favor, déjame entrar.

Pero no sirve de nada.

Trastabillo para alejarme de él e intento echar un vistazo al interior a través del escaparate empañado. No veo a Kat ni a Lillia, no consigo distinguir a ninguna de las dos entre los asistentes a la fiesta. Pero sé que están ahí. Lo noto. Me siento en la acera y me busco el pulso con la mano, porque me está martilleando en el pecho, pero no siento nada.

De repente, atisbo a Lillia de pie, delante de la acera. Lleva un vestido fino y medias, tiembla de frío. ¿Me está buscando? Habrá sentido que la necesitaba.

Me acerco a ella, pero, entonces, aparece Reeve con su abrigo y la envuelve con él. Cruzan la calle los dos juntos, Reeve mete a Lillia en el asiento de su camioneta. Parecen tener prisa.

Se dan un beso en los labios antes de arrancar el coche. Un beso tierno, lento y cálido.

No. No.

Me giro, todo me da vueltas. Me dejo caer en el suelo. No entiendo nada. ¿Cómo ha podido hacerme esto?

Sigo sentada en la acera cuando, desde la parte trasera de la tienda, veo el *jeep* de Rennie recorrer la calle en dirección contraria a toda velocidad. Kat va al volante.

Levanto una mano temblorosa y me coloco el pelo detrás de las orejas. No tengo adónde ir, no tengo ni idea de lo que está pasando. Mi mundo se está viniendo abajo.

Tal vez consigo alcanzar a mi madre y a la tía Bette antes de que salga el ferri. Las obligaré a que me lleven con ellas, porque está claro que no puedo quedarme aquí. Así que echo a correr. Corro tan rápido como puedo, aunque me resbale por no llevar el calzado más apropiado.

—¡Espérenme! ¡Espérenme! —grito hasta que tengo la garganta en carne viva. Sé que no me oyen, estoy demasiado lejos, pero siento que debo hacer algo.

Llego al ferri. Normalmente está bien iluminado, pero esta noche lo cubre un manto de oscuridad. Busco por el estacionamiento, pero está vacío. Han bloqueado la entrada con una cadena gruesa de metal. Todas las lucecitas blancas que recorren el muelle están apagadas. Parece cerrado. Mi madre y la tía Bette se habrán subido en el último.

Se han ido.

Me dejo caer de rodillas y dejo escapar un lamento que hace que tiemblen hasta los árboles. Se acabó. Ya no me queda nada adentro. No puedo más. No puedo seguir así. Me pongo en pie y me dirijo a la colina. Sé qué tengo que hacer. Debería haberlo hecho hace mucho tiempo. Y, esta vez, no habrá nadie para detenerme.

Un *jeep* blanco se detiene a mi lado. Dentro está Rennie. Se nota que ha llorado porque tiene los ojos como los de un mapache.

—¿Estás bien?

Me acerco al coche con dificultad. Me veo reflejada en el cristal. Ya no llevo el vestido de la fiesta, sino un par de pantalones de mezclilla mojados y una camiseta blanca húmeda manchada de gravilla y de lodo que se me pega a la cadera. Bajo la vista y veo mis tenis viejos, empapados.

Intento contestarle a Rennie, pero no puedo. Me atraganto con mis lágrimas.

Me dice que entre, pero no me muevo. Me abre la puerta y, por fin, me subo al coche.

—¿Dónde vives? ¿Dónde están tus padres?

Trato de responder, pronunciar alguna palabra, pero no me sale nada de la boca. Siento como si me ahogara. Como si tuviera algo alrededor del cuello que me lo estuviera apretando y me cerrara la garganta. Siento que se me salen los ojos de las cuencas. Los pulmones me arden por la falta de oxígeno.

Rennie tiene miedo, lo sé.

—Respira. No pasa nada. Tú respira.

—¡Respira! ¡Respira!

Quiero hacerlo. Quiero tomar una profunda bocanada de aire fresco, pero solo noto la quemazón de la cuerda alrededor de la garganta. Estoy mareada, tanto por la falta de oxígeno como por el balanceo de mi cuerpo desde la viga del techo antes de que ella cortara la cuerda.

—¡Mi preciosa hija! —Mi madre llora desconsolada. Se inclina y me besa la cara. Tiene el pelo mojado por las lágrimas—. ¿Por qué? ¿Por qué te has hecho esto?

Miro a Rennie y, por fin, consigo pronunciar algo a duras penas, con un hilo de voz.

—Reeve.

Rennie abre mucho los ojos.

—Reeve me hizo esto. Es culpa suya.

Veo que aprieta las manos alrededor del volante. No puede mirarme porque está muy asustada.

—Voy a llevarte al hospital.

—¡Aguanta, cariño! —grita mi madre, que debe de tener la garganta en carne viva—. ¡Ya viene la ambulancia! Aguanta. Estoy aquí.

Lo intento, pero me cuesta. Me siento desvanecer. No quiero morirme. Pero eso es justo lo que está pasando.

Y, entonces, siento un último jalón, salgo de mi cuerpo y me quedo pegada al techo. Veo a mi madre abrazándome cuando llega la ambulancia. Los veo intentar levantarme, pero mi madre no me suelta. Lo sabe. Ya sabe lo que al parecer yo desconocía.

Que estoy muerta.

—¿Qué estás haciendo? —grita Rennie.

Está aterrada. Se aparta de mí tanto como puede. No mira a la carretera, ni a las intersecciones.

Siento que se me calienta el cuerpo, un fuego más ardiente que nunca. Cierro los ojos y todo se tiñe de blanco, como si estuviera en el centro del sol. Apenas oigo a Rennie, porque por fin veo la oportunidad de salir del bucle, del disco rayado. Y es un alivio soltar las riendas.

62

Lillia

Reeve y yo avanzamos en silencio, a excepción de los «Dios mío» que vamos alternando, porque lo que ha pasado es una locura.

No le pregunto dónde va. Dejo que conduzca sin más.

Acabamos estacionándonos en el bosque. Está muy oscuro y silencioso. Él pone el freno de mano y apaga los faros, pero deja el motor encendido para que no se enfríe.

Aunque tampoco importa, porque, por una vez, no tengo frío. Es como si estuviéramos en nuestra propia burbuja.

Se desabrocha el cinturón y yo lo imito. Un segundo después, ya estamos el uno encima del otro. Yo presiono los labios contra los suyos con todas mis fuerzas y él me envuelve con sus brazos y me abraza con intensidad. Todo lo que he intentado reprimir me invade como una avalancha. Y sé que a él también.

No me canso de besarlo, no puedo abarcar lo suficiente con las manos.

Le bajo el abrigo y después me muevo para quitarme el mío. Reeve me levanta sin ningún esfuerzo y me coloca encima de su regazo, con la espalda pegada al volante. No deja de sonar la bocina, pero no nos importa.

Aparta la cara y habla de forma apresurada.

—Después de irme de tu casa, subí a mi habitación y me quedé acostado en la cama escuchando canciones tristes.

No dejo de besarle la cara. Los ojos, las mejillas.

—¿Como cuáles?

Pone los ojos en blanco.

—Como..., maldición. —Suelta una risita nerviosa—. Radiohead. Beck. Ya no me acuerdo.

Le planto un reguero de besos por el cuello hasta llegar a la oreja.

Él se estremece.

—Si llego a saber que habías venido, habría bajado corriendo. Habría presumido de ti delante de toda mi familia. —Me aparta de repente para mirarme a los ojos—. Quiero que sepas que no invité a Rennie. Vino ella porque quiso.

Apoyo la cabeza en su pecho y me aferro a él. No quiero que nada arruine este momento, pero tengo que confesárselo. He de ser sincera con él.

—Lo que ha dicho en la fiesta...

Él me levanta la cara para que lo mire.

—Olvídalo —me pide.

—Reeve, por favor. Déjame terminar.

—No. Detente. No me lo cuentes. No necesito saber qué ocurrió. Solo necesito saber que ahora estás conmigo.

—Sí. —Dudo, pero después digo lo que pienso—: Soy tuya.

Se le dibuja una sonrisa en el rostro, después me recorre el cuello con la boca hasta llegar a los labios y volvemos a besarnos. Sus labios se mueven con urgencia, como si solo tuviéramos esta noche. Y lo hace tan bien que yo ni siquiera recuerdo qué iba a decir. Nos besamos una y otra y otra vez. Ya no hay nadie que pueda interrumpirnos.

63

Kat

No me cuesta nada conseguir las fotos. Me meto en la galería, las saco del gabinete del baño y vuelvo a salir a hurtadillas. Después, me voy a buscar a mi hermano.

Pat está de acampada con sus amigos. Sé más o menos dónde pueden estar, en un claro del bosque cerca de los acantilados que encontró un día mientras estábamos haciendo motocróss. Me estaciono tan cerca como puedo, a un lado de la carretera, y después me pongo a caminar con el vestido y los tacones. La vegetación es tan espesa que apenas llega nieve al suelo.

Los encuentro. Han encendido una fogata y están en plan celebración, borrachos y congelados.

—Kat —me llama Pat, que se levanta del tronco en el que estaba sentado—. ¿Qué ocurre?

Yo voy directo al fuego y lanzo el montón de fotos a las llamas.

—Que alguien me sirva un whisky.

Ricky me pasa la botella. Me acabo lo que queda de un trago enorme y ahumado.

Me quedo sentada en silencio mientras ellos siguen de fiesta. Cada pocos minutos, le mando un mensaje a Rennie en plan: «¿Dónde estás?», «Dime dónde estás» o «Rennie, ¡¿por qué demonios no contestas?!».

Entonces, entre el crujido de la leña, la conversación y la música de Led Zeppelin, me parece oír una sirena. Como un camión de bomberos o una ambulancia. No lo distingo del todo, pero un escalofrío me recorre la espalda. Miro de reojo mi celular. Rennie no ha contestado a mis mensajes.

Tengo un presentimiento. Y no es bueno.

—¡Cállense todos un momento!

Pat se ríe de mí. Está sentado al otro lado de la fogata dentro del saco de dormir y está asando una salchicha clavada en un palo, que, por cierto, tiene una pinta asquerosa.

—¿Has oído a un yeti o qué?

El resto del grupo se ríe de su chiste malo o me ignoran y siguen hablando.

Yo me aparto de ellos y aguzo el oído. Ahora suenan dos sirenas. Puede que incluso tres. Corro hasta la bocina y la apago en pleno solo de guitarra. Alguien se queja.

—¡No es una broma! Cállense —les ordeno.

Supongo que algo en mi voz les indica que me tomen en serio. Cierran las bocotas y, entonces, lo oímos. Es como si todos los camiones de bomberos de la isla estuvieran de camino a una desgracia.

—¡Ricky!

Salgo corriendo hacia su moto y me pongo el casco tan rápido como puedo. Nadie sabe qué hacer, pero el buenazo de Ricky no duda ni un instante. Hace rugir el motor y salimos disparados dejando atrás una estela de agujas de pino secas y nieve.

Nos dirigimos hacia el ruido. No está lejos, pero no podemos acercarnos mucho. Uno de los camiones de bomberos ha bloqueado el paso. Yo me bajo de la moto y corro hacia el otro lado de la carretera, donde un bombero está colocando una cinta para cortar el paso. A unos cientos de metros de distancia hay un acantilado escarpado en el que se atisba un resplandor. Sigo la luz con la mirada hasta llegar al agua, donde una bola de fuego anaranjado arde en la cueva. Parece que el agua está en llamas.

—¿Qué ha pasado?

El hombre me mira como si fuera una maldita chismosa que quiere conocer los detalles morbosos.

—Ha habido un accidente.

Después, me da la espalda. Yo lo agarro del brazo.

—¿Cómo? ¿Era un *jeep* blanco?

En cuanto digo eso, él se da la vuelta y veo que le ha cambiado la expresión por completo.

Me caigo de rodillas y suelto un alarido que parece el de un animal salvaje.

64

Lillia

Cuando me despierto, está rompiendo el alba. Estoy acostada sobre el pecho de Reeve, quien me envuelve entre sus brazos. El reloj del tablero marca las 7:07. Ay, madre.

Intento incorporarme, Reeve se mueve, pero no se despierta y tampoco me suelta. Me abraza con más fuerza y, durante un instante, yo se lo permito. Mis padres me van a matar.

¿Ha valido la pena? Levanto la vista para mirar a Reeve: tiene los ojos cerrados, las pestañas largas y el pelo despeinado por detrás. Parece un niño. Sí, ha valido la pena. Ahora sé que no puedo estar sin él. Va a ser complicado, pero se lo tendré que explicar a Mary y a Kat para que entiendan que esto no entraba en mis planes, pero ha pasado. Tendrán que entenderlo, y lo harán.

Me incorporo y le sacudo el hombro con ternura.

—Despierta, Reeve.

Él me sonríe. Después, abre mucho los ojos.

—Mierda.

—Mis padres me van a matar. Tenía que estar en casa a las dos.

Me aparto de él y empiezo a buscar el bolso. Lo encuentro en el suelo, junto a los zapatos. Miro el celular: tengo dieciocho llamadas perdidas, todas de casa.

—Ay, no.

Reeve arranca la camioneta, da marcha atrás y se mete en la carretera con un solo movimiento.

—Llegaremos dentro de seis minutos. Les explicaremos que nos hemos dormido, lo entenderán.

—Tú no vas a explicar nada —replico—. Me vas a dejar en casa y punto. Hablaré con ellos a solas.

Me miro el pelo en el espejo. Está hecho un desastre. Me paso los dedos por la melena en un intento de desenredar las puntas. Empiezo a sentir náuseas, y no solo por lo de mis padres. Cada vez que pienso en Mary, siento una punzada. Y la forma en la que he dejado las cosas con Rennie... Qué desastre.

Reeve alarga el brazo y me da la mano. Entrelaza sus dedos con los míos y me dice:

—Ren lo superará con el tiempo. Hablaré con ella. No puede pasarse la vida enojada.

Suelto una risotada.

—Parece que no la conoces. Es más que capaz.

—Conmigo no —contesta rebosante de confianza—. Nos conocemos desde hace siglos.

—Bien, pues entonces a ti te perdonará y a mí seguirá odiándome.

En cuanto pronuncio esas palabras, sé que es exactamente lo que va a pasar. Reeve solo es un chico, no es su mejor amiga. Él no la ha traicionado como yo.

—No dejaré que te odie, Cho —asegura Reeve.

Empiezo a esbozar una sonrisa, pero me detengo.

—Y Mary. Mary va a disgustarse un montón —susurro.

—¿Quién es Mary? —pregunta Reeve.

—Es mi amiga.

Ya estamos llegando a mi vecindario. Más adelante, si mis padres me vuelven a dejar salir de casa en algún momento, se lo contaré todo. Lo del pacto para vengarnos, lo del éxtasis, lo del plan para que se enamorara de mí... Todo. Y, cuando comprenda el daño que le hizo a Mary, irá a buscarla y se disculpará. Querrá arreglar las cosas.

Cuando giramos para entrar a mi calle, veo un coche de policía delante de mi casa. Dios mío. Mis padres me han puesto una orden de búsqueda y captura.

—Uf —musita Reeve entre dientes. Preocupado, insiste—: ¿De verdad no quieres que entre contigo? Puedes echarme la culpa de todo.

Yo ya estoy abriendo la puerta del copiloto.

—Vete. Luego te llamo.

Salgo de la camioneta y corro hasta la puerta de mi casa. No miro atrás, pero oigo que Reeve arranca el coche y se marcha.

Sin aliento, entro a toda prisa. Mi padre camina sin cesar delante de la chimenea y mi madre está llorando en el sofá con Nadia entre los brazos. Hay un agente de policía sentado con ellas.

—Lo siento —empiezo a explicarme—. Me he dormido y...

Dejo de hablar porque mi madre suelta un sollozo ahogado y mi padre tiene una expresión de lo más rara en el rostro. Viene corriendo, me abraza y me estruja con fuerza.

—Menos mal que estás bien —susurra con voz ronca—. Menos mal. Pensábamos...

Ni siquiera consigue acabar la frase.

—¿Qué pasa? —pregunto.

Después, miro por encima del hombro a mi madre y a Nadia, que siguen en el sofá. Están llorando las dos. Mamá le acaricia el pelo a mi hermana mientras le frota la espalda con la otra mano.

—Lillia —consigue decir, y estira los brazos hacia mí.

Tengo miedo. Nunca he sentido tanto pavor.

—¿Papi? —Me aparto de él y lo miro—. Cuéntame qué está pasando. ¿Es la abuela?

Mi padre cierra la puerta de la casa e intenta conducirme al sofá.

—Antes que nada, siéntate, cielo.

Niego con la cabeza.

—No. Cuéntamelo ya.

Me coloca las manos sobre los hombros. Las arrugas que tiene alrededor de los ojos resaltan bajo la luz matutina. Parece muy cansado.

—Es Rennie.

Se me cae el alma a los pies. «No, no, no, no, no».

—Ha sufrido un accidente y no sabíamos si estabas con ella. Ha... Ha fallecido, Lilli.

Siento que las piernas se me quedan sin fuerzas. Mi padre se apresura a levantarme, pero no lo consigue. No puedo moverme. Esto no está pasando. Es un sueño. Rennie no puede estar muerta. No es posible.

65

Mary

Me despierto al amanecer y me encuentro hecha una bola en el suelo. La hierba está congelada y hay un poco de nieve. Sin embargo, no noto frío. No siento nada. Levanto la cabeza.

¿Qué ha pasado?

¿Por qué sigo aquí?

Poco a poco se me va enfocando la vista y distingo más cosas. Lápidas de mármol blanco, ramos marchitos, velas derretidas... Estoy en el cementerio del centro de la isla.

Gateo para acercarme más a la tumba frente a la que estoy.

«JAMES GLENN DONOVAN, AMADO MARIDO Y PADRE».

Dejo escapar un sollozo. Papi.

Ahí dice que murió hace un año. Me devano los sesos, intento recordar la última vez que lo vi. Tuvo que ser antes de venirme a vivir a Jar Island, pero no consigo recordar nada de ese día. No oigo su voz ni lo veo acompañarme al ferri. Es como si alguien me hubiera borrado la memoria, como si me la hubieran reseteado.

Sigo intentando contener las lágrimas cuando veo la lápida que está al lado de la suya. Parece vieja, como si hubiera sido blanca pero se hubiera teñido de un color grisáceo.

«ELIZABETH MARY DONOVAN ZANE. DUERME, MI PEQUEÑA, DUERME».

Alargo la mano. Elizabeth. En cuanto lo digo, sé que es mi nombre.

Mi familia siempre me ha llamado Mary, porque me pusieron el mismo nombre que a mi tía Bette, pero, en la escuela, se me conocía como Elizabeth.

Elizabeth Zane.

Big EZ.

Me tiembla la mano mientras intento seguir el trazo de mi fecha de cumpleaños. Tenía trece años...

Me pongo en pie de golpe y empiezo a alejarme de espaldas de la tumba sin dejar ni una sola huella en la nieve. Me doy la vuelta y corro tan rápido como puedo hasta mi casa.

La puerta está abierta. Entro y subo por las escaleras hasta mi habitación.

No hay ninguna caja. Ninguna de las prendas que había empacado. Mi armario está cubierto por una sábana y mi colchón está desnudo. Entro al baño. No hay cortina en la regadera, ni tampoco toallas. Bajo la mirada a la tina. Está cubierta de polvo, y eso que me he bañado justo antes de que llegara mi madre.

Pero si he ido a clases. He hecho todas las actividades típicas de una chica de instituto. Tengo amigas. ¡Tengo dos amigas!

¿Cómo pueden verme si estoy muerta?

Empiezo a hacer una lista de la gente con la que he hablado. Kat, Lillia, la tía Bette... Y creo que ya.

¡No, un momento! Hablé con otras personas en Halloween. Besé a un chico esa noche.

Entonces, recuerdo lo que me dijo la tía Bette: «La línea entre los vivos y los muertos se difumina en Halloween».

Me tambaleo. Ha estado intentando decírmelo todo el tiempo, pero yo no la entendía.

Y sigo sin hacerlo.

¿Llevo aquí desde entonces? ¿Qué hay del psiquiátrico, de la casa nueva y de los años que pasé fuera de la isla? ¿Me he inventado todo? ¿La bici? ¿Mi ropa?

¿Acaso nada de esto es real?

Y la pregunta más importante de todas... Si estoy muerta, ¿por qué no he ido al cielo? O al infierno. ¿O por qué no he desaparecido sin más? ¿Por qué no puedo abandonar la isla?

Cierro los ojos con fuerza, echo la cabeza atrás y suelto un grito interminable.

66

Kat

Es la hora de cenar y he estacionado el coche a media cuadra de casa de Lillia. Me estoy fumando un cigarro detrás de otro con las ventanillas subidas. No ha dejado de nevar desde anoche y tengo el parabrisas casi cubierto por un manto blanco.

Llevo una hora esperando a que vuelva a casa. No tengo muy claro dónde está. Tal vez en el departamento de la madre de Rennie, consolándola. Quizá con Ash o con alguna de las otras animadoras para abrazarlas y llorar juntas.

Estoy hecha polvo. Rennie y yo fuimos amigas durante mucho tiempo. Incluso aunque nos distanciáramos, sé que nuestra amistad era más profunda, duradera, y que eclipsaba cualquier otra relación que hubiera tenido.

Ni siquiera puedo ir a su departamento. No tengo derecho. Tampoco es que alguien me vaya a preguntar cómo lo llevo ni a prestarme su hombro para llorar. Nadie me ha explicado qué ha sucedido, cuál ha sido la causa del accidente, qué demonios se supone que tenemos que hacer ahora.

Le he mandado unos diez mensajes a Lillia y no me ha contestado. Ni un maldito mensaje, cuando sabe que Rennie también era mi mejor amiga.

Quizá siga con Reeve.

Además, no puedo ir a ver a Mary hasta que hable con Lil para que me explique qué demonios está pasando.

Apoyo la cabeza en el parabrisas y cierro los ojos, pero, en cuanto lo hago, me vuelven a salir las lágrimas. Esto es una maldita locura. Es demencial.

No he dormido. No he pegado ojo. Solo he estado fumando, llorando, fumando y llorando en bucle desde que vi su coche ardiendo en el desfiladero.

Le echo un vistazo al reloj del tablero. Son las cinco de la tarde.

Rennie lleva quince horas muerta.

Yo fui la última persona en verla con vida. Le di las llaves. La dejé conducir.

Empiezo a temblar, me sacudo y lloro, me duele muchísimo la maldita cabeza. Me meto una mano en el bolsillo y saco el Valium que me ha dado Pat cuando he intentado tirarme, al volver del bosque. A saber de dónde lo ha sacado. Me lo trago con un sorbo de café frío de la gasolinera.

Supongo que en algún momento me he quedado dormida, porque no sé cuánto tiempo ha pasado cuando oigo que alguien da toquecitos en la ventanilla.

Es Lillia.

Me estiro y abro la puerta del copiloto. Ella se mete. Tiene la piel de alrededor de los ojos rosada y la cara muy pálida.

—Siento no haberte contestado a los mensajes —susurra—. Estaba con su madre. Está terriblemente mal.

Me limito a mirarla fijamente, porque no sé ni qué decir. Ella se echa a llorar. Lágrimas silenciosas y delicadas.

—¿Saben lo que ha pasado? ¿Por qué tuvo el accidente?

—No lo sé. La policía todavía no ha dado detalles.

—¿Sabías que tenía fotos en las que salías vertiendo el éxtasis en la copa de Reeve?

Ella palidece.

—¿Las has visto?

—Sí. Me las enseñó después de que te fueras. Tuve que convencerla para que nos fuéramos juntas y no se las enseñara a todo el mundo. Luego volví, las robé y las quemé, pero no sé si eran las únicas copias.

Lillia cierra los ojos.

—Por ahora no tengo fuerzas para pensar en eso.

—Bueno, pues más te vale que lo hagas, porque si alguien ve las fotos estaremos bien jodidas. —Enseño los dientes—. ¿Qué demonios pasó anoche entre Reeve y tú?

Ella empieza a abrir y a cerrar la boca, pero no pronuncia palabra.

—¡No me jodas, Lillia! —Niego con la cabeza y rodeo el volante con las manos—. ¿Qué le vas a decir a Mary?

—No lo sé, ¿sí? —grita mientras se enjuga las lágrimas—. Por ahora no puedo ni pensar.

Yo sigo echando sal a la herida.

—Pues más te vale no esperar que se lo cuente yo; no pienso hacerte el trabajo sucio. Eso es cosa tuya.

—¡Kat, ya! ¿Puedes olvidarlo? Rennie está muerta. Mi amiga ha muerto.

Yo estampo las manos contra el volante y grito hasta que me duele la garganta.

—¿Y crees que no lo sé? ¿Crees que eras la única a la que le importaba Rennie?

Ella se seca las lágrimas con la manga del abrigo.

—No puedo creer que esté pasando esto. —Se gira para mirarme con ojos tristes, pero esperanzados—. Bueno, también podría ser una pesadilla, ¿verdad?

67

Mary

Las oigo pelearse desde fuera del coche. Discuten sobre quién me va a contar algo que ya sé. Que Reeve y Lillia están juntos. Que son novios.

Quizá hasta estén enamorados.

Sin embargo, Kat y Lillia no tienen ni idea de que yo también guardo secretos. Y muy fuertes. Sí, es cierto que todavía no sé qué es lo que puedo hacer y lo que no. Por qué ellas dos son las únicas que pueden verme. El tiempo lo dirá. Como me dijo la tía Bette, no sabía de lo que era capaz.

Pronto lo descubriré.

Hay una cosa que tengo clara. Lo que pasó anoche, la muerte de Rennie, fue un accidente. Pero la próxima vez no lo será.

He malgastado demasiado tiempo intentando que Reeve se arrepintiera de lo que hizo, intentando hacerlo sentir culpable para que se disculpara. Sin embargo, ahora entiendo que eso no tenía sentido. Nunca podrá devolverme lo que me ha arrebatado. Mi familia, mis amigas, mi corazón, mi vida. Todo ha desaparecido. Por mucho que se pusiera de rodillas y me suplicara perdón, no me bastaría. No serviría para satisfacerme.

Ojo por ojo, diente por diente, fuego al fuego. Una vida por otra vida.

Así es como empezó todo. Y así es como va a terminar.

NO TE PIERDAS EL DESENLACE DE
SECRETOS Y MENTIRAS: